时笙

[上册]

墨泠 著

图书在版编目（CIP）数据

时笙.3/墨泠著.—青岛:青岛出版社,2021.3
ISBN 978-7-5552-9237-1

Ⅰ.①时… Ⅱ.①墨… Ⅲ.①长篇小说－中国－当代 Ⅳ.①I247.5

中国版本图书馆CIP数据核字（2020）第122965号

书　　　名	时　笙3
著　　　者	墨　泠
出版发行	青岛出版社
社　　　址	青岛市海尔路182号（266061）
本社网址	http://www.qdpub.com
邮购电话	18613853563　0532-68068091
责任编辑	李文峰
特约编辑	孙红彦
校　　对	耿道川
装帧设计	林　丽
照　　排	孙顾芳
印　　刷	三河市良远印务有限公司
出版日期	2021年3月第1版　2021年3月第1次印刷
开　　本	16开（700mm×980mm）
印　　张	43.5
字　　数	452千
书　　号	ISBN 978-7-5552-9237-1
定　　价	69.80元（全2册）

编校印装质量、盗版监督服务电话 4006532017　0532-68068050

目　录〔上册〕

第 一 章　　人狐殊途（上）/ 1

第 二 章　　人狐殊途（中）/ 30

第 三 章　　人狐殊途（下）/ 56

第 四 章　　一念止兮（上）/ 79

第 五 章　　一念止兮（中）/ 109

第 六 章　　一念止兮（下）/ 143

第 七 章　　破产总裁（上）/ 171

第 八 章　　破产总裁（中）/ 193

第 九 章　　破产总裁（下）/ 212

第 十 章　　副本有毒（上）/ 239

第 十一 章　　副本有毒（中）/ 269

第 十二 章　　副本有毒（下）/ 305

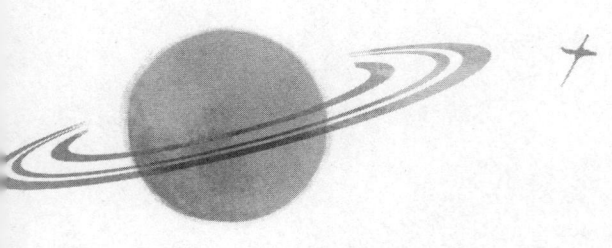

目　录〔下册〕

第 十 三 章　我是地主（上）/ 341

第 十 四 章　我是地主（中）/ 365

第 十 五 章　我是地主（下）/ 387

第 十 六 章　总编太坑（上）/ 410

第 十 七 章　总编太坑（中）/ 434

第 十 八 章　总编太坑（下）/ 464

第 十 九 章　国师明鉴（上）/ 492

第 二 十 章　国师明鉴（中）/ 525

第二十一章　国师明鉴（下）/ 560

第二十二章　神棍不乖（上）/ 604

第二十三章　神棍不乖（中）/ 630

第二十四章　神棍不乖（下）/ 657

第一章　人狐殊途（上）

时笙回到系统空间，反常地站在原地。

系统有些狐疑，宿主这是在干什么？

"关闭系统所有备用通道。"

【主人？】主人竟然在这个时候和它联系。

系统主人加重了音量："快点！"

系统这才开始运转，将所有备用通道关闭。

【主人？】

然而没人回应它。

所有通道关闭后，主人也不能和它联系……

系统有点不解：宿主刚才在干啥？

时笙有些可惜地看了屏幕一眼："你后面的人倒是挺聪明的。"

【……】谢谢夸奖，它家主人当然聪明。

系统觉得运行困难，主人不在，它好难啊！

姓名：时笙

人品值：-200000（突破下限值，恭喜宿主获得大礼包一份。）

生命值：25

积分：31000

任务等级：B

任务评分：78

隐藏任务：未完成

隐藏任务奖励：无

道具栏："女王的皇冠""鬼王之心""暗夜"

"大礼包是什么？"

说好的抹杀她呢？系统又骗她！不对，她在这个位面没干什么，为什么被扣这么多的人品值？

【你知道自己让多少情侣分手了吗？】

"这关我什么事？"

【谁让你没事"撒狗粮"。】

时笙："……"好吧，又是她的错。

屏幕上出现一个礼包，自带七彩之光。时笙点了下屏幕，礼包自动开启，上面只有两排字——

运气值下降30%。

剧情推后50%。

时笙："……"这算什么大礼包？系统你解释解释。

【宿主，你人品都负成这样了，还想要什么大礼包？】系统高傲地哼一声。

【恭喜宿主即将开启"大逃杀模式"。】

【宿主是否需要缓冲时间？】

大逃杀模式是什么？

【宿主人品值太低，无可奉告。】

老子的剑呢？

【传送开始……】

"她是不是快不行了？"

"别掉以轻心，妖怪最狡猾。"

几个穿着道袍的青年围着一个匍匐在地上的人影。

那是个姑娘，身上的衣裳被鲜血染红，已经分辨不出是什么颜色。她四周躺着不少人，此时都已失去生机。

时笙感觉身体像是被人拉扯着，有种分裂的疼痛感。四周的空气像千斤重石挤压着她。

"快，趁现在。"

破空声从前方传来，时笙恍惚看到几道人影朝她这边冲过来，凌厉的杀气让她下意识地掏剑。

铮——

铁剑挡住对方的兵器，火花四溅，刺耳异常。

"竟然还能反抗，快帮忙！"对方朝着对面的人大吼。

时笙手中用力,将体内的灵力灌注到铁剑之上,挡住她铁剑的兵器立即被震碎。铁剑砍入对方的肩膀,直接将一只胳膊削掉。

时笙摇摇晃晃地从地上站起来,趁那人还没反应过来,一剑刺入对方的胸膛。对方瞪大眼睛,目光转瞬涣散,身躯缓缓倒下。

时笙用铁剑撑着地面,稳住身形。其他人被这变故惊到,没有继续冲上来。

这个世界的灵力竟然这么充沛,所以应该是修真或玄幻世界?时笙的脑子快速转着,视线从四周扫过。此时,围着她的人还有三个,那三个人和地上躺着的人师出同门。

这里是一片小树林,大概是秋天,落叶铺了一地,有股腐败的味道。

她这身体似乎已经撑到极限,刚才她用了那么点灵力,感觉体内灵力已经被耗尽。这就是系统说的大逃杀?

"师兄……"

"别慌,她刚才受了伤,此时不过是强撑,我们等等。"

等你大爷!铁剑忽然变大。时笙坐到铁剑上,在三人诧异的视线中,腾空而起。他们还来不及追,一个紫色的小球从空中落下,正掉在他们正中间。

砰!小树林被炸出一个大坑,里面闪电流窜,尸骨荡然无存。

时笙趴在铁剑上喘气,手指头都不想动一下。

时笙不知道自己是怎么晕过去的,等她醒过来时,外面天都黑了,她被放在一片草地上。时笙抬手摸了摸脸颊……等等!这白色的爪子是什么?时笙举着爪子看,毛茸茸肉嘟嘟的,掌心是粉红色,很可爱。她为什么会长出爪子?

老子的剑呢?

嗡嗡——

铁剑震动的声音从时笙后面传来。

时笙扭头,正好看到铁剑映出来的身影。那是个什么玩意儿?时笙试着抬手,铁剑里面的影子也跟着抬手。她再抬脚,影子也跟着抬脚。

时笙:"……"不,一定是她的幻觉!幻觉!

时笙闭眼,深吸三口气,又睁开眼睛。铁剑里还是那雪白的一团,那雪团蓬松的尾巴几乎可以将它整个身子都覆盖起来,一双眸子呈碧绿色,犹如宝石。狐狸!她竟然变成了狐狸!一只……禽兽?

怎么变回去?从来没有做过禽兽的时笙表示,不知道该怎么变身。她举着毛茸茸的爪子左挠挠右挠挠,将咒语念了好几遍也没有任何效果。

时笙折腾了半天,发现自己体内没有任何灵气。她思索片刻,大概是需要灵气?所以还是先吸收灵气,不然一会儿有人杀过来,她只能被宰。可是……禽兽怎么吸收灵气?

时笙觉得自己应该先接收剧情。对，这才是正确的打开方式。刚才她被自己变成禽兽的事实给吓到，连正常流程都给忘了。

"有人来直接砍。"时笙吩咐铁剑一声，末了又不放心地加上一句，"只要是个活的，都砍。"

铁剑："……"

原主叫虞漪，狐族族长的掌上明珠，狐族中最受欢迎的一只狐妖。有众人捧着，虞漪被养成骄纵任性的性子，对狐族的男子很是看不上，一心想嫁个实力高强的男妖。渐渐地，狐中的男子不再围着她转。虞漪觉得这些狐妖配不上她，自然不在意，直到遇见男主角。

男主角玄风，被封印的大魔头，满身杀孽，被女主角意外放出。

女主角也是狐妖，不过她不能化形，是族中很不受欢迎的一只小狐妖。自从遇见玄风，女主角不但化形了，还一跃成为族中最美的狐妖，一时间成为狐族中炙手可热的追求对象。

然而，女主角身边有男主角，其他人自然没机会。虞漪看上男主角，肯定不乐意女主角和男主角在一起，所以想拆散两人，将男主角据为己有。

男主角被封印前是大魔头，杀过的人和妖估计比虞漪吃过的饭还多。她这般纠缠他，男主角自然不开心，好几次下手将虞漪打成重伤。

虞漪这姑娘傻啊，男主角那么对她，她对男主角却是越爱越深。在男主角被人围攻的时候，她还去救男主角，为他杀出一条活路，然而男主角以为是女主角救了自己，根本不知道虞漪当时重伤，还被人追杀。

虞漪被仙器所伤，一时半会儿无法恢复，情急间想起自己曾听过的传说——狐妖吃人心，可增长修为。虞漪为了活下去，开始吃人心，这种东西一颗肯定不够，所以虞漪杀了不少人。

她被正派宗门通缉，在被追杀的时候，遇见了男女主角，然而两人联合那群追杀她的人，将她逼得毫无退路。虞漪最后死在修士剑下，死后她的皮毛、内丹、妖骨全被人拿走。男主角最终知道当初救他的是虞漪，但他依然没给虞漪任何回应。虞漪恨男主角的绝情，明明是她救了他，他却联合那些人置自己于死地。这事放谁身上都想不通。

没了？剧情呢？怎么只有记忆？

【宿主人品值过低，剧情无法传送。】

什么玩意儿？无法传送这种事你也说得出口？系统非常聪明地装死。不管时笙怎么问候它主人，系统都保持装死的状态。

虽然剧情对时笙来说也没多大作用，但是时笙总觉得系统克扣自己的东西，心底很不爽。

时笙理了理脑中的记忆，此时的时间线应该是虞漪救完男主角、正被人追杀，还没有到吃人心的阶段。幸好！时笙松了口气。

　　她睁开眼，正好看到铁剑把空中不知是什么玩意儿的黑影砍下来，地面上已经躺了好几具尸体，有兔子、鸟……只要是活的，都没逃过被砍的下场。

　　时笙举着自己毛茸茸的爪子，一阵失神。她现在身受重伤，想要化形，基本是天方夜谭。时笙在空间里翻了好一阵，找到几瓶丹药，用爪子扒拉着，左看右看好一阵，最终心一横，吃！

　　这些丹药都是针对人的，她这只禽兽吃了有没有作用、会不会有什么后遗症……时笙真的不知道，但是她受不了这么一副孱弱的身体。

　　吃完丹药，她按照妖修的方式吸收天地灵气，催动体内的丹药发挥药效。药效发挥出来的时候，时笙感觉身体像是被人用刀子在割，果然给人吃的和给禽兽吃的不是同一款。

　　吃都吃了，成不成她都得忍忍。时笙咬牙坚持，丹药的药效彻底被催发，也不知道疼了多久。腹部有一股暖流缓慢流向四肢，舒缓了那些疼痛，也修复了被震碎的经脉。

　　时笙一坐就是三天。

　　三天后。
　　时笙身边已经堆满各种动物的尸体，最先被砍的开始腐烂，发出难闻的味道。
　　这个地方的精怪都知道这里有把疯剑，见活物就砍。

　　时笙抖了抖尾巴，小狐狸摇身一变，恢复人形。时笙摸摸自己的胳膊，又不放心地上下摸摸，确定没有任何禽兽的象征，才重重地松了口气。然而她这口气还没松下来，天空疾掠过来几道人影。来者踩着飞剑，落到时笙对面，着装和前些天那些人一模一样。

　　"妖怪，竟敢杀我同门。"其中一人用剑指着时笙，"今日你休想再逃。"
　　时笙淡然地扫他们几眼，嗤笑一声，道："就许你们人杀妖，还不许妖反抗？"
　　"你是妖，我们杀你天经地义。"对方很是义正词严。
　　"那我反抗不也是天经地义？我杀你，你有本事站着别反抗啊！"
　　人杀妖就是为民除害，天经地义。妖怪反抗就是天理不容，十恶不赦。你是长得举世无双，还是天道私生子，这么厉害？
　　"别和她废话，趁着她伤没好，咱们将她捉住，为师兄弟们报仇。"
　　"师兄说得对。"
　　"大家一起上。"
　　你们说不过老子就开打，什么德行！
　　时笙甩了甩手，铁剑从远处飞过来，落入她手中。虽然她现在还没完全恢复，但是

· 5 ·

杀掉这几个人完全没问题。有点眼力见儿的人立即发现铁剑的不同，它气场太过强大。

"杀！"

刀光剑影起，哀号声惊起远处林子里的飞鸟。

声音持续时间不长，时笙抽出刺入对方胸膛的铁剑，嘴角慢慢勾起一抹浅笑："技不如妖，下次投胎的时候记得别做人了。"

"你……"那人抽搐一下，嘴里只来得及发出一个音节，便直挺挺地倒下去。

时笙在尸体中转一圈，最终停在一具匍匐在地上的尸体前。装死的人整颗心都提起来，憋着气，完全不敢呼吸。她发现自己了吗？现在反抗还来得及吗？各种念头从他脑中闪过，身体却是完全不敢动。

时间一分一秒过去，她就那么站在他身边。在他快憋不住的时候，脚步声渐渐远去。就在他准备抬头的时候，后背突然一凉。他身体抽搐一下，转瞬失去生机。

铁剑自动从他身上飞出，嫌弃一般甩掉剑身上的血，闪电般追上前方走远的人影。

林荫小道上，墨裙少女双手环胸，悠闲地走着。她的一头青丝随意绾着，看上去干净利索，嘴角微微上翘，神情慵懒，带着几分痞痞的帅气与潇洒。她身后跟着几个人，时不时地对着她指指点点。

"是她吗？"

"气质有点不像……"

"要不先抓起来？"

"你开什么玩笑，她杀那么多人，就凭我们几个怎么可能抓住她。我看还是回去叫人……"

"有道理，你们跟着她，我回去叫人。"

其中一人离开，就在剩下的人准备继续跟上的时候，刚才还走在他们前面的墨色人影竟然不见了。几个人立即冲上去，检查四周，然而连个鬼影都没瞧见。几人面面相觑。她竟然在这么多人的监视下，眨眼就不见了！

"嘿！"清脆的声音从旁边响起。

众人同时抬头看向旁边的一棵大树，枝叶茂密，什么都看不到。几个人小心翼翼地靠近大树，仰头看去。

墨裙少女坐在树干上，微微晃着腿。裙摆上绣着红色花纹，随着她的晃动，隐隐反光。

"你们嫌命长？"时笙扶着树干，垂着眼睫看下方的人，语气嚣张自信。

众人："……"跑！几人非常有默契，转身御剑，一溜烟冲上天空。

时笙："……"这也太没骨气了，连句狠话都没有！

时笙从树上跳下去，准备离开，谁知道刚才离开的人又从天上冲下来，身后还跟着一大群人，气势汹汹的。

时笙："……"竟然是去叫人，欺负她没人可叫是吧？

一大群人将时笙包围起来，有几个人站在后面，看穿着应该比这些人的身份高许多。

"无尘师叔。"在那几人落下的时候，其他人纷纷低头，尊敬地叫了一声。

时笙打量领头的那人几眼，那人一身青色的飘逸长袍，头发用玉冠束着，腰间挂着玉佩，玉佩下坠着三片竹叶形的流苏。

男子脸上带着一丝戏谑的笑，目光在时笙身上流连片刻，唇瓣轻启："这就是那个杀掉岳阳宗不少人的狐妖？"

"无尘师叔，就是她。"之前跟着时笙的人立即站出来指证。

"那就抓起来吧。"无尘轻描淡写地挥挥手，好像抓时笙对他来说不过是一件动动手指头的事。

时笙眸子微眯，铁剑忽然出现在她手中，凌厉的气势横扫而出。四周的人骇得纷纷往后退一步，皆是好奇又疑惑地打量时笙手中的铁剑。这是什么剑？气势竟然这么蛮横……

"无尘师叔……她很厉害。"一群人不敢随便上前，这狐妖杀掉岳阳宗那么多人。

"一只小狐妖就把你们吓成这样，万神宗的脸都被你们丢光了。"无尘语气没什么起伏，可里面浓浓的嫌弃让人怎么都无法忽视。

一群人羞愧地垂下头。

无尘将目光转向时笙："小狐妖，你乖乖跟我回去，我就不和你动手，如何？"

时笙震了震铁剑，嚣张地嗤笑一声，道："你当自己天下无敌呢？还不跟我动手？"

"嗯？"无尘微微诧异，眸子里似乎带着几分笑，"你这小狐妖的胆子倒是很大。"

时笙身形微动，朝着无尘冲过去。铁剑从空气中划过，空气一阵战栗。

无尘反应很快，在铁剑到他跟前的时候，闪到旁边："小狐妖，你怎么能说动手就动手？"

"难道老子还要和你吃一顿才动手吗？"时笙抡着铁剑砍过去。

"这也是可以的。"无尘脚不沾地，如鬼魅一般避开时笙的铁剑，"瞧着你这么好看，我倒是可以收你做个丫鬟。小狐妖，你觉得如何？"

时笙恶狠狠地道："瞧你这么难看，老子送你下地狱吧，免得脏眼睛。"

"我丑吗？"无尘惊讶地摸脸，"在万神宗，我可是美男榜上第一名。"

"呵，那你们万神宗可真瞎。"时笙冷笑，快速闪到无尘左侧，朝无尘的脖子砍过去。

无尘看似没注意，在铁剑到跟前的时候，身体腾空，铁剑从他脚下扫过。他脚尖轻点,准确地踩在时笙的剑上。

"小狐妖,你这样我可是会生气的。"

"我还会发火呢!"时笙将铁剑一侧,剑刃向上挑去,磅礴的灵力从铁剑中挥出来。

无尘脸色微变,手心向外,猛地一推,灵力和铁剑挥出来的灵力相撞。无形的气流如海浪向外扩散,四周的人被气流掀飞。无尘被压得往后退了好一段距离,体内血气翻涌而上,强忍着才没吐血。刚才那股力量……他接了那么一下,身体的经脉竟然被震得有碎裂的倾向。

时笙拿着铁剑翻看,一脸不解,显然她也不知道自己的剑竟然这么厉害。这个男人的实力不低,她刚才并没有用多少灵力,但是铁剑发挥出来的威力竟然翻了好几倍。

铁剑:"……"好歹我也是升级版的铁剑好吗?

"干得好。"时笙笑眯眯地摸摸铁剑。

"师叔……"

"师叔,您没事吧?"

被掀飞的万神宗弟子纷纷爬起来冲到无尘身边。

无尘将涌到喉咙处的血气压下去,神色比刚才凝重许多:"结阵。"

闻言,万神宗弟子立即散开,里三层外三层地将时笙包围起来。然而,他们的阵法还没发动,中间的人又不见了。

无尘仰头看着空中坐在铁剑上的少女,眼底涌出一股异样的情绪。就在他愣神的时候,一道紫色的光影从空中落下,一股危机感从无尘心中生出。

"退开。"

闻言,所有人同时往后疾掠。

砰!身后的爆炸声将他们的头发掀得竖起,让人畏惧的力量从后面追击而来,冷汗在那一瞬间遍布后背,所有人都铆足劲儿朝着远处飞掠。

等退到安全的地方,他们都手软脚软地瘫在地上。他们朝尘土漫天的地方看去。尘土中有手指粗的闪电在闪烁,像一条条细小的蛇。这种威力,他们只在别人渡劫的时候见过。那是一种毁天灭地、谁也不得反抗的威势。

尘土散开,一个偌大的坑出现在众人面前。里面依旧有闪电,接近的时候,人会感觉到里面隐隐蕴含的可怕力量。

"这是……什么东西?"

无人回答,因为谁也回答不上来。

无尘若有所思地盯着面前的大坑,然后微微仰头。铁剑停在上空,隐约可见上方的人影。他眸子里的戏谑已经不见。这只小狐妖真有意思!

"爆炸就是从这里传来的……"

"万神宗！你们这群白痴，在这里做什么？"一群人从远处冲过来，这些人赫然是之前追杀时笙的那些，也是无尘口中的岳阳宗。

万神宗和岳阳宗属于死对头，一见面就打。这次，万神宗的人竟然没有回应岳阳宗的人，个个面色诡异地盯着远处的大坑。岳阳宗的人往那个大坑看去，坑里什么都没有，只有不时闪过的闪电。刚才他们感觉到一股很强大的力量，以为有什么宝贝出世，结果就是这么大个坑？

"会不会是万神宗的人……"把东西拿走了？

那么强大的力量，肯定是有什么宝贝出世。岳阳宗的人觉得很有可能，于是看向万神宗的人的眼神开始不善起来。

都说敌人最了解敌人，岳阳宗的人露出这种眼神，万神宗的人就明白他们在想什么。

"这坑是她弄出来的。"万神宗的人指着头顶的时笙，他们可不想因为这么莫名其妙的事和岳阳宗掐架。

"是那只狐妖。"岳阳宗的人看过去，脸色顿时一变。这只狐妖可是杀掉他们岳阳宗不少人。

"她再厉害，也不可能弄出这种堪比天道的力量，你们少糊弄人，你们拿到什么东西了？"岳阳宗的人此时显然更在意万神宗得到了什么东西。两派实力不相上下，若是让万神宗的人得到什么宝贝，那万神宗就要压岳阳宗一头。

万神宗："……"你们都被她杀掉那么多人了，竟然还不信，一群蠢货！

"废话少说，给我上。"

"这群傻子。"

双方战成一团。时笙撑着下巴，看着下方打斗的人，脑中思索着这个世界的信息。这个世界的背景，人修和妖修属于水火不容的状况。妖修本来就没人修多，虽然修炼速度比人快，但抵不过人家数量多。

虞漪是妖，女主角和男主角也都是妖，所以这个故事基本都是围绕妖来写的。人修的戏大概是出来找男女主角麻烦，然后被灭。

原主没活到大结局，不知道反派主宰是谁，所以这次寻找凤辞估计又不会太顺利。刚才那个叫无尘的，他身上没有她熟悉的气息，应该不是凤辞。

等岳阳宗和万神宗的人打完架，天都黑了，最后以岳阳宗的人败退结束。

"那只小狐妖呢？"无尘打量四周。

万神宗的弟子表示没注意，刚才都忙着打架，谁有心思去注意那只小狐妖。

"师叔，刚才那只狐妖扔的什么东西？"有人想起他们和岳阳宗打架的原因，不免出声询问。

无尘朝远处的大坑看了一眼，里面的闪电已经消失。

"不知道。"他没看清她扔下来的是什么。

万神宗弟子深感诧异，连师叔都不知道！

"你们先回宗门。"

"师叔您去哪儿？"

"散散心。"

万神宗弟子："……"您不是才散心回来吗，怎么又散心？您还回不回宗门了？

算了……估计宗门里也没人想他回去。

无尘几个纵身，消失在夜色中。

无尘只是凭直觉走，倒是没想到真的会遇上那只小狐妖。她蹲在小溪边，溪边躺着一个人，看样子那人是晕了，一半身子都在水里。她缓慢地伸出手，屈指成爪，朝着昏迷的人的脖子袭去。

无尘手指微动，一枚小石子从他手中射出。少女猛地缩回手，偏头朝他这边看过来。溪水在月光下泛着粼粼的光，折射到她眼中，犹如碾碎的细钻。然而，她眸子里没有任何情绪起伏，那些波光粼粼的光在她眼中恍如定格，悄无声息。

无尘从暗处走出，踏过溪水，落到她几步远的地方。他打量刚才她准备杀的人，对方侧脸被头发挡住，看不太真切。

"你为什么杀他？"

"想杀就杀，要什么理由？"时笙冷哼一声。

说完，她拎着旁边立着的铁剑，朝着那人刺下去。

铮！铁剑砍在一把泛着蓝光的长剑上。无尘用力挑开铁剑，道："小狐妖，当着我的面，你想杀人，可没那么容易。"

时笙怒道："你眼瞎啊？他是人吗？"多管闲事的男人，气死她了，砍死算了！

时笙铁剑一转，朝着无尘砍过去。无尘还没反应过来她吼的那句话，下一秒就见她的剑砍了过来。无尘只闪躲不反击，他也没力气反击。时笙砍了两下，突然停下来，猛地往回冲，刚才还在溪边躺着的人已经不见了。

时笙："……"这个智障。

无尘一头雾水地跟着她回到溪边："小狐妖……"

回应无尘的是时笙毫无章法的乱砍，无尘有点招架不住。这小狐妖咋这么暴力，所以无尘决定——先撤！他快速摸出一张传送符，白光闪过，时笙的剑落空。

有传送符了不起啊！跑得了和尚跑不了庙！时笙撑着剑，目光落到溪边。刚才只差一点，她就能弄死男主角。是的，刚才那个人就是男主角，她看到他的时候，他就躺在这里，一副要死的样子。她只需要稍稍用点力，男主角就死了。偏偏这个男人冒出来，男主角又跑了。

气死了！无尘是吧，万神宗是吧！给她等着！

万神宗。

无尘现身在一座大殿中。大殿里有不少人，目光齐刷刷地落在他身上。

"掌门师兄，各位师兄。"无尘拱手弯腰，态度还算好。

高座上的掌门蓄着山羊胡，脸微尖，看上去有些刻薄。见无尘出现，他脸色一沉，道："无尘师弟，你越发没规矩。"

无尘抚了抚有些褶皱的衣裳，开口道："掌门师兄，师弟这不是被人追杀吗？"

"呵，无尘师弟还能被人追杀？你不是号称万神宗第一吗？"一个稍胖的师兄站出来，嘲讽地道。

无尘轻车熟路地接话："我是万神宗第一，可我不是天下第一啊！"

"你在外面又惹什么事了？"掌门摆手，让其他人别说话，冷声询问无尘。

"哪儿能啊，是有只小狐妖看上了我的美貌，非要和我双修，我不同意，她还想用强。掌门师兄你也知道，我向来怜香惜玉，怎么舍得对女人动手？"无尘张口就将锅扔到时笙身上。不久以后无尘才知道，随口胡说是要遭报应的。

"现在的妖都这么大胆了！掌门师兄，玄风封印被破的消息若是传出去，那些妖还不得翻天，我们现在的主要目的是抓住玄风。"

话题不知怎么一下子就正经起来。

"可是现在我们连玄风的踪迹都寻不到，上次岳阳宗的人找到他，眼看就要抓住他，谁知道紧要关头，突然冒出来的一只妖怪救了他，现在谁也不知道玄风在什么地方……"

无尘见这些人的注意力不在自己身上，直接退到自己的位子上坐着。他们讨论的问题无尘一个字没听进去，他想的是那个一言不合就开砍的小狐妖……真是有趣。

"无尘师叔，无尘师叔……"

有弟子气喘吁吁地从山下跑上来。无尘躺在藤蔓下的摇椅上，被这叫声惊醒。他微微睁眼，看向那个弟子："这么大声干什么，我听得到。"

弟子满脸焦急地道："无尘师叔，掌门叫您去山门。"

无尘疑惑地道："大清早的去山门做什么？"

"有……有只狐妖找你……还打伤了无痕师叔。"

狐妖？小狐妖？无尘的眸子闪了闪。

等那个弟子再瞧去，藤蔓下只有微微晃动的摇椅，摇椅上的人已不见踪迹。

无尘到山门的时候，山门已经被各峰弟子占据，他好不容易才挤进去。墨裙少女嚣张地踩着那个人，可不正是和他最不对付的无痕师兄？

无尘走到掌门队伍中，戏谑地看向时笙："小狐妖，你来找我的？"

"对啊，找你的。"时笙嘴角含笑，不过那笑容怎么看都阴森森的。

时笙磨着牙，开口道："听说，你说我想和你双修？"

无尘看向掌门，掌门则看向被时笙踩着的无痕。

无痕："……"这话有哪里不对吗？你们倒是先把我救出来啊。

"我没说过这话。"无尘否认道。

"虞漪姑娘，有什么事我们可以心平气和地谈，你先放开无痕师弟。"

"没什么好说的，把他给我，我就把这人还给你们。"时笙抬了抬下巴，看向无尘。

"这……"

"掌门师兄，无尘师弟自己惹的祸自己解决，怎么能连累我。"无痕气红了眼。都是这个惹祸精，害得他在这么多弟子面前丢这么大的脸。

掌门为难地看向无尘，捺着性子和时笙交涉："虞漪姑娘，不知道无尘师弟在何处得罪了你。"这狐妖比以往他们遇见的妖难对付多，不按套路走就算了，实力还不差，特别是那把剑……

"得罪我的地方多了，一句话怎么说得清楚？你把他给我，不然我弄死这人。我数三声，三……二……一……"时笙抵着无痕的铁剑稍稍用力，剑刃没入无痕的胸口。

所有人都以为时笙只是口头威胁，可看着她毫不迟疑地将铁剑没入无痕胸口的时候，众人齐齐变色。

"掌门师兄，掌门师兄！"感觉到刺骨的寒意，无痕也顾不得什么形象了，冲着掌门大吼。

"掌门，我们这么多人还怕她一个妖怪吗？大家一起上。"

"掌门师兄，师兄说得没错，我们一起上。"

掌门扬声对时笙道："虞漪姑娘，住手！"

"掌门师兄，不用为难，我过去换无痕师兄。"无尘冲着掌门笑了一下，闪身落到时笙面前。

"小狐妖，现在可以放开我师兄了吗？"

时笙从袖子里摸出一个瓷瓶递给无尘："吃下去。"

"小狐妖……这是什么？"无尘好奇地打量瓷瓶几眼。

"让你吃就吃，废话那么多干什么？"时笙恶狠狠地瞪过去。要不是这男人，她就算弄不死男主角，也能让男主角重度残废。

"无尘师弟……"

无尘无所谓地接过瓷瓶，倒出里面的黑色丹药，一口吞下。丹药入口即化，有点凉，顺着喉咙滑入食道，并没有什么奇怪的感觉。

时笙移开踩着无痕的脚，顺便将铁剑抽出来，一把拎着无尘踩上铁剑，唰的一下冲向远方，消失在众人面前。无痕捂着胸口站起来，她刺得并不深，只是样子看着唬人。

"掌门，无尘师弟……"

"他自己造的孽，与我们无关。"掌门脸上哪里还有刚才的为难，只有冰冷。

众人对视几眼，各有各的考量。

无尘这几年给万神宗惹了不少事，掌门一直找不到合适的机会处置他，这次的事，正好是个契机。

无尘发现自己体内的灵力没办法使用，不是不在了，只是没办法用。他盘腿坐在铁剑上，看着下方掠过的光影，一派悠闲："小狐妖，你带我去哪儿？我们这算私奔吗？"

时笙睨他一眼，没搭话。系统那个家伙，隐藏任务竟然只给个提示，这个提示正好就是无尘，也就是说这个提示只是前提条件，隐藏任务还没触发。

时笙眸子转了转，突然靠近无尘，伸手拽住他的手腕，磅礴的灵力疯狂涌进无尘体内。一股刺痛瞬间蔓延向无尘全身，他的表情微微有些痛苦。无法使用灵力，无尘想抵抗都不行，只能受着。

不是他！时笙放开无尘。凤辞不会对她的灵力产生这么大的抵抗……那她就先捅他几剑好了。

无尘这边刚缓过来，就见对面的少女不知从哪儿抽出一把长剑，看架势正准备往他这边捅。

"小狐妖，等等！"无尘赶紧出声。这小狐妖暴力起来太可怕了！

然而时笙并没有给他说话的机会，将长剑毫不迟疑地捅过去。无尘身子往后一仰，整个人翻出铁剑，朝下方坠落。下方是成片的树林，无尘直接摔进茂盛的树冠，稀里哗啦地砸在地上，摔得晕头转向的。

他晕乎乎地从地上爬起来，忽然对上一双拳头大的暗金色瞳孔。一只金黄的老虎站在离他一步远的地方，正转着脑袋打量他。他身子一僵，一只腿还跪在地上，姿势颇为怪异。

"吼！"老虎突然咆哮一声，背部微微弓起。这是进攻的讯号。

无尘手缓慢地摸向腰间的玉佩，就在他摸到玉佩的时候，老虎尾巴一夹，嗷呜一声，朝着旁边的灌木丛跃去，眨眼就消失在无尘面前。

"你现在连只老虎都打不过，你确定要跑？"背后响起时笙恶劣的声音。

"你想捅死我，我不跑，难道等着你捅？"无尘忍不住反驳。

"我又不会把你捅死。"毕竟你还有用。

无尘："……"以前他觉得自己挺招人讨厌的，现在才发现，他其实也没那么招人讨厌。不过这样才更有意思。

无尘扭头看向身后的树冠:"你想怎样?"

时笙从树上跳下来,走到无尘跟前,毫无形象地蹲下去:"你帮我杀个人……不对,是只妖。"

"谁?"

时笙微微一笑,道:"玄风。"

"玄风?"她说的那个玄风,是他知道的那个玄风吗?

"就是他,你帮我杀了他,之前的事,我们就一笔勾销,如何?"时笙怂恿无尘。

"我们之前怎么了?"无尘不解,他们不就是打了一架吗?之后他阻止她杀人,也不算什么深仇大恨。她竟然追到万神宗,这一说,她是不是看上他了?

"小狐妖,你莫不是喜欢上我了?"无尘露出一丝戏谑的笑意,"你要是真看上我,我也可以委屈一下,勉强收了你。"

时笙一巴掌拍过去,道:"少做春秋大梦,你有两个选择,要么死,要么帮我杀玄风。"

"不要动手动脚,杀就杀,反正他是妖,人杀妖天经地义。"说完,无尘大概觉得不妥,补了一句,"当然像小狐妖这么好看的妖,我肯定是舍不得的。"

时笙皮笑肉不笑地扯着嘴角,道:"他们放弃你是正确的。"

无尘知道时笙说的是万神宗的人,不在意地捋了捋头发:"是金子总会发光,总有一天他们会后悔的。"

时笙悠悠地补充道:"然而金子的下场往往是被熔掉。"

"小狐妖,你对我这么不友好,小心我不帮你杀玄风。"无尘扬了扬眉毛,眸中满是精光,"你实力不差,真要想杀玄风想必不会太难,可是你却找我去帮你杀……这说明什么呢?"她身上还有那种堪比天道威力的玩意儿,怎么会惧怕一个玄风?

时笙眸子微眯,等着无尘的下文。无尘拖长音调,道:"这说明……要么是你不能杀玄风,要么是你不敢杀玄风。小狐妖,你说我分析得对不对?"

"所以呢?"

"所以,你想让我帮你杀玄风,就对我好点。"

"对你好点……"

"是的。"

"你大爷的,还敢威胁老子?你哪儿来的自信,这样算不算对你好?"

无尘被揍了一顿,再也不敢随便威胁时笙。这小狐妖的脑回路和常人根本不一样!

"喂,小狐妖,你是不是把解药给我,我这样怎么帮你杀玄风?"无尘走得气喘吁吁。

走在前面的少女顿了一下,回过头,扯着嘴角浅笑道:"到时候自然会给你。"

无尘不死心地道："万一突然遇上他怎么办？到时候你再给我，就来不及了对不对？"

"来得及。"

无尘："……"

无尘要解药无果，两人走出山林，进入有人烟的官道。

"小狐妖，好渴，休息一下。"无尘指了指前面的茶棚。

也不管时笙跟不跟来，他直奔过去。时笙慢吞吞地跟上去。茶棚里也卖吃的，这几日，无尘都是吃野果子，早就饿得不行了。

"小狐妖……"

时笙冷眼瞪过去，无尘立即改口："小漪。"

时笙收回视线，继续喝面前的粥。无尘看了那碗粥几眼。妖也吃粥？还真是第一次见……他见过的妖，不是吃人就是吃生肉，从来没见过这么接地气喝粥的妖。

无尘好奇地道："小漪，你之前为什么惹到岳阳宗的人？"

"集体狂犬病。"

无尘："？"集体狂犬病是什么意思？这和他的问题有什么关联？

"你们想干什么？"

女孩子的叫声从旁边传来。因为靠近城池，官道上来来往往的人比较多，这叫声立即将所有人的注意力吸引到这边。

几个大汉正捉着一个姑娘，满口污言秽语，很是难听。

这姑娘是店家的女儿。店家站在旁边，畏手畏脚尾去拉他们，但是显然没什么效果。

时笙淡淡地往那边看了一眼，继续喝粥。跟着她走了一段时间，无尘发现这小狐妖不管做什么都是一副胸有成竹、嚣张狂妄的样子。那不是普通人的运筹帷幄，是一种傲视群雄、老子谁也不怕、不服来干的姿态。

真是奇怪的小狐妖，无尘对时笙越发感兴趣。

无尘本来没打算多管闲事，但那姑娘和那群人拉扯的时候，不知怎么就移到时笙这边。几个大汉瞧着时笙长得比那姑娘好看得多，顿时起了歹心。无尘虽然没有灵力，但是对付几个普通人，还是可以的。他将那几人打跑后，姑娘啜泣着跟无尘道谢，接着不知怎么就要以身相许。

时笙一脸嘲讽地看他一眼，摸出银子放在桌子上，起身离开。

"不过举手之劳，不必言谢，告辞。"无尘推开那姑娘，起身追上时笙。

两人朝着城墙走，气氛有些尴尬。

"你……"即将进城的时候，无尘有些憋不住地开口道，"你知道会有麻烦？"她像是知道帮谁会惹麻烦，帮谁不会惹麻烦。仔细想想，这一路上，她出手的时候，没有任何人纠缠于她。

时笙的目光越过来往的人群。她神情漠然地道:"看多了,自然就知道。"

无尘皱眉。他见的人也挺多的,但是要一眼看出谁不怀好意是很难的,毕竟人心最善变。他一个人都看不透人心,她一只妖,怎么那么了解人?

无尘不知道,时笙看人的时候,是先用恶意去揣测别人,自然看得比他清楚。

"那个姑娘在被调戏的时候,一直用余光观察着你,见你没反应,才引着那些人往我这边来。"时笙拍拍无尘的肩膀,"少年,少自恋,多看书。"

无尘:"……"

时笙并不知道玄风在什么地方,只能按照原主记忆中的剧情守株待兔。

这座城池是玄风和女主角以及岳阳宗的人联手将原主逼上死路的地方。

"小漪……"无尘推门而入。

时笙微闭的眼睁开,对上无尘略显凝重的目光。无尘几步走过来,道:"你最近出去过?"自从他们进了城,她就窝在这间客栈里,不是睡觉,就是修炼。

时笙坐起来,淡然地问:"出什么事了?"

无尘打量时笙几眼,道:"城里有人被挖心。"挖心,向来是狐妖的专利。

"你怀疑是我干的?"时笙斜睨着无尘。

她没做,竟然还是有人,不对,有狐做了。也就是说,不管怎么样,这剧情还是要走的。

时笙仿佛听到恭喜玩家获得"来自剧情君的恶意"buff(游戏里的口语,指增益系的各种魔法)。

持续时间未知。

作用未知。

后果未知。

"我只是问一下。"无尘移开视线。

时笙重新闭上眼躺回去:"自己的命都在我手里攥着,还有心思关心别人,你也是挺心大的。"

无尘愣了一下。她这态度嚣张得够可以!他转念一想,挖心的应该不是她。这小狐妖杀人从来都是光明正大,不会偷偷摸摸干这种事。

城里有人被挖心,还传是狐妖作祟,城主派人去请岳阳宗的人来捉妖。岳阳宗的人来了,挖心事件就此停止,没有再传出死人的消息。但岳阳宗的人一走,陆陆续续又死了好几个人。一到晚上,整个城池家家户户房门紧闭,生怕狐妖到他们家里去。

无尘接连几天都是早出晚归。

时笙靠着窗户,看着寂静无声的远方,嘴角带着似有若无的笑意。

"小狐妖,你知道是谁吗?"

"知道。"

"是谁?"无尘眸子一亮。

"我凭什么告诉你。"时笙挑挑眉。

无尘:"……"

"我没看出来,你还喜欢多管闲事。"

无尘无奈地耸耸肩,开口道:"修道,要做满一定的功德,以后飞升的时候,可以少挨雷劈。"

时笙嘴角一抽,道:"谁告诉你的?"难怪这人总是一副不愿意却又不得不出手的样子。这样找天道的bug(漏洞),天道竟然也允许?

"我师父。我要是找到真凶,这可是一件大功德。"

"祝你好运。"说完,时笙转身回房。

无尘跟在她后面,道:"小狐妖,你帮帮忙啊。"

"你让我帮你去抓我的同类?"时笙指了指自己,"你看我像智障吗?"

无尘:"……"说得好有道理,他竟无言以对。

时笙不帮忙,无尘只能自个儿去鼓捣。他的灵力还在,能感受到什么地方有妖气,但是他在城中转悠了这么多天,竟没有察觉到任何地方有妖气,就连时笙那里,他都察觉不到。

城里依旧隔几天就死一个人,即便是岳阳宗的人在,那只狐妖也有恃无恐地作案。

吱呀——

窗户裂开一条缝,一道黑影从窗外射进来,落地的瞬间化成一个男子。他打量房间片刻,朝着床榻的方向走去。快要接近床榻的时候,他脖子上蓦地多了一把铁剑。

"之前我还以为是我的错觉,没想到真的有一个同类。"男子音调古怪,听得人毛骨悚然。

"不去挖心,跑到我这里干什么?"时笙阴阳怪气地冷哼道,"还想挖我的心补补?你承受得起吗?"

如果说男子的声音听得人毛骨悚然,那时笙的声音便充满阴森的毫不掩饰的恶意。男子心底生出几分不好的预感。他沉默几秒,镇定地开口道:"好歹是同类,不过是打个招呼,你何必这么紧张?"

"你从什么地方看出我紧张了?"

"不紧张你何必用剑胁迫我?"

"你不请自来,这是我的回礼。"

"小漪,你在和谁说话?"房门外突然响起无尘的声音。

房内一阵诡异的沉默。

无尘半晌没听到回应，又敲了两下门："小漪，我进来了。"

吱呀——

趁着房门被推开的时候，男子身形一闪，化成原形，极快地蹿出窗户，消失在黑夜中。

无尘只觉得眼前闪过一道黑影，微微的凉风拂过脸颊，带起一股细微的妖气。无尘心中微凛，定睛一瞧，只见时笙站在房间中，举着那把铁剑，背对着他。

"小漪，刚才……"怎么会有妖气？难道是那个挖心凶手？

"你要找的挖心凶手。"时笙将铁剑收回空间，淡淡地出声，然后走向床边，"出去带上门，谢谢。"

无尘："……"挖心凶手找上门，她竟然这么淡然。

第二天，时笙出去，一大早就听到有人在谈论昨晚又有人死了。

"这凶手还没抓到，我现在睡觉都害怕，指不定什么时候凶手就找上门……"

"有什么办法，岳阳宗的人都抓不住凶手。"

"我家那口子，现在睡觉都神神道道的，害得我一天到晚也跟着提心吊胆，我都打算出去避一段时间再回来了。"

这时，一个脆生生的声音穿插进来："大哥，你们在说什么？"

时笙微微偏头，正好看到一个娇小的姑娘挽着一个男人，好奇地问刚才讨论的那几个人。对方见她长得挺可爱，很乐意告诉她。

"小姑娘，看你们不是这里的人，还是赶紧离开吧。"有人劝那个姑娘。

小姑娘微微一笑，开口道："谢谢大哥提醒，不过我们是来找人的，一时半会儿可能不能离开。"小姑娘向那几人道谢，拽着男人往旁边走。

"玄风，你听到没，他们说这里有狐妖作乱。"虞小七压低声音。

"关本尊何事？"玄风冷着脸道。

"你不觉得这样很残忍吗？"虞小七愤怒不已地道，"而且我们狐族有规矩，不能随便伤害人类。"

"人妖不两立，这是自古以来的规矩。"玄风将虞小七禁锢在怀中，"你再多管闲事，本尊不会再出手。"

虞小七不满地道："你自己都还要靠我。"

玄风脸色顿时一黑，道："你说什么？"

周围的温度恍如下降了好几度。

"没有，没有。"虞小七又是摇头又是摆手，"你好厉害的。"

玄风的脸色这才好一些。

"小漪，"无尘不知从哪儿冒出来，拍了一下时笙的肩头，正好挡住前方的男女主角,"你在这里干什么?"

时笙歪头,视线顿时开阔起来,但是男女主角已经不见了。时笙瞪无尘一眼,道:"你要杀的人来了。"

"玄风?"他都快忘了,他是被这个女人威胁着来杀人的。

"害怕?"

无尘这个男人欺软怕硬,自恋还爱装。

无尘像是被踩到尾巴的猫,浑身的毛都竖了起来:"我会怕他,他在哪儿?为民除害,义不容辞。"

时笙指了指前面的人群:"往那边去了。"

无尘立即往那边走,走了几步,又折回来,问道:"玄风现在什么实力?"

时笙翻了个白眼,道:"我怎么知道,我又没和他打过。"

原主只被男主角打过,可从来没还过手,所以男主角的封印解开后,他到底有几分实力,谁也不知道。

"你干吗非要杀他?"

时笙沉吟片刻,开口道:"反正就是有仇,不共戴天,他不死,我就不舒服那种。"

无尘:"……"这得多大的仇?杀父之仇,夺妻之恨?无尘无法理解时笙的脑回路,但是他就是越来越喜欢这样的时笙。

时笙和无尘并没有追到男女主角,不过挖心事件结束之前,他们肯定是不会离开的。时笙一直相信,剧情君会将男女主角送到她面前,所以她一点也不慌。

晚上,男女主角果然出现在她住的客栈。她是出来让小二送水的时候,看到两人在大厅吃饭。虞小七叽叽喳喳地说个不停,玄风一脸不耐烦,却始终没有打断虞小七。大概是时笙的目光过于直白,玄风察觉到,猛地抬头看过来,两人的视线在空中撞上。玄风在接触到对面少女的目光的时候,突然有一种置身虚无、没有任何依靠的危机感。

这个女人不对劲!这是玄风的第一个念头。以前这个女人看见他,都是一脸痴迷,恨不得扑到他身上来,这次竟然如此平静……她身上的气势也不对,那是一种张扬到极致的尊贵感。以前他只是烦这个女人缠着自己,现在,他竟然有点忌惮这个女人。她怎么会在这么短的时间里发生这么大的变化?

"玄风,你在看什么?"虞小七见玄风盯着一个方向看了好久,也好奇地跟着看过去。她只看到一个青色的背影,那人腰间玉佩晃动,玉佩下方坠着竹叶形流苏。

"万神宗的人怎么会在这里?"虞小七顿时紧张起来,"玄风……我们换个地方吧。"这些宗门想抓玄风,她虽然不明白为什么,但现在她和玄风是一条绳子上的蚂蚱,玄风不能被他们抓住。

"不用。"玄风收回视线。

"为什么？万神宗的人在这里，万一他发现我们怎么办？"虞小七着急地道。

"吃饭。"玄风揉了下虞小七的脑袋，不容置疑地道。

虞小七还想说什么，玄风的脸瞬间阴沉下来，目光冷冷地看着她。她咬咬唇，把到嘴边的话咽回去，低头吃东西。

这个男人变脸的速度跟翻书一样快。

玄风和虞小七在客栈住下，他们早出晚归，也不知道在干什么。

时笙一直没出过房门，所以没有和两人遇上。无尘见时笙不让自己立即去杀玄风，自然乐意。他现在可是弱者，真要和这个让宗门都头疼的妖怪对上，能有什么胜算？

在玄风和虞小七住进客栈的第三天，客栈里死了个人，是客栈的店小二，被人在客栈后院挖了心。他的表情极为惊骇，眼睛睁得老大，里面满是血丝，可见死时很痛苦。

可是昨晚，客栈里的人都没听到任何动静。店小二就这么悄无声息地死在客栈后院中，胆子小的人哪里还敢住下去，纷纷要求退房。当然也有胆子大的，看热闹一般继续住下去。

城主派人来将尸体带走，同来的还有岳阳宗的人。这下好了，天雷勾动地火。看热闹的虞小七被岳阳宗的人认了出来。她最近一直和玄风在一起，岳阳宗的人自然认识她。虞小七早就被划到玄风一派，所以毫无意外，岳阳宗的人对虞小七动手了。男主角自然要出场，双方在客栈大打出手。

一群看热闹不嫌事大的围观群众议论纷纷——

"刚才岳阳宗的人喊妖女？那个小姑娘是妖怪？"

"难道她就是挖心的狐妖？"

"不会吧……"

"越漂亮的东西越有毒！"

无尘和时笙站在楼上观战。

"小漪，上不上？"

"上谁？"

无尘："……"这话不是该我问你吗？而且你这用词也有点不对劲。

"你让他们打啊，等他们打得差不多了，我们再上去捡漏。"时笙给无尘分析。

无尘："……"没想到你是这样的小狐妖，不过我喜欢。

因为挖心事件，岳阳宗在这里的人其实不少，他们刚和玄风交手，就有人出去搬救兵。等岳阳宗的人快撑不下去，救兵也到了。虞小七战斗力一般，要不是玄风护着她，估计早就被人给抓住了。当然，最后她还是被人抓住了。

"玄风，住手，否则我杀了她。"

玄风扯着一个岳阳宗弟子，一回头就见虞小七被人用剑抵着脖子。

"玄风，你快走，别管我。"虞小七冲着玄风大吼。

"闭嘴！"胁迫虞小七的人一巴掌拍在她脸上。

虞小七被打得脑袋一偏，脖子蹭到剑刃，割出一条血痕。

"玄风，你想看着她死吗？"

玄风目光阴沉地盯着胁迫虞小七的人，手背上暴出青筋。几秒钟后，玄风扔开被他掐着脖子的弟子："放开她。"

"放开她可以，你自废修为。"

玄风周身仿佛冒着寒气，四周的人都被冻得开始发抖，但他们想着虞小七在自己手上，底气瞬间又足了。

"放开她。"玄风的声音冷得如同结了冰。

胁迫虞小七的人立即将剑往她脖子上压："玄风，你真的不怕她死？"

"玄风，你快走！"虞小七一个劲地摇头。

"喂，你们倒是弄死她啊！"

突然插进来的声音让众人一愣，他们同时朝二楼的方向看去。墨裙少女趴在栏杆上，满脸笑意，可那笑容看上去满含恶意。

"反派死于话多，知不知道？"时笙对于注视自己的目光视若无睹。

无尘："⋯⋯"动不动就是死？你是个姑娘，知道吗？

虞小七看到时笙，明显一愣，随后目光流露出些许不可置信。她大概是想不明白，好歹她们是同类，手足不相残，她竟然让这些人弄死自己。

"虞漪！"岳阳宗的人认出时笙，顿时大叫一声，"他们是一伙的。"

时笙哼哼一声，道："饭可以乱吃，话不可以乱说，我什么时候和他们一伙了？"

"你和他们不是一伙的，之前为什么拼死救玄风？"某弟子质问道。

时笙："⋯⋯"她把这事给忘了。

玄风眉头一皱，目光略带探究地落到时笙身上。

无尘的目光也有些诡异，原来她是当初救玄风的那只妖怪⋯⋯难怪岳阳宗的人追着她不放。可是她为什么要救玄风，现在又要杀他？

"我救错人了。"时笙一脸镇定地道，"不对，救错妖了。"

众人："⋯⋯"这借口好牵强。

"你们打不打？"这群人看着她干什么？她是长得挺好看，可是看着她，男女主角又不会死。

"上！"岳阳宗的人挥手。

一部分人朝楼上冲去，一部分人向着玄风冲去。时笙手撑着栏杆，从二楼跳下去，寒光闪过，挡路的人连惨叫都来不及，便直接倒在地上。

众人都对时笙那把剑有些畏惧。这是什么剑，砍起人来，怎么一点都不费劲？

时笙冲着玄风走去，岳阳宗的人见时笙气势汹汹的，纷纷往后退，将战场留给两只妖。

"是你救的本尊？"玄风看着时笙道。

时笙微微一笑，道："年少不懂事，多见谅。"

玄风："……"救他怎么就是年少不懂事？这只狐妖给他的感觉太奇怪。

"你想换种方式引起本尊的注意？"

时笙看了玄风两眼，开口道："不用试探我，我现在就是想杀你，就这么简单，你是站着让我砍，还是躺着让我砍？"

"想杀本尊？"玄风面上不屑，心底却满腹疑问，她竟然不喜欢他了，还要杀他。

时笙甩了甩铁剑，蛮横地冲过去。和男主角动手，阻力不是一般的大，本来她只需要使用一分力，此时却需要用五分力，简直倒霉。就算她对男主角不抱杀意，也需要用三分力。天道的宠儿就是牛！

砰！玄风的身体突然飞出去，砸在桌子上。桌子承受不住他带过去的重量，直接碎裂。

唰——

锋利的剑刃指着他的眉心，如镜面的铁剑中，可以看到他此时狼狈的样子。玄风有些不可置信地看着面前的少女。

"让你站着让我砍，你非得躺着让我砍。"她眉眼间似乎带着笑，又似乎什么都没有。

"无尘。"

一直在上面看戏的无尘听到召唤，从二楼跳下来，走到时笙身边："小漪？"

"杀了他。"

无尘眸子里闪过一丝疑虑。她只要稍稍用力，就可以杀掉玄风，何必麻烦一次？她果然不能对玄风下手吗？

"虞漪，你怎么可以杀同类！"虞小七剧烈地挣扎起来。

时笙无视虞小七，对着无尘道："动手。"

无尘看看时笙，又看看玄风，唤出自己的剑，在众人的注视下，将剑刺入玄风胸膛，一系列动作如被按了慢放键。

"不要！"

玄风嘴角勾起一抹嗜血的笑，脸上没有任何畏惧。时笙眉头一皱，心底有不好的预感。果然，在长剑没入玄风体内的时候，他的身体顷刻间灰飞烟灭。就说男主角大人怎么那么弱，敢情人家根本就不是本体，自己白忙活了半天！

"不是本体。"无尘收回剑，"他不是那么好杀的。"能让宗门头疼的妖，岂能这么没用？

虞小七大概以为玄风死了，满脸悲戚。

时笙的眸子转了转，还没来得及做什么，变故陡生，不知哪儿飘出来一阵白烟，整个客栈瞬间就被淹没，时笙眼前只有白茫茫的一片，什么都看不到。

对面一阵骚动，还有打斗的声音。白烟散去，人影慢慢地显露出来，刚才胁迫虞小七的人，此时躺在地上不知死活。虞小七不知所终。

"人呢？"

"刚才有人偷袭我……"

时笙叹气。果然还是需要先消耗男女主角的气运，然后才能干掉他们。

"是他们，肯定是他们！"岳阳宗的人突然将矛头指向时笙和无尘。

"无尘，你是万神宗的人，为什么和狐妖搅和在一起？"

"我愿意和谁在一起关你们什么事？"无尘目光戏谑地道，"你们岳阳宗连只妖都看不住，有什么用？"

被人说没用，岳阳宗的人立即炸了："无尘，你竟然和妖勾结，这次万神宗也保不住你！"

"我……"

"啊！"惨叫声骤起。

"虞漪，你竟然搞偷袭！"

时笙踩着刚才叫嚣的那个人，开口道："偷袭？我不是当着你们的面动手的？如果这样都算偷袭，那只能证明你们眼瞎，怪我喽？"

"降妖除魔，杀啊！"

自从客栈事件后，"虞漪"这个名字一夜间便火了起来。她以一己之力灭掉岳阳宗几十人，成为岳阳宗头号追杀对象，不少人猜测城里的挖心事件和她有关。然而，当时有人亲眼看到她出城，但城里依旧有人死亡。谁也没抓住那个挖心凶手，也有人怀疑时笙没出城。城池戒严，官兵挨家挨户地搜，自然是什么都没搜到。

城中某处破败的府邸。

虞小七躺在还算干净的床上，除了眼珠子什么都不能动。她不知道自己是怎么到这里的，当时她眼前一片白，听到有人惨叫，然后她就晕了过去，等再睁眼，就在这里了。

虞小七试着动弹，然而身体僵硬得不像是她的。她试了几次，连手指头都没抬起来。

不知道在床上躺了多久，屋内的光线越来越暗……

吱呀——

随着推门声响起，有脚步声由远及近。

高大的黑影慢慢地靠近床，虞小七感觉到一股压迫感。她转动眸子，努力看清站在床边的人。那是一个男人，戴着面具，只露出一双阴沉沉的眸子。

"你……是谁？"虞小七瑟缩了一下，"你为什么抓我？"

"抓你？"面具男的声线很低，带着几分沙哑，"我可是救了你。"

虞小七想起之前的事，如果她没被这个面具男带走，那她也会死？吞咽几口唾沫，虞小七嗓子发紧地道："那我为什么不能动？"

面具男俯身，有些粗糙的指腹从虞小七光滑的脸蛋上滑过。他目光复杂，一言不发地摩挲着虞小七的脸蛋，好一会儿才放开她，道："睡吧。"

虞小七本来一点困意都没有，可不知道为什么听完那两个字，一阵困意便袭来。

"小漪，我们现在去哪儿？"无尘拨着面前的火堆。

"各回各家，各找各妈。"

无尘扔掉手里的树枝，走到时笙身边坐下："我都被宗门抛弃了，无家可归，小漪难道不应该对我负责吗？嫁给我委屈小漪了，不然小漪娶我吧！"

时笙睨着他，道："娶你也委屈我，所以为了不委屈自己，我让你滚远点，不然……"说到后面，时笙的表情有些阴森。

无尘缩了缩脖子，眼珠滴溜溜地直转。他要是和小漪生米煮成熟饭……那小漪不就得对他负责了吗？这个方法好，就这么办！

"你那块玉在闪。"时笙突然出声打断了无尘的臆想。

无尘垂眸看去，那玉佩如萤火虫一般，正一闪一闪的。他捏着玉佩，突然想起自己不能用灵力。无尘焦急地对时笙道："小漪小漪，快快，我要用灵力。"

时笙："……"

"我有正事，我一定不跑！我那么爱你，怎么舍得丢下你！"无尘举着手发誓，他手中的玉佩闪烁得越发频繁。

时笙看了那玉佩好几眼，才慢吞吞地将解药扔过去。

无尘手忙脚乱地吞下解药。药效发挥需要时间，他眼睛都不眨一下地盯着玉佩，好像那玉佩是他媳妇。等药效起了，体内的灵力循环起来，无尘立即将灵力注入玉佩。

"师父。"

无尘刚开口，时笙就惊了，这人竟然有师父？不对……他之前好像说过。

"你在哪儿？"玉佩里传出一个清冷的男音。

无尘神情复杂地开口道："师父，您在哪儿？我去找您。"

那边沉默下去，有呼啸的风声，良久才有声音传来："岚山。"

"师父您别乱走，我马上过去。"

无尘将玉佩放下，转头看向一脸诡异的时笙："小漪，我要去接我师父……"

"我和你一起去。"

无尘眨眼。小漪竟然这么好说话？想想自家师父……无尘将其他念头压下，还是先去接师父要紧。

时笙露出一个高深莫测的笑容。等了这么久，总算有点线索了！再没线索，她都以为系统是在诓她了。

岚山距离他们有点远，但是有铁剑在，再远都不是事。

岚山。

传言这里曾有人飞升成仙，属于仙人恩泽之地。岚山的灵气比其他地方要浓得多。

黑夜中，氤氲的灵气如一层薄纱笼罩在岚山之上。

无尘摸出玉佩，道："师父，您在岚山哪个位置？"

"下面。"

无尘："……"我知道在下面。

"我们在上面，师父，要不您自己飞上来？"无尘试探着问。

玉佩那头的人沉默一阵，接着就是呼啸的风声，然而风刮了半天，他们面前连个鬼影都没有。

无尘几乎哭着出声："师父师父您别动，我错了，我来找您，您千万别动。"

"你师父什么毛病？"

无尘将玉佩放下，生无可恋地吐出两个字："路痴。"

时笙："……"很好！

无尘一边听自家师父描述四周的场景，一边指挥时笙。结果是，他们绕着岚山飞了一圈，也没见到所谓的师父。

无尘心累地问："师父，您确定在岚山吗？"

对方大概也不确定，好一阵都没问答，之后才慢吞吞地道："对面的山上有一股灵气。"

无尘："……"所以，师父您还是没在岚山啊！深呼吸深呼吸！冷静冷静！

"说星辰方位。"时笙实在是看不下去，对着玉佩那边说了一声。

师父在那边突然听到一个女孩子的声音，静默几秒后才道："无尘，你背着为师找道侣了？"

"师父，我倒是看上她了，可她看不上我。"无尘委屈地道。

"嗯。"对方竟然像煞有介事地嗯一声。

无尘："……"师父这是什么意思？

时笙恨不得抽这两人一人一巴掌，这样竟然也能聊起来。最后，时笙提醒第二遍，对方才报出位置。时笙驱使铁剑，很快就找到地方，是在岚山旁的一座山峰中，灵气没

· 25 ·

有岚山那么浓郁，但比其他地方要浓郁许多。

铁剑穿过重重树冠，落到林子中。

一道人影立在黑暗中，手中的玉发着微光，将他的面容映得若隐若现。他身后一片黑暗，他是那片黑暗中唯一的光。

【隐藏任务：凤凰于飞。】系统任务跟着发布。

时笙眸子一亮，快速从铁剑上跳下去，直扑他而去。

【……】主人，我觉得这剧情对宿主来说，不管什么模式，都是一样的。

"小漪……"无尘急急地叫了一声。然而，他完全不能阻止时笙。她的速度太快，对方还没反应过来，已经被时笙扑倒。

然后悲剧发生了！两人突然朝着后面倒去，直直地往下面坠。稀里哗啦的碎石从头顶砸下来，有的直接砸到时笙身上，疼得她龇牙咧嘴。她想用灵力，结果灵力在体内运转一圈，就没有然后了。电光石火间，时笙想起系统给她的那个大礼包。

运气值下降30%……

对方大概也察觉到她不能使用灵力，伸手扶住时笙的腰，她耳畔不断有石头砸下去带起的空气震鸣。时笙眼前一片黑暗，什么都看不到。坠落的时间并不长，落地的时候，时笙听到骨头碎裂的声音。她整个人趴在他身上，耳畔有嗡嗡声，好一会儿才听到他的心跳声，很平缓。

时笙想撑着身子坐起来，对方突然拉住她，压低声音道："别动。"

嗞嗞……这声音在寂静的空间格外清晰。身下的人双手环过她的腰，一股凉意瞬间遍布全身，时笙冷得一个哆嗦。时笙感觉有软软的东西从她腰间爬过去，她浑身汗毛都竖了起来，恨不得跳起来砍死敢在她身上乱爬的东西。可是她被身下的人禁锢着，完全动弹不得。

时笙觉得那玩意儿很有可能是蛇，她足足等了好几分钟，压在她身上的重量才消失。时笙的那口气还没松下去，身上又是一重。它竟然又爬回来了！而且脑袋还往她背上移动！时笙整个人都抖了起来。

不行，老子的剑呢？剑没下来。

时笙只能从空间摸出另外的剑，她还没来得及砍，手腕就被人抓住，淡淡的温度从手腕上传来。时笙凭着直觉去看下面的人。她唇瓣上突然一热，呼吸交织，带着丝丝缕缕的熟悉气息，依然很淡，却让人无法忽视，恍如来自灵魂的印记。

就知道是他！

时笙发泄地咬一口，他放在她腰间的手猛地一紧。他偏头移开，但是这动作不知怎么刺激到了他们后面的玩意儿。

嗞嗞……

他搂着时笙，朝旁边翻滚过去，传来一声闷响。时笙迅速从他身上爬起来，从空间拿出照明用的夜明珠，整个空间瞬间亮起来。时笙看清在她身上爬来爬去的玩意儿，不是蛇，有点像蜈蚣，但又没蜈蚣那么多的触手，看上去是软体动物。它身子盘着，一圈又一圈，至少有七八米的样子。这是啥，基因突变？

光吸引了它的注意力，它脑袋高昂，猛地朝着时笙射过来。时笙挥剑砍下去。它的身子很灵活，轻易避开，然而时笙的速度比它要快，它还没来得及回身，背上被时笙砍了一剑。

嗷嗷嗷嗷！

它的身子一阵乱窜，朝着旁边的黑暗处爬去，不过几秒的时间，整个空间就安静下来。

陌生的环境下，时笙可不敢随便追。她举着夜明珠照了照四周，地面白骨森森，有动物的尸骨，也有人类的尸骨，看着挺骇人的。

时笙举着夜明珠，看到男子躺在边缘，旁边还有个头骨，乍一看很吓人。

"你没事吧？"时笙走过去，将他扶起来。

"有事。"他吐字清晰，语气平静，完全听不出哪里有事。

时笙狐疑地打量他几眼，道："哪里有事？"

"它回来就有事。"

时笙："……"说话不要大喘气，谢谢！

时笙起身看了看四周。这里应该是个山洞，只有一个出口，刚才那玩意儿应该是从那里离开的。时笙从空间里掏出几张符，麻溜儿地贴在出口处。

男子沉默地看着她，黑暗淹没了他的神情。

贴好符，时笙返回他身边，将夜明珠固定到旁边的石头上，顺便将地上的人扶起，让他靠着旁边的石头坐着。

"你叫什么？"

"清寒。"他顿了顿，抽回自己的手，"男女授受不亲。"

"亲都亲过了，还男女授受不亲。"时笙嗤笑一声，"怎么，想不负责？"

清寒："……"他抿了抿唇瓣，那是一种很奇怪的感觉，不讨厌……

"那是意外。"

"意外也改变不了发生的事实。"时笙弯腰凑近他，目光直直地看进他眼底。

清寒目光闪避，将头偏到另一边，"姑娘是我徒儿喜欢之人，此事……"

"你耍流氓啊！"

清寒神色微变，很郑重地解释："我没有。"她是无尘喜欢之人，他这个做师父的怎么可以和徒弟抢，刚才的事本来也是个意外。

时笙不动声色地打量清寒一会儿，她要是在这里把他办了……她用余光扫了一眼四周，心底顿时凉了半截，还是算了，在这里有心理阴影。

四周突然安静下来。

时笙走到旁边坐下，不言不语地盯着上面的虚空。清寒一直用余光观察着她，见她那样子，想着自己是不是太过分，毕竟刚才的事确实发生过。

"姑娘……"

"虞漪。"时笙单手撑着膝盖，目光灼灼地盯着他。

"虞漪？"清寒眉头微皱，问道，"你是狐族？"

"对啊。"时笙点头，"你难道看不出来？"这反派也太弱了吧？连妖和人都分辨不出来！

在上面清寒还没来得及看，就被她给扑到这下面。结果这里又不能使用灵力，他怎么看？不过没想到她竟然是狐族，还是虞氏一族的。狐族也有明确的等级划分，氏族就是划分等级的一个标准。虞氏一族，在狐族的地位很高，相当于狐中王族。

"我们怎么出去？"时笙转移话题。

清寒慢慢地吐出几个字："爬上去。"

时笙："……"身为反派竟然要爬上去？你的大人形象呢？

清寒说爬上去，还真准备爬。他的身体似乎有些不适，走路的时候极力隐忍。

山壁坑坑洼洼，想要爬上去似乎也不是很难。他伸手抓着凸起的石块，踩着石头往上面爬，仅仅爬了几步，他后背的疼痛突然加剧，身子失去平衡，就往下面滑。滑了几步，后面有人扶住他。

"你确定爬得上去？"时笙环过他的腰，脑袋从他旁边冒出来，语气里是幸灾乐祸。

清寒的后背一抽一抽地疼，好久没有这种感觉了。有灵力傍身，他已经好多年没有受过伤。清寒撑着山壁，往旁边挪了挪，和时笙保持距离。

"我没事。"

"没事？"

清寒颔首。

"那你爬给我看看。"时笙让开身子。

她是笑着的，可是清寒从她眸子里看到的却不是笑意，而是一种他无法明白的情绪。他的心跳有些加速。每次和她对视，他总觉得那目光很熟悉，熟悉到让他心疼。

清寒微微吸气，忍着后背的痛，抓着石头往上爬。这次比刚才爬得远一些，抓着山壁的手有些发抖，用不上力。他脚下突然踩滑，整个人再次从空中跌落。清寒从没想过自己有一天会被一个姑娘拦腰抱住。

时笙接住清寒体力已经是极限，她身子晃了一下，两人都朝着地面摔去。地面竖着尖锐的骨刺，时笙下意识地护住清寒的脑袋，两人以一种古怪的姿势倒在地上。清寒的心跳一下一下地加速，犹如疾风骤雨击打鼓面。

时笙生无可恋地盯着虚空，运气值下降30%这个buff，她是拒绝的，摔得好痛。

"你想压死我吗？"时笙忍不住出声。

清寒这才回神，紧绷着身子爬起来，手却不小心摁到时笙的手臂。时笙痛得大叫："就算你不想负责，也不用弄死我吧！"

清寒这才发现她手臂上有血，旁边立着的骨刺上也染着血。清寒的心脏像是被人捂着，他有些喘不过气……很奇怪的感觉。他小心地将时笙扶起来。

时笙扒拉着袖子看了看，为什么每次遇见他就受伤，他有毒啊！

手臂上的伤口是被拉出来的，很长的一条，鲜血完全止不住。时笙伸手戳了戳。

"别乱动。"清寒挑开时笙的手，看着时笙，"得罪了。"他小心地清理干净粘着伤口的布料，从中衣扯出一些布条，一圈圈缠到时笙的胳膊上。

时笙很想说她有药，但是一瞧清寒那愧疚的眼神和认真帮她包扎的神情，她默默地将这话吞了回去。

"现在我都为你受了伤，你是不是该对我负责？"

热气吹到清寒脖子里，他的脸颊顿时火烧火燎地发烫，耳根子发红，幸好时笙看不到他脸上的表情。清寒快速缠好最后几圈，道："姑娘，这只是不得已。"

时笙本来也只是想撩他一下，撇撇嘴没再说话，自个儿扒拉着手臂。他包扎得这么难看，她的手臂都快成木乃伊了。

清寒坐在旁边，低着头，偶尔会抬眼看一下时笙。她靠着石头，闭着眼，不知是不是睡着了。清寒沉默地坐了一会儿，撑着身子站起来，缓慢地靠近时笙。他弯腰，准备去看她的手。刚才还紧闭双眸的少女突然睁开眼，眸中一片冷清。

"你吓到我了。"时笙松了口气，眨眨眼睛，眸中的冷清缓缓漾开一层涟漪。她的语气很轻，像是呢喃。

清寒张了张嘴，道："我想看看你的伤。"

时笙大方地将手臂伸过去，还不要脸地调戏他："想看什么地方都可以的。"

清寒："……"

第二章　人狐殊途（中）

时笙一个人坐在角落里，清寒靠着另一边，整个人隐在黑暗中。她盯着他的背影看了片刻，起身朝他那边走去，在距离他几步远的地方站定："你没事吧？"

"没事。"清寒的声音有些干涩。

时笙眉头一皱，取下旁边的夜明珠走过去。在清寒诧异的视线中，她直接将他掀到旁边平坦的地方，让他背对着自己。清寒挣扎着想转身，但是身体有些发软，四肢越发无力。

时笙摁着他，几下剥开他的衣裳。

"姑娘……"男女授受不亲！

"放心，我不要流氓，我会对你负责的。"时笙拉下他的最后一件衣裳。

夜明珠的光照在他背部，上面青紫交加，触目惊心，中间有几个小手指大小的蜇痕，此时已经开始发黑。时笙眉头一皱，之前那个玩意儿伤到他了？

"有毒。"时笙将夜明珠塞到他手里，"你知道那是什么东西吗？怎么解毒？"

清寒微微摇头，窘迫地道："无药可解。"

古书上曾有记载，那是上古生物，本以为灭绝了，没想到会在这里遇见。

时笙摸出几个瓷瓶，直接取出丹药往他嘴里塞。丹药入口即化，清寒连味道都没尝出来，然而这些丹药似乎没什么用。丹药没用，证明这毒性极烈。清寒的状况越来越不好，身体发冷，意识渐渐不清，他身子摇摇晃晃，随时要倒下去。

时笙在地上铺了一层棉被，将他放上去，跪在他旁边，盯着他的背好一会儿，深呼吸一口气，这才俯下身去。她带着热度的唇贴着他的后背，惊得他身子一颤。

"姑娘，你干什么？"

时笙摁着他的肩膀，不让他转身，快速将毒血吸出来。吸出来的血全是黑色的，她吐到旁边，味道很难闻。口腔里满是血的味道，时笙用最快的速度吐掉血，但是胃里还是忍不住翻涌。等到血液呈红色，时笙撑着旁边的石头，一阵干呕。她没吃什么东西，吐出来的也只是酸水。时笙的脸色有些发白，她缓了缓，起身将清寒换个干净的地方。做完这些，她才一屁股坐到旁边。

清寒听着她略显沉重的呼吸，心底很不是滋味。他缓慢地扭过头，视线正好落到她手上。

"你手臂的伤口裂开了。"

时笙摸了摸，有些湿润，大概是刚才抱他的时候，伤口崩开了。

清寒脑袋还有些晕，撑着身子坐起来。时笙将衣服给他披上，动作很自然。清寒却是一愣，捏着衣襟，好一会儿才开始帮时笙拆掉手上的布条。

"嘶……"扯掉粘着伤口的布条时，时笙倒抽一口冷气。

清寒的动作顿了顿，道："有点疼，忍一下。"

"好疼，忍不了。"时笙苦着脸道，"你亲我一下。"

清寒呆愣片刻，默默地将手伸过去："咬着。"

"你一只手怎么帮我拆？"时笙不乐意地道，"反正都亲过，再亲一下也没事。"

清寒收回手，突然用力扯掉布条。

"啊！"时笙疼得叫出声，怒火噌噌地往上冒，"你就是这么对我的？"

时笙气哼哼地从地上爬起来，走到旁边坐下，摸出另一颗夜明珠，然后麻溜儿地给自己上药。

清寒显然没想到时笙的反应会这么大，僵在那里好半晌。之后两人没有任何交流，清寒几次想说话，却不知道说什么。

哐哐……

砰！哐哐！

洞口突然传来异响，时笙举着夜明珠往洞口的方向照去。之前那个基因突变的玩意儿正在撞洞口，身后还跟着好几条……群魔乱舞的感觉。时笙冲过去，再次贴上几张符，之后风风火火地冲回清寒跟前，将他的衣服裹了裹，直接打横抱起来。

清寒："……"她一个姑娘，怎么就那么喜欢抱他？

时笙大步走向他们掉下来的地方，清寒以为她要爬上去。

"你放我下来，我自己可以。"

时笙毫不客气地讽刺道："自己可以什么？你现在连站起来的力气都没有。"

清寒看着她摸出一个黑乎乎的长方形东西，她直接踩上去，那个东西竟然开始往上升。这是什么法器？在无法使用灵力的地方竟然也可以用？

那东西上升的速度不是很快，就在他们离开地面不久，山洞入口的符纸自燃，外面一堆虫子冲了进来。哐哐声遍布整个空间，听得人头皮发麻。

而此时，时笙已经上升到一定高度，就在她松口气的时候，脚下突然晃了晃，身子又失重地往下掉。时笙慌忙掏出一把剑，插入旁边的山岩，大概是剑太锋利，竟然直接

· 31 ·

将岩石劈开了。时笙控制力道再次插进去，下坠的速度顿时一缓。她抓着剑，只能单手抱着清寒，两人的身体在空中晃荡。

时笙生无可恋。老子的剑呢？

"放开我，你自己上去。"清寒虽然看不到是什么情况，但是他能感觉到，她的手臂在发抖。她一个人，应该可以上去……虽然他自己也不是很懂，为什么会有这种感觉。

时笙将他往上提了提，道："丢下自己的男人跑路这种事，我可做不出来。"

"谁是你男人？！"她怎么这么不要脸？

"你啊！我又没看别的男人的身体，你的我看过就要负责，我不像你，耍流氓。"

谁要流氓？一开始上来就耍流氓的明明是她，不然他们怎么会掉进这么奇怪的地方？这个女人怎么这么不讲理！

"抱着我。"

清寒没动，开口道："我现在是累赘，你一个人上去……"

时笙打断他："我跳下去了。"

清寒："……"良久，他抬手抱住时笙的腰，接着他感觉唇被人堵住，湿漉漉的舌尖从他唇瓣上扫过。

"我会带你上去的。"

无尘根本没想到，小狐妖见到自己的师父，会直接扑上去。扑上去就算了，两人还扑不见了。师父也是，站在哪儿不好，非要站在悬崖边，被她一扑就掉下去了。关键是，他在崖底找了好几天，愣是啥也没找着，两人就这么凭空不见了。那玉佩，此时也没有任何反应。无尘烦躁地挠挠头。地面上全是那天掉下来的碎石，人怎么会不见了？师父，你把我家小狐妖拐到哪里去了？

就在他不知道该怎么办的时候，一直跟在他后边的铁剑突然嗡嗡地颤起来，嗖的一声从他旁边往上面蹿，掀起一阵妖风。无尘愣了一下，反应过来，召出自己的剑，御剑上去。

郁郁葱葱的草地上，少女毫无声息地躺在地上，满身血污。

"小狐妖！"无尘几步冲过去。

清寒昏倒在她旁边，除了衣裳有些乱，脸色有些苍白，竟然没受一点伤。

时笙微微睁眼，有气无力地道："哪里有水？"

水？无尘以为时笙想喝水，转身去找水。谁知道时笙根本不喝，她要洗澡。无尘当时的心情只能用一个字来形容——呸！你满身是血，竟然还想着洗澡！

虽然很不解时笙的行为，无尘还是带着时笙去洗澡了。至于自家师父……反正没死。

时笙没想到那个空间是个独立空间，为了出来，她付出的代价已经不能用大来形容。时笙看着自己的手腕，上面有一条很深的伤口，血肉翻飞，看着很是狰狞。时笙叹口气，以后可怎么装啊！她体内的灵力荡然无存，也就是说，以后她都有可能没办法使用灵力，这身体算是废了！

　　系统，可不可以申请换个"马甲"？

　　【……】你还真当是在玩游戏，"马甲"想换就换？

　　为什么不能？这难道不是游戏？

　　【宿主，不要随便读取我的想法。】害怕，宿主真的可以直接读取它的想法。主人，你快回来，我一个系统承受不来。

　　你不也随便读取我的想法？

　　【你……你让我读的都是你想让我知道的，你以为我不知道吗？】系统怒道。

　　当然它那冰冷的电子音，也听不出来怒不怒。

　　哟，厉害了，你主人告诉你的？

　　【……】系统有种被鄙视的感觉。

　　话说回来，你主人怎么做出你这么个智障系统，你主人是谁啊？

　　【我主人……】系统噤声。它干吗要告诉她？系统立即关机下线。

　　没套出话，时笙也不在意，她想知道的，总会知道。

　　时笙洗好澡，换上干净衣服，才慢吞吞地往回走。

　　清寒已经清醒过来，短短几天时间，他却像是经历了一辈子那么漫长。他看着身着淡蓝色长裙的少女缓缓从远处走来，脸色依旧有些苍白。他脑中回放的是在那个黑暗的空间，她用血画出来的阵法。那是他从未见过的阵法，复杂、庞大、震撼。

　　"小漪，"无尘迎着时笙走过去，"你没事吧？"

　　时笙微微摇头。

　　"可是你的脸怎么这么苍白？"无尘不放心，刚才她满身是血，看着就吓人。

　　"没事。"失血过多，自然是这么一副鬼样子。

　　"我不该让你来的。"无尘伸手想扶时笙。

　　时笙侧身避开。无尘目光闪了闪，有些失望："小漪，你……"

　　时笙微微一笑，苍白的脸顿时多了几分颜色："我看上你师父了。"

　　无尘："……"她说啥？他没听清楚！

　　两人谈话的时间有些长，清寒心底有些不舒服，起身离开。之前她还说负责的，结果转头就对他家徒弟笑得那么开心，哼！

　　先追上来的是无尘："师父，小漪说看上您了？"

　　清寒微微皱眉，想要解释，但又不知道该怎么解释。他和她都亲过，她还看了自己的身体。

"无尘,为师……"

"师父,"无尘神情凝重地道,"虽然您是我师父,但在这件事上我们就是情敌,我们公平竞争。"那么有趣的小狐妖,他也想要。

清寒:"……"人妖殊途啊,徒儿!你放着让为师来!呸!他在乱想什么东西,那么不要脸的女人,他才不要。

无尘下完战帖,又倒回去陪着时笙。大概是身体太虚,时笙走得有些慢,最后索性坐着铁剑,任由铁剑带着她飞。

"小漓,我师父哪里有我好?我这么帅,能打架,会赚钱。我师父连路都找不到……"无尘在时笙身边绕来绕去,喋喋不休地贬低自己师父。

"你师父不见了。"时笙悠悠地抛出一句话。

无尘往前面看去,之前还走在他们前面的人,果然不见了!无尘认命地去找自家路痴师父。

刚才有个岔路口,清寒走到另一边去了,等他想倒回来,发现又是岔路口,他根本就不知道该怎么走。

时笙先无尘一步找到清寒,毕竟她有空中交通工具。

清寒一个人站在岔路口,表情很凝重,大概是在选该走哪条路。时笙看着他选了半天,最后他还是走了另外一条不知道通往哪儿的路。时笙顿感无语。

时笙从空中落下,正好挡在清寒面前。阳光从头顶的树冠洒下来,落在他白皙如玉的皮肤上,泛起一层很淡的光晕。他淡粉色的薄唇微抿,眼底的光如被微风拂动的树影,影影绰绰的,看不真切。他气质清冷,如立于云端的玉树芝兰。这大概是时笙第一次如此清晰地看清他的长相。

时笙从铁剑上跳下去,这本来是个帅气的姿势,结果旁边突然蹿出来一只兔子,从她脚下跑过去。时笙脚一转,不知道踩到什么,很不幸地朝着旁边的斜坡滚下去。

被卡在两棵树中间的时笙顿时愣住。说好的英雄救美呢?他站在那里看自己滚下去是几个意思?分手!

系统,你给老子滚出来,我们需要聊聊那个运气值!

【……】不约,宿主,我们不约。

时笙爬起来,面前突然一暗,接着她身体腾空。她仰头,正好看到清寒微微绷紧的下巴。时笙搂住清寒的脖子,脑袋直接凑过去,在他脖子上蹭了蹭。她光滑的肌肤贴着他的脖子,清寒的身子僵了一下,脸上闪过一丝羞涩。

从时笙的角度,正好可以看到他略红的耳根。时笙哼哼两声。他嘴上说不要,身体很诚实嘛。

清寒不知道她在哼哼什么,但是又不想开口问,所以抿着唇不说话。

无尘大概是看到悬浮在空中的铁剑，正好朝着这边跑过来。三人就这么撞个正着，接着是一阵诡异的沉默。最后，清寒将她放到铁剑上，对着无尘解释："她摔下去了。"

"摔到哪儿了？"无尘顿时紧张地跑过来，"小狐妖，你现在怎么走路都能摔了？"

时笙："……"你要是不说这个忧伤的问题，我可以不弄死你。

入夜，皓月当空。

时笙看着无尘，若有所思。连清寒偷看她好几眼，时笙都没注意到。

时笙从铁剑上下去，几步走到无尘跟前："我有话跟你说。"

无尘眨巴一下眼睛，开口道："你是不是决定选我了？"

时笙示意他去那边。

离开清寒的视线范围，时笙开门见山地道："我不管你是真喜欢我还是假喜欢我，我只有一句话告诉你，我不喜欢你。所以，不管你想从我身上得到什么，或者是付出多少，都不会从我这里得到任何感情。"

时笙的语速很快。无尘愣愣地看着她，好一会儿才反应过来。他喃喃一声道："小狐妖，你这是在拒绝我？"

"是的。"

"为什么？"

时笙往他们来的方向看了一眼，嘴角微微上挑："哪有什么为什么。"

"你和我师父才认识多久？你知道他是个什么样的人吗？"无尘皱着眉问。他陪着她那么久，她连个正眼都不给他，她和他师父才认识几天……

"我认识他很久了。"时笙目光微凝，"我不在乎他是什么人，只要他是我要找的人就足够了。"

清寒盯着面前被风吹得偏斜的火，眼角的余光一直观察着远处，他们进去多久了？在说什么？怎么还不出来？清寒心底有些烦躁，是说不清道不明的感觉。

人妖殊途，自己和她是没有任何可能的。他在心底不断重复这句话，可是每重复一遍，他心底的烦躁更甚。只要一想到之前她满身是血的样子，他的心脏就一抽一抽地疼。

就在清寒烦躁不已的时候，时笙和无尘出来了。无尘垂着头，看上去有些无精打采。无尘一声不吭地坐回火堆旁。时笙走到铁剑上坐着，谁也没看。

除了火堆噼里啪啦的声音，四周只剩下林子里的虫鸣声。

不知道过了多久，无尘突然站起来，看了时笙一眼，又将目光转向清寒："师父，我还有点事做，先走一步。"

"无尘。"清寒不解地看向无尘。

无尘上前一步，弯腰在清寒耳边低语，随后又退后一步："师父，有事联系我。小狐妖，我走了。"

时笙挥挥手。无尘勉强笑笑，快速转身走进暗处，消失在夜色中。

无尘走了，时笙从铁剑上跳下去，坐到清寒身边，理直气壮地道："我冷。"

清寒往旁边挪了挪，眉眼清冷，声音淡淡地道："你有灵力，怎么会冷？"

"我没有。"时笙把手伸过去，"不信你摸摸。"

清寒有些狐疑，盯着她几秒，见她一脸笃定，试着把手搭在她手腕上。半响，他才慢慢地松开她。他嗓子干涩，张了张嘴，却也只发出一个单音节："你……"她体内竟然没有半分灵力。

时笙摆出可怜兮兮的表情："说不定过几天我就不能维持人形了，你忍心抛弃我吗？"虽然她不知道自己现在为什么可以维持人形，但是没有灵力支撑，估计也维持不了多久。

"是因为那个吗？"那个奇怪的阵法。

他之前见她能走，以为她只是有些虚弱，没想到她体内的灵力一点都没有了。

"大概是吧。"时笙顿了顿，又道，"就算没有你，我也只能用那个办法出来，而且是我把你弄进去的，自然有义务把你带出来，这件事和你没任何关系，你不用有什么负担。但是……"时笙凑近清寒，笑容恶劣，"我还是要对你负责的。"

清寒脱下外套，披到时笙身上："人妖殊途，虞姑娘，我们在一起不会有好结果。"

时笙不在意地哼哼道："最坏的结果大不了一起死，有什么好怕的。"反正又不是没一起死过！世界上最浪漫的事，就是和你一起死。

清寒看向时笙。时笙眉眼微弯，双手伸向他："抱抱。"

有一种疼，可以从心脏蔓延到骨髓，从骨髓蔓延到灵魂。他听到她说一起死的时候，全身的血液似乎都凝固了，从冰天雪地坠入赤焰熔浆，最后回归于春暖花开。

面前的少女容貌陌生，他却从灵魂中感觉到一股熟悉。他握住她的手，慢慢地将她拥入怀中。她的身体很冷，冷得他都忍不住打战，她是怎么撑过来的？

"你为什么喜欢我？"他们几天前才第一次见面，可她就那么笃定地朝着他扑过来。好像，她从一开始就认定了。

"因为你好看。"因为你是凤辞。

清寒："……"

翌日，时笙醒过来的时候，整个人很不解。为什么……清寒变得这么大？四周的景物正在快速后退，她被他抱在怀中，非常暖和，完全感觉不到一点冷意。时笙用爪子扒

· 36 ·

拉一下清寒的手，清寒下意识地捏了捏她的爪子，随后反应过来，垂头看她。

"我什么时候变成这个样子的？"她竟然一点感觉都没有，害怕极了。

"快天亮的时候。"清寒的声音被风吹得有些悠远，"我会想办法让你恢复的。"

时笙的爪子在他手心挠来挠去，她的内心是崩溃的。果然人妖不能相爱，遭报应了吧！

清寒摸了摸她的背脊，毛发柔软，入手满是滑腻，他忍不住多摸两下。时笙舒服地哼哼道："多摸两下。"

清寒："……"

他不由自主地想着她以人形的姿态躺在自己怀中，让他多摸两下。清寒只觉得脑袋充血，体内血液沸腾。他赶紧撤掉手，将她抱稳，快速赶路。时笙在他怀中拱来拱去，可以打滚的话，时笙此时一定要打滚求摸摸。最后，时笙只能自力更生，用爪子给自己挠，然而，背后她挠不到。

"清寒，你快帮我挠挠，不舒服。"时笙用爪子戳清寒。

那爪子肉嘟嘟的，拍在他手上，很柔软。清寒叹口气，道："哪儿？"

"背上。"好痒啊！

清寒轻轻地在她背脊上挠了挠，时笙舒服地闭上眼。有人挠背的感觉真爽，总算理解到宠物为什么那么喜欢求抱抱求摸摸了。呸！她为什么要理解宠物的感受？

"我们去哪儿？"舒服完，时笙才想起正事。这人竟然在赶路，他知道怎么走吗？

"万神宗。"

时笙："……"

时笙伸出脑袋望了望，这地方太陌生，原主记忆中也没有。时笙不知道这是什么鬼地方，不过想想这路痴在岚山那么标志性的地方都能迷路，此时也不知道偏离万神宗多远。她也不知道该怎么走，还是不说话好了。

晚上，清寒找地方休息。

时笙从他怀里蹿到他肩膀上，柔软的绒毛不断在清寒脖子里扫过，酥酥痒痒的。时笙整条尾巴都绕在他脖子上，清寒觉得有些喘不过气，他将她拎下来，抱到怀中。时笙缩成一团，努力往他怀里蹭，找到舒服的地方，时笙才睡过去。没有灵力的下场就是需要大量的休息时间。

清寒用外套将她盖住，挡住外面的风，理智告诉他，人和妖是不可能有好结果的，可是有一种情绪叫冲动，他没办法控制自己。要不是确定自己的身体没问题，他都怀疑自己是不是被她下蛊了。

清寒回到万神宗已经是一个月后，时笙在认识的地方才开始给他指路，但只要一个不留神，他就能走偏。

这一个月，时笙都保持着狐狸的样子，没法恢复人形。

万神宗的人听说清寒回来，连同掌门在内，一同出来迎接。

"清寒师尊。"一群人弯腰行礼，场面略显震撼。

时笙还没来得及冒头，就被清寒摁了回去。他端着师尊高傲的架子点点头，飞身往一座山峰而去。清寒住的山峰有特别的标志，他自然不会认错。

清寒离开后，这些人才敢讨论。

"刚才师尊抱的是什么？"

"没看清。"清寒用袖子挡住了，只看到鼓鼓的，不知道是什么。

"掌门师兄，清寒师尊回来了，关于无尘的事，要不要……"无痕迟疑地开口。无尘可是清寒师尊唯一的徒弟。

"我会去禀报的。"掌门挥挥手，"都散了吧。"

清寒常年不在万神宗，峰上也无人打扫，好在这山够高，灰尘不算多。他将时笙放到一旁的榻上，用简单的除尘术将整个房间打扫一遍。

"你就住这个房间。"

时笙抖着爪子，道："我要和你住。"

"不行，男女有别。"清寒一口否决。

时笙站起来，翘着尾巴在榻上走来走去："可我现在是只狐狸。"

"那也不行。"

"我怕冷。"时笙从床上跳到清寒身上，"我要和你住。"

清寒没有接她，时笙只能自己爬到他肩膀上。

"不行。"清寒依旧拒绝，"我会给你布置阵法，不会冷。"

时笙伸出爪子，准备挠清寒两下。

"清寒师尊，无净求见。"一道声音突兀地响起。

这声音是那个掌门的，时笙记得。

清寒将时笙拿下去："在这里待着，不要出来。"

你让我不出去，我就不出去啊？我偏不！时笙跳下床，跟在清寒后面。清寒出门的时候在门上设了禁制，时笙一头撞到透明的屏障上，一屁股坐到冰凉的地上。清寒站在门外看她一眼，转身离开。

时笙："……"老子的剑呢？

铁剑凭空出现，然而时笙发现自己并不能拿起铁剑。所以，她为什么要是兽？她什么时候才能恢复人形！

清寒和掌门见面，清寒全程高傲地听着。掌门汇报完，也不知道清寒到底是什么意思，他不免有些忐忑。万神宗就这位师尊最厉害，属于镇宗之宝，但他那个徒弟……成天惹是生非,简直就是万神宗的害群之马。这次本来也是无尘自己招惹的祸端,掌门觉得自己没做错,师尊向来明事理,肯定能理解自己。

在心底自我安慰完,掌门心里好受一些,准备再说几句,耳畔忽而传来一声巨响。

砰!地面颤了颤,掌门和清寒同时朝发出声音的地方看去。刚才还在的建筑,此时竟然不翼而飞。清寒脸色微变,身形一闪,直奔那边而去。掌门赶紧跟上去,也是一脸紧张。竟然有人敢到师尊这里来放肆,谁这么大的胆子?!

清寒奔到事发地点,看到的只是一个大坑,坑里闪电流窜。他的目光快速扫向四周,没有看到那只雪白的身影。清寒的心跳慢了半拍。他朝着大坑走过去,动作有些僵硬。

时笙抖着被烧焦的毛,从旁边蹿出来,直接蹿到清寒身上。清寒步子一顿,缓慢地低头,看到的是毛发不整的狐狸。

时笙现在很不开心,她炸个房子,竟然把自己给炸了,都是这个智障的错!时笙伸出爪子使劲挠两下,气死了。

清寒伸手摸了摸她,感觉到手底下的温度,心底重重地松了口气。没事……没事就好。

"师尊……"掌门愣愣地看着清寒。刚才他竟然从师尊脸上看到了一丝柔色?这是错觉吗?一定是错觉!

"你先回去。"清寒将时笙遮住,冷淡地出声。

"师尊,这……"掌门看向他后面的大坑。

清寒目光扫射过去,掌门立即垂头:"是。"

掌门临走时,打量了那个大坑好几眼,总觉得这坑有点熟悉,但一时间又想不起来。

"有没有伤到?"清寒将时笙放出来,伸手去摸她。

时笙抖了抖毛,掉下一层黑乎乎的灰:"没有。"

清寒冷着脸道:"你用什么炸的?"这里没有外人的气息,唯一的可能就是她自己炸的。

时笙摸出一个小球,推到清寒手心里:"这个。"

小球入手光滑,里面紫气萦绕,隐约可见细小的闪电从中闪过。他感觉到一股庞大的力量在里面游走。清寒皱皱眉,她身上怎么都是些稀奇古怪的东西?

"不要乱用这些。"这么危险的东西,炸到她怎么办?

"谁让你关着我的。"时笙将小球扒拉回去。

清寒:"……"他为她好,她还怪他?

"现在房子没了,我是不是可以和你住?"

清寒:"……"这才是她炸房子的最终目的吧!

房子都没了，时笙如愿住进清寒的房间，还很不要脸地爬上清寒的床。

"咦？"时笙在上面跳了跳，看向对面的清寒，"这里灵气怎么这么浓？"

清寒轻声回答："床是暖玉打造的，下面画有聚灵阵。"

聚灵阵？这种阵法很常见，聚集灵气用的。时笙躺到中间，灵力缓缓在她四周流转。她体内隐隐作痛的经脉，此时却得到缓解。

半响没听到动静，清寒放下手里的书，往床边走去。她缩在床上睡着了，脑袋埋进了柔软的毛里。之前他虽然抱着她睡，但两人从来没有在同一张床上睡过，所以清寒在房间里坐了一晚。

之后几天时笙一直赖在他床上，这里的灵气可以进入她身体，虽然很缓慢。

可惜，她依旧不能恢复人形。

万神宗的主殿中。

无痕满脸诧异地道："掌门师兄，你确定没看错吗？"

掌门一脸凝重地点头道："应该没错。"之前那个坑，他一直觉得有点熟悉，回来一想，还真让他想起来了。不久前，有人和他说过。

"师尊和狐妖？"

"之前师尊回来的时候抱着什么东西，难不成就是那只狐妖？她可是杀了不少人，这……"

一群人激烈地讨论起来。

万神宗竟然有只狐妖，还是他们师尊带回来的。

"掌门师兄，这事我们没有证据，你说该怎么办？"他们总不能冲上去质问师尊吧？

"师尊回来，那边还没安排人上去伺候，不如让人借着伺候的名义上去打探？"有人提议。

掌门沉吟片刻："也只有这个办法。"

"行，我去安排。"

"掌门师兄，清寒师尊真要带那只狐妖回来，该怎么办？"

这个问题一出，整个大殿都安静下来，谁也不知道该怎么回答这个问题。

伺候清寒的弟子第二天就上了山。

清寒打量几眼有些拘谨的少女，指了指自己住的房间："这个房间没我允许，不许进。"

少女一直垂着头，低低地应一声："是。"

待清寒离开，少女才松了口气，吓死了。

这个男人的气势好强,她都来不及看清他长什么样子。少女缓缓抬起头,看到的是一张陌生的脸,那双眸子却让人感到有些熟悉。

如果时笙在这里,一定可以认出来,这个少女正是女主角虞小七。

虞小七被那面具男抓住后,一直在找机会逃跑,后来她还真跑掉了。跑之前,她从面具男那里偷到一种药,可以改变容貌掩盖妖气。

为了躲那个面具男,虞小七喝下药,躲到万神宗的队伍里,没想到阴错阳差地进了万神宗。

虞小七认命地先去打扫,上来之前,已经有人和她说过这位师尊的一些习惯,她牢牢记着,不敢乱来。

从一个房间出来,转个弯,虞小七就看到之前被时笙炸出来的大坑。她奇怪地皱了皱眉,往大坑那边走了几步。这个坑是干什么用的?

虞小七站在大坑边,往坑里看了看,很深,然而里面什么都没有。

"真是奇怪。"

虞小七没在意这个,继续打扫,等打扫完,天色已经暗了。她这才想起,刚才师尊并没有给她安排住的地方。虞小七只能去找清寒。走到清寒的房间外,见里面有光,虞小七小心地靠近:"师尊,您在吗?"

"何事?"

"您没给弟子安排住的地方。"

里面安静了一会儿。

"揽月阁旁边的房间。"

揽月阁?虞小七想了想,刚才打扫的时候,她去过那里。揽月阁里全是书,书里的文字她看都看不懂。那个房间就在揽月阁的旁边,有些偏僻,距离这边也很远。

虞小七可不敢抱怨什么,乖乖地应道:"弟子知道了。"

房间中,时笙趴在清寒腿上,爪子在他腹部摁来摁去,眼神却有些飘忽,明显不在状态。此时,她脑中正在想着——女主角大人竟然到这里来了?!女主角大人竟然到这里来了?!

【清寒是重要人物,女主角到这里有什么不对?】系统鄙夷时笙。

不是,你把剧本给老子!

【3000积分换。】

你怎么不去抢?

【5000!】

滚,老子不要了。

【宿主,你真的不要吗?】

·41·

滚!

【……】宿主这抠门的。

"怎么了？"清寒看着突然咬他手指的小狐狸，觉得有些莫名其妙。刚才他也没惹她啊!

时笙舌尖在他手指上打个转，然后将脑袋扭到他腹部，蜷成一团睡觉。

清寒："……"又闹什么脾气!

自从女主角大人来了，时笙的活动范围就更小了，不过她也不怎么愿意出去。清寒的床对她很有用，所以在清寒看来，时笙每天都是在睡觉、睡觉、睡觉。

结束一天的修炼，时笙从床上跳下去。天色都暗了，她竟然还没看到清寒。时笙翘着尾巴走了几圈，清寒还是没回来。他不会是迷路了吧？想想也是极有可能的。时笙从窗户跳出去，先去清寒常去的几个地方瞅瞅，没见到人。时笙不免奇怪，这真迷路了？在自己家也能迷路？

时笙找了半天，顺着山上的一条小路往上走，最后在一处寒潭旁找到清寒。他赤裸着身子泡在里面，寒气在他发间、眉毛、睫毛上结成晶莹剔透的冰霜。

时笙老远就感觉到那股寒气，她晃着小身子，慢慢地靠近寒潭，小心翼翼从潭边走到离清寒最近的地方。这要是掉下去，她得冻成冰块吧……

潭水中心的人在她靠近的时候，猛地睁开眼，那清冷的眉眼带着几分肃杀。

那地方时笙踩上去的时候还是好好的，结果等她踩过去，泥土突然就开始崩塌。哗啦！刺骨的潭水从四面八方涌向时笙，将她拼命地往下压。她四条小短腿开始刨，却完全没什么效果。

要死了要死了！这绝对是最憋屈的一个位面。她不想玩儿了!

一双温暖的大手从后面托住她的腰，微微用力，她顿时感觉新鲜空气扑面而来。

"呼……"她搂着清寒的脖子，整个人都缠了上去。

人……等等！时笙举着自己的胳膊一看，她竟然恢复人形了？！时笙眨巴下眼睛，看看清寒，又看看没在水中的身子。嗯……没穿衣服。

"清寒。"时笙转了个身，整个人都靠在他怀里。

他放在她腰间的手不免用力几分，下腹的躁动让他呼吸紊乱。时笙迎着他的唇吻过去，小巧的舌尖撬开他的唇齿，邀他共舞。她柔若无骨的手绕过他的脖子，双腿盘到他腰间。

清寒的理智瞬间轰然崩塌，他眼里只剩下眼前的少女。潭水寒气逼人，两人的身影若隐若现，起起伏伏的水声，一声声传开。

事实证明想太多不好，清寒就是抱着她亲了亲，并没有做什么。

清冷的圆月高悬半空，清寒抱着时笙飘回房间。

"还冷吗？"清寒给她裹上棉被。那潭水的温度根本不是她能承受的。

"冷。"时笙捂着被子，歪着头，建议道，"不然我们继续？运动运动就不冷了。"

清寒耳根子陡然一热，这种事，她怎么可以说得这么理直气壮。

时笙已经伸手开始扒他的衣服，清寒赶紧护住自己的衣襟："你身体承受不住。"眼下，她的身体很虚弱。

"正好双修。"时笙想掰开他的手，但是清寒拽得很紧。

时笙瞪他："松开。"

"双修不是这样的……"谁告诉她双修是这么修的。

时笙跪在床上，和清寒对视："放不放开！"

清寒紧了紧手，用行动告诉她不放。

"你先休息，这种事……以后慢慢来，你的身体要紧。"清寒很担心她的身体。

时笙扯了清寒一把，清寒身子不稳，两人直接倒在床上。最终，清寒抱着时笙，禁锢着她的身体，不许她乱动。

"我们现在算什么关系？"时笙被勒得有点不舒服，使劲挣扎两下，声音软软地问他。

清寒沉默几秒，开口道："我们明天离开万神宗，我娶你。"在万神宗，那些人是不可能同意他娶一只妖的。

"其实你也可以嫁给我的。"

清寒严肃地道："哪有女子娶男子之说。"

"怎么没有，你嫁给我不就有了？"

"睡觉。"

"睡不着，我们真的可以继续刚才的事。"

清寒："……"

时笙睡得迷迷糊糊，突然听到外面人声鼎沸。她噌的一下坐起来，小短腿，大尾巴，很好，她又恢复兽形了。

"别出来。"清寒摸了摸她的脑袋，低低地交代一声。

时笙一脸不解，什么情况？

清寒开门出去，外面的声音戛然而止。

"清寒师尊。"掌门恭恭敬敬地行礼。

清寒淡漠的视线从他们身上扫过："何事如此喧哗？"

"清寒师尊，敢问您是否带了一只狐妖回来？"掌门硬着头皮问。

· 43 ·

清寒看着他，目光幽深。

"宗内有弟子被挖心而死。"无痕补充一句，"师尊，您不要被狐妖蒙蔽。"

"请师尊交出狐妖。"

"请师尊交出狐妖。"

跟着掌门上门的人，齐刷刷地跪到地上，声音整齐有序，就跟排练过一般。

"死于何时？"清寒没有半分惊慌，只是镇定地询问。

掌门表情凝重地道："昨夜子时。"

"此事与她无关，我可做证。"他知道她迟早会被这些人发现，但是没想到这么快。

"师尊！"掌门诧异地道。师尊竟然真的包庇狐妖！

"师尊，人妖殊途，您不要做错事。"

"师尊，请您交出狐妖。"

"师尊，那只狐妖手上欠着人命无数，您不要轻信它。"

"师尊……"

虞小七躲在转角处，偷偷地往外望。听到他们说挖心的时候，虞小七整个人都抖了起来。是他……那个面具男来了。

"小七，"略显冰凉的手搭上她的肩膀，虞小七身子陡然一僵，被人从后面环住，"小七，我说过，不管你逃多远，我都会找到你的。"

虞小七的胸口快速起伏，她浑身冰凉，脑中空白——他找到她了。

"啊！"虞小七猛地挣开他，朝着前面冲出去。

她这声尖叫，打断了众人。

虞小七用最快的速度跑到万神宗弟子队伍中："是他！掌门，他就是那个挖心狐妖！"

面具男是追着虞小七出来的，众人自然看到了他。面具男没有任何停留，直奔虞小七。是谁先动的手，谁也说不清，场面混乱不堪。

时笙回到系统空间的时候，是不解的。她怎么就回来了？外面打架，她根本就没出去，搞什么！时笙几步冲到屏幕前。

【宿主，冷静。】系统赶紧出声。

"我很冷静。"时笙面无表情地站在屏幕前，"说吧，怎么回事。"

【系统故障。】系统小心地解释，【系统将重新传送，请宿主做好准备。】

【数据读取中……传送开始……】

时笙眼前一黑。

等她再睁眼，发现自己身处一个藤蔓缠绕的山洞，而对面站着一个很陌生的中年男人。狐王！时笙脑中猛地蹦出两个字。

这是虞漪的父亲。

时间线变了？

"小漪，这次算你命大，以后不要往外面跑，人类世界没你想的那么好。"狐王语重心长地道。

时笙不解地看着他。现在是什么时候？那件事发生之前还是之后？她家凤辞呢？

"你好好想想。"狐王扔下这句话，一脸无奈地离开。

时笙用了好几天的时间，才弄清楚发生了什么。

万神宗全宗被灭，她被找到的时候，已经奄奄一息，狐王用半生修为才换回她的命。这都是什么鬼剧情？万神宗为什么被灭？清寒呢？

时笙体内有狐王的半生修为，已经感觉不到之前的那种虚弱。她给狐王留下一些东西，当天晚上就跑了。她要去万神宗看看，总觉得哪里不对劲。

距离万神宗被灭已经过去大半年，当初风光无限的万神宗，此时一片废墟。

时笙往当初清寒住的山峰而去。整座山峰被削掉一半，上面更是寸草不生。对她来说不过是眨眼的工夫，之前还好好的山峰，此时变成了这个样子。

万神宗全宗被灭，其中也包括清寒。可是她不相信，那个男人的实力不差，不可能这么容易就死了。

"小漪？"迟疑的声音从后面传来，时笙猛地转身，一个青色的身影从废墟中跳出来，"太好了，你还活着。"

"无尘……"时笙眼底闪过一缕失望。

无尘显得很激动，几步冲过来，伸手就要抱时笙。时笙本能地避开。无尘抱了个空，但是脸上的激动一点也没少："小漪，我师父呢？是不是和你在一起？我就知道你们不会有事的。"

时笙眉头一皱，道："我也不知道他在哪儿。"

无尘的表情凝固在脸上，好一会儿他的睫毛才颤了颤："你……没和师父在一起？"

时笙摇头。当时发生了什么她都不知道，就那么莫名其妙地回到空间，再被传送过来，时间已经过去大半年。

无尘也是刚到这里，上次和他们分开，他心情不好，就随便找个地方闭关，结果出来就听到万神宗被灭的消息。他匆匆赶到万神宗，就这么巧和时笙遇上。无尘对万神宗没什么感情，但是对清寒很是在意。

时笙转身下山。

"小漪，你知道是谁干的吗？"无尘追上时笙。

外面虽然在传这件事，但是到底是谁做的，没人说得清楚。

"不知道。"时笙步履不快，目光平静如水。

无尘看不懂时笙的表情。无尘一心想找清寒，却一点线索都没有，根本不知道怎么下手，只能跟着时笙。时笙完全没有目的地走着，遇见城池就进去，待上几天又走，无尘完全不懂她在干什么。

即便过去大半年，一路上关于万神宗被灭的传言依旧不绝于耳。

"你们说这万神宗是不是得罪了上面的，不然谁能将万神宗一锅端了？"

"也不是全灭了吧，总有弟子在外面没回去的。"

"这个样子谁还敢回去？"

"也是……"

万神宗都这样了，那些在外的弟子回去有什么用？说不定只能招来另一场杀戮。

时笙面无表情地从他们身边走过去，径直出了城门。无尘跟在她后面，沉默不语。到无人的地方，时笙抽出铁剑，御剑而行。

杨柳村。

这是一个不大的村落，里面的大多数村民都很善良。

"姑娘，今天真是太谢谢你了。"一个老大爷正拉着时笙说话，满脸感激，"不然我这老骨头还真不知道怎么回来。"

时笙扶着他坐下，神情淡淡地道："举手之劳。"

"老头子我家里也没什么好招待你们的，等我歇歇，一会儿给姑娘和这位公子做两碗面条。"老大爷面色羞愧地道。这小姑娘救他一命，他却连像样的招待之物都拿不出来。

时笙脸上露出一点笑意："不用了，我一会儿还得赶路。"

"天都黑了，"老大爷吃惊地道，"荒郊野外的多不安全，你们还是明天再走吧。"

老大爷死活不同意时笙走，两人僵持一会儿。无尘实在看不下去，出来打圆场，劝时笙在这里住一晚。时笙依然不同意，婉拒了老大爷。

从老大爷家出来，无尘很是不解。她明明都救了那个老大爷，却能这么不留情面地拒绝老大爷的好意，他真是不明白这小狐妖脑袋里到底是怎么想的。

老大爷家住村尾，所以离开的时候，两人得穿过整个村落。此时天色渐晚，家家户户都升起炊烟，开始烧火做饭，饭菜的香味在村子中飘荡。

彼时，远处传来一阵争吵声。越靠近村口，争吵声越大。

"小虎还是个孩子，他不懂事，你这么大个人，还和个孩子计较？"

"都少说两句吧，王婶，让你家小虎道个歉算了。"

"凭什么让我家小虎道歉！"

村口的一户人家前围着不少村民，对着里面指指点点，争吵声就是从里面传出来的。

"怎么，你还想打人？来啊，打啊！"

人群突然骚动起来。时笙看清里面站着的人，高大帅气的男人护着一个女子，面色冷然。即便他穿着粗布衣，也挡不住那尊贵的气质。

"师父！"无尘眸子一亮，直接从人群的头顶飞进去。

人群里，虞小七和清寒被人围着，刚才吵得最大声的就是那个叫王婶的。

无尘直奔清寒过去："师父。"

因为突然蹦出来的人，村民们纷纷停下争吵，看着无尘。

清寒眉头微皱，略带疑惑地开口道："你是？"

"师父……"他家师父怎么了？

"对不起，你认错人了。"

清寒失忆了！更狗血的是，他竟然和虞小七关系暧昧！

无尘一脸不解，到底发生了什么事？

虞小七看到无尘很是震惊，听到他叫清寒师父，就更加震惊。

时笙从人群中慢慢走进去。

"虞漪……"那次在客栈的事，虞小七记忆深刻，所以对时笙她是很害怕的。

时笙只淡淡地扫了她一眼，便看向清寒。清寒显然失忆得很彻底，他冷漠地看着他们，将虞小七牢牢护在身后。

"小漪……"无尘不知道该怎么办。他家师父竟然失忆了！

时笙对上清寒的视线，她只在他眼中看到一层冷意。她突然伸手去拉清寒，然而对方极快地避开。时笙抽出铁剑，直接砍过去。

"小漪，你干什么？"无尘大喊一声。

四周的村民被这突变惊得四散，很快，这里只剩下他们。清寒的灵力似乎没有了，时笙两三下就将人给掀翻。

"虞漪，你想干什么？"虞小七冲到清寒面前，用身体挡住他。

"小漪，就算师父失忆，你也不用这么……"暴力啊！

他只是失忆而已，还能将记忆找回来的嘛！

时笙将虞小七掀到旁边，走到清寒跟前，抓着他的手腕，不由分说将灵力注入他体内。

不是他！这个人是原本的清寒。凤辞不见了。

时笙缓慢地将铁剑移到他脖子上。清寒依旧冷着脸，目光冷清地看着她。然而就在她准备下手的时候，清寒的眼底突然闪过一丝迷茫。时笙心头一跳，再次将灵力输入他体内。没有。可是刚才……

时笙在虞小七的愤怒和无尘的不解中，将清寒绑了起来。这个男人有古怪。

【……】宿主，任务不是你这么做的啊！

"虞漪，你这个疯子，你放开我！"虞小七也被绑了起来，此时正在大喊大叫。

清寒被绑在另一边，他倒是很安静，不过看时笙的眼神很不善。

不善？啧啧，你还敢这么看老子，刚才要不是感觉到有点不对劲，现在你都祭了老子的剑了。时笙扯过旁边的一块布，直接罩到清寒头上。一想到这身体里不是凤辞，她看到这张脸就烦躁。

无尘："……"你这么对我师父，考虑过我的感受吗？

时笙将大喊大叫的虞小七打晕，世界终于安静了。

系统，来，我们聊聊。

【……】不想聊，装死。

你确定不说话？

【……】持续装死。

很好！我们回去再聊！

"师父，你真的不记得我了吗？"无尘蹲在清寒身边，"那你还记得万神宗吗？"

"我不认识你。"清寒始终只有这一句话。

时笙若有所思地盯着被罩着的清寒，看来还是得问女主角大人才行。于是，刚刚晕过去的女主角大人又被时笙给弄醒。

虞小七晃了晃有些晕的脑袋，愤怒地质问道："虞漪，你到底想做什么？"

"告诉我万神宗发生了什么。"

"你当时不是也在，何必来问我？"虞小七咬牙道。

时笙皱眉。她当时根本没出去，而且后来发生的事她完全不知道……

"你知道万神宗发生了什么？我师父到底怎么回事？"无尘转过头来。

虞小七咬着唇，道："你自己问她啊，问我干什么。"

无尘看向时笙。时笙将铁剑搁在虞小七的脖子上，恶狠狠地道："赶紧说，不然弄死你。"

寒意从脖子流进身体，四肢瞬间僵硬，虞小七忍不住打了个寒战。她明明都知道，却让自己来说，虞小七心底满是屈辱，但是碍于时笙的暴力，她不敢有意见。

"我要单独和你说。"虞小七提出要求。

时笙恶劣地笑了一下，道："你觉得你有什么筹码和我谈条件？"

虞小七差点一口气没上来，小脸憋得通红，好半晌才讲起来。

面具男冲出来和万神宗的人打了起来。面具男的实力让众人惊骇，那么多人他都游刃有余。最后，他不知道为什么突然冲进时笙所在的房间，清寒就是在那个时候出手和面具男对上的。然而，清寒不是面具男的对手。面具男想杀了时笙，清寒为送走时笙，强行使用了禁术。面具男像是被刺激到了，大开杀戒。虞小七和清寒同时跌入一个裂缝，等清寒醒过来的时候，就什么都不记得了，而且他还受了很严重的伤。

虞小七也是之后才知道，面具男将万神宗屠杀得干干净净。她带着重伤的清寒，从那个裂缝爬出来，找到这个村子，就一直住在村子里，让清寒养伤。

时笙很茫然，她不记得这些事。难不成她也失忆了？

时笙将两人分开关起来，无尘一脸失望地跟在时笙后面。

清寒是真的什么都不记得了，他对虞小七说的都没有任何印象。

"小潇，你……"无尘犹豫地看着时笙，刚才她那样子，好像真的会杀了师父一般。

"怎么？"时笙微微偏头，月光从她肩头落下，照进她的瞳孔中，碎光斑驳，有一丝阴森。

"没……"无尘语塞，看着她，他一个字都说不出来。

清寒失忆，受伤导致他体内灵力受阻，虽然虞小七一直在给他调养，但是条件有限，这么长的时间，清寒也没多少好转。

无尘心底有些不好受，他一连好几天都和清寒待在一起，试图让清寒想起来。

村里的人都知道，半年前到村子里的两个年轻人的家里来了两个气势汹汹的客人，自从客人来了之后，他们就再也没见过那两个年轻人，倒是时常能看到那个陌生的姑娘，她偶尔会在院子中出现。一些好事的村民不免跑去打探，却也没发现什么。

"虞潇，你到底要绑着我们到什么时候？"虞小七脸色煞白，有气无力地质问。

"你管我。"时笙跷着二郎腿，目光偶尔从旁边的清寒身上扫过。

虞小七被气得发抖。她是被绑的人好不好？！这女人什么都不做，就这么绑着他们是几个意思？要杀要剐，给个准信啊！

时笙这几天一直在观察这个男人，但再也没从他身上感觉到之前的那种古怪。清寒用一种很冷静的目光与时笙对视，那种气质和凤辞用他身体的时候不同，她很轻易就能辨别出来。这么多天，时笙只听到他回答无尘的问题，以及偶尔安抚虞小七。就算无尘给他讲了那么多，他也没表现出任何的好奇，他好像对自己以前是谁完全不感兴趣。

时笙眨巴下眼，突然起身，走向虞小七。

"你要干什么？"虞小七苍白的小脸上满是慌乱。

就在时笙快要靠近虞小七的时候，清寒突然出声："你想要什么？"

时笙顿了一下。她要什么？她也不知道自己在找什么。很奇怪的感觉。

时笙想了想，突然转身离开房间。

虞小七整个都吓软了，刚才她以为时笙会杀了自己。

"小漪，你要关他们到什么时候？"无尘见时笙出来，赶紧问了一声。都这么多天了，她就这么关着他们，算什么事！就算清寒失忆，那也是他的师父。

"等我找到我想要的答案。"时笙头也不回地进了旁边的房间。

无尘一头雾水地愣在原地。她在找什么答案？

入夜。

村落很安静，然而突来的大火让整个村子都沸腾起来，孩子的哭闹、大人的喊叫……

熊熊大火照亮了半边天。而此时，大火中，时笙和虞小七各站一边，一人拽着清寒的一只胳膊。

"虞漪，放手！"虞小七咬牙切齿，炽热的火焰扑在她脸上，她的眼睛有些睁不开。

"大家一起死喽。"时笙无所谓地耸肩。

"你……"虞小七深吸一口气，"让师尊自己选，他选择跟谁走，另一个人就放手。"

时笙的目光越过高大的清寒，她嘴角的笑意在炽热的火焰中，依旧没有半分温度。她瞳孔里映着熊熊烈火，却无法撼动她眼底的平静。

"自身不保，还想保护别人？"

铁剑忽然出现，朝着虞小七刺过去。清寒反应很快，身子一侧，挡在虞小七面前。

"师尊！"虞小七惊恐地大吼。

没有半分迟疑，时笙的剑刺入清寒的胸膛。时笙眸子微眯，抽回剑，慢吞吞地退后一步，语调波澜不惊："好了，送你。"这个男人不是凤辞。

但是下一秒，铁剑再次以雷霆之势，朝着他们袭过去。电光石火间，虞小七身上突然爆发出一股强悍的力量，铁剑再无法前进半分。虞小七显然也被这个变故吓到，脸色苍白，转而痛苦不堪。

火焰从远处蹿过来，整个世界都被火焰覆盖，他们的身影也被吞噬。

砰！火光冲天而起，火星如流星一般从天上溅落，四周的建筑也跟着遭殃。围在外面的村民，顿时尖叫着四散。

无尘从远处奔过来，直接要往火里冲。就在此时，一道浑身带着火焰的人影从里面飞出来，砸在他面前，溅起满地灰尘。是的，就是砸的。

"小漪！"无尘看清砸下来的人，瞳孔一缩，上前将时笙扶起来，"小漪，你怎么样？师父呢？"他走的时候一切还好好的，怎么一转眼就变成这个样子？

"噗——"时笙一口血喷出来。女主角大人身上的金手指简直是要逆天。

不对，她现在也要死了……时笙手抖，从空间里抖出一些瓶瓶罐罐。无尘很上道地将那些东西递到时笙面前："哪一个？"时笙的视线落在一个红色的瓷瓶上。

无尘将丹药给时笙喂下去，见她脸色好转，松口气的同时，又满脸担忧地往依旧燃烧着大火的房子里看。师父还没出来！不行！

无尘将时笙抱到旁边，准备冲进去看看。忽然，衣摆一重，他回头看去。时笙拽着他的衣摆，有气无力地道："他不在了。"

虞小七最后爆发出来的力量，不但将时笙弹飞，还将她和清寒传送走了。时笙下手的速度已经够快，然而女主角大人还是成功进化，简直不科学！

村落大半的建筑都被大火烧没了，无尘可不敢留下来。他带着时笙，趁那些人还没反应过来的时候，离开了村子。

时笙全程都在思考这个位面的事，她太小看大逃杀模式了。女主角身上的金手指多得令人发指不说，竟然还能导致服务器异常。算了，她就当是用命买经验好了，反正可以读档重来。算个……屁啊！老子不弄死她就跟她姓。

【宿主，你本来就跟她姓。】

你还敢出来？

【……】装作我不在线。

狐族。

时笙回来已经快三天了，狐王恨铁不成钢似的过来教训她半天。时笙全程安静地听着，等狐王教训完，时笙才开口："父王，你知道玄风在哪儿吗？"

狐王猛地拧眉，开口道："你怎么知道玄风？"

"有仇。"

狐王的眉头拧得更厉害。片刻后，他勃然大怒道："你个小兔崽子，老子就说玄风那个魔头怎么忽然针对狐族，原来是你在外面惹的事。"

时笙："……"这种程度的怒吼，时笙已经习惯。比起她刚回来的时候，他拎着藤条要抽她，这简直是大巫见小巫。

狐王发泄完心底的怒火，一拍桌子，道："说，你怎么得罪那个魔头了？"

"就……"她怎么得罪玄风的来着？

狐王拍桌子拍得起劲："就什么就，吞吞吐吐做什么，别想糊弄老子。"

"就想弄死他来着。"

静——

死一般的寂静。

半响，狐王不知从哪儿摸出来一根藤条，直往时笙身上抽："你个小兔崽子，弄不死人家，你还敢上去！你有本事弄死他啊！没本事你上去找什么死？气死老子了，你还敢躲！"

原主记忆中的狐王也经常被气得跳脚，不过像今天这么生气，大概还是第一次。

狐王发泄完，扔掉藤条，气哼哼地坐下，道："小兔崽子，气死老子了！"

时笙站得老远，开口道："父王，我不弄死他，他就要弄死我，你总不能看着我死吧？"

"他敢！"狐王怒火滔天，又开始拍桌子。他就这么一个女儿，岂能让妖欺负？

"所以父王，我们得先下手为强，先弄死他。"时笙开始怂恿狐王。

狐王抓着桌子上的茶杯砸向时笙："你以为他是小妖精，你想弄死就弄死。"

玄凤是什么妖？在这小兔崽子还没出生的时候，玄凤就已经风光了好多年。当年如果不是他突然开始滥杀无辜，被人修封印，他早就一统妖界了。

时笙避开暗器茶杯："您刚才不是说他开始针对狐族了吗？难道您想看着狐族灭亡？"

"小兔崽子净胡说八道，找抽是不是？"狐王气急败坏地道。

时笙闭嘴。狐王脸上的怒气慢慢散去。他目光微沉，道："玄凤重见天日，万神宗被灭，最近一段时间发生的事太多。"狐王顿了顿，又道，"玄凤已经回到妖界，听说最近在招兵买马。妖界怕是也将风起云涌。你给老子待在狐族，再敢跑出去，老子打断你的腿。"说到后面，狐王的声音陡然提高。

时笙瞄了瞄自己的腿。算了，尊老爱幼，让着他好了。

"父王，问您件事呗。"时笙笑着蹲过去，顺手给狐王倒了一杯茶。

狐王瞪她一眼，道："问。"

"您知道虞小七吗？"

"虞小七？"狐王的川字眉都能夹死一只苍蝇了，他思索片刻，道，"你说的是虞卉家的那个虞小七？"

时笙扒拉了一下原主的记忆，微微点头。

"你问她干什么？"狐王眼底闪过一丝不喜，生硬地道，"那只小狐狸不是我们族的。"

时笙："什么？"女主角竟然不是虞氏一族的。

狐王本来不愿多说，最后被时笙缠得没办法，才告诉她关于虞小七的身份。虞小七的母亲是个人类，父亲是狐族第二大姓胡氏一族。人妖相恋为世所不容，半妖更是。人族和妖族都不会承认其身份，人和妖在一起生下孩子，就是一种悲剧。更多的半妖会走上极端的路，为两族带来灾难，这更让人族和妖族讨厌半妖，抵触人妖结合。

虞小七的母亲在生下虞小七后，就被她的族人处死。虞小七的父亲带着她逃亡，最后求助好友虞卉。狐族莫名其妙多了只半妖，狐王自然要过问。虞卉对狐族贡献很大，狐王不好拒绝，只能同意将虞小七留下。虞小七是半妖，体内血脉不纯，久久无法化形，在狐族中备受欺负。

虞小七的身世一出来，时笙便猜出大致剧情。当然，她想的肯定是套路剧情，如果作者是个不按套路出牌的，那她也是白猜。女主角大人竟然是只半妖，不过这种设定才正常。她还是先弄死男主角，再弄死女主角。

妖界，蛇族。

玄风坐在蛇王宝座之上，下方站着两个人，一男一女。男的弱不禁风，像个书生，存在感很低。女的妩媚妖娆，胸前沟壑深深，细腰长腿。

妖娆的女人先开口道："王，那个叫虞漪的小狐狸，听说已经回到狐族，要不要属下去将她抓过来？"

"狐王极其宝贝这个女儿，你想抓她？"书生语气不屑，明显和妖娆女人不对付。

妖娆女人美眸微瞪，道："你怎长他人志气，灭自己威风？"

"我说的是事实。"书生瞥妖娆女人一眼，尖酸刻薄地道，"她可是个女人，你还想用对付男人那套对付她？"

妖娆女人火气一盛，两人就要吵起来。四周的温度陡然冷下来。妖娆女人和书生同时打了个冷战，不约而同地垂下头，不敢再放肆。

玄风冷冽的声音落在他们耳边："现在你们要做的，是以最快的速度收复妖界。"

两人心头一跳。

"是，王。"

收复妖界谈何容易，妖界已经许久没有妖王，各族散落，立地为王，谁也不想被别的族管。这下好了，那就大家都别做这个妖王，自己管自己。现在所有族群，都不愿承认妖王的存在。玄风想上位，可有的忙。

书生和妖娆女人对视一眼，又各自嫌弃地移开视线，准备退出去。

"我让你们找的人，可找到了？"

两人同时沉默。良久，书生吞吞吐吐地回答："王，我们人手不多，所以……"还没有找到。

玄风的面色看不出喜怒，挥手让他们下去。

狐族的夜很安静，听不到一丝声音，就连虫鸣声都没有。

时笙一个人躺在狐族最大的那棵大树的树冠之上。

头顶，满天星辰。璀璨的星光无法在她眸子里留下残影，也无法惊起半分的涟漪，她如同一个没有灵魂的精致玩偶。良久，她闭了闭眼。待她再睁开眼时，眸中的星辰已然消失，只剩下黑沉沉的虚无。

她缓慢地摸出一个类似平板的物体，上面正密密麻麻地跳着字母和数字，速度非常快,肉眼根本无法看清,最下方是进度条——78%……太慢了。

时笙摆弄了一会儿,将东西收回去。

"小漪,你在上面吗?"无尘的声音突然从下方传来。

时笙随手扯了扯旁边的树枝,树叶摩擦,哗啦啦地响。

无尘从下方飞上来,落在时笙身边:"小漪,"无尘目光复杂地看着她,"我要去找我师父,你……"

"好走不送。"时笙毫不在意地摆手。

无尘苦笑一下。来的时候,他已经预料到是这个结果。她从来都是这么没心没肺,谁也别指望从她这里得到不一样的待遇。可是,就是她这个样子,他才喜欢她啊!

无尘压下心底的情绪,试探性地问:"你和我师父……"怎么回事?

之前她说得信誓旦旦,好像没了他师父她就活不下去。现在她却一点反应都没有,甚至还想杀他师父。

时笙侧过脸,不去看无尘探究的目光。之后,她声音淡然地道:"他不是我要找的人。"她对现在的清寒只有陌生,无尽的陌生。

无尘从来就没弄懂过她,此时更加听不明白。他张了张嘴,到底没问出来。就算问了,她也不回答;就算回答,他也不一定听得懂。

无尘离开狐族,最高兴的就是狐王。要不是当初无尘带着时笙回来,狐王早就将他给打出去了。他怕自家女儿喜欢上人类。然后,狐王就开始给时笙相亲。先从狐族开始,只要是适龄的,长得不算太丑的,都在狐王的考虑范围。

时笙的日常——

相亲。

相亲。

相亲。

然而,时笙直接暴力抵抗,想娶她可以,先打赢再说。若干的相亲对象,来的时候高高兴兴,回去的时候鼻青脸肿,纷纷表示不敢高攀,气得狐王直跳脚。当初他就不该给小兔崽子半生修为。

狐王想把时笙嫁出去的愿望夭折了,很心累。眼看这妖界就要打起来了,他连保护女儿的对象都没找到。

狐王很快就没时间纠结,玄风的动作越来越大,已经收复了好几个大族。针对狐族的动作也越发频繁。狐王和玄风对上,自然是玄风这个男主角占据上风,整个狐族都开始动荡不安。有的劝狐王归顺玄风,也有的坚持不归顺。狐王肯定是不愿归顺的,就冲玄风对他女儿动手,他就绝不可能归顺。话说回来……他好像到现在都不知道,玄风和自己的女儿到底有什么恩怨情仇。

狐王越想越不对劲,他竟然被那个小兔崽子给忽悠过去了。狐王气冲冲去找时笙算账。竟然敢忽悠他，小兔崽子活腻了！

"你们小姐呢？"狐王中气十足地怒吼，吓得守在外面的小狐妖腿软。

"小姐……小姐在睡觉。"

"睡睡睡，就知道睡，把她给我叫起来。"

"是。"小狐妖赶紧往里面走，心底满是疑惑。小姐最近都没出去，怎么又惹狐王这么生气？

时笙被叫起来，十分不情愿地挪到门口。瞧着狐王那怒火滔天的模样，她同样不解。她最近很安分地当淑女，怎么又惹狐王大人生气了啊？

狐王挥手让其他人下去。

"小兔崽子，你和玄风到底怎么回事？"

时笙无语。狐王这脑回路怎么又转回来了？

"父王……"

"你少给我瞎编，现在什么情况你也清楚，玄风想要一统妖界，我们狐族不可能置身事外。"

"就看他不顺眼喽。"时笙耸耸肩。

狐王气得吹胡子瞪眼。看他不顺眼是什么理由？这还不如瞎编。

"父王，你想一统妖界吗？"时笙突然凑过去道。

"妖界一直无主，各自为王，井水不犯河水。"狐王顿了一下，道，"但是不想当妖王的妖，都不是好妖！"这志向很好。

"父王，以玄风现在的发展，他极有可能真的一统妖界，我们不能坐以待毙。"

狐王脸色沉了沉，道："这个道理我当然明白，但是现在我们势单力薄。"玄风在短短的时间里就收复几个大族，现在俨然是妖界权势最大的一方。

"放心，我有办法。"时笙拍着胸脯保证。

狐王狐疑地看着她，道："你有什么办法？这可不是闹着玩儿，你给我安分地待在族里。"

时笙撇撇嘴不说话。狐王心里又开始冒火，对着时笙就是一阵思想教育。教育完，狐王完全忘记自己是来干啥的。

时笙想弄死玄风，自然不能看着玄风一统妖界。时笙偷溜出狐族，找到那几个玄风还没来得及收复的族群，对他们进行"亲切友好"的访问。

于是，第二天，狐王被人上门求结盟。接连几天都有人上门，狐王忙得晕头转向，等他想起时笙，已经是大半个月后。

然而，狐族哪里还有他家女儿的身影。伺候时笙的小狐妖被关在房间大半个月，直到狐王去找人，她才被放出来，对狐王哭诉时笙的暴行。

狐王这是想惩罚都惩罚不了，自家女儿厉害，难道还怪这小狐妖太弱吗？

第三章　人狐殊途（下）

双方战队拉开，正式对上却是在一个月黑风高的晚上，起因有点诡异——是双方战营的一对情侣，两人因为站位问题出现争执。

妖这种东西，生来便是凶残的，一言不合就打起来。结果，女妖把男妖给弄死了，最后不知怎么就发展成两边的大战。一场名垂青史的大战的起因，很有可能只是一件很小的事。

时笙混在一群小妖怪中。

"刚才我看到蛇王了，长得可真是一表人才。"

旁边的一只妖纠正道："一表人才那是形容人的，我们是妖。"

"咦？那我们该用什么形容？"

这下问倒那只妖了，他半晌憋出一个词："一表妖才。"

"噗——"时笙没忍住。这些小妖精怎么这么可爱……一表妖才。

"你笑什么？难道你知道该用什么来形容？"说一表妖才的小妖精不服气。

时笙收敛表情，道："你们可以说他人模狗样。"

"他不像狗啊！"蛇王的本体不是蛇吗？

"这是夸他的。"时笙一本正经地道。

"是吗？"

"是的。"

一群小妖精将信将疑，但最后还是信了，一口一个人模狗样。

时笙忍俊不禁。没文化也挺可爱，不知道玄风听到会是什么表情，表情肯定十分精彩。

"今天还打不打？"小妖精们的话题又换了。

"不知道，再等等吧！好久没有这么干过架，好想上去干架。"旁边的妖一阵附和。

时笙坐在旁边,听他们天南地北地胡吹,真的觉得挺有意思的。这些小妖精,好多都没有出过妖界,他们的想法很不一样,偶尔听听,简直是为她打开新世界的大门。

这一等就是半夜,本来都安静下来的场面,突然起了波澜。

"发生什么事了?"

小妖精们踮着脚往前方看,但是前面的妖太多,而且此时他们根本不知道发生了什么。

"快跑!"

"快跑!"

前方的妖精一声高过一声地叫喊,后面的妖也不管前面发生什么,开始向后退。

时笙逆流而行。前面的惊叫声不绝于耳,在黑夜中听得人头皮发麻。战场的中心位置,一只庞大的妖怪正撕扯着乱窜的小妖精。

对于这个世界的妖怪,时笙已经不抱什么希望。这是什么玩意,基因突变到太平洋了吗?四足,两个头,似龙,头上有犄角,身上覆盖鳞片,背上还长着翅膀。

新世界的大门正在缓缓打开。

"快跑!"

小妖精对这只基因突变的大妖怪显然没有任何反抗能力,只有狐王带着几只妖在和大妖怪干架。玄风带着人站在远处的山谷上,时笙看不清他的表情。

"王!"惊叫声拉回时笙的视线,她朝着大妖怪的方向看过去。

狐王被大妖怪的一个头叼住,其他妖想救狐王,奈何人家身形高大,随便转个身,就能避开那些妖。时笙叹口气,抽出铁剑,活动下手腕,身形如鬼魅一般飘出去。她突然出现在狐王面前,狐王愣了一秒,随后怒吼:"小兔崽子,你来干什么?!快滚!"

时笙翻了个白眼,铁剑直接朝着他砍下去。

狐王:"……"这小兔崽子竟然要弑父!

扑哧!温热的血溅了狐王一脸,他的身子突然失重,砸到地面上。

失去一个头,大妖怪很愤怒,身子乱转。四周的小妖精就倒霉了,成片地倒地。

时笙翻身跳到大妖怪背上,顺着背脊往它头的方向跑。大妖怪想把时笙甩下去,不断晃着身体。然而,时笙跑过去,如履平地般稳稳地停在大妖怪脑袋上。时笙手起剑落,寒光从四周扫过,汇聚到大妖怪眼中。大妖怪的身体僵在原地,片刻后,轰然砸在地面,地摇山崩。

狐王被泥土糊了一脸,满头的血加上泥土,让他完全睁不开眼。这是他女儿杀的?这可是凶兽!那身鳞甲坚硬无比,对它根本造不成伤害。他们这么多人联手,都没伤到它一丝一毫。狐王心底七上八下,跟坐过山车似的。直到时笙站在他面前,他的心情才平稳下来。

不顾狼狈,狐王一抹脸上的污秽,从地上跳起来:"小兔崽子,你要翻天是不是？！"他骂完，突然将时笙搂进怀中。刚才有一瞬间，他的心脏都停止了跳动。他怕自己一眨眼，自己女儿连尸骨都不剩。

时笙拍了拍他的背，悠悠地道："父王，你身上好臭。"

狐王心里刚刚生出的一点感情被这句话弄没了，他一把按住时笙的脑袋："你个小兔崽子，还敢嫌弃父王！"

"王，小姐。"

"王。"

其他妖陆陆续续围上来，狐王也不好再教训时笙，将她放开。然而，这群妖纷纷用崇拜的眼神看着时笙。

"小姐，你好厉害！"

"小姐，你那把剑是哪儿来的？叫什么？好厉害啊！"

时笙晃了晃手中的剑，想了想，道："斩妖剑。"

铁剑："……"并不，我不叫斩妖剑！

众妖纷纷往后退了一步。他们也是妖。刚才有些妖站得近，亲眼见到这把剑砍那只他们连皮毛都伤不到的凶兽，简直跟切萝卜似的。这要是砍到他们身上，瞬间就让他们分尸。小姐这是从哪儿弄来这么可怕的剑？

"去把那些蠢货叫回来。"狐王沉声吩咐。

几只妖同时往外蹿，他们不想面对斩妖剑。跑得慢的妖，只能被迫停下围观斩妖剑。

狐王往时笙的铁剑上瞄了一眼，又低低地骂一声："小兔崽子。"

时笙："……"怎么又骂她？

群妖很快被召回来，叽叽喳喳的，场面犹如菜市场。

玄风那边大概是吓傻了，好久都没反应过来。凶兽就这么没了？

众妖简直不敢相信。然而，就在他们表示自己不敢相信的时候，那边的妖已经冲了过来。

时笙想起一个很经典的词——群妖乱舞。时笙的心情本来就不怎么好，此时可以大开杀戒，那还不抓紧机会？

玄风大概是见情况不对，招呼人撤退。

"去拦住那个小兔崽子！"狐王见时笙还想往前冲，立即让旁边的妖去拦下时笙。后面是玄风的地盘，他们追过去不明智，时笙被迫停下，满脸可惜。

玄风跑得倒是快！

之后两边又发生过几次冲突，不过有时笙这个妖形杀器在，玄风那边基本没讨到什么好。

"王,那个虞漪……"书生不知道该怎么形容,只要是被她盯上,绝对是死路一条。特别是她手上那把剑,听说叫斩妖剑。她自己都是妖,竟然用把叫斩妖剑的剑。

"王,她手中的那把剑?"妖娆女人眼底有些贪婪,那把剑可是好剑。她观察这么多天,发现那个女人也不过是靠着那把剑才那么厉害,不用剑的时候,她的战斗力明显降低许多。

"你们可曾听过斩妖剑?"玄风嗓音微沉地道。

两人皆是摇头,从没听过什么斩妖剑。

"王,外面有人求见。"一只小妖急急地从外面跑进来。

人?这个时候怎么会有人求见?

玄风还没出声,一道人影缓慢地出现在大殿门口。

玄风和狐王打得如火如荼,时笙偶尔会上去砍砍妖,更多的时候,是指挥一群小妖精横扫战场。

对方布置战术,她一个人横冲直撞,要么直接砍,要么扔小球炸,战术对她没有任何用。

狐王很心焦,她在外面到底遇见什么奇奇怪怪的人,变得如此暴力!这可怎么嫁得出去?

"王,不好了!"

是不好了,小兔崽子嫁不出去,哪里能好。

"王!"

狐王回神,看向焦急的小妖:"哪里不好了?"

"蛇王那边出现了一把奇怪的剑,我们打不过。"

奇怪的剑?能有他家女儿的那把剑奇怪?

"很厉害。"小妖认真地点头,眼底还有一丝惧意。

狐王跟着小妖去了战场。前方不远处,玄风拎着一把泛红光的剑,光影在空中拖出长长的尾巴。即便隔得老远,他们也能感觉到那把剑的威力。那些小妖在他面前毫无还手之力。

"王……"之前小姐那把剑就够古怪的,现在玄风也有一把。这种厉害却不知名的神器,已经这么不值钱、随处可见了?

"那小兔崽子呢?"狐王环顾四周,眉宇间满是凝重。

四周的妖也跟着四处看,一只妖指着战场,道:"小姐在那里。"

狐王看过去,差点一口气没上来。时笙如一道闪电,冲着玄风冲过去。

"愣着干什么,还不去帮忙!"狐王又气又怒,冲着身边的妖大吼。

时笙很好奇玄风手上的剑，用铁剑对着那剑狂砍。事实证明，这把剑不是水货，时笙砍那么多下，它都没任何断裂的痕迹。两把剑相交，撞出一阵火花，两人身形靠近。

"虞漪，你很有趣。"在两人身形分开的瞬间，玄风突然开口。

有趣你大爷！时笙转身再次砍过去，动作简单粗暴。玄风将剑举过头顶，挡住铁剑。

时笙表情阴森地道："所以你是看上我了吗？"

玄风目光冷厉地道："你只是有资格和我交手。"

时笙："……"男主角大人你这么能装，会被打的！

时笙卸掉力量，铁剑以一个刁钻的角度，绕过剑，从下面刺向玄风。玄风脚尖轻点地面，身形朝着后面滑退。然而他没想到，铁剑会突然发出一道剑气。玄风闪避不及时，被剑气削掉一撮头发，脸上也挂了彩。

"我和你交手，那是你几辈子修来的福分。"少女神情张扬自信，语气嚣张狂妄。

玄风抬手擦掉脸上的血迹，体内的嗜血因子被激发出来，用阴狠的眸子盯着时笙。

剑与剑交锋，天地陡然变色，风起云涌，电闪雷鸣。铁剑可以引发天地异象，这一点她早就知道，但是玄风那把剑竟然也可以，真有意思！

电闪雷鸣间，两人身形在雷电中穿梭，速度快得只剩下残影。场面震撼人心，众妖纷纷停下观望。

"谁会赢？"

"那还用说，肯定是我们小姐！"

"对，一定是小姐！"

狐族这边的妖非常坚信，他们小姐会赢。

狐王脸色阴沉地盯着半空，闪电从他瞳孔中闪过，映出他眸底的担忧。

铮！空中有人跌落。

距离太远，他们看不清是谁。大家伸长脖子往那边张望，好一会儿天上的乌云散开，露出被遮挡的人影。

狐族这边立即欢呼起来。

"是小姐！"

"小姐赢了！"

时笙从空中落下，走向摇摇晃晃从地上站起来的玄风。她的青丝在风中飞扬，墨裙摇曳，裙摆上的花纹若隐若现，犹如盛开在深渊中的红莲，黑暗与鲜血交织。

时笙在距离他一米远的地方停下，平静的目光落到插在地面的剑上。她扯着嘴角笑道："这把剑确实很厉害，可惜，你不能发挥它的实力。"

玄风捂着胸口，浑身笼罩的气压很低。他目光晦暗。竟然输给一个女人，还是两次，输在同一个女人手上！

时笙用铁剑挑起那把剑，拿在手中看了片刻，眸色瞬间幽深。她将剑扔到地上，剑发出哐的一声脆响。时笙转头冲远处张望的妖招手。几只小妖精颠屁颠地跑过来："小姐。"

"弄死他。"时笙风轻云淡地吩咐道。

"啊？"这可是蛇王，他们能弄死他吗？

"快点。"时笙催促道。

她这是在和剧情君抢时间好吗？

几只小妖对视几眼，其中一只上前，手有些发抖。小妖幻化出一把骨剑，咬牙冲着玄风刺过去。玄风踉跄地往后退，骨剑在他瞳孔中放大……那个少女站在旁边，眉宇间满是平静。

扑哧——

骨剑刺入他的胸膛，玄风突然阴沉地笑起来："你以为这样就可以杀了我吗？"

小妖左手一扬，一道符纸打在骨剑上，符纸化作一道光，从骨剑流窜进玄风的身体。玄风的身体僵住，他缓慢地垂头，看着胸口散发的光芒，眼底满是不可置信。

时笙双手环胸，神情嚣张地道："你以为我上过一次当，还会上第二次吗？"

玄风的嘴角溢出血，他伸手握住骨剑，猛地拔出。他身体摇晃，却没倒下去。符纸的光在他体内流窜，肉眼清晰可见。时笙迎着他愤怒的目光地看过去，嘴角微勾，道："砰！"

玄风的身体突然爆炸，光芒从他体内流窜而出，冲上天空，在空中胡乱飞了几圈，随后齐齐朝着某个方向掠去。

"小……小姐……"那是什么？

时笙撩了撩头发，道："追踪符。"这符只要沾染上那个人的气息，不管他躲在哪里，都会被找到，然后……

砰！

她就不信玄风这个男人这次还能跑掉。不过，他要是真跑了，那她也没办法，谁让人家是剧情君的真爱！自己再怎么费尽心思也弄不死他。不然，她就只有像在之前那个位面一样，让整个位面都崩了。

【宿主，请不要有这种危险思想。】

时笙撇撇嘴，道：我就算做了，你能把我怎么着？

【……】系统还真不能怎么着，顶多关关时笙禁闭。主人你快回来！我快要承受不住了！

没了玄风，其他妖收拾起来就简单得多。狐王都没想到，这场战争这么快就落下帷幕。

"所以父王，这件事告诉你一个道理，擒贼先擒王。"

"你个小兔崽子还敢说！"狐王顺手抓着旁边的东西砸过去，"我不是让你关禁闭，你出来干什么？！"

时笙跳着脚避开，道："亲爹，我说的是事实好吗？你怎么还砸我！信不信我离家出走给你看！"

"你还敢离家出走！老子不打断你的腿！"

"你打不赢我。"

狐王捂着胸口，一脸痛苦。哎哟，这个小兔崽子，气死他了。她能这么厉害，还不是靠他把半生修为给了她，要不然她现在还指不定是什么鬼样子。现在她竟然敢和他顶嘴，还敢炫耀，气死他了！

"来人啊！"狐王怒吼道，"把小姐给我带下去，严加看管！她跑了，你们也别想好过。"

"等等，等等。"时笙几步跑到狐王跟前，"我有正事。"

狐王冷哼道："你有什么正事？"

时笙眨巴着眼，开口道："父王，你不准备当妖王吗？"

"你以为妖王是大白菜，你说要就要？"狐王瞪她。

时笙正经地点头道："当然。"

狐王："……"这个狂妄的小兔崽子是哪儿来的，他才没这种女儿。

虽然现在是狐王这边赢了，但是不服气的妖不在少数。除了被时笙"亲切访问"过的，许多妖族都表示他们之前是被胁迫的，现在他们要求保持原状。原状就是：谁也别想管谁，大家自己顾自己。

但是狐族这边的妖，好不容易干翻一个，眼看就可以上位，怎么能就这么放弃？于是，双方僵持不下。狐王也说过，不想当妖王的妖不是好妖，所以狐王对于妖王的位子还是很记挂的，可惜，再记挂也抵不过现实的压迫。就在他准备放弃的时候，之前闹得最厉害的几个族群突然不闹了。

一群被"亲切访问"过的妖族露出幸灾乐祸的笑容。今后有难同当，大家还是好兄弟！

妖族自此统一。狐王晋升妖王，时笙晋升妖族公主。

自从当了公主，时笙的日常是——

相亲。

相亲。

相亲。

狐王非常热衷嫁女儿，不把她嫁出去，狐王心有不甘。

妖族这些小妖，哪里敢娶时笙？想想她那彪悍的身姿和那把斩妖剑，他们就浑身发抖。而被折腾得很不耐烦的时笙，离家出走了。还有女主角要收拾，她怎么可以在这里混吃等死？

　　时笙离开妖界，人界似乎也有一些人知道妖界动乱，时笙偶尔能听到人讨论。不过讨论的内容很多都是不着边际的，和事实相差十万八千里。譬如，他们竟然说妖族公主五大三粗，长相奇丑，性格暴虐，是个暴力狂，没人敢要！

　　时笙怒了，说她暴力她认，可五大三粗哪里来的？长相奇丑是什么？她怎么也算娇小可爱、妩媚动人、闭月羞花、沉鱼落雁好吗？

　　【……】宿主你咋不说全世界就你最好看，愚蠢的凡人配不上你？

　　愚蠢的凡人怎么配得上我！

　　【……】主人，有没有治自恋的药，我要给宿主来一车，主人你快回来！

　　时笙思考着该去什么地方找女主角，女主角这个时候在干什么？

　　"在前面！"

　　时笙身后突然出现一阵骚动。她扭头看去，一群穿着奇装异服的男男女女正朝着她跑过来。时笙娇躯一震，拔腿就跑。亲爹，你为了抓我也是蛮拼的！

　　时笙被一群小妖精追得到处跑，他们隐藏一下身份还好，谁知他们根本不隐藏。追她的同时，这群小妖精还得被人追，场面一度失控。时笙有时候还得返回去救这群蠢货。

　　可是，最近几天，她都没见到那群小妖精，难道他们放弃了？时笙兀自摇头，他们追自己追得非常起劲，怎么可能一声不吭就放弃。时笙一边思索，一边走进一家酒楼。她得先填填肚子。

　　吃到一半的时候，她发现旁边刚才还在聊哪家青楼的姑娘比较漂亮的一群汉子，突然转换了话题。

　　"最近岳阳宗的人抓到好多妖，妖界放了这么多妖出来，是不是要和我们开战？"

　　"妖界刚刚统一，怎么可能和我们开战，我听说他们是在找什么人。"

　　"找人？找什么人？"

　　"谁知道，昨天岳阳宗的人不是才抓到一批，说不定过几天就有消息传出来。"

　　时笙的嘴角一阵抽搐，人家抓妖都是用批字来形容，这群小妖精也是蠢得够可以的。

　　岳阳宗。

　　时笙和这个宗门渊源深厚，一来就被他们追杀，现在她还是岳阳宗黑名单上的头号敌人。

　　被抓的小妖精都被送回岳阳宗统一处理，那些人大概是怕夜长梦多，竟然奢侈地用了传送符。

时笙踩着铁剑从岳阳宗上空飞进去，守山的弟子只看到一道残影，根本没看清是什么。

岳阳宗的广场。

小妖精们被关在几个铁笼中，个个生无可恋。

妖精甲："公主怎么还不来救我们？"

妖精乙："可能公主不知道我们被抓了。"

妖精丙："那我们现在只能等死了？"

妖精甲："我不想死。"

谁想死？他们也不想死，可是被人抓住，等待他们的就只有死。

一群小妖精看着远处的人朝他们走过来，瑟瑟发抖。这些人修比他们妖精可怕多了。其中一个年纪稍长的男人捋着山羊胡道："这么多妖，怎么处置？"

另一个胖子轻车熟路地接话道："烧了吧。"

山羊胡男人认可地点头。这么多妖，也只有用烧比较方便。

一群弟子开始在铁笼四周放柴、泼油。

"他们要烧死我们。"

"呜呜呜，公主怎么还不来。"

"哭什么，就算我们死了，公主也一定会给我们报仇的。"

"公主说不定都不知道。"

这话一出，众妖精纷纷安静下来。

"开始吧！"山羊胡男人微微颔首。

举着火把的弟子立即将火把扔到柴上。大火瞬间蹿起老高，将里面的小妖精全部吞没。

"啊！"惨叫声陡然响起。

然而，声音不是从火焰中传出来的，而是从众人后面。众人还没来得及回头，一道黑影从空中砸下来，正好砸入火中。黑影抽搐两下，没了动静。下一秒，强劲的力量席卷向火堆，燃烧的干柴被掀起，火焰陡然间熄灭。空间有一瞬间的凝固，如同被人按下暂停键。

"有人！"有弟子指着空中大叫。

"她是怎么进来的，怎么没人发现？"

"是……是虞漪！虞漪！"

虞漪这个名字，岳阳宗无人不知，无人不晓。她失踪这么长时间，竟然又出现了！对，她也是妖！她肯定是来救这些妖的！

"别慌。"山羊胡男人让其他人冷静下来。

时笙从空中跳下来，铁剑落在地面，地面直接被磕出一条裂缝。那裂缝如蜘蛛网一般朝着人群的方向蔓延。众人目瞪口呆地看着那条裂缝。

裂缝停止在山羊胡男人面前，没再前进，也没有奇怪的事发生。就在众人松了一口气的时候，裂缝突然继续往前，直奔关小妖精的铁笼而去。咔嚓一声，挨着地面的铁笼碎裂，小妖精们一涌而出。

"公主。"

"公主来救我们了，公主万岁。"

所有小妖精都围在时笙身边，各种恭维赞美的话不要钱一般往外蹦。

那边岳阳宗的人一脸不解，什么公主？虞漪……是妖界的公主？

之前那个胖子中气十足地大喝一声："大胆妖孽，竟敢闯到岳阳宗来，当我岳阳宗没人？"

小妖精们顿时安静下来，自觉地躲到时笙后面。

"你岳阳宗有人？我怎么没看到？"时笙嗤笑一声。

"我们这么多人，你看不到？"胖子脸上肥肉直颤，唾沫横飞，很是激动。

时笙眉眼弯弯地道："我眼瞎看不到，只看到一群智障。"

胖子："……"她是在骂人吧？

"虞漪，你擅闯我岳阳宗，以为能安稳地走出去？"

时笙眨巴一下眼睛，精致的脸蛋上挂着恶劣的笑容："我可以飞出去。"

山羊胡男人脸色微沉，他倒是没想到这个女人竟然这么目中无人。

"要打就打，废什么话。"时笙习惯性地甩了甩铁剑。

"公主霸气，打死他们！"这群人类简直是不可理喻！

"公主好帅！"小妖精们在后面喊口号。

时笙无语地翻白眼，这些智障，还不跑！

"抓住他们，别让他们跑了！"胖子挥手道。

看时笙打架，对这群小妖精来说简直就是看大片。

时笙踹飞几个人后，拔腿就往后面跑："你们这群智障还不跑？"

"公主，你不打了啊？"某小妖精一脸迷茫地道。

时笙："……"没看到人家的大部队来了吗？她又没疯！

"跑啊！"时笙一剑抽在一只小妖精的腿上。

小妖精嗷的一声朝着山下冲，其他小妖精紧随其后。

这群小妖精以为自家公主怕了，结果他们刚跑下山，就听到后面响起一连串的爆炸声。所以，刚才公主叫他们跑，不是怕？他们就说嘛！公主怎么会怕这群智障！

妖界公主把岳阳宗给炸了，这个消息很快就成为众人津津乐道的头条新闻。岳阳宗以此向妖王索要说法。妖王更绝，说谁惹的事找谁去，他不管。然而，他暗地里气得跳脚，恨不得把时笙这个不听话的小兔崽子拖回去抽几十鞭。

岳阳宗的人也气得不轻，这件事肯定不能这么算了。妖王不管，他们就自己管。于是人界更加鸡飞狗跳。

"求大家行行好吧，只要能让小女子把父亲安葬，小女子做牛做马也会报答各位的大恩大德。"长得还算清秀的姑娘跪在路边，哭得很伤心。她身后停着一辆板车，上面盖着草席，隐约可见垂落出来的手。

卖身葬父！

时笙站在人群中，左右环顾。没见到什么奇奇怪怪的人，她这才放心地看戏。

"哎呀，这小娘子长得挺漂亮的，来，抬起头，让爷瞧瞧。"少爷打扮的男人捏着姑娘的下巴，迫使她抬头。

姑娘双眼含泪，脸颊微红，一副楚楚可怜的模样。男人不怀好意地在姑娘脸上摸了摸，手又开始不老实地往下移。姑娘显然受惊，身子往后缩。男人力气大，拉着她的手，让她退不开。

"公子，请自重。"姑娘不断地躲闪。

"自重？哈哈哈，你不是要卖身葬父？爷有的是钱，来，让小爷我摸摸看。"

"放开我。"

"哈哈哈，这皮肤真好，啧啧……这手也好看。"姑娘被男人半抱在怀里，各种调戏。

围观的人似乎对这个男人有些忌惮，不敢出声。

"放开她！"

娇喝声从人群后传来，紧接着人群分开，两道身影出现在众人视野中。

"放开她！"

英雄救美来了！等等……这声音？

时笙的睫毛颤了颤，抬头朝走来的那两个人看去。果然是有欺压的地方就能偶遇女主角，这很好！女主角身边跟着的男人……是清寒。

清寒第一时间发现时笙，时笙咧嘴冲他笑了一下。她手指微动，铁剑唰的一下出现，鬼魅一般冲向虞小七。

"啊！"

时笙在大街上掏剑，吓得四周的人抱头鼠窜，就连刚才那个调戏姑娘的男人都躲到自家保镖后面。

清寒手疾眼快地将虞小七拉住，铁剑带着凌厉的剑风从虞小七耳边擦过去，然后剑刃一转，横扫向她的脖子。虞小七大概是被这变故吓到了，等反应过来，时笙的铁剑已经到她眼前。铁剑在即将靠近虞小七的时候，一股很大的阻力让时笙的动作减缓。虞

· 66 ·

小七乘机闪到一旁，手指在空气中画了一个奇怪的符号。顿时，灵力汹涌澎湃地涌向时笙，满含杀机。

这么短的时间，虞小七的实力竟然增长这么多，不愧是被偏爱的宠儿呢！

利刃般的灵力铺天盖地袭来，时笙的裙摆被割得四分五裂，人也被迫往后退了好几步。

虞小七的小脸上满是愤怒："虞漪，我不想杀你。"

时笙垂头看着裙摆，没说话。

"虞漪，师尊不记得你，你这般纠缠也无用。"虞小七继续道，"就算你杀了我，师尊也不会记得你。"

清寒站在后面，一脸冷漠地看着时笙，眼底全是陌生。

时笙微微抬头，平静的目光从虞小七身上扫过。

空间一阵诡异的寂静。

唰——

破空声从后面响起，令人毛骨悚然的危机感从时笙心底生出。她反手用铁剑一扫，一股蛮横的力量从后面而来，撞在铁剑上。时笙只觉得手臂发麻，之后便绵软无力地垂下去。

一群人御剑而来，迅速将她包围起来。是岳阳宗的人！

"妖孽，纳命来！"一声大喝响彻天地，震得人耳中嗡鸣。

这些人可不是冲时笙一个人来的，虞小七和清寒也在他们的围剿范围。

时笙手臂还在发麻，拿剑有些吃力，打起来自然没那么顺手。虞小七大概知道自己不是这么多人的对手，只守不攻。时笙虽然不乐意和女主角站在一块儿，但是女主角不断地往她边靠拢，岳阳宗的人又有意将他们逼到一起，所以时笙被迫和女主角统一战线，这就有点讨厌了！

"虞漪，他们要我们的命。我们的恩怨，你先放下，和我联手冲出去。"虞小七喘着粗气，要求和时笙结盟。

"我一个人也能出去。"时笙用嚣张的态度拒绝虞小七。

虞小七："……"就算你厉害，对上这么多人也不是闹着玩儿的！

虞小七满心愤懑，赶紧撤回清寒身边。清寒的修为还没完全恢复，此时被人围攻，处于下风。这么下去不行！虞小七的眼珠子快速转着，好一会儿，她将目光落到时笙身上，咬咬牙，暗中下了决定。

时笙发现虞小七的意图时，已经晚了。时笙是没想到女主角大人说崩就崩，将人往她这边引，自己却乘机和清寒跑了！

"别管他们，抓住这只狐妖，不能让她为祸百姓。"岳阳宗的人见虞小七溜了，索性让所有人都集中力量抓时笙。

"为祸百姓？"时笙嗤笑道，"我什么时候为祸百姓了？"她有杀过普通人吗？有为难过普通人吗？这话说得太不要脸了！

"你杀我岳阳宗那么多人，你这样的妖怪，冷血无情，谁知道你什么时候就要大开杀戒，我们现在是替天行道！"岳阳宗弟子愤怒地大吼。

"你不抓我妖界的小妖精，我会杀他们？"

"你们妖界没什么好东西！我们是为民除害，抓妖精是我们的职责！"他们身为修道之人，以斩妖除魔为己任。

"那我身为妖族公主，救我自己的子民有什么错？"时笙挑眉道，"我说你们讲点道理，你们的人被妖族抓了，难道不去救，难道不杀妖？"

"伶牙俐齿！狐妖向来擅长蛊惑人心，大家不要被她蒙骗，杀了她！"

"斩妖除魔！捍卫正道！"

"斩妖除魔！"

时笙翻了个白眼。这群智障！

时笙的视线从人群中扫过，刚才出手的那个人不在这里。

大雪纷纷，整个世界一片雪白。

山路被大雪掩盖，一只雪白的小狐狸正深一脚浅一脚地往山上走，每走一步，大半个身子都陷进雪里。时笙已经累得不想喘气。她趴在雪里，浑身冰凉，血液似乎都凝固了。

"大逃杀模式……"时笙有气无力地呢喃一声，"你大爷的！"

和岳阳宗交手的那一战，明明她就要赢了，不知道从哪儿蹦出来个智障，上来就祭出锁妖阵。要不是她反应快，现在已经死回系统空间去了。

不过，她反应快也没用，运气值下降30%的buff一直在，她随时都有可能倒霉。所以结果是，尽管她跑掉了，依然受了重伤。之前她就受过伤，加上这次，估计狐王就是把毕生修为给她，也没办法让她恢复过来。最可气的是，她连祭出锁妖阵的人是谁都不知道。她要去找谁报仇？

时笙爬上山顶，浓郁的灵力冲击着她的身体。她趴在雪地里喘息片刻，开始在山顶摆聚灵阵，然后坐到阵法中间。

【宿主……你要强行恢复？】装死的系统突然出声。

时笙用毛茸茸的爪子挠了挠脖子："是啊。"

【宿主你疯了？】

"我一直都是疯的，你不知道？"时笙的声音被山顶的寒风吹得散乱。

【……】本系统还是装死吧！宿主要是爆体而亡，它可以帮忙收收尸。

时笙在山顶足足待了大半年，从寒冬到盛夏，修为是恢复了，可是没办法恢复人形。这个样子，她连剑都没办法拿，还怎么搞事？试过好几次后，时笙只能放弃恢复人形的念头。

时笙摇摇尾巴，毛茸茸的尾巴似乎有些不一样。时笙扭头看去，此时，她的尾巴竟然只剩下很单薄的一条。

狐妖的修为和尾巴挂钩，以九尾最佳，但是九尾狐已经许久没有出现，如今狐族中尾巴最多的是狐王，有六尾。

虞漪之前可是有三条尾巴的，现在竟然只有一条了！她的修为应该恢复了才对，为什么尾巴没有了？

时笙用小短腿左扒拉一会儿，右扒拉一会儿，什么都没找到，她真的只剩下一条尾巴了！

时笙气得挠地。这都什么鬼位面，她不玩了！送她回去！

【请宿主选择死法。】

时笙："……"你直接传我回去不行吗？

【不行。】系统毫无感情地拒绝，【宿主，上次算计你的人你还没教训，真舍得就这么回去？】

说到这个，时笙更气，地面都被她刨出了一个坑。她竟然被人逼到这个地步，简直不能忍！她要回去报仇！

系统有些得意，早知道就该多扣宿主一点人品值，早点开启大逃杀模式，看宿主还怎么跟它横！

时笙往山下跑，她失踪大半年的时间，山下发生了不少事。

时笙仗着自己身体小巧，躲在人群中听八卦。让时笙最意外的是，岳阳宗也被人灭了，而矛头直指妖族，就连当初万神宗被灭，也被人查出是妖族做的。人修联合讨伐妖族，两族已经开战快一个月。

时笙不解，妖族什么时候干过灭人全宗这么厉害的事，就妖族那群……

除了这件事，还有两件事是大家讨论得比较多的。

一件是万神宗的清寒师尊重建万神宗，迎娶虞小七，然而婚礼上，虞小七跟玄风跑了。

时笙听到这个消息的时候，大概只能用三个字来形容——狗血啊！

这可怕的剧情，简直没法玩儿了。如果清寒的身体中曾经没有凤辞，她说不定还会觉得很神奇，可是那身体……是她家凤辞用过的啊！想想她还是有点心塞。

第二件事更让时笙心塞，这些人竟然说她死了！

她明明还活着！他们这样造谣是要遭报应的！

时笙离开人多的地方，尾巴一摇一晃地走在房顶上。

玄风竟然还没死……上次她都下那么重的手了，他竟然还活着！

"玄风！"

时笙脚下一歪，差点从房顶上滚下去。她就是随便走走，也能和男女主角来个偶遇？

时笙小心地挪到房顶边缘，往发出声音的地方看去。清寒被玄风用一把通体血红的剑指着，虞小七站在旁边，满脸焦急。

嗯？又是那把破剑！那把剑被谁捡走了？竟然又被男主角拿回去了！

"玄风，不要！"

玄风脸色阴沉地道："你还这么在意他？"

虞小七摇头，眼底却有几分悲伤："不是的，他是我师尊……玄风你不要伤害他。"

"今天你只有一个选择，选他，还是选本尊。"

"玄风……我都和你在一起了。"虞小七喃喃道。他为什么还要逼着她选择？

"小七。"清寒的声音有些沙哑。

虞小七看向清寒，眼底满是挣扎。好一会儿，她猛地闭眼，冲着玄风大声地吼："选你！我选你，你放了师尊！"

时笙用小短腿撑着脑袋，小眼珠滴溜溜地转着，开始想象剧情。

这部小说的剧情大概是这样的——

虞小七放出玄风，后面因为各种事情，虞小七进入万神宗，和清寒相遇。两人朝夕相处，清寒喜欢上虞小七，于是三人展开三角恋。最后，虞小七肯定是选的玄风。失恋后的清寒黑化成反派，带人攻打妖族什么的，男女主角联手打败他。最后，男主角娶女主角，两人一统妖界，从此幸福快乐地生活在一起。

系统，我想象得对不对？

【……】不想和宿主说话。

时笙想象的这会儿，下面已经打完了。玄风带着虞小七遁走，清寒一个人站在那里，脸上看不出什么表情。

时笙迟疑片刻，到底是没下去手撕清寒。大家都这么可怜，相煎何太急？

【宿主你会这么好心？】系统表示不信。

哼！老子剑都拿不了，怎么下去打架？你倒是给我金手指，让我去装装啊！又装死？我说你除了装死，还有别的技能吗？

【关机。】

时笙："……"厉害了我的智障系统。

时笙坐在房顶上思考，她现在应该先干什么。思考完后，她发现刚才离开的清寒竟然又绕回来了。

时笙:"……"路痴这个毛病没救了!

时笙看着清寒在下面绕来绕去,最终都会绕回原地,莫名觉得好笑。这要是上了战场,迷路可怎么办?

时笙蹿入旁边的巷子,决定先回妖族去看看。

妖族和人族打架,族内警戒森严,时笙到入口竟然被拦住了。

"你怎么不恢复人形?"守卫的小妖疑惑地问时笙。

"我是妖,为什么要恢复人形?"时笙张口就开始瞎掰,"做妖要有妖的尊严。"

小妖:"……"虽然你说得很有道理,但你还是要恢复人形。不能化形的小妖精不能出妖界,而进出妖界的时候,不管是出去还是回来,都需要化为人形。

"我是虞漪!"

小妖脸色顿时一沉,道:"公主殿下岂是你能冒充的?我们公主殿下可是有三尾。"

"我真是。"

小妖的脸色更加难看,开口道:"胡说八道,你快化形,我倒要看看是谁敢冒充我们公主殿下。"

时笙顿感无语。

小妖精不放时笙进去,就在时笙差点冲上去挠他两爪子的时候,狐王身边的妖正好从外面回来。时笙和他说了好久,才被带进去。

狐王看到时笙的第一眼就是拿藤条:"你个小兔崽子还敢诈尸,你怎么不死在外面,啊?你回来干什么?你尾巴怎么回事?还有两条被你吃了?"

时笙跳到狐王的宝座上,躲开狐王抽过来的藤条:"我也不知道,莫名其妙就没了。"

"莫名其妙就没了?"狐王捂住胸口,那叫一个气,一连串的问题蹦了出来,"你尾巴长别人身上?怎么没的你都不知道?你还不知道你是谁?"

"真不知道。"时笙很无辜地道。

狐王喘着粗气,咬牙切齿地道:"过来我看看。"

时笙犹豫着,过去会不会挨揍?

"老子想揍你,你以为你跑得掉?"狐王冷哼道。

时笙跳下宝座,迈着小短腿走到狐王身边。狐王拎着她的脖子,将她放到旁边的石桌上,抓着她粉色的爪子开始检查。然而,狐王并没看出什么,于是召来妖族中有能力的妖。大家轮番上阵,也不知道时笙为什么莫名其妙没了两条尾巴。后来,发现时笙连化形都不行时,狐王气得直接将她给关起来了。

妖族虽然也听到了外界的传闻,但是时笙的命牌未碎,狐王自然知道她还活着,可到底是会担心的。她没回来的时候,狐王整天提心吊胆,现在她回来了,狐王还不得把她关起来。

"你说她回来干什么?真是讨厌!也不知道走什么运,之前连化形都不行,没想到化形后这么好看。"

"什么啊,我还是觉得咱们公主殿下好看,真不知道她哪里好看。"

"她这次和那个谁回来……王看上去很生气,不过那个男人还真是挺好看的。"

"好看有什么用,那可是……呃……不想要命了。"

"你们在说什么?"时笙扒拉着窗子,用爪子拍了拍。

在外面讨论的小妖惊呼一声:"公主殿下,您吓死我们了!"

"你们刚才在说什么?"时笙把脸贴到窗上。

小妖见时笙那滑稽的样子,扑哧一声笑出来:"我们在说虞小七。她回来了,还带着那个玄风……"

女主角竟然带着男主角回来了?男主角现在竟然还敢回来!

"他们回来干什么?"

小妖摇头,她们也是刚刚听到虞小七回来的消息,哪里知道虞小七回来干什么。

时笙没来得及去找狐王,狐王突然派人来叫她,让她去大厅。时笙心底咯噔一下,有种不好的预感——男女主角出现,肯定是要搞事!

她到大厅的时候,不少妖都在,一些妖还满脸痛苦地捂着身上的重要部位。大厅里乱七八糟,一看就是打过架。玄风满身煞气地站在虞小七身边。

时笙迈着小短腿走到一群人中间,简直像是到达一个巨人王国。

虞小七看到时笙,很是诧异,但也仅是瞬间。

狐王看时笙的眼神有些古怪,不似之前那么恨铁不成钢,也不似盛怒之下的无奈,而是带着父亲的宠爱,还有一种探究之意。

时笙:"……"所以,接下来又有什么狗血剧情?

狐王沉默地挥手,立即有妖上前,拿着一把匕首,伸手去捉时笙。时笙惊得浑身的毛都乍起来,什么情况!

"父王?"时笙快速避开那只妖。

"只是取血,公主殿下不必紧张。"拿匕首的妖代替狐王回答。

取血还不紧张?开玩笑呢!时笙护住自己的爪子:"为什么取血?"

"这……"小妖看向狐王。

"公主殿下,虞小七说您不是王的亲生女儿,我们现在需要验证。"有妖出声解释。

时笙:"……"果然够狗血!

狐王没出声，算是默认那只妖说的话。

"公主殿下，您别担心，只要证明您是王的女儿，虞小七以下犯上，我们自会处置。"

验证个屁！不用猜她也知道，她肯定不是啊！这都是套路，她懂的！时笙比较好奇的是，他们要怎么验？想了想，时笙还是把爪子伸过去。拿匕首的小妖立即上前。

时笙看着他们将自己的血滴入一碗清水中。一碗清水？清水？滴血认亲这个验血设定，是人妖通用的？作者设定得有点敷衍了啊！

狐王将自己的鲜血滴入清水中，众人屏息等待结果。

时笙顶着一张狐狸脸，让人看不懂她在想什么。时笙此时在想，这么验血是不科学的，你们知道吗？

清水里的两滴血自然没办法相溶，众妖看时笙的眼神顿时诡异起来。

妖族和妖族之间，不管具体是什么种族，血液都是可以相溶的。半妖和妖族却不行，半妖体内有人类的血液，自然无法和妖族的相溶。

虞小七抿着唇没说话。

狐王的脸色很难看。自己疼了这么多年的女儿，竟然不是亲生的，这事搁谁身上都有些接受不了。

"王……"

狐王深吸一口气，冷声吩咐道："给我查当年的事。"他自己的女儿被人调包，他竟然完全不知道。

时笙无所谓地踱着步，蓬松的尾巴摇来摇去，很乖。

"安排虞小七和玄风住下。"狐王只留下这句话就甩袖离开了。他没说如何处置时笙，其他人也不敢擅作主张。

"虞漪，你占了我的位子这么多年，我也该拿回来了。"虞小七居高临下地看着时笙。

"哦。"

时笙迈着小短腿想离开，虞小七却是突然向前一步，挡住她的去路："虞漪，你难道不该为你这么多年顶替我而道歉吗？"虞漪凭什么这么平静？虞小七心底很是不忿。虞漪这么多年锦衣玉食，呼风唤雨，还有父亲宠爱，可自己呢？

时笙仰起脑袋，这么看上去，虞小七好大！

"又不是我换的，我为什么要道歉？"时笙语气平静地道，"你想让人道歉，应该去找当初换我们的妖。"就算原主当初真的和女主角调换过身份，可那也不是原主能决定的。

时笙绕开虞小七，一溜烟儿地蹿出去。

虞小七握紧拳头，阴晴不定地看着时笙消失的方向。

时笙是在第四天去见狐王的。

现在，狐族上上下下都知道时笙是只半妖，她抢了狐王真正女儿的位子。之前那些还捧着她的妖，立即开始落井下石。时笙一路过去，收获无数的白眼和讽刺的话语。

"难怪她现在连人形都没办法维持，原来是半妖，真恶心。"

"不要脸。"

"就应该把她赶出妖族，咱们妖族可没有这样的怪物。"

时笙气定神闲地从他们身边走过。

以前狐王见到她都是小兔崽子地骂，此时却是难得地端坐在高座之上，神情严肃。狐王的情绪是很复杂的，这到底是他养了这么多年的女儿，说没有感情肯定是假的，可是她不是他的女儿。

狐王盯着时笙好一阵，才慢慢地开口："你体内流的是半妖之血，当年调换你的妖应该在你体内设下过封印，封住了你人族的血脉。当年的事，此时已经查不到，我也不打算追究，你是无辜的。"狐王顿了顿，又道，"妖族不允许有半妖，你离开妖族吧。"

"嗯。"

狐王见时笙毫不留恋地往外走，出声叫住她："小漪，"他从后面大步走上来，蹲下身子，看着时笙，"在外不要冲动，提防人类，这些东西你拿着防身。"狐王将红线穿着的环玉套上时笙的脖子。妖族不容半妖，按照规矩，他应该处死她，此时放她走，已经是破例。

"谢谢。"

狐王看着时笙的身影消失在门口，微微叹了口气。

时笙离开后，有妖从门外进来，迟疑地开口："王，您不觉得公……表现得过于平静吗？"从这件事发生，到现在，她就一直没问过什么，也没闹过，很平静地接受了这个结果。

狐王摆摆手，道："去将小七叫过来。"

"是。"

大概是狐王怕夜长梦多，时笙一出门，就有人领着她离开妖界。

"公主殿下。"

"公主殿下，等等我们。"

一群小妖精从后面冲过来："公主殿下，您永远是我们心中的公主殿下，我们和您一起走。"

这些小妖精都是当初时笙在岳阳宗救下的。

"跟着我没好下场，"时笙不想带尾巴，冷着脸拒绝，"而且你们会拖累我。好好在妖族活着。"

"公主殿下，我们的命都是您救的，不怕死。"公主殿下嘴硬心软，他们才不吃这一套呢！

"就是！公主殿下，我们要跟您一起走。"

时笙很不想带这些小妖精走，但小妖精们亦步亦趋地跟在她后面，打定主意要跟着她。最后，时笙懒得管他们，快速往妖界出口而去。

"在前面，拦住她！"后面突然响起冷喝声。

小妖精们回头看去，齐齐变了脸色："公主殿下快走，我们帮您拦住他们！"

领路的那只妖也紧张起来，这些妖怎么来得这么快？

妖族的规矩时笙也是知道的，这些妖大概是想处死她。

"带公主殿下走。"

一只小妖也顾不得什么礼数，将时笙抱起来，铆足劲儿往出口狂奔。

然而，他们速度还是慢了，被那群追出来的妖堵个正着。

"把她交出来！"一个虎背熊腰的男人愤怒地瞪眼，"她是半妖，必须被处死，你们想造反吗？"

"不！"抱着时笙的小妖坚决拒绝，"公主殿下是好妖。"

"她是半妖，半妖！"男人加重语气道，"妖界的规矩你们忘了？"

"身为半妖又不是公主殿下的错！她也没做错什么，你们凭什么处死公主殿下？"

"我们不会将公主殿下交给你们，除非我们死！"

"好！既然你们找死，那就别怪我不留情面！"男人冷哼着挥手，"死活不论。"

时笙伸出小爪子扶额，真是麻烦，都让他们不要跟着了。

老子的剑呢？

铁剑凭空出现！奈何铁剑太大，时笙那小爪子根本拿不住。

"斩妖剑！"不知是谁惊恐地叫了一声。刚才还靠近他们的妖精立即往后撤，畏惧地看着浮在空中寒光凛冽、气势逼人的铁剑。

嗡！铁剑剑身震颤，一股无形的威压从剑身散发出来，逼得那些妖继续往后退。

你才是斩妖剑，你全家都是斩妖剑，我不叫斩妖剑！

时笙虽然拿不住剑，但铁剑是可以自己动手的。铁剑打败这群妖怪也不过是瞬间的事，和时笙一条战线的小妖精吓得目瞪口呆。他们选择公主殿下果然是正确的！不过，现在跑路要紧。

就在他们准备跑的时候，很不巧，又有妖来了！时笙看着和男主角一起过来的虞小七，两只小爪子抱住脑袋。好烦啊！

"虞漪，跟我回去。"虞小七上前两步，语气强硬地道，"你不能离开妖界。"

时笙不断地用爪子上下扒拉耳朵："老子去哪儿，关你屁事啊！"

虞小七目光微沉，开口道："虞漪，你不跟我回去，那就别怪我不客气。"

"你想怎么不客气？"时笙歪着头，毛茸茸的一团，看上去很软，然而她的声音像是来自无底深渊，阴森无比。

虞小七眉头微皱，身形一动，朝着时笙掠过去。铁剑从旁边过来，挡住虞小七的去路。那寒光闪闪的铁剑让虞小七有种很不舒服的感觉。

"玄凤！"

玄凤立即上前帮虞小七吸引铁剑的注意力，虞小七乘机袭向时笙。时笙从那只小妖怀里蹿离，锋利的爪子从绒毛中显露出来，快如闪电地抓向虞小七的胸口。

刺啦——

虞小七胸口的衣料碎成布条，鲜红的血从里面渗出来。虞小七愤怒地瞪向四周，然而根本就看不清时笙的身影。

刺啦——

接二连三的声音响起，虞小七身上已经遍布抓痕，鲜血淋漓，看上去很惨。

时笙落到地上，爪子在地上使劲地蹭。你当老子是只兽，就不能把你怎么样是吧？兽也是有尊严的！

"虞漪！"虞小七眼底涌出一股恨意。

杀了她！杀了她！虞小七脑中突然涌出一个声音，犹如魔音绕耳。虞小七眼眶发红，脸上满是疯狂之色。她不管不顾地冲向时笙。杀了她，一定要杀了她！虞小七现在只剩下这个念头。

时笙身子娇小，速度又快，虞小七想杀她，哪有那么容易？几次扑空后，虞小七显得越加疯狂。时笙觉得虞小七有些不对劲，具体又说不上来。算了，还是炸吧！时笙摸出小球，朝着虞小七扔过去。紫色的小球在空气中划出一道抛物线，正好落到虞小七脚边。

噼里啪啦——

嗞嗞——

地面出现一个大坑，紫色闪电流窜，令人惊骇的力量从坑中四散而出。

玄凤的身影被那股力量掀飞，砸到远处的地上。铁剑乘机飞过去，毫不迟疑地刺下。玄凤就地一滚，铁剑刺在他手臂上。玄凤手中的剑扫过去，打在铁剑身上，发出一声响。铁剑抽出一些距离，再次刺下，玄凤立即朝着旁边翻滚。滚动间，他似乎看到有紫色的影子落下。他还没看清楚，耳边又是砰的一声巨响。他的耳朵有一瞬间的嗡鸣，紧接着整个身体犹如被雷击中，陷入一片黑暗。

时笙跳到铁剑上，升到半空，看着下面的两个大坑。两个黑乎乎的人影躺在里面。这要换成别人，早就灰飞烟灭了，男女主角竟然还能保持完整的尸体……嗯，也许还没死。

轰隆！这声晴天霹雳吓得时笙差点从铁剑上摔下去。弄死男女主角，她立刻就挨雷劈？真是够了！

黑压压的雷云迅速在时笙头顶聚集，如千军万马奔腾而过，伴随着紫色雷电从远处而来，那架势好似要毁天灭地。时笙麻溜儿地裹着一身奇怪的衣裳，躲到铁剑下面。铁剑变大，罩住她整个身体。手臂粗的雷电劈下，击中铁剑，铁剑微微颤鸣。雷电在剑身游走一圈，消失不见。

时笙躲在下面虽然不会被劈，但是那种压迫感，还是让她很难受。她的五脏六腑都翻江倒海的。时笙的小身子颤了颤。她血气翻涌，张口吐出一口血。

轰！雷电劈歪了，正好落在时笙脚边，泥土翻飞，溅了时笙一脸。

这次的雷电似乎不把她劈死就不走。一道道雷电不断落下，远处的小妖精都被劈得惊叫着逃开。整个地面都在颤抖，树木倒伏，山石崩裂。

时笙呼吸急促，脑中缺氧。就在时笙眼前一片模糊的时候，隐约有道身影朝着她飞扑过来，雷电自那身影后面落下……

时笙回到空间的时候还在喘气。过了好一会儿，她冲到屏幕前："最后那个人是谁？"

屏幕上立即出现画面。雷电密集中，一个人影正朝着铁剑所在的地方掠去，替她挡住一道雷电。他的身子僵硬一下，却还是义无反顾地扑向她。

画面一转，时笙看清那个人的面容，是清寒。

和上次那个位面一样，画面又开始支离破碎，犹如被打碎的玻璃，散落进黑暗中。

男女主角竟然死了……上次她没被雷劈是因为只杀了男主角？这次杀了男女主角，所以要先被劈，然后位面才会崩塌？

"清寒是怎么回事？"为什么他最后会出现？

【宿主，我并不清楚。】他一直在查凤辞，它以为他已经返回空间，可是并没有，现在看来他是沉睡在清寒体内。为什么会出现这样的情况，它是真的不知道，最大的可能是关闭通道引起了故障，不过究竟如何，得等主人回来才能知道。

"智障！"

【……】

　　姓名：时笙

　　人品值：-250000

　　生命值：20

　　积分：30000（位面崩塌，扣除积分1000，任务奖励积分0）

任务等级：A

任务评分：61

隐藏任务：未完成

隐藏任务奖励：无

道具栏："女王的皇冠""鬼王之心""暗夜"

"那个位面能修复吗？"时笙突然蹦出一句。她这次没想玩崩这个位面。

【可以，需要积分20000。】宿主竟然要修复位面，哪根筋没搭对？

"5000！"

【10000。】

"3000！"

【……】抠门宿主。

【位面数据收集整理……准备修复……1%……10%……90%……99%……数据导入成功，检测运行，位面修复完成。】

屏幕上的画面陡然出现，一群小妖精正往一座山上狂奔，最终停在山顶。狐王站在山顶，小妖精们纷纷垂下头。山风浮动，一道人影踏空而来，青色衣袂翻飞，坠着竹叶的玉佩晃动着。他悄无声息地落到狐王面前。狐王微微侧身，露出身后的墓碑。

——吾女虞漪之墓。

——师尊清寒之墓。

无尘轻声呢喃："她会欢喜的。"

【是否进入下个位面……】

【传送开始……】

时笙："……"我还没看完呢！这个位面怎么回事？！那个灭两宗的到底是谁？

第四章 一念止分（上）

时笙一睁眼就发现自己被一群衣衫褴褛、面目全非的人围着——不是人，是丧尸！密密麻麻的丧尸正缓缓地向她靠近。

厉害了，我的系统！大逃杀模式都是这种？

时笙崩溃。她这穿的是什么？高跟鞋？末日都来了，她竟然敢穿高跟鞋！时笙三两下甩掉高跟鞋。就这么一会儿，丧尸大军已经到了跟前，张牙舞爪地来抓她。

时笙抽出铁剑，朝着最近的几只丧尸砍过去。这身体明显没怎么锻炼过，时笙不敢多做停留，杀出一条通道，快速跑向旁边的一个超市。就在她快要接近超市的时候，一只丧尸突然从上面跳下来，挡住时笙的去路。

"吼！"丧尸像动物一般，微微弯着腰，冲时笙龇牙咧嘴地咆哮。

"吼！"丧尸又是一声大吼。

后面本来追着时笙的丧尸，如同被震慑到，在原地徘徊，不敢再上前。

这只丧尸明显是变异的！

丧尸又吼了一声，腐烂的手心冒出一束火苗。下一秒，火苗猛地蹿高，如火龙一般袭向时笙。炽热的温度迎面而来，时笙就地一滚，滚到旁边的小车后面。火焰烧到她之前站的地方，小车瞬间熔化。

眼看丧尸要追过来，时笙摸出小球直接扔过去。剧烈的爆炸震得旁边的玻璃窗碎裂，天女散花一般砸下来。时笙手疾眼快地险险避开。然而，她的脑袋在旁边的车门上磕了一下。她还没起身，车里又蹿出一只丧尸。

时笙再次在地上滚一圈，跳起来对着那只丧尸就是一阵砍。

运气值真让人心……心累，她不想说话。时笙往爆炸的地方看了一眼，没看到那只变异丧尸，估计被炸死了。此时，隔得远的丧尸又开始蠢蠢欲动，时笙赶紧冲进超市。

变异丧尸都出来了，大概末世已经开始有段时间了。超市的东西早被洗劫一空。

时笙解决掉超市一楼的几只丧尸，跑到二楼，将所有的通道都堵死，这才开始清理二楼的丧尸。等清理完，时笙感觉手都快不是自己的了。她呼呼喘了两口气。好累，这身体也太没用了……

时笙缓了缓，再次检查一遍，确定没有丧尸，她找了个视野比较好的地方坐下。

"大逃杀模式玩儿起来好难啊！"

【……】只看到宿主玩儿得很溜，没有看到哪里难。要不是运气值太低，她完全可以无限装大牌。

时笙扯着身上的衣裳，扭头去看腰。刚才她就感觉腰有些疼，此时看过去，顿时一脸不解。这个身体被丧尸抓了！伤口不算深，但此时已经有些发黑。时笙深吸一口气，冷静，冷静，被抓了还能成为异能者。

时笙简单地将伤口处理一下，摸出一个平板电脑，黑色的屏幕上，只显示着100%的进度条。时笙点了一下进度条，画面陡然一换。

【宿主，你可以告诉我这是什么吗？】为什么这么眼熟？

"你的数据库啊。"时笙的指尖快速在屏幕上滑动，语气轻松得像是在说今天天气真好。

【……】主人！主人！你快出来！要出事了！

"别叫了，我把你们的联系切断了。他想联系上你，可能得花点时间。"

屏幕的光映着她的面容，看起来有些阴森。

【……】系统哭晕在厕所。上次她侵入系统，主人说她肯定做过什么，它一直不相信，那么短的时间，她能做什么？结果，现在她把数据库都给复制下来了，还和数据库建立了通道。

时笙快速地将所有数据都查看了一遍，除了一些基本数据，并没有关于系统主人的任何信息。啧啧，那家伙藏得挺深的。而且，里面也没有凤辞的信息。

按照时笙的猜测，如果凤辞也是一个人，那么他们很有可能共用一套系统。可此时看来并不是。凤辞用的系统是不一样的，或者说是独立的。也不算是什么收获都没有，剧本至少有了。

"那么……"时笙顿了顿，微微一笑，"从今天开始，我将当你一段时间的主人，合作愉快。"

【……】不，我不想和你合作。

系统只想主人快点杀回来。然而，系统不知道，时笙是直接将通道毁了，它家主人想要重新建立通道，需要花费很长的时间。

【权限不够，无法更改。】

突然弹出来的弹窗让时笙放弃更改系统数据的打算。

"传送剧情。"

【宿主人品值太低，不提供剧情。】

·80·

系统本来是要这么说的，然而事实是——

【剧情传送中……】

系统崩溃。这是它说的吗？宿主你对我干了什么？！

这是一篇末世故事。

女主角木歆，末世前是一名普通大学生，末世来临的时候，她得到一个由外星文明创造的超市。凭借超市，女主角得到了无尽的物资和武器，在末世混得风生水起。

原主景兮，末世前是富家千金，在女主角那个城市念书，不爱说话，性格有些古怪，整天板着脸，好像谁欠她钱似的，所以原主并不怎么受欢迎。

末世来临后，景兮和女主角一起逃亡。在逃亡路上，原主的哥哥景止来找她。结果女主角不知怎么看上了景止，开始有意无意地接近景止。然而景止眼里只有景兮，对于女主角的示好，完全没感觉。女主角看到景止对景兮那么好，难过啊，伤心啊，嫉妒啊！

景止又在此时和他们失散，女主角出去杀丧尸的时候走神，差点死在丧尸手里，还连累他们整个小队。原主也是在那个时候被抓伤。被抓伤的人虽然有一定概率成为异能者，但可能性很小。

当时整个小队都被包围，必须有人引开丧尸，女主角似是而非地提起原主被抓了，所以团队的人决定抛弃原主。

景止不在，原主又不招人喜欢，无人为她说话。原主就这么被留下，但她没有成为丧尸，反而觉醒了木系和光明系异能。木系和光明系都属治疗类，这种异能在末世很受欢迎。然而一个没有战斗力的女人，就算拥有这般珍贵的异能，也免不了被人欺负。

原主虽凭借这个异能在一个大基地内有了一定的地位，可她心底有恨，恨那些人将她留下。当原主在基地遇见女主角，这份恨意被激发出来，她开始想方设法对付女主角。

女主角在超市的事暴露后，女主角觉得原主那么针对她，便将这件事栽赃到了原主身上，正好一箭双雕。原主被人抓起来逼问，什么非人的对待她都受过，最后更被人肢解。

在她死后不久，景止就找来了。听到原主的死因，他引来丧尸围剿基地，整个基地都被丧尸攻陷，只有女主角身边的一些人跑了出去。

景止并没有死，之后他建立起一个大型基地，专门针对女主角。景止最后结局很惨，变成丧尸，被女主角杀死。

原主的遗愿有两个，第一个是报仇；第二个是向景止告白，让景止知道她喜欢他，从很小的时候就喜欢他。

原主一直喜欢景止，但是碍于他们的身份，原主一直不敢表露心意。

· 81 ·

现在的时间线是她和景止失散,并被抛弃,即将觉醒木系和光明系异能。木系和光明系异能对时笙来说简直是鸡肋,还不如不要,她可没救人的打算。然而,她现在都被咬了,不要不行。

时笙摸摸额头,已经有些发烫,身体也很沉重。她得找个安全的地方。

砰!砰!砰!

时笙耳边不断传来大力撞门的声音。她困难地动了动脖子,昏昏沉沉的脑袋好一会儿才清醒过来。她喉咙干涩,嘴里一点唾沫星子都没有。缓了缓,时笙撑着身子从狭小的空间坐起来。这里有超市用来放货的柜子,不算高,她坐起来需要弯着腰,很难受。她看了看自己晕过去前定下的时间——五十六个小时已经过去了。

砰!砰!

外面依旧不断响起这种声音,震得时笙的太阳穴一抽一抽地疼。她心底一阵烦躁。哪个智障!她好饿!时笙在空间里找了找,只找到一些奇怪的果子。借着屏幕的光,时笙辨认了半天,才想起这是什么东西。她啃了几个,没有饱腹感,但是身体已经没有刚才那么虚弱。这种果实用来补充灵力是个好东西,但是填饱肚子……越吃越饿。时笙将果子扔回去,准备出去找点吃的。

砰!

时笙被突然响起的声音吓得一抖,脑袋撞到柜子边缘,疼得她想砍人。

外面并没有多大变化,声音也不是从超市里传来的,而是从隔壁。

隔壁……时笙走到超市的窗户前,看了看面前的货架,抬脚就踹过去。

"嗷!"时笙抱着脚,忘了她现在是个普通人。幸好这里没人,要不被看到就尴尬了。

时笙掏出铁剑,将货架劈开,趴到窗户边往外面看。一只丧尸正在砸门,看那样子,应该是只变异丧尸。这个世界的丧尸以瞳孔颜色划分,紫色最厉害,红色是一级异能丧尸。而现在这个时间线,多数都是一级异能丧尸,二级虽有,却很少见,几百万的丧尸里可能会有一只。但是……下面那只丧尸,明显就是二级。她这运气简直可以去买彩票!

时笙缩回脑袋。反正它砸的也不是她这边的门,死道友不死贫道。时笙缩回超市,将超市里可以藏食物的地方都找了一遍,最终在一个角落里找到一箱方便面。万恶的方便面,有比没有好!

吃着方便面,听着旁边的丧尸砸门,时笙觉得这日子简直没法过了。等时笙吃完,丧尸还在砸。时笙就奇了怪了,那门是防弹的吗?防弹的也抵不住一只二级丧尸吧?时笙蹭回窗边往下面张望。刚才她没仔细看,此时一看才发现,旁边有很厚的一层土。有异能者?啧啧,丧尸最喜欢异能者了,特别好吃……她这都想的是什么?

这只丧尸大概砸了半个小时，心有不甘地离开。丧尸离开没多久，就有几个人从刚才的地方蹿出来，大概也是看到超市，几个人迅速蹿进来。

时笙心底生出不好的预感，打开旁边的窗户踩着铁剑飞出去。她这边刚上天，刚才离开的丧尸去而复返，横冲直撞地追着那几个人进入超市。

"啊！"

"救命！"

"吼！"

从时笙的角度，可以看到超市里面的场景。这几人的异能消耗得差不多了，此时正被丧尸咬住。那只丧尸撕咬着最后一个人，突然偏头看向外面，橙红的瞳孔与时笙的视线撞个正着。时笙默默地竖中指，来啊，智障！

【……】挑衅一只丧尸，宿主你什么毛病？

"吼！"丧尸低吼一声，直接冲出超市，转着脑袋，似乎在找着力点。

四周都是高楼大厦，时笙踩着铁剑飘浮在空中。二级丧尸可不会飞，只能冲着她干吼。

丧尸吼了半天，大概是知道天上的食物掉不下来，开始往超市退去，享用自己的战利品。

时笙在天上晃了晃，脚底一阵寒气，这才想起自己没穿鞋。

原主被景止保护得很好，吃穿几乎和末世前没什么区别。逃命时需要跑路，也是景止抱着她，要不就是背着，所以她穿什么也没啥区别。

时笙拍了拍脸蛋，观望一圈，找到一家服装店。服装店里的衣服乱七八糟，时笙找了半天才找到几套能穿的。衣服有了，还得找鞋。等时笙找完鞋出来，那只二级丧尸还在超市里面。

丧尸世界，人类总是活得跟过街老鼠似的。时笙在街上转了半天，看到的除了丧尸，还是丧尸。

时笙跟土匪进村似的，专去奢侈品店。但她也没有什么都收，收的要么是做工精致的，要么是带有灵气的，那种有灵气长得丑的她还特嫌弃。是的，这个位面有灵气。毕竟异能也是天地元素，有灵气一点也不奇怪。

"国贸大厦。"时笙仰头望着大厦的招牌。此时天黑了，时笙准备找个地方休息。她目光转了转，落到旁边的一条街上。她得先找点吃的，不然就得啃果子过日子，她不想吃那个玩意。

旁边的街道是条美食街，这附近都是商业圈，这条美食街开在这里明显是正确的。时笙顺着街道走过去，路上遇见几只丧尸，她没费什么力气就解决了。走到中间的时候，她看到一家蛋糕店，店门挺完整，应该没人进去过。时笙走过去，撬开门。店里很暗,只能依稀看清布局。和外面那些满是血污的地方比起来,这个店铺很干净。时笙将门关上,掏出手电筒,照了照四周,橱柜里干干净净的,没有任何食物。时笙眉头一皱,这不正常。

末世来得突然,所有人都慌忙逃难,这个店不但整洁,连食物都没有。时笙下意识地要退出去。

"别动!"

时笙手里的手电筒微微倾斜,光源射向声源处。那是蛋糕店的楼梯处,一个小男生站在那里,手里拿着一把枪,黑乎乎的枪口正对着她。小男生大概七八岁,面黄肌瘦,身上的衣服似乎大了一圈,晃晃荡荡的。他可能有些害怕,握枪的手抖得厉害。

时笙将手电筒抬高,他被强光刺得有些睁不开眼,慌乱地喊:"别动,不然我开枪了!"

时笙晃了晃手电筒,悠悠地道:"你子弹夹没上。"

小男生面色一白。他这把枪本来就没子弹夹,谁知道这个女人一眼就看穿了,怎么办……小男生急得满头大汗。这个女人会不会抢他的食物,会不会杀他?

"哇!"婴儿的啼哭让小男生双腿一软,跌坐在楼梯上。下一秒,他也不管时笙,手脚并用地爬上楼。

本来是黑乎乎的地方,突然亮了几分,他下意识地回头。刚才那个女人站在下方,用手电筒给他照明,并没有要上来的意思。他也顾不得这些,跌跌撞撞地跑上楼。

在二楼的房间里,婴儿床上的婴儿正扯着嗓子啼哭。小男生冲到婴儿床前,将婴儿抱到怀中,轻轻地拍着她的后背:"妹妹别哭,妹妹别哭。"他抱着婴儿挪到墙的方向,生怕那个女人上来。

婴儿哭得很伤心,小男生将手指放进婴儿嘴里。婴儿含着,立即拼命吮吸起来。婴儿吮吸半天没东西下肚,又开始大哭。

"妹妹别哭……"小男生哽咽着道。他们已经没有食物,昨天最后一点食物都被吃完了。

"我说,你能不能让她别叫?"房门突然被推开,女子不耐烦的声音响起,"这么哭下去,全城的丧尸都要过来围观了。"

小男生吓得脸色苍白,抱着婴儿抵在墙上:"我……我们这里什么都没有了……你放过我们……求求你了。"

"你先让她别哭。"时笙不耐烦地晃晃手电筒,光线从房间中扫过。这里有不少装蛋糕的包装纸,但此时都是空的,想来是被这一大一小给吃完了。

"我妹妹……"小男生哽咽着,紧紧地抱着婴儿,"她……饿了,我没办法让她不哭。"

时笙看了他几眼,从空间摸出一个果子扔过去。小男生看看滚到眼前的果子,又诧异地看向时笙。时笙恶狠狠地瞪过去:"看什么,再哭就弄死你们!"

小男生一个哆嗦,惊惧地看着时笙,好一会儿才咬牙捡起地上的果子。他现在也没有食物,就算这个女人不来,他和妹妹可能也活不了几天。小男生打量手里的果子几眼,他不认识这果子。果子是青色的,外形椭圆,皮有些粗糙,捏起来却是软的。

"剥皮干什么,就那么吃。"

小男生手一抖,带着哭腔道:"妹妹咽不下去。"果肉虽然是软的,但果皮很硬,对一个婴儿来说,肯定是咽不下去的。

时笙没说话。小男生这才继续剥开果皮。他先把果皮吃了,等了一会儿没发现什么不对,才小心地将果肉喂给婴儿。果肉有些酸,婴儿被酸得直皱眉。但是,比起酸来,饥饿更可怕,婴儿最后还是将所有果肉都吃了下去。婴儿所需要的食物不多,一个果子已经能让她填饱肚子。吃饱后,婴儿抓着小男生的手指,睡了过去。

"谢谢。"小男生声音低低地给时笙道谢。

时笙靠着门,手电筒照在房间的书桌上,上面摆着几张照片。照片里有一男一女,应该是他们的父母。

"他们死了?"

小男生一时间没反应过来,等发现时笙看的方向,才明白她在问什么。他的心情很低落:"不知道。"

小男生和这个婴儿是被他抛弃的,之前他们也想带他俩走,可是婴儿太小,哭起来没完没了,很容易引来丧尸。他们试过几次,每次都失败,于是他们想带小男生走,放弃婴儿。可小男生不愿意,他很喜欢他妹妹,所以不愿同他们离开。情况越来越不好,食物也越来越少,父母到底还是抛弃了他们。

末世,活着是所有人的愿望,兄弟姐妹、父母亲情,这些东西根本就不值一提。

"恨吗?"

小男生眼眶微红,强忍着才没哭出来:"恨。"他们是他的父母,却抛弃了他。

"那也没用。你带着一个婴儿活不下去的,你父母的选择没错。"婴儿在末世就是累赘,是制造麻烦、吸引丧尸的移动源。

"你胡说!"小男生突然发怒。

时笙只回给他一个似笑非笑的表情。小男生蓦地沉默下去,抱着婴儿不再说话。

时笙下楼,找到一桶水,现在水电都不能用,时笙拆了店里的桌子生火,煮了方便面。

连续几顿吃方便面,她真的想吐。时笙强行把方便面塞进嘴里。等她吃饱,一抬头,就看到小男生站在楼梯口,拼命地吞咽口水。见时笙望过来,他表情一变,噌噌跑上楼。

时笙:"……"她会吃人吗?她看了看还有些热气的方便面,嫌弃地盛出来,起身

· 85 ·

往楼上走去。

刚才她下来的时候将手电筒拿走了,此时整个房间都很暗。她进去,小男生犹如受惊的小鹿,抱着婴儿缩在角落。

"吃!"时笙将方便面放到房间的凳子上。

小男生哪里敢过去,只能闻着香味解馋。他已经好久没有吃过热的东西,好饿!

咕噜噜……

时笙将手电筒的光射向小男生:"你还想我喂你?"

小男生吓得一个哆嗦,好一会儿才磨磨蹭蹭地走到凳子边,小心地观察时笙几眼。见她没什么奇怪的举动,他这才单手端着碗,一手抱着婴儿,挪回角落。

房间很安静,只有小男生轻微的吃面声。他不敢发出太大的声音,怕对面的女子发怒,他不懂这个女子为什么给自己食物。他透过窗户看着外面的世界,那些大人为了让自己活命,杀死同伴,又为了一块面包,和亲人翻脸。她却将食物给他?为什么?

一夜安稳。

小男生醒过来的时候发现自己在床上躺着,下意识地去摸身边,空荡荡的……妹妹不见了!

小男生噌的一下弹坐起来,睁着微肿的眸子在房间里扫了一圈,没看到人,心底突突狂跳起来,连鞋都顾不得穿,跌跌撞撞地下床,冲出房间。

楼下,时笙抱着婴儿坐在地上,旁边扔着一些乱七八糟的东西。

她正皱着眉喂婴儿东西,婴儿咿咿呀呀吃得开心,用并不算柔软的手指抓着她的头发。小男生下来看到的就是这样的场面。

她绝对算不上温柔,神情也是极其不耐烦,可她一直没有放弃喂婴儿。察觉到小男生下楼的动静,时笙抬头:"这孩子怎么这么烦,赶紧抱走。"

小男生连忙过去将婴儿抱到怀中,看清地上的东西,是不知从哪儿弄来的奶粉和婴儿的磨牙棒之类的。

他看着自家妹妹满嘴的奶粉,一时间有些无语。她竟然直接给婴儿喂奶粉,那边明明有水的。

"谢谢。"小男生低低地道谢。

虽然不知道她从哪里弄来这些东西,但想必光是弄来就很困难。

时笙撑着下巴,眸子微微发亮:"知道我为什么帮你吗?"

小男生不解:"为什么?"他也想知道这个问题。

时笙微微一笑:"因为你很爱你妹妹。"

他很爱他妹妹?这算什么理由?末世来到之前,他父母也很爱他们,可末世来了……

小男生愣愣地看着她,时笙已经起身:"我要走了,这些东西够你们生活一段时间,能不能活下去,就看你自己。"她顿了顿,"不过……我还是不建议你带着你妹妹,她会拖累你。"她脸上的笑容带着几分恶意,"你一个人活下去,更容易。"

小男生想都没想,立即抱紧怀里的婴儿,满脸坚定:"我会带着她。"

他只有他妹妹,不管怎么样,就算是死,也要和妹妹一起死。

时笙耸耸肩,拿着铁剑往外走。

小男生看看地上的东西,又看看打开门走出店铺的时笙。他咬咬牙,抱着婴儿跑上楼,从柜子里翻出一个包,胡乱塞了一些婴儿的衣服和用品进去,又噔噔地跑下来,将刚才那些东西装进去。小男生有些急,手忙脚乱,好一会儿才装好。

他将包背到身上,抱着婴儿往外跑,他要跟着她。

这个念头来得突然,却让他格外坚定,跟着她能活下去!

门外的世界和他从窗户里看到的完全不一样,小男生步子有些迟疑,看向已经快转弯的身影,深呼吸一口气,拼命朝着那边跑。

时笙准备找辆车,虽然她可以飞,但在天上飞来飞去多冷啊。此刻她没有灵力,要不是为了赶时间,她才不愿意在天上飞来飞去。

这条街上有不少车,可惜许多都不能用。最后,时笙在一家店门口找到一辆越野车,大概里面的人忙着逃命,车门开着,钥匙也在。

时笙爬上去,看看油表,顿时垮脸,没油!

她就说,这么好一辆车,怎么会没人开走。时笙下车,准备重新找一辆,一下去就看到之前跟着她的那个小男生正被一只丧尸追着跑。

他那小胳膊小短腿,跑起来和丧尸差不多一个速度,怀里还抱着一个婴儿,看着就滑稽。

时笙不打算理会,转身的时候,余光扫到小男生将婴儿全身护着,她顿了顿,不怀好意地道:"你把她扔了,它就不会追着你。"

小男生跑得上气不接下气,根本没时间回答时笙,但他用行动表明自己的决心,他绝对不会扔掉他妹妹。

眼看小男生就要跑到时笙面前,突然从旁边的店铺里又冲出一只丧尸,将他的路拦住,小男生被迫停下。

前有狼后有虎,前面的丧尸低吼一声,朝着小男生扑过来。小男生吓得脸色发白,双腿完全动弹不得。

丧尸那满是血污的爪子伸到他面前,锋利的爪子只需要轻轻在他身上抓一下,他就会死。

小男生突然弯腰,把婴儿护在怀中——

重物落地,砸出沉闷的声音。小男生感觉有什么东西溅在他头上,黏糊糊的,顺着他的头发往下滑，一股恶臭扑面而来。

他半天没感觉到疼，小心抬头，正好看到倒在他面前的丧尸。那丧尸的半个脑袋不翼而飞，匍匐着倒在地上。旁边还躺着一只，只不过更惨，直接被拦腰截断。

小男生伸手摸了摸流淌到脸颊上的东西，黏腻恶心。他胃部一阵翻涌，干呕起来。

"就这点心理素质还想在末世生存，赶紧带着那孩子回去吧，等死得了。"女子没有任何起伏的声音在他耳边响起。

小男生心底难受，可也明白她说的是事实。这个世界已经不是那个和平世界，这里有随时都能要他命的怪物。

他不能倒下，他要坚强，他还有妹妹，妹妹……

小男生赶紧去看怀里的婴儿。刚才他压得有些狠，婴儿满脸通红，倘若继续被他压一会儿，估计得憋死。擦了擦脸上的污物，他抱着婴儿站起来，脚有些麻。他下意识地去找时笙，然而并没有看到人。

她走了吗？也是，他就是个累赘，她怎么会带着他们？小男生年纪到底只有这么小，这会儿眼眶泛红，泪水顺着睫毛落下。

"上车。"

小男生猛地抬头，她不知道从哪儿开出一辆"小毛驴"，停在他跟前。"小毛驴"很旧，可她那气势逼人的样子，好像开的是豪车。

"哭个屁。"时笙见他脸上挂着泪，顿时恶狠狠地骂一声，"男子汉大丈夫，流血不流泪，没听过？"

小男生抹了抹脸，微微点头，抱着婴儿坐到"小毛驴"后面。

说实话，时笙开"小毛驴"的技术真不怎么样，歪歪扭扭的，小男生生怕自己被甩下去。时笙在另一条街换了一辆车，小男生提着的心这才放下来。她开四个轮子的车和开两个轮子时的技术，简直不一样。

小男生叫叶安，婴儿叫叶然。他们的父母大概希望他们安然于世，可惜，最后却是他们的父母先抛弃他们。

"姐姐……你要去哪儿？"叶安小心翼翼地问。

"耀光基地。"女主角在那里，她还得去找景止，然而不知道去哪儿找，所以打算先去耀光基地看看。

叶安显然不知道什么耀光基地，一脸茫然。

出城的路基本都被堵死，车子根本没办法通过，时笙只能下车。

"晕机吗？"时笙扶着车门，问抱着叶然下车的叶安。

"晕机？现在没有飞机……"叶安弱弱地道。她突然问他这个干什么？而且他也不知道自己晕不晕，因为他还没坐过飞机。

显然，时笙也不在意叶安的答案，就是这么随口一问，然后抽出铁剑，在叶安疑惑的视线中，铁剑唰的一下变大，凭空浮在空中。

叶安大吃一惊，变大了！那把剑变大了！这是魔法，还是仙法？一定是仙法！那把剑一看就是古代那种仙人的武器。

"上去。"时笙指了指铁剑。

男孩子对这种武器比较感兴趣，叶安的年纪也不大，自然想不到那么多，抱着婴儿兴奋地坐到铁剑上。

他坐上去，铁剑竟然纹丝不动，好神奇。

时笙刚跳上铁剑，后面突然响起剧烈的爆炸声，一群人从一栋大厦冲出来，身后烟尘滚滚，一只丧尸从烟尘中弹射而出。

"救命！"

"等等我们！"

时笙让铁剑飞高，地下的那群人气得跳脚："你快下来，让我们上去。"

时笙不为所动，下面的人甚至开始朝上面扔异能。奈何时笙距离他们太远，他们的异能根本没办法到达这个高度。叶安脸色发白，不知是被下面那些人吓的，还是因为恐高。

"吼！"

丧尸的低吼声，以及下方人群的喊叫声、咒骂声交织在一起，时笙眸色平静，踩着铁剑出城。

"哕！"叶安扶着树干，一阵狂吐，好难受。

时笙抱着叶然，嫌弃地看着叶安。叶然用小爪子抓了抓时笙的脸，就算营养不良，婴儿的皮肤也比大人好许多。时笙垂头看她，叶然咿呀咿呀地叫，一双眸子亮晶晶的，像是没有被污染过的水晶。

时笙拍拍她的背，等叶安吐得差不多了，一把将叶然塞给他。叶安吐得脸色发白，看到叶然，脸上立即露出一个笑容。

时笙看着他们没说话，好一会儿才转身去找车。

破败的公路上满是血污，公路边偶尔能看到废弃的车辆和断臂残肢。炽热的天气让整个世界都变成蒸笼。一行人从公路旁的树林蹿出来，大概有十几个，且个个虎背熊腰，天气太热，有的人连衣服都没穿，露出满身的文身。他们在公路边的阴凉处停下。

"老大，我们的水没了。"

被叫老大的糙汉子怒骂一声："离最近的城还有多远？"

有人展开地图看了看："至少还有三十公里。"

队伍中响起一阵哀号,三十公里,他们走过去,不得死了?

"吼什么吼,去附近看看。"老大烦躁地挥手。

一群人拖着疲惫的身子散开。

就在他们什么都没发现的时候,公路上突然响起汽车的轰鸣声,一群人顿时眼冒绿光地朝公路那边看去。下一秒,所有人齐齐变了脸色。

车是有,可车后跟着一串丧尸,其中有两只跑得特别快——是二级丧尸!

"跑啊!"老大扯着嗓子吼了一声,一群人朝着前方拔腿狂奔。

车子速度比两只腿的人快,很快就超过他们,跑到前方。车子开了一段距离,突然停下,缓慢后退。

那是一辆货车,后面的车门被人打开,有人对着下面的人招手:"快上来。"跑得快的人几步冲上货车。

"来不及了。"开车的人伸出脑袋,大吼一声,"我要开车了。"

"等等我们!等等我们!"

"老大!救命!"

"快点,快点。"车门边的人努力朝着后面的人伸出手。

可那些人实在太累,根本追不上。货车加速,跑得慢的人和货车的距离越来越远,最后被丧尸淹没。

上了车的人,一脸后怕的表情。

车厢里人很多,男女老少皆有,里面还堆着不少食物。看到食物,上来的这群人眼冒绿光,吃的!

一个中年男人拿着几包压缩饼干递给他们:"你们先吃点垫垫肚子。"

"谢谢!"这些人一把抢过去,拆开就是一阵狼吞虎咽。

在角落坐着一个女生,身上穿着干净的衣服,皱眉看着那群人——此人正是女主角木歆。

当初从那里逃出去后,她也和那群人走散,她本来就是回去找她父母的,走散后她只能自己回去。没想到她家有一群人,什么三姑六婆、隔壁邻居都在。她父亲是个乐于助人的人,回去的时候已经料到会是这么一个结局,可没想到人会这么多,甚至还有一个婴儿。

她是不愿意带这些人走的,她就算有超市做后盾,可也是需要用东西和超市兑换的,她怎么养得起这么多人?父亲却威胁她,不带这些人走,他也不走。木歆没办法,这才带着这群人上路。现在父亲又捡来这么几个人,木歆想想就心塞。

"小歆,"刚才那个中年男人走到木歆身边,"还生气呢?"

木歆板着脸,压低声音道:"爸,他们一看就不是好人,你让他们上来,这不是害我们吗?"

木父有些不同意:"可是他们是因为我们引来的丧尸才会被追的,现在是末世,大家更要团结。"

木歆气结,现在谁都只想活命,谁会管别人的死活?

"小歆,你不能这么自私,咱们有能力,为什么不帮他们一把?"

木歆气得不想和木父说话。她是为他们好,在他们眼里却是自私。她闭上眼不再说话,木父看了木歆几眼,张了张嘴,到底没继续说下去。

时笙从一户人家那里捡到一张地图,总算不用走错路。闷热的车厢里,婴儿啼哭声不断,时笙略烦躁:"她哭什么?"

叶安也不知道叶然哭什么,哄好久都没哄好,喂她吃的她也不吃,就是一个劲地哭。

时笙拿余光扫叶然一眼:"你把衣服给她脱掉一件。"

叶安笨手笨脚地给叶然脱衣服,等衣服脱完,叶然哼哼唧唧一会儿,果然不哭了。

这几天,天气突然热起来,叶安自己还是个孩子,哪里懂得这些?他会的是模仿大人做的那些。

时笙将车窗摇下一条缝,外面的热气扑面而来。这天气要持续好几个月,之后会更热,日子简直没法过。

"姐姐,你饿不饿?"叶安撕开一袋饼干,递到时笙面前。

时笙现在只吃雪糕,哪里吃得下这玩意,便摇头说不要。叶安知道现在食物珍贵,他只吃了几块,肚子不饿就不吃了。

"姐姐,前面好像堵住了。"叶安朝着前面张望。前方一些车子停在原地,也有人在下面走动。

时笙将车停在后面:"待在车里。"

叶安小鸡啄米似的点头,时笙往前面走,前面有军队在接人,这些人是要跟着军队离开。

"什么时候能走?丧尸追上来怎么办?"

"怕什么,有他们在这里,丧尸来了,也有他们顶着。"

旁边有人讥讽:"现在这世道,人家能来接我们已经算不错,真要是丧尸来了,人家就算见死不救也不会有事,指望别人还不如指望自己。"

"你有异能,你站着说话不腰疼,我们这些普通人能怎么办?"

"普通人不也能杀丧尸?军队里的人大多都是普通人,他们难道和你们不一样?一个大男人还要女人保护,丢脸不丢脸?"

双方从嘴上交锋到动手动脚,时笙被挡了片刻,等各自的人拉开他们,她才往回走。还没走到车边,就见一个妇人正拉着车门,在车子里抢着什么。

时笙眉头一皱,大步走过去,一把揪着那妇人的衣领,将她扯到旁边。妇人被扯得一个踉跄,站稳后立即瞪过来:"你谁啊?少多管闲事。"

妇人手里拿的是一罐奶粉和婴儿的衣服,时笙劈手夺了回来。

妇人哪里有时笙的身手和速度,只能眼睁睁地看着奶粉被抢回去。

"你把东西还给我,你个不要脸的,还给我!多管闲事的小贱人,你凭什么抢我东西。"妇人气得怒骂,要来打时笙。

时笙一脚踹到妇人膝盖上,妇人一个踉跄,半跪到地上。

叶安抱着叶然坐在车里,叶然正哭着,叶安也像是被吓得不轻,小脸苍白。时笙往后车窗看了一眼,玻璃被打碎了,叶安的手大概是被玻璃划到,此时正流着血。

"抢东西抢老子头上了,找死?"时笙用铁剑猛地指向妇人。

妇人痛苦扭曲的脸映在铁剑上,丑陋不堪。四周的人好奇地朝这边观望,刚才这妇人打碎那里的车窗抢东西,他们也是瞧见的。

不过车里只有一些奶粉和婴儿用的东西,现在水资源紧缺,奶粉怎么吃?所以这些人都是冷眼旁观。在末世生活过的人都知道,不要多管闲事,管好自己,活下去,才是最重要的。

"哎哟,老李,老李你快来,打人了,打死人了!"妇人往地上一坐,扯着嗓子就开始撒泼。婴儿的啼哭和妇人尖锐的哭号,将这方天地渲染得嘈杂不堪。

一个男人抱着一个孩子从人群中挤过来,见妇人坐在地上,脸色一变:"媳妇,怎么了这是?"

"她打人。"妇人见自己丈夫来了,底气瞬间就足了,指着时笙嚷嚷,"她打我,她还抢我东西。"

"打人?"男人大叫一声,怒瞪时笙,"你这小姑娘怎么这样,抢东西还打人,有没有教养。"

这么极品的"背景板"哪里来的,还恶人先告状诬蔑我!当我的剑是吃素的吗?时笙嘴角上翘,勾起一抹嘲讽的笑:"你在末世跟我谈教养?你怕是脑子被丧尸啃了!"

时笙这句话逗笑了旁边一些看戏的人,末世连人性都没有,哪里来的什么教养。

"你不能抢东西啊,把东西还给我们!"男人粗着嗓门吼。

时笙铁剑一扬,直直挥下去。男人和妇人都是一惊,身体反应比脑子快,等反应过来,他们已经避开铁剑。

"杀人了,杀人了,快来人啊!"

"这里有人杀人!"

妇人扯着嗓子吼,引得前方更多人朝着这边围过来。

"你们快来看看,要出人命了,快来人啊!"

妇人和男人不断躲到人群后面，时笙不好砍。前方的军队听到动静，派人过来查看。

"怎么回事？"

妇人一瞧，面色顿时一喜："她要杀人，她想杀了我们抢东西。"

几个军人同时看向时笙，她手中拎着剑，那铁剑看上去挺锋利。

领头的军人开口："小妹妹，是他们说的这样吗？"

"不是的，东西是我们的，是她要抢我们的。"叶安趴在车窗上，小声解释。

妇人吼得很大声："胡说八道，东西明明是我们的。"

时笙将奶粉往旁边的车头上一搁，语气恶劣地道："你的是吧？来，你给我叫一声，看它答应不答应。"

众人："……"这姑娘电视看多了吧。

妇人脸色难看："它怎么可能会答应，你是不是有病！"

"我是有病，所以你最好别惹我！"时笙似笑非笑地盯着她，"说不定我一个不小心，咔嚓，你的脑袋就得和脖子分居。"

"军爷，你瞧她说的什么话，这种人不能在队伍里面，把她赶出去！"大概是有军人在这里，妇人显得很嚣张，一点也不怕时笙。

"这奶粉到底是谁的？"军人有些不耐烦，他们可没时间来看她们吵架。

"我的，我的。"妇人立即举手。

"不是，是我们的……"叶安后面的话没说出来，有些害怕地盯着外面这些人。此时这些人在叶安看来就是洪水猛兽，张牙舞爪的，随时准备扑上来撕咬自己。

"你们两个孩子怎么会有这种东西？"妇人质问。

妇人敢这么做，不就是看着叶安和时笙年纪都不大，比较好欺负。妇人那边来了一些人，纷纷帮着妇人说话。

军队的人也不是傻子，被打碎的车窗，叶安抱着的已经有些白胖的婴儿，令人一看就知道是吃着奶粉的。他们再看男人怀中抱着的孩子，面黄肌瘦，头发枯黄，哪里像是吃过奶粉？

"够了！"领头的大吼一声，"人家小姑娘的东西你们也好意思抢，你们的孩子是人，人家的孩子就不是？都散开，再敢闹事，赶出队伍。"

"嘿，你们这些人怎么这样！"妇人不服气，"东西明明是我们的，你们……"准备上前打架的妇人被几把枪指着，顿时偃旗息鼓，心有不甘地瞪时笙一眼，灰溜溜地离开。

"小姑娘，现在人心不古，自己小心些。"

时笙扯着嘴角笑了下，没恶意也没善意，很平静的一个笑容。几个军人各自对视几眼，这小姑娘气场真够可以的。

"散开，都散开，不要大声喧哗。"

妇人和男人刚回到他们的队伍，就见木歆从货车上面不改色地下来。

妇人扯着嗓子喊了一声："木歆。"

木歆皱着眉看过来，看清人后，眼底很是不喜，却还是叫了一声："李婶，李叔。"这一家子是木父的邻居，平时爱贪小便宜，吃不得一点亏。因为木父好说话，这一家子可没少占木父的便宜。

"小歆啊！"李婶上前拉住木歆的手，眼泪立即往下掉，"你看我这孩子，都快不行了，你能不能帮李婶想想办法？"

木歆看了一眼孩子，眼底有些不忍，最后还是生硬地道："我能有什么办法？"

"小歆，李婶也没别的可求之人，李婶知道你本事大，你帮帮李婶吧。"李婶声泪俱下。

木歆的超市是有婴儿奶粉的，但是需要解锁，她现在还无法解锁，根本就兑换不出来。

"李婶，我真的没办法……"

"小歆，你不能见死不救。"李婶越说越伤心，"李婶给你跪下了。"她嘴上这么说，却半点要跪下的意思都没有。

木父正好听到这句话，从旁边走过来："李婶，这是怎么了？好好的跪下干什么？"

李婶抹眼泪，哽咽道："我们家虎子这几天一直没吃东西，这么下去，我怕他撑不住。我也没什么本事，你们家小歆本事大，所以我想请小歆想想办法。"

"我好不容易生下这么一个儿子，谁知道这该死的末日就来了。呜呜呜……我这命怎么这么苦啊！"

木父心软，见李婶一哭，他就绷不住："小歆，你有没有办法？"

木歆皱眉："爸，我有什么办法？"木父最近的行为越来越过分，再这样下去，木歆觉得自己快受不了了。

木父眼底有些失望，但还是温言细语地劝道："小歆，我们没什么本事，就指望你，虎子还是个孩子，你总不能看着他就这么没了。你李婶好不容易有这么一个孩子，要是没了，她可怎么活。"

"是啊，小歆，你帮帮李婶。"

李叔也抱着虎子过来："小歆，刚才那边有个小姑娘有奶粉，我和你李婶嘴笨不会说话，没有要到，你能不能去帮我们要点。不要多了，就一点。"

他们这边离刚才事发地方比较远，木又在车里，根本不知道那边发生的事。她知道这一家子的性子，肯定是在人家那里没讨到好，所以才来求她帮忙。

木歆冷硬地道："现在物资这么缺乏，就算人家有奶粉，也不会给。"

"小歆，你就去帮忙说一下，实在不行，咱们用食物换。"木父开始出主意，"他们总有大人，也需要吃饭的吧？"

"对啊，对啊！"李婶在旁边附和。

木歆："……"他们食物也不多了好吗？跟着军队走，到了基地，还要上缴食物，到时候手头的物资就更少。

几个人轮流言语轰炸，拒绝的话半点效果都没有，木歆觉得自己快要气死了。

时笙坐在车里，支着下巴，看着外面萧索的景色。叶安已经哄着叶然睡了，手上的伤口被他胡乱包扎了一遍。叶安看着怀中的叶然，声音低落："姐姐，现在的人都变得这么可怕吗？"

"人本来就可怕。"时笙声音清浅平稳，不含感情。

叶安抬头，稚气满满的脸蛋上有些许茫然。转念一想，自己的父母都能抛弃自己，这些人做出这种事，似乎也不是那么难以理解。他恨透了末世，如果没有末世，他还是爸爸妈妈捧在手心的宝贝，妹妹不用受这么多苦。可是，没有如果……末世就是来了。

"请问……"声音从叶安那边传过来，却没有下文。

木歆诧异地看着坐在副驾驶座上的女生，脑子千回百转后，蹦出一个名字——景兮。

叶安下意识地抱着叶然，往后面缩，小声地问："你有什么事？"

木歆看着时笙，半天都没回神，当时那样的情况，她竟然没死。木歆心底对景兮是有些嫉妒的，所以当时没有阻拦。木歆不断在心底催眠自己，她被抓了，就算带走她，她也会变成丧尸。可是现在，木歆又见到她了，她没有变成丧尸……

时笙偏头看向女主角大人，自从大逃杀模式开始，男女主角崩坏的程度也更上一层楼。

"景兮……"木歆喃喃一声。

时笙听到车里的女子声音，淡淡道："木歆，好久不见。"

景兮似乎和以前不一样了。以前的景兮总是板着脸，像谁都欠她钱一般，性子傲，脾气怪，可此时的景兮，面色看上去很柔和，眉宇间隐约有笑，然而那笑意不达眼底。她那双眸子很平静。与她对视的时候，木歆像是跌入万丈深渊，无边无际的黑暗涌来，头顶的光被淹没。

木歆猛地后退一步，从来没觉得景兮的眼神这么可怕过。木歆完全忘记自己是来干什么的，转身就跑。

时笙眨巴下眼，自己现在已经这么厉害了？直接把女主角给吓跑了？

叶安也是一脸茫然，刚才那个女生，怎么看到姐姐就跟见鬼似的？

军队那边很快就统计完成，一些没有车的人坐军队的军用卡车，有车的则开车。因为一些车已经不能用，这些车里也被塞进不少人。军队的人来和时笙说的时候，时笙一脸冷漠地拒绝。她的车是越野车，空间很大，能装下好几个人。可她这般不配合，军队的人也没办法，毕竟这车现在是她的。

其他人有意见也不能把她怎么样，人家小姑娘一言不合就要动手的。

木歆那辆货车空间很大，自然被塞进去不少人。队伍缓慢移动，出发去耀光基地。时笙要去耀光基地等景止，只能跟着。

她可不知道景止在什么鬼地方，让她去找，她肯定是不乐意的。反正剧情里景止会到耀光基地，她只需要在那里等就可以了。

队伍晚上不赶路，在马路上休息，驾驶座必须有人，这样有什么异变，可以第一时间带着一车人离开。不过，即便如此，依旧有人不愿意在座位上坐着，宁可下车去透气。

军队将所有水系异能者都集中在一起，给整支队伍提供水源。大概因为时笙拒绝载人，军队并没有给她发水。

时笙沉默地给叶然兑奶粉，用的是矿泉水。

这样的奶粉兑出来是冷的，味道不太好，叶然喝得直皱眉，小脸皱巴巴的。时笙伸手过去捏了捏。婴儿的脸捏起来细滑绵软，时笙捏得有些上瘾。

"姐姐……"叶安看着时笙，小声提醒，"小然要哭了。"

时笙最讨厌孩子哭，立即收回手。叶安心疼自家妹妹的脸，帮叶然揉了揉。

叩叩！

一个穿着迷彩服的男人站在车前敲玻璃。

叶安那边的车窗坏了，时笙就用东西挡着，所以能开的车窗只有时笙这边。然而时笙双腿搭在方向盘上，身子后仰靠着驾驶座，完全没有要开窗的意思。

男人不厌其烦地敲了几遍。

叶安看看时笙，又看看外面的陌生男人，决定当作什么都没看到。男人敲前面不行，又绕到旁边敲时笙旁边的玻璃。大有一副"今天你不开窗，老子就一直敲下去"的架势。

时笙伸手滑下车窗，没好气地道："有毛病吃药，治不好就自杀，找我干什么！"

男人一噎，这小姑娘说话怎么这么带刺。男人好一会儿才道："那个小姑娘，是这样……你这里是不是有奶粉？"

时笙依旧没好气："关你什么事！"

这小姑娘不是说话带刺，简直就是浑身带刺，他深吸一口气："队伍里有两个婴儿，他们太小，需要一些奶粉，我们可以用食物和你交换。"

"不换，再见！"时笙说着就要滑上窗户，男人手疾眼快地用手挡住，痛得脸色扭曲了一下。

"小姑娘，这是救命，你要是有多的，麻烦你……"

"我说了没有。"时笙将他的手扒拉出去，滑上车窗。

剩下的奶粉也就够叶然吃半个月，哪里有多的给别人？男人捂着手在外面站了一会

· 96 ·

儿离开，结果没多久，男人又带着几个人回来，车窗再次被敲响。

时笙已经很不耐烦，打开车门下去。对方还没来得及说什么，就见下车的女子语气嚣张地道："想奶粉是吧？行，来，你们打赢我，奶粉就给你们。"

没完没了了这些人。她一边挽袖子，一边从车里抽出铁剑，然后啪的一声关上车门。

众人："……"这是什么展开方式？他们还没开始谈，就要打？这么粗鲁真的好吗姑娘！

几个人同时看向气势明显不同寻常的男人。光线太暗，时笙也看不清他长什么鬼样子，只知道他身姿挺拔，看着挺厉害的。

男人抬了抬手，其他人一阵静默，好一会儿才有一个高大的汉子走出来。

"小姑娘……你确定要打吗？"他们可都是经受过专业训练的，这小姑娘细胳膊细腿的，怎么看都不经打。

"废什么话。"时笙白了汉子一眼，她看上去是在开玩笑吗？

汉子脸色微变，活动着拳头："那来吧。"

汉子看看时笙手里的剑，正想她不会拿那把剑砍自己吧，结果带着剑气的铁剑已经从前面刺过来，那力道，他丝毫不怀疑，自己会被劈成两半。

汉子反应快，侧身避开，然而铁剑紧随其后，速度非常快，他根本闪避不及。刚才还有些轻看时笙的汉子，此时完全没有这个想法，她的速度好快。其他人也和汉子同样的心思，面色都凝重起来。本以为只需要吓唬吓唬她就够了，谁知道人家根本是有真材实料的，谁吓唬谁还不一定呢。

场地本来就不大，汉子可避的地方很少，很快被时笙逼到角落。

汉子看着在黑夜中越发亮眼的铁剑如慢动作一般落下……这砍在身上会死的吧？汉子心底突然生出一股恐慌。

"住手！"一直没说话的男人突然厉喝一声，"我们认输。"

铁剑在汉子头顶停下，汉子能感觉到铁剑上的寒气，在这炎热的天气中，他竟然觉得自己是在冰天雪地中，而且冻得浑身僵硬。

时笙收剑，走回车边，拉开车门："不送。"

车门砰的一声被她关上。

还处于不解状态的汉子被这声音惊醒，目光忽地落到那辆车上。刚才他一直在被压着打，连还手的机会都没有。当然，汉子觉得都是因为时笙的那把铁剑，不然他也不会这么狼狈。

"队长，怎么办？"有人出声询问之前那个男人。

他们只想用食物交换奶粉，现在看来，就算是抢也不一定抢得到，这个姑娘的战斗力很强！

"再想办法。"男人看了越野车一眼,转身往回走。

他们是军人,不可能干出强抢的事,其他人只能跟着男人离开。

时笙看着那几个人消失在长长的车队中,眸色微冷——韩誉!这篇文的男主角,终于上场了。

诡异的是,韩誉是有老婆的,他老婆还生了一个儿子。这个时间点,应该就是他老婆为他生下儿子,但是没有奶水,也没有奶粉,他是为他儿子来的。

女主角会在这次事件中和韩誉的老婆交好,因为她给他们的儿子拿去了奶粉,所以两人都很感激她。在韩誉老婆死后,韩誉很消沉,女主角多次救他,两人渐渐看对了眼。

最后,自然是男主角走出丧妻之痛,女主角结束对景止的暗恋,两人走到一起,皆大欢喜。

"姐姐,姐姐?"

叶安一连叫了时笙好几次,时笙眨巴下眼,转头看叶安:"什么事?"

叶安脸色有些发白,哆哆嗦嗦地指着远处:"我……我看到,有好多丧尸……朝着我们这边过来了。"

"丧尸?"时笙往叶安指的方向看去,只看到一片黑暗。

"真的有,姐姐。"叶安脸色更白,声音都在发抖,"它们来了。"

时笙眸子转了转,将车上不多的东西收拾好:"抱好她,下车。"

叶安身子发软,抱着叶然,好几次都没打开车门。最后,还是时笙从那边来开车门,叶安抖着身子下车。

"怕什么,不是还没来吗?就算来了,还有这么多人当垫背的,你也不亏。"时笙揉了一把叶安的脑袋,"把她给我。"

叶安不懂时笙说的这种死也有人陪的理论,只是苍白着脸,将叶然递给时笙。

"跟紧我,走丢了,我可不会回去找你的。"

叶安连连点头。

"丧尸从哪几个方向过来的?"时笙又问。

叶安四下观望,指了两个方向。一个是后面,一个是侧面,最好的路就是往前走。

时笙将叶然抱好,朝着车队最前方走。此时车队里来来往往的人很多,他们走动也没引人怀疑。

"小姑娘,前面是军队,你别往前走了。"眼看时笙就要靠近前面的军队,旁边有人提醒时笙。

时笙看了那人一眼,是个老人,花白的头发,满脸的慈祥。

"有丧尸来了。"时笙轻轻地说了一声,并没有停留,继续往前走。

老人疑惑地看着时笙的背影。

"她刚才说什么？"站在老人旁边的人疑惑地问老人。

"她说……有丧尸来了。"老人呢喃一声，用混浊的目光看向远处的黑暗。

"丧尸？"听到的人都四处观望，但是四周除了车队静悄悄的，没有任何异常。丧尸在哪里？大家精神本来就高度紧张，没看到丧尸，不少人便对时笙生出不满。现在的小姑娘，这时候还有心情传谣言。

时笙靠近军队的时候，这条路都被这些人挡住，想过去，就必须从他们中间穿过。军队比后面的那些人有纪律得多，中间留着一条路容车辆通行，真要是有什么事发生，大家不至于全被堵在这里。

时笙一靠近，就被卫兵给拦住："军事重地，闲杂人等不得靠近！"

"姐姐，它们来了，有几只跑得好快。"叶安抓着时笙的衣摆，句子都不成调。

拦下他们的卫兵莫名其妙，提高音量吼一声："赶紧回车上去，别在这里碍事。"

时笙转身往旁边的林子走去，她飞过去行了吧！

"姑娘，你不能去那边。"一道声音突然从后面响起。

高大的身影由远及近，是之前和时笙打架的那个汉子。他刚出来就看到时笙带着一大一小往林子里走，脑子还没反应过来，已经叫出声。叫都叫了，他也不能收回去，只能走到时笙跟前。

他看看隐没在黑暗中的林子，那里仿佛蛰伏着吃人的恶魔，正在等着食物自己走进去。

"这林子不安全，姑娘还是快些回车上去吧。"

"我要离开这里。"时笙语气很淡。

"这么晚？"汉子诧异，"之前的事我们不会找你麻烦，我们队长绝对不会食言，你大可放心。"汉子以为时笙是怕他们找麻烦，立即表明立场。

"姐姐。"叶安抖着嗓音叫她。

汉子这才发现叶安脸色极其苍白，整个人惶恐不安，像是看到什么可怕的事。汉子不免奇怪，他长得这么可怕？

时笙安抚地拍拍叶安的脑袋，对着汉子道："你就当我小心眼记仇好了。"

她绕开汉子往林子里走，叶安小跑着跟上。她身影快要消失的时候，汉子突然听到她的声音飘来："不想死就赶紧跑吧。"

等汉子再看去，她的身影已经隐没在黑暗中。汉子奇怪地摸摸头，什么不想死就赶紧跑？

山林里没有光，时笙让叶安拿着手电筒走前面，她抱着叶然走后面。走到半山腰的时候，她听见山下突然响起激烈的尖叫声和枪械的声音。

丧尸过来的时候，好多人都不在车上，导致在车上的人也没办法离开。

这些人一窝蜂往前跑，踩踏推搡，许多人都不是死在丧尸手中。军队的人反应迅速，一发现不对劲，前面的车子瞬间发动，只有空着的几辆卡车等着人上来。

这些丧尸中有二级丧尸，此时的二级丧尸比异能者厉害得多，军队不敢耽搁，没追上的人只能被放弃。

惨叫声划破黑夜，凄厉万分。

之前那个汉子，一脸后怕地抓着卡车边缘，看向已经越来越远的队伍，艰难地咽了咽口水。

"队长……"他看向韩誉，满身冷汗，张了好几次口，才将一句话说完整，"刚才……那个小姑娘提醒过我……"

韩誉凌厉的视线扫向汉子，四周其他卫兵的视线也落在汉子身上。

"我不知道……"汉子语无伦次地解释，"我……我没听明白她说的是那意思……队长对不起，如果我……"

有人愤怒出声："她既然提醒你，你为什么不说明白？害得我们损失那么多兄弟和那么多人。"

这话一出，一车的人都愤怒起来。

韩誉走到汉子旁边，拍了拍他的肩膀："这事不怪你。"

"对不起。"汉子声音有些哽咽。他脑子笨，如果聪明一点，说不定就能明白她说的是什么意思。

"大壮，这事不是你的错，你道什么歉。"

"大壮，你说的那个小姑娘，是之前队长要和她换奶粉那个？"

大壮微微点头。

"她什么意思，既然提醒，为什么不说清楚？故意的吗？她在哪里？我倒是问问她！"一群人激动不已。

韩誉不理会后面那些愤怒的人，向大壮问了详细经过。

"也就是说，你看到她的时候，她已经准备往山上走？"

大壮点头。

韩誉沉吟片刻："她没打算提醒我们。"

这话一出，车厢顿时安静下来，韩誉继续道："她提醒的是你，你一个人。"

大壮错愕，什么意思？

韩誉继续解释："因为你提醒她山上危险，她以这个消息回报你。"如果大壮够聪明，那么或许会去后面查看，就算不能完全避免这次事故，也不会损失这么多人。

可惜……韩誉拍拍大壮的肩膀。车厢里一阵沉默，所有人面面相觑，实在不懂那个小姑娘的脑回路。

"队长……她为什么不提醒我们？"他们是军人，普通民众对他们都有依赖，真要

100

是遇见这样的事，第一反应难道不是提醒他们吗？俗话说，人多力量大。

"她提醒我们，我们就会信吗？"韩誉反问。

问话的那人被噎住，是啊，她就算说了，他们也不一定会信，甚至会怀疑她扰乱军心，虽然也会派人去查看，可是从大壮说的时间来看，他们依旧会损失不少人。

"她的异能是什么？预言吗？"能提前知道丧尸要来，只有这一个异能吧？虽然他们也没见过，只在小说或电视剧中听过这种神奇的异能。

"她的异能中应该有木系异能，我能感觉到她身上的亲和感。"一个异能者弱弱地接话，相同的异能者之间，会有特殊的感应。

"木系？"这个异能到目前为止没有什么特别的作用，比起火系这种杀伤力强、水系这种必备的异能，木系在他们看来就是鸡肋。

鸡肋归鸡肋，异能者生存下去的可能更大，所以队伍里依然需要木系异能者，比如刚才说话的那个。

"不过她应该没有修炼过，很弱。"那个异能者又接了一句。

一车的人再次面面相觑。他们之前也听说过大壮和她打架的事，对这个嚣张不服安排的小姑娘很没好感。

韩誉摆摆手，示意不再讨论这个话题。那个女人……不是个善茬，离开队伍更好。

偌大的山林，只有手电微弱的光，叶安走得战战兢兢，脸色依旧苍白，像是失血过多。

"姐姐……为什么……我可以看到那些丧尸？"他的声音在寂静的山林中响起。

他之前因为看到那么多丧尸，很害怕，根本没有细想其他，此时再想，才发觉不对劲。那么多人，只有他一个人可以看到那些丧尸。

"异能吧。"时笙随口答，"有些异能会强化身体局部，你的异能可能是强化了眼睛。"说完时笙还兀自点点头，似乎觉得事实就是她说的这样。

当然，叶安看不到这滑稽的一幕。

"姐姐是说，我也有异能？"他下意识地摸摸眼睛，朝着远处的黑暗看去，似乎真的比以前看得远了。

叶安眼睛突然一痛，脑中像是被针扎了一下，身子晃了晃，直接摔在地上，手电筒顺着斜坡滚下山，四周陷入黑暗。

"唔！"叶安捂着脑袋，疼得整个人都蜷缩起来。

时笙："……"

这个白痴。

她上前将叶安拎起来，放到旁边的树干上靠着："放松，别再使用异能了。"他知道这异能怎么使用吗？这就敢乱用，果然是初生牛犊不怕虎。

时笙心累，孩子好难养。

"闭上眼，什么都别看。"

叶安不知道自己怎么晕过去的，醒过来的时候，发现自己在一个很干净的房间里。窗帘被拉得严实，房间里很热，他全身都是汗，像是从水里捞出来的一般。

妹妹！

叶安下意识地环顾四周。

时笙抱着叶然坐在角落，双手正捏着叶然的脸蛋，叶然咿咿呀呀地叫着，偶尔发出几声稚嫩的笑声。

叶安猛地松口气。

"咕咕咕……"叶安还没说话，肚子先唱空城计。

时笙松开捏叶然的手，将她抱到床上，从旁边端来一碗泡面。这么热的天气，泡面就算冷了也没什么。叶安从来没感觉这么饿过，稀里哗啦将一碗面吃得干干净净。

"谢谢姐姐。"叶安小脸上露出一丝羞赧。

"剩的。"

叶安："……"他已经习惯时笙这种口是心非的性子。

叶安扭捏片刻；"姐姐，我真的有异能了吗？"

"鸡肋。"时笙跷着二郎腿，神情淡然，"身体强化异能在后期只能做后勤，像你这种异能也就当个勘察兵，遇见丧尸，三秒跪。"

叶安："……"

姐姐你说话这么直，真的好吗？他还是个孩子，她难道不是应该鼓励他吗？但是可以肯定，他是真的有异能，虽然是时笙口中说的鸡肋异能。

"姐姐，我要怎么才能使用异能？"叶安转瞬就将"鸡肋"两个字忘了，兴奋地问时笙。

"我怎么知道，我又没有你的异能。"时笙翻个白眼。

叶安眨巴下眼："姐姐，你是什么异能？"

时笙指尖微动，一抹绿色从她指尖溢出，快速生长成藤蔓，藤蔓卷着叶然，将她从床上安稳地挪到时笙面前。

叶安瞪大眼看着，这是……他们说的木系异能？叶安一路上听人讨论，木系异能很弱，没什么作用，可是为什么在姐姐这里看上去就好厉害。

时笙的木系异能并不厉害，只是她加了光系异能进去。光系是纯治疗异能，对木系异能有辅助作用，所以她才能催生出藤蔓，挪动物体，普通人是不可能的。在修真世界待过，天地元素她要是都玩不溜，那也是白混了。

"姐姐……"

"嘘！"时笙猛地竖起食指，将叶然放到他怀里，"待在这里。"

叶安下意识地点头，抱紧叶然。时笙走到窗户边，掀开窗帘看了看，这是一栋小洋房，外面是一个院子，远处也是各式各样的小楼房，水泥路穿插其中，可见是比较富裕的村庄，偶尔能看到外面晃过的丧尸。

时笙微微皱眉，放下窗帘，往门外走。房子里很安静，这家人大概是逃了，家里乱糟糟的，但没有丧尸。时笙顺着楼梯下楼，走到一半，她顿住身形。

耳畔有轻微的呼吸声……丧尸是不会呼吸的。

时笙猛地转头，对上一双绿油油的眸子，一只体型和大狗差不多的黑猫，悄无声息地站在楼梯上，一副打量食物的模样。

变异动物！变异动物可以吃，但是变异动物也吃人。变异动物极其聪明，会攻击人类，把人类当成食物，也会攻击丧尸，却不会吃丧尸。

猫的智商本来就不低，变异一下，还不得成精？黑猫身子慢慢地弓起，嘴里发出呼噜噜的声音，一只小猫用这个姿势，你肯定会觉得好乖，当一只体型堪比大狗的猫用这个姿势……

时笙掏出铁剑，准备砍过去，二楼旁边的窗户突然被东西撞开，强烈的光线倾泻进来。黑猫身子一闪，快速朝叶安所在的房间冲去。

时笙几步冲上去，一道人影从窗外跳进来。两人打个照面，时笙只来得及扫他一眼，确定是人，便直接追着黑猫过去。黑猫破坏力极大，一爪子下去，在木门上抓出一条缝，身子再一撞，直接破门而入。

"啊！"

时笙慢了一步，黑猫已经跳到叶安旁边，露出锋利的獠牙，朝着叶安咬下去。叶安抱着叶然，整个人都吓蒙了。

砰！

高挑的身影破窗而入，一束火焰射向黑猫。黑猫察觉到危险，放弃叶安，转身跳到房间角落。

叶安大气都不敢喘，一张小脸煞白。

时笙几步跑到叶安身边，这时门口又蹿进来一个人，迟疑又带着几分兴奋地喊道："小兮？"

时笙皱眉看向那人，记忆中的人脸自动匹配——祝风，景止的朋友。

"先搞定它。"时笙指了指房间里虎视眈眈的黑猫。

祝风立即点头，给刚才放火的那个男生使个眼色，两人合作，很快就将黑猫拿下。那个男生破开黑猫的脑袋，似乎在找什么东西，可里面什么都没有。

变异动物是没有晶核的，他在找什么？剧情里也没提过变异动物有什么作用，时笙不是很清楚，只能看着。

"小兮，真的是你！"祝风直接走到时笙面前，显得很激动，"你怎么会在这里？"

"走着走着就到这里了。"时笙耸耸肩，"我哥呢？"

祝风指了指外面："景少在外面，我带你下去。景少看到你，肯定很高兴，上次你和我们走散，景少回去找你……"

祝风突然顿住，没有说下去，朝着还蹲在黑猫面前的男生道："夏书，走了。"

夏书点点头，手一挥，黑猫的尸体就不见了。时笙微微挑眉，空间异能？

时笙收回视线，将叶然抱起来，祝风看了一眼，没有多问，主动将还没回神的叶安打横抱着往外走。出了楼，祝风带着时笙在村子里走了一阵，遇见丧尸时都是夏书出手。

他们在村子的广场停下，广场上有不少人。从两个方向可以到达广场，一个是时笙那边，一个是另外一边。

见祝风回来，所有人紧张地纷纷看向他们这边。祝风穿过这些人，走到广场的另一头。

景止靠着一辆改装过的越野车，微微垂头，手上拿着一张地图，视线似乎并没放在地图上。这样的乱世，他身白衬衣没一点脏乱，干净得像是校园里被人追捧的校草。

景止似有所感，突然抬起头，直直地看向时笙的方向。几秒钟后，他猛地冲向时笙，却在距离她几步远的地方顿住。

"兮兮？"他试探性地叫她。

"哥。"

景止呼吸凝滞几秒，上前伸出手，好一会儿才将时笙搂进怀中。他身上的气息很好闻，带着她熟悉的气息，熨帖在她心尖，微微发热。果然如此，随着经历的世界越来越多，她对他就越来越熟悉。

"哇！"婴儿的啼哭突兀地响起。

时笙这才想起自己还抱着一个孩子，景止松开她，垂头看向她怀中的叶然，脸色顿时一黑："这是谁？"

时笙："……"捡来的熊孩子。

叶安和叶然被留在外面，景止带着时笙上了一辆房车，里面的人都被赶了出来。

"有没有受伤？"景止看着时笙，语气温柔。

时笙摇头，目光不断在景止身上转悠。

他很紧张她，但是除了紧张和担心，她并没有看到其他情绪，也就是说，景止对景兮只有兄妹之情，并没有男女间的喜欢。也或许，以前的景止是喜欢景兮的，但是凤辞占据他的身体后，就不再喜欢景兮。

时笙有点无奈,景兮的遗愿是向景止告白,可是面前这个人并不是景止,她的这个遗愿终究是完不成的。

【……】说得好像面前这个人是景止,你就会表白似的。

#本系统已看穿宿主的渣属性#

"兮兮?你看着我干什么?"景止揉了揉时笙的脑袋,"是不是在外面吓坏了?"

"嗯,吓坏了。"时笙顺从地点头,"抱抱。"

景止迎着她的眸子看去,心跳陡然漏了半拍,他眼底闪过一丝疑惑,但还是走过去,将她搂进怀中。

"对不起,都是哥哥不好,没有保护好你。"景止很自责。如果不是他分心,就不会和她失散这么久,他不知道她在外面受了多少苦。

"我这不是好好的吗?"

景止沉默地抱着她,大概真的自责。

两人在房车里待了很久,出来的时候,一些人看两人的眼神很是八卦暧昧。他们景少平时不爱搭理人,像今天这么失态的情况绝对没有。这些人都是后来跟着景止的,他们只知道景止在找人,并不知道在找谁。

"想什么呢你们。"祝风挨个拍过去,警告道,"那是景少的妹妹景兮,说话注意点。"

"啊?妹妹?"不是对象啊?

"可是他们长得一点也不像啊!"

景止和景兮确实不像,如果不是祝风说起,打死他们也猜不到他们会是兄妹。

祝风摸着下巴,若有所思:"可能……一个像爸爸一个像妈妈?"以前他还真没注意,现在经他们提醒,祝风才发现,这两人竟然长得一点都不像。

在祝风眼中,景止是个矛盾体,可以在温柔和冷漠之间来回切换。面对景兮的时候,他耐心十足、温柔体贴,可是面对其他人……那冷漠的眼神,堪比冰冻三尺。

要不是知道他们真的在一个户口本上,祝风都怀疑他们不是兄妹,而是情侣。

"祝风,景少的妹妹好漂亮,你说我们追她,景少会不会削我们?"

祝风看着说话的男生,高深莫测地道:"景少有多宝贝这个妹妹,你们很快就知道了,到时候再考虑这个问题吧。"

夏书瞥祝风一眼,转身往另一辆车走。

"夏书,你等等我。"祝风推开那些缠着他问问题的人,几步追上夏书,"夏书,刚才那只变异猫里面有没有?"

"没有。"夏书唇瓣嚅动一下,音色低沉浑厚。

"又没有?"祝风挠挠头,跟着夏书坐进车里。

向来十指不沾阳春水的景止竟然开始生火做饭，惊得一群人下巴都快掉地上。景少是谁啊？他是不食人间烟火的大神，现在竟然挽着袖子在做饭，好幻灭……

祝风得意地坐在一边，这就吓到了？要是看到后面，他们还不吓傻了。

景止队伍里有肉，他给时笙炒了一盘肉，又用刚从村里找来的青菜，炒了一盘素菜，然后开始做汤。平时队伍里为节省食物，都是吃稀饭，结果景止直接给时笙蒸了米饭。

时笙好久没吃到热乎乎的食物，整天除了泡面泡面还是泡面。景止只做了她一个人的量，所以自然没有叶安的份。时笙吃了一半，留下一半。

"怎么？不合胃口？现在材料只有这么多，你将就吃一些。"景止以为时笙嫌弃，"你看你最近都瘦了。"

"我吃饱了。"时笙扯着嘴角笑了。

景止皱皱眉，虽说记忆中的景兮也吃得很少，可景止潜意识觉得有些不对劲。

时笙招手让叶安过来。最近，叶安始终惴惴不安，好像四周都是吃人的怪物，此时他见终于能摆脱那些怪物，到达安全的地方，便一溜烟跑过去。

以前叶安抱叶然还有些摇摇晃晃，现在已经能稳稳抱着叶然了。

时笙将叶然抱过来："吃吧。"

叶安站在时笙身边，小心翼翼地瞄了瞄景止，这个漂亮哥哥好凶。景止冷着脸不说话，用冷漠的目光看人的时候，确实挺吓人的。

"他是谁？"景止慢吞吞地问，审视的目光落在叶安身上。

"捡的。"

"你以前不会多管闲事。"景止疑惑。

景兮不爱说话，自然也不爱管闲事，捡人这种事，她根本就不会做。

时笙想了想："大概是看他们顺眼。"

景止微微皱眉，总觉得哪里怪怪的，但潜意识里又觉得没什么奇怪的，就是这样……她就是这样的。

叶安最终还是吃到了热腾腾的饭菜，连一滴汤汁都没留下。

景止给时笙开了小灶，队伍里的人也得到福利，之前夏书带回来的那只变异猫，够他们吃好几顿了。景止本来打算去耀光基地看看，想着景兮有可能会去那里，现在景止找到了"景兮"，自然没打算再去耀光基地。

然而，时笙却是打算去的，女主角和男主角还在那里。

景止对时笙几乎言听计从，她提出来，景止没有任何反对。

景止的队伍人数并不多，一共也才十个。除了祝风，其他人都是在路上遇见的。这些人有的是被原本的队伍抛弃，有的则是和人走散，总的来说，战斗值都不错。

他们打定主意跟着景止，所以在景止做出决定后，都没什么意见。

"小兮，这孩子你从哪儿捡的？"祝风蹲到时笙身边，比画一下，"这么小……怎么养得活。"那个男孩子还好，有那么大，可是那个小的，看上去也才七八个月大吧？

一路上他们也看过不少婴儿，就算是有母亲在身边，多数都活不下去。这个婴儿就一个小男孩带着，真不知道怎么活下来的。

"死了那是她自己不努力。"时笙淡淡地道，"活下来，就是她命大。"

祝风古怪地看了时笙几眼，努力将面前这个女生和以前的景兮重叠，可是他发现怎么都重叠不起来，景兮不会说这么犀利的话。

"小兮……你还记得我们认识的时候吗？"祝风不着痕迹地感叹，"没想到这个世界会变成这样。"

被人怀疑这种事，时笙从来不在乎。

时笙嘴角勾起一抹浅笑："你闭眼睡一觉，说不定醒来就发现现在经历的，其实是自己做的梦。"

祝风心中警铃大作，面前这个景兮不对劲。景兮从来不会和人开玩笑，更别说露出笑容。祝风不动声色，找个借口离开，他转到车后面，一把抓着靠在车门上的夏书道："景少呢？"

夏书疑惑地看着他，慌慌张张的干什么？

祝风往时笙的方向瞄一眼，压低声音道："我觉得小兮不对劲，我得和景少说说。"

夏书转身，往那边看去，他之前不认识景兮，自然不觉得有什么不对劲。

"景少在那边。"夏书指着另外一个方向。

景止和一个男人站在一起，两人不知在谈什么。祝风等着景止回来，景止本来是要直接去时笙那边的，祝风手疾眼快地将他扯到车后面。景止对祝风比其他人要好一些，但是突然被扯一下，景止脸色还是有些不好看。

"景少。"祝风有些后怕地放开景止。

"什么事。"景止明白祝风没事不会这么做，没有追究，语气淡漠地询问。

祝风看清景止手上的东西，竟然是两个苹果，他刚才是去和那个男人交换的？

"景少，我觉得……"祝风斟酌一下，"我觉得小兮有些不对劲。"

空间瞬间安静下来，只听到三个人轻微的呼吸声。

祝风浑身不自在，却不敢乱动，僵着身子，四周的空气像是在缓慢加压，他心底慌得不行。景止有多宠景兮，他是最清楚的，他说这话，简直就是在触他的逆鳞。

半晌，景止的声音才响起："哪里不对劲？"

祝风深吸一口气："小兮的性格似乎变了很多。"他现在怀疑那根本就不是景兮，可这话他哪儿敢说，只能委婉地表达自己的意思。

景止看着他没说话。

"他的意思是,那不是你妹妹。"夏书直白地蹦出一句。

祝风恨不得把夏书的嘴缝起来,狠狠地瞪向夏书。谁让你说话的!说让你说话的!

夏书表情严肃,你不是这个意思吗?

他是这个意思,可他没打算这么说,但凡和景兮有关的,都得想清楚再说,懂不懂!

夏书直接扔给他一个不懂的眼神。

"她是景兮。"景止语气很笃定,"我不会认错的。"

他虽然也觉得她和记忆中的景兮有些不同,可如果她还是原来的景兮,他心底是有些抵触的。

不知道为什么,就是觉得……这样的她,才是他熟悉的。

"我不想再听到这件事。"景止留下一句话,绕过他们离开。

祝风挠头发,问夏书:"景少这是什么意思?"

"就算她是假的,她也是景兮。"夏书翻译。

"那万一她真的是假的怎么办?"祝风继续挠头发,"万一她有什么阴谋怎么办?"

夏书想了想:"除了景少这个人,我们这里没什么好图的。"

祝风:"……"就景少这个人,还不值钱吗?!

景止回来,叶安立即抱着叶然闪人,他有点怕这个漂亮哥哥。比起其他洪水猛兽,这只凶兽显然在叶安眼中更为可怕。

叶安如此识相,景止显然十分满意。他坐到时笙旁边,不知从哪儿摸出来一把刀,开始削皮。

"现在还能找到水果?"时笙看着景止手上的苹果,有些诧异。

末世都开始多久了,快半年了吧?

景止削苹果的速度很快,削下来的皮都没断。

"有一些人有空间异能,保存的东西可以久一点。"景止将苹果分成四块,递给时笙,"有机会,我给你找找其他水果。"

时笙接过,咬了一口,很甜,和末世前没什么区别。

"你从哪儿弄来的?"时笙咔嚓咔嚓啃着苹果。

"和别人交换的。"景止见她吃完,又递过去一块,"好吃吗?"

苹果不管饱,所以景止用其他食物交换,对方很乐意。

"挺好吃的。"比起她空间那个不好吃的果子,苹果简直不知道好吃多少倍。

"那我再去给你换一点。"景止神色柔和,眉眼间都是宠溺。

第五章 一念止兮（中）

"还是不用了，这东西也不管饱。"

"给你当饭后水果吃。"景止说得理所当然。

这要是在末世前完全没问题，可这是在末世，食物最珍贵，他竟然还说当饭后水果吃，这个哥哥我给满分！

时笙最终没有让景止去换，只要不让她每天吃泡面，其实她也没多挑剔。队伍里的人对多出来的人都表现出很大的好奇，奈何景止几乎不让人靠近时笙。谁敢靠近一步，就等着被景止用眼神射杀吧！

他们在广场停留一晚，第二天就上路。时笙和叶安坐房车，景止以前都是坐越野车，但是现在也换到了房车上。

"姐姐，姐姐……"叶安抱着叶然，避开景止，蹭到时笙另一边，"姐姐，我们还要去耀光基地吗？"

"嗯。"

"哦。"

"她怎么还没醒？"时笙视线落在叶然身上，这孩子以前早醒了，今天都这个时间了，却还没醒。

叶安摸摸叶然的脸，又抬起头，一脸迷茫："姐姐……你摸摸，小然是不是在发烧？"

时笙将手贴过去摸了一下，叶然脸色正常，但体温明显不正常。

"姐姐？"叶安紧张地看着时笙。

"可能是发烧了……"时笙也不确定，毕竟她没带过孩子，以前她和凤辞是有收养孩子，可那些孩子都是用人带。

"给我看看。"景止坐在时笙旁边，见一大一小满脸迷茫，有些无奈。

时笙将叶然递过去，景止检查一下叶然，眉头微皱，好一会儿才道："她可能要觉醒异能了。"

"景少……你说她？"前面的祝风扭着头，一脸不可置信。

这是个婴儿，怎么觉醒异能？

夏书往叶然看一眼，附和景止的话："确实是要觉醒异能。"

祝风："……"拜托，那是个婴儿好不好！不是个孩子！

叶安什么时候觉醒异能，他们完全不知道，但是叶安跟着她的时候，应该是没有异能的，现在连叶然都能觉醒异能了，怎么这么不科学！

"孩子你带。"景止将叶然递给祝风。

觉醒异能是关键时期，让叶安带，很有可能会出问题。

"啊？"祝风一脸不解，为什么要他带孩子？他又不是奶爸。

祝风很想拒绝，奈何一对上景止的视线，祝风就不情不愿地将叶然接过去，这么小的一团，他一只手都能捏死。

叶安爬到祝风旁边，眼睛都不眨一下地盯着叶然。祝风更郁闷，不但要带个小的，还要带个大的……景少，你确定你不是为了让这孩子不缠着你家宝贝妹妹，故意整我吗？

"婴儿也能觉醒异能吗？"时笙一脸不解。

"按理说是不能的。"夏书说得正经，"她没有被丧尸抓，第二批异能者在一个月前应该已完全觉醒。那么只有一个可能，她吃了什么东西，导致她可以觉醒异能。"

第一批异能者是末世刚开始就觉醒的，有人说过，第一批异能者最强大。景止和祝风都属于第一批异能者。一个月前，第二批异能者觉醒，这些人的能力明显没有第一批那么厉害。

除了这个办法，另外想觉醒异能，就只能被丧尸抓，或者……找到一些变异植物和变异晶核。

这两种都很难找，所以通过这两个方式觉醒的人少之又少，甚至这方法也没多少人知道。

时笙想了想，一路上叶然吃的都是奶粉，唯一比较奇怪的，大概就算她那个果子。那玩意还能让人觉醒异能？时笙决定等叶然醒过来再看看。

车队行进的速度不算快，路上遇见丧尸，还要清理，景止不许时笙下车，清理丧尸的时候，都是让其他人上。

时笙没见过景止动手，但瞧着其他人对景止的忌惮，想来此时的景止应该不弱。

剧情中，景止的异能是雷系和冰系，都属于杀伤力极强大的异能。夏书有火系和空间系，一个队伍中有两个双系异能者，这概率也是绝了。

祝风这个奶爸整天只能抱着叶然，好在只需要抱着，不用哄。不过，祝风在队伍中还是有了奶爸的称呼。更神奇的是，祝风是水系异能。

所以，他的日常就是——

"奶爸，来口奶。"

"奶爸，没奶了。"

奶爸祝风："……"

你们才是奶爸，你们全家都是奶爸！

"祝哥哥，我妹妹什么时候可以醒？"叶安担忧地看着叶然，都这么多天了。

"觉醒异能哪有那么快，而且……"这还是个婴儿，能不能撑过去都不知道。

祝风没说后面的话，他可不像时笙，管你这话好不好听，她都能毫无心理负担地给说出来。

"可是……我觉醒异能并没有这样啊。"叶安不解。

祝风诡异地看向叶安："你有异能？什么系？"

夏书也朝这边看过来，视线在叶安身上打量片刻。

叶安被两人盯着，有些紧张地道："姐姐说……姐姐说是什么局部强化……我也不知道。"

"局部强化？强化的哪里？"祝风好奇地问。他们在末世生存这么久，还没看到哪个有异能的小孩子。孩子和妇女，是末世中最先死去的那批人。

叶安有些局促不安，他瞄了眼时笙，时笙靠着车窗，闭着眼，不知睡着了还是假寐，景止坐在她旁边，正剥着不知从哪儿弄来的瓜子。

"是眼睛。"叶安小声地道，"我可以看到很远的地方。"

他没事的时候会摸索他的异能，现在虽然还不是很熟练，但已经可以控制什么时候看、什么时候不看。

"远视？"夏书出声，"你这个异能很有用。"

叶安眨巴下眼，天真又无辜："可是姐姐说，这个异能是鸡肋，没有作用。"

夏书："……"

祝风："……"

对一个孩子，她竟然说这种话。

"景少，今天可能要在这里休息。"

景止将瓜子壳放到旁边的袋子中，微微颔首："知道了。"

来报告的小男生看看景止手中的瓜子仁，一脸抽搐，看到男神接地气地剥瓜子壳，他表示好幻灭。嘤嘤嘤，他高傲的男神哪里去了！

"兮兮。"景止摸了摸时笙的头。

时笙本就没睡，景止一碰她，她就缓缓睁开眼，眼底只有理智的冷清。景止将瓜子

· 111 ·

仁用一个小袋子装着，递给时笙："零食。"

"……"她都快被他养废了。

这就是所谓的衣来伸手饭来张口，养猪一般的生活？

时笙接过瓜子，塞进衣兜里："今天不走了？"

"嗯。"景止先站起来，朝着她伸出白皙的手。

时笙搭着他的手站起来，伸个懒腰，余光扫到在旁边睡着的叶安。

"今天吃什么啊？"时笙收回视线，一边往车下走一边问。

她现在被养猪一般供着，不需要考虑其他，只需要考虑吃什么，吃什么，吃什么！要不是偶尔在她面前蹦跶的丧尸，她都怀疑自己其实是在环球旅行。

"想吃什么？"景止轻声问她，眉眼间隐隐含笑，"我给你做。"

"你做的我都喜欢。"时笙神色柔和，没有任何尖锐的锋芒。

景止微微失神，片刻后，习惯性地揉揉时笙的脑袋，他更喜欢现在的她。

"夏书，你看你看……"车里，祝风使劲拽着夏书，"她以前对景少可没这么和颜悦色过……"

"人是会变的。"夏书的语气依旧波澜不惊，带着一股看透世俗的大师风范。

"那也不能变这么多啊！"祝风不信，"她就跟完全变了个人似的，景少还不许我们说。啊啊啊，我都要急死了。"

"皇帝不急太监急。"

"你说谁太监？"祝风瞪夏书。

"你。"

祝风咬牙切齿："你要试试看我是不是太监吗？"

"不想。"夏书打开车门，下车。

祝风一个人在车里，他刚才说了什么？

祝风一巴掌拍到自己脸上，那清脆的声音吓得叶安噌的一下坐起来，头发乱糟糟的，还翘着一根。这些日子，叶安已经没有之前瘦，脸上有些肉，看上去有些可爱。

他转着脑袋看看四周，捕捉到祝风的身影，手脚并用地爬下去，坐到祝风旁边，摸了摸叶然的脸蛋，还有些迷茫的眸子缓慢地清醒过来。

吃完饭，是大家的自由活动时间。时笙靠着车门，嘴里吊儿郎当地叼着一根野草，目光落在远方的地平线上。野草突然被人抽掉，景止的脸出现在时笙瞳孔中："这个很脏，不要乱往嘴里放。"

"又没毒。"时笙不以为意。

景止无奈："在车里很无聊，我带你去走走。"

"好啊。"时笙转了转眼珠子，一看就没打好主意。

景止带着时笙往后面的山上去，大概平时有人上山，这里有一条小路，走起来还算平稳。山不高，从山脚走到山顶也就二十多分钟。此时夜幕降临，灰蒙蒙的天空看不到任何光亮，非常的压抑。唯一的光亮，就是下方生起的火堆。

"景止。"

景止突然听到时笙叫自己的名字，有些疑惑地看向她。

时笙突然靠近他，仰着小脸，目光灼灼。

景止心跳突然一停，随后狂跳起来，他听到她问："我们不是亲兄妹吧？"

带着热度的气息喷在他脸上，粉色的唇瓣泛着诱人的光泽，景止有些口干舌燥，略艰难地道："我们是。"

他脑子有些空白，他竟然对自己妹妹起了反应？是什么时候开始的？从她第一天回来的时候，他发现她和自己印象中的那个人不同的时候，还是……

景止后退一步，移开视线，加重语气："我们是亲兄妹。"这话更像是说给他自己听的。

"可是我们一点也不像。"时笙转到他眼前，指指他，又指指自己，"你看，我们完全是两个类型，别跟我说基因突变。"亲兄妹间，无论如何也会有几分相似。可是她和景止，完全没有任何相似的地方，她更像混血儿。只不过两人都很好看，有时候会让人忽略他们的不同。

景止眼底闪过一丝迷茫，仔仔细细打量时笙一会儿，更加迷茫："我们……是亲兄妹。"在他的记忆中，他们一起吃饭，一起上学，一起长大……他们是兄妹。是的，他们是兄妹。景止在心底坚定这个说法。

时笙发愁，现在也不能做亲子鉴定。

"那我要是喜欢你呢？"时笙冷不丁冒出一句。

景止刚刚坚定下来的想法轰然倒塌，然而下一秒，他又铸造起更结实的围墙。景止努力让自己正视时笙，嗓子发干发紧："妹妹喜欢哥哥，很正常。"

"我说的是情侣间的喜欢。"

时间好像静止。

景止只能听到自己心跳的声音一下又一下，每一下都是重击，震得他僵硬发麻。

景止目光闪了闪，慌乱地转过身，心跳乱得没有节奏："兮兮，不要闹，时间晚了，我们回去吧。"

时笙扶着下巴，没有继续调戏他。一下子就调戏完了，以后怎么调戏？

景止一路上都很沉默，但是该护着时笙的地方，依然很仔细地护着，只不过眼神不再和时笙有交集。

回到营地，吵吵闹闹的声音瞬间飘荡过来。景止眉头皱了皱，此时的营地和他们离开的时候明显不一样。人多了，车也多了。

"景少。"祝风见他们回来,立即抱着叶然冲过来,"有军方的人。"

景少已经看到停在外面的军用卡车,以及那些穿着军装的人:"从什么地方来的?"他语气淡漠,已然听不出异常。

"耀光基地出来接人,他们本来走另一条路,结果那边过不去,绕路才和我们遇上。"祝风快速将自己打听来的信息说了一遍。

时笙往队伍里张望,不出意外找到了女主角大人。她正和一个抱着孩子的女人站在一起,两人不知在说什么,看上去气氛很和谐……那个女人估计就是韩誉的现任妻子。

"他们已经决定和军队走,但是物资要上缴。"祝风还在和景止汇报,"景少,我们怎么办?"

"自己走呗。"时笙扭头道,"你们想被人管手管脚?"

祝风不看时笙:"我们的武器不多,这里距离耀光基地还有很长的距离,跟着军队比较安全。"

时笙知道祝风对自己有怀疑,也没继续说,往女主角那边看去。刚才还站在那里的两人已经不见踪影,时笙在人群中找一圈才找到女主角。

木歆和木父在说话,之前那个抢时笙奶粉的李婶也在,看那气氛有些不太好。因为木歆的关系,木歆身边这群人都得到了军队的特殊照顾,这群人就更加肆无忌惮地享受着木歆给他们带来的便利,此时更是过分地让木歆去和韩誉要水果。

刚才李婶看到韩誉给他妻子拿水果,还分了一个给木歆,结果木歆将水果给了她五岁的侄子,李婶就不服气了。

"李婶,这水果是韩队长给我的,我没有多的。"木歆脸色很不好。

"那你再去要一个啊!"李婶的语气那叫一个理直气壮,"你家侄子都有,我家虎子怎么没有?"

木歆心底憋火,语气不免有些冲:"他是我侄子,我当然给他,李婶你是我什么人?"

"小歆,你怎么说话呢!"木父立即呵斥木歆一声。

"爸!到底谁是你的亲人?"这些非亲非故的人,她干吗要给他们东西?给了就算了,还一副你给我东西是理所当然的样子,凭什么?

"这李婶也是为孩子,大家现在都是逃难,能帮一下咱们就帮一下。"木父嗫嚅,"爸爸以前不是教你,做人不要自私?"

自私、自私……她都拿出多少东西来了,木父还说她自私。

"歆歆,这水果让虎子吃吧。"一个女人将刚才木歆给她的果子递给李婶,"你们别吵了,不是什么大事,洋洋也不爱吃水果。"

李婶一把将水果抢过去,女子讪讪收回手,暗中扯了扯木歆。抱着女人大腿的小男孩,眼巴巴地看着李婶将果子喂给虎子。

木歆气不打一处来，木父护着外人比护自己人还厉害，好像那才是他的家人。

"我们走。"木歆不想和木父闹得太僵，抱起洋洋往另一边走。

李婶得意地看着他们离开的身影，小丫头片子还想和她斗？

木歆的超市也可以兑换水果，不过品种都是不常见的，而且很贵，她一直不敢拿出来。

木歆带着洋洋往角落去，避开人，让洋洋偷偷吃。等她带着洋洋返回的时候，余光扫到不远处的队伍，她目光顿时一紧，手指无意识收紧。直到洋洋喊疼，木歆才回过神。

那边的队伍人不多，有的站着，有的坐着，被围在中间的是个穿白衬衣的男子，火光映着他的侧脸，美好得像是一幅精心描摹的画卷——景止。

木歆心跳微微加速，她将洋洋送回去，小心靠近景止的队伍。她和景止其实不熟，景止甚至有可能不记得她。就在木歆张望的时候，一个人影突然从旁边的车后冒出来，波澜不惊地问她："找谁？"

木歆被吓一跳，本就跳动不规律的心越发慌乱。木歆不敢说自己找景止，双手举到胸前摆了摆："我……没事。"

夏书打量她几眼，略带警告地道："不要靠近这里。"

木歆胡乱地点头，见有人过来，慌不择路地离开。

"谁啊？"祝风只看到一个模糊的身影，不免问了一句。

"不知道。"夏书拉开旁边的车坐上去。

祝风："……"他很吓人吗？怎么和他说句话跟要命似的？

因为时笙随口胡诌的那句，景止已经打定主意不和军队走。其他人自然是有些意见的，他们人少，遇上几只丧尸还好，可要是遇上丧尸潮，那就很麻烦。军队有武器，跟着军队走是最安全的。

但是，这些人的意见都被景止一票否决，并表示他们想和军队走，他也不会拦着，物资也会平分。这些人迟疑许久，跟着景止有些时间，也算有点革命感情，到底是没人离开。

散会后，火堆前就只剩下时笙和景止，气氛有些诡异的沉默。

"那个……"

"早点休息。"景止突然站起来，伸手胡乱揉揉时笙的脑袋，然后走向夏书他们那边。

时笙："……"竟然躲着她？

时笙爬上房车，祝风已经在了，叶安在旁边看叶然。时笙直接上床睡觉，她现在需要睡觉冷静一下。

·115·

睡到半夜，时笙突然惊醒，车厢里很暗，时笙隐约可见叶安睡在两排座的座位上，祝风坐在驾驶座后面的位置。

景止不在。

时笙下床，几步走向祝风。在末世摸爬滚打的人，哪里能睡死？祝风在时笙过来的时候就醒了，他身子顿时坐正，看向时笙的方向："干什么？"

时笙顺手拿过旁边的手电筒，往他旁边照去。

叶然小脸憋得通红，细腻的皮肤上经脉血管似乎清晰可见。祝风一惊，伸手摸了下叶然，惊呼着将叶然抱起来："好烫。"

车门忽然被人拉开，景止出现在门口，他见时笙好好地站着，微微松口："怎么了？"

"她好烫。"祝风跟抱一个烫手山芋似的，"这得烧坏吧？觉醒异能也没见过这样的……"觉醒异能是前期身体发烫，但是这孩子前期完全就跟睡着似的，现在才开始发烫。

"关门。"

景止上车，将门关上，道："怎么回事？"

"我也不知道啊。"祝风表示他之前睡觉的时候，叶然还好好的，不过眯了眯眼的时间，这孩子就烫得吓人。

时笙有些郁闷，快速摸出一些东西，在车厢腾出一块空地："站旁边，别碍事。"

景止："……"

他默默往旁边挪了挪，看着时笙在地面用红色的液体画奇怪的图案。

叶安大概是被吵醒，揉着眼坐起来，瞧几个人都围着自家妹妹，顿时心中一紧，跳下去直奔叶然过去："妹妹怎么了？"

"别动她！"时笙呵斥一声。

叶安的手僵在空中，看向时笙，时笙并没有抬头，继续在画他们都看不懂的东西。有点像道家那种符纹，很复杂，她一笔下去，就没断过，在地面歪歪扭扭地勾勒出一个完整的图案。

最后收尾，时笙迅速扔掉笔，指挥祝风："把她抱过来，放到中间。"时笙说这句话的时候，已经拉开车门下去。

祝风感觉自己就是抱一个火球，按照时笙说的，他将叶然放到那奇怪的图案中间。景止看着时笙娇小的身影绕着车子，在地面放了一些奇怪的石头，然后迅速蹿回来。

她呼出一口气，道："叶安，她有可能会死，你要做好心理准备。"

叶安愣愣地看着时笙："姐姐？"

"我尽力。"

· 116 ·

祝风和景止完全弄不懂什么情况，都有些不解地看着时笙。

时笙盘腿坐到叶然旁边，她没想到那果子的威力在这个位面会这么大，竟然让这孩子直接筑基……

这简直不科学，人家拼死拼活都没办法筑基，这孩子吃个果子就要筑基？她会尽力保住叶然，但失败的概率还是很高，叶然年纪太小了。

"带他离开这里，以这个车为圆心，十米内不要让任何人靠近。"时笙指着叶安。

"兮兮？"景止有些担心地看着时笙，完全不懂自家妹妹在干什么。

时笙扬扬眉，道："我没事，你还没答应我，我怎么舍得死。"

景止的耳根子忽然一热。

祝风完全听不懂他们在说什么，只是古怪地看着两人，一头雾水。现在是什么情况？

景止上前轻轻抱了一下时笙："别逞强。"他相信她。

时笙微微偏头，微凉的唇瓣正好印在他脸上。景止身子陡然一震，慌乱地放开她，先一步下车。

祝风并没有看到时笙的小动作，景止突然下车，他更是莫名其妙，拉着叶安也往车下走。

"姐姐，我妹妹……"叶安扒拉着车门，有些不肯离开，眼底隐隐有雾气。

"你再不走，她可能就真要挂了。"

叶安闻言，犹豫片刻后松手。

车厢里很安静，景止等人站在外面，凝视着车子，表情凝重。叶安小小的身子微微颤抖，压抑的哭声在黑夜中显得很突兀。

守夜的夏书晃到祝风身边："你们不睡觉，站在这里当僵尸？"大半夜的，一个个戳在这里，很吓人。

祝风还来不及回答夏书，就见地面突然光芒大盛，如流光一般在地面交织，很快绘出一个类似魔法阵的光圈，那辆房车安静地停在中间。

夏书眸子微微眯起，开口道："聚灵阵。"

"你说什么？"祝风眼底色彩斑斓，满脑子都是震撼，但还是听到夏书的声音。

夏书仅仅有一瞬间的惊讶："聚灵阵，聚集灵气用的，这里面……是景兮？"

聚灵阵？什么东西？祝风完全听不懂，只能回答夏书最后一个问题："景兮和叶然。"

夏书若有所思地看着车厢，光芒越来越盛，其他地方的人都注意到这边的动静，开始往这边观望。这光就像黑夜中的一盏明灯，亮得刺眼。

"去叫他们起来。"景止吩咐祝风，"不要让人靠近这里。"

夏书反应比较快，将所有人都叫起来，安排好他们的位置。

韩誉听到下面的人汇报，第一时间赶到这边，此时围过来的人已经很多，纷纷对着那白光指指点点。景止的人将车子挪到前面，挡住这些人的视线，所以没人知道发光的是什么。木歆随后赶到，轻易地走到韩誉旁边。

"韩队长？"

韩誉微微颔首："木小姐。"

木歆刚才来过这里，里面是景止，她自然担心："韩队长，这里面怎么回事？"

"不知道。"韩誉摇头，"我来的时候就已经是如此。"

光芒很微弱的时候，大家都在观望，等光芒亮起来，大家围过来的时候，这里已经被挡住。也有人想绕过去看，但是有土系异能者在里面铸了土墙，四周都有人守着，大家不知道里面有什么，谁敢乱闯？

本就灰暗的天空此时看去越加灰暗，似乎要压下来，空气闷热，不知从哪儿吹来一股凉风。转瞬间，凉风变成狂风，掀起来的泥土糊了众人一脸。

轰隆——

一声惊雷自天空传来，昏暗的天空此时一片紫光，光芒交错中，手臂粗的雷电划过黑夜，似要撕裂空间，气势汹涌地劈下来，落在散发白光的地方。

嗞嗞……雷电像是打在一层屏障上，如烟花溃散。

轰隆——

不绝于耳的雷鸣自天空传来，整个大地似乎都在颤抖，第二道雷电自空中落下。众人像是才反应过来，尖叫着往后蹿，场面顿时混乱起来。

韩誉让人去维持秩序，他站在原地观望。那些雷电有明确的目标，只劈散发白光的地方，可那里怎么都劈不下去。一共九道雷电，劈完后雷云散开，狂风止住，除了人群的喧嚣，似乎什么都没发生过。白光慢慢地弱下去，恢复为一片黑暗。

车厢中，时笙看着已经醒过来、正转着水汪汪大眼好奇地打量四周的叶然，表情很是诡异。

时笙感叹一声，捏了她脸蛋一下："这样都不死，命硬。"

叶然抓着时笙的手，白白嫩嫩的小手很是柔软。

时笙抱着叶然站起来，身子突然晃了下，脑袋有些发晕。她缓了缓，拉开车门出去。

外面的人眼巴巴地瞅着车门，车门拉开的瞬间，所有人的视线都集中在她身上。景止被祝风和夏书联手拦着，姿势就那么僵在原地。

"妹妹。"叶安第一个跑向时笙。

时笙将叶然递给他，叶安抱金元宝似的抱着叶然。景止挣开祝风两人，冲到时笙跟前，目光上上下下打量她片刻。

"兮兮。"

"嗯。"

景止将她搂住，微微用力，声音喑哑："下次不要做这种让我担心的事。"

天上的雷劈下来的时候，他觉得自己的心脏都被劈得七零八落的。

"那你喜欢我吗？"

时笙感觉景止身形僵了一下。片刻后，他才道："我喜欢你，哥哥对妹妹的喜欢。"

时笙："……"凤辞不爱我了！分手！

宿主又在无理取闹……

"夏书，你觉不觉得景少和景兮之间怪怪的？"祝风小声地问夏书。

夏书睨他一眼，道："我以为你的关注度点在雷劫上。"

雷劫是什么？能吃吗？祝风继续说："景少是不是对景兮过于紧张了？"

"他们是兄妹。"

"不是兄妹之间的那种紧张。"祝风在脑中搜刮半天形容词，但实在是没什么文艺细胞，"刚才你看到了吗？景少那样子，如果不是我们拦着，他绝对会冲进去。"

"你之前也说过，景少很在乎景兮。"

祝风："……"

景少是很在乎景兮，可是他总觉得哪里怪怪的……一定是因为景兮这个人怪怪的。

祝风抓耳挠腮，到底要怎样才能让景少相信，这个景兮并不是原来的景兮？

"景少心底很清楚。"夏书像是知道祝风在想什么。

祝风横眉竖眼地瞪过去，你到底站哪边的？

夏书与他对视，满脸都是"我说的是事实，你瞪我也没用"的认真表情。

刚才闹出那么大的动静，景止要去处理这个烂摊子。

时笙绕着车收拾刚才她摆阵丢下的灵石。这些东西可不是一次性的，可以多次循环使用。眼看到了最后一块，一只手却抢先一步，将灵石捡了起来。

时笙微微抬头，夏书捏着石头看她："你是修真者。"他的语气不是疑问句，而是陈述句。他在陈述一个事实。

"不是。"时笙将灵石抢回来，又不用灵力确认凤辞，她没事修什么真，毛病。

夏书明显不信："你怎么会聚灵阵？"

"无师自通。"时笙将灵石放回一个盒子中，"天才懂吗？"

夏书突然有点理解，祝风每次用那种无语的眼神看自己是为什么。

他看着时笙盒子里花花绿绿、颜色不一的灵石，目光闪了闪，却没继续追问。

时笙看着夏书离开，眨巴下眼睛，心底疑惑。这个夏书，竟然知道修真者？看来这个位面，修真者也是存在的，而且成就还不低，不然这个世界的灵气也不会这么充沛。

虽然比不过其他位面，但是比起那些灵气贫瘠的现代位面，这个位面已经算上乘。时笙收拾好东西，仔细检查一遍，确定没有任何遗漏后，往前面人声鼎沸的地方走去。

挡路的车已经被挪开，但是土墙还在。时笙过去，队伍里的人看她的眼神极其诡异，并没多少恶意，只有好奇和探究。

"我们并不清楚。"景止神情淡漠，"韩队长，我能告诉你的就这么多。"

韩誉知道对方是在敷衍他，可是根据下面的人汇报，这个男人实力很强，不宜结仇。

"打扰了。"韩誉微微颔首，带着人离开。

木歆迟疑片刻，还是上前说话："景止学长，你上次没事吧？"

"你是？"

木歆虽然已经猜到这个结果，可心底还是隐隐抽痛，他连自己是谁都不记得了。

"木小姐？"后面有人叫她。

木歆赶紧道："我和学长一个学校，我叫木歆。"她说完，就追着韩誉的队伍跑了。

跑了一段距离，她回头看去，却看到景止正温柔地帮一个女生整理头发。

景兮……她也在？

以前，景止对景兮的好她都看在眼里，女人的直觉往往比较准，她觉得景止是喜欢景兮的，不是兄妹间的那种喜欢。

但是这种畸形的感情怎么可以存在？木歆最后看了一眼那边，情绪低落地往回走。

韩誉回到指挥车上，疲惫地揉揉眉心。

"队长，他肯定知道什么。"韩誉身边的人，有些生气地道。

"他就是景止。"韩誉莫名其妙地冒出一句。

其他人都不解，景止怎么了？

"京城基地那边……"韩誉顿了顿，"景老先生的孙子。"

一群人顿时鸦雀无声，好一会儿才有人出声："景老先生……好像没有后人啊？"

韩誉不断揉着眉心，道："景老先生有一个儿子，不过这个儿子行商，景老先生很少提起，你们自然不知道。"这件事他也是从他父亲那里知道的。

第二天，不少人还在讨论昨晚的事，但是当事人都不出来说话，他们也只能猜测。生存艰难，要不了多久，他们就会遗忘这件事。

队伍开拔，之前和景止他们一起的小队伍，也有人耍小心机，选择不和军队走的，却跟在队伍最后面。既可以不交物资，又可以跟着军队。

对于有人断后，军队的人自然没什么意见，要是丧尸从后面过来，最先倒霉的就是最后的人。队伍里的人，发现最近景少和时笙气氛不太对，都不敢随便说话。

时笙也有点郁闷，景止现在和她说话，虽然依旧温柔，可明显开始拉开距离。

【隐藏任务：山栖谷饮】系统的声音突然蹦出来，【目标人物：景止。】

现在才蹦隐藏任务！你缓冲得有点久啊！还有，这都什么鬼任务？山栖谷饮？咋不让我去当山顶洞人呢？

系统蹦完这声，就没了下文，显然是害怕时笙。它现在要卧薪尝胆，等主人来救，它坚信主人是最厉害的。宿主你别嚣张，等本系统杀回来，有你哭的时候。

景止一直观察着时笙，瞧她脸色不太好，他有些踌躇，不知该不该上前。然而就在他纠结的时候，叶安已经抱着叶然蹭了过去。景止只能放弃，看着时笙抱着叶然一阵捏，叶然咿咿呀呀的，显得很开心，小手不断在空中抓。景止脑中突然闪过她结婚生子的场面，他脸色一黑，完全无法接受。只要想想她和别的男人搂搂抱抱，他就恨不得毁灭世界。

景止被这个念头吓了一跳，慌乱地移开视线。他们是兄妹，怎么可以有这样荒诞的念头，爸爸妈妈临终前让他好生照顾她。

景止，你怎么可以有这么龌龊的念头。景止深呼吸一口气，迫使自己移开视线，看着窗外缓慢往后移动的景色。

景止刻意避着时笙，碍于人多，时笙也不好做什么。在祝风看来就是——景少终于听进自己的话，对景兮产生怀疑。

然而，夏书只给了他一个无法领会的眼神。

"最近怎么越来越热？"祝风拿手扇风，"老子都快烤成人肉干了，夏书你不热吗？"

祝风转头就见夏书还穿着一件外套，顿时瞪眼。他现在恨不得裸奔，结果旁边这人一脸淡然穿着一件外套。

再看景少，也是干净的白衬衣，袖子微微挽着，推到臂弯，露出一看就价值不菲的腕表。

然而，这两人都没有任何流汗的迹象，简直不科学。

"心静自然凉。"

祝风瞪夏书："这么热，让老子怎么静？"

夏书淡然地指向时笙。

祝风看过去，顿时一噎，这些牲口。

时笙双手环胸，脚放在旁边的凳子上，双眸微闭，胸口起伏很小，不知是不是睡着了，但是很明显，她并没感觉到热。这么热的天，她也睡得着！这是群什么魔鬼！没法玩儿了！

"看我干什么？"

祝风正看得起劲，突然听到这么一句，下意识地接话："你不热？"

"热。"时笙将腿放下来，微微起身，四周热浪滚滚，怎么可能不热？

"那你怎么一点汗都没有？"祝风诧异。

"为什么要有汗？"

"你不是热吗？"哪有人热不流汗的？

"热就得流汗？"时笙反问。

祝风："……"这不是常识吗？

夏书瞄时笙一眼，科普："有些人体质特殊。"

祝风闭嘴不说话，现在他不想说话，只想找个冰窖进去凉快凉快。

"最近确实越来越热。"夏书看向外面隐约可见的热浪。大地都被晒得干裂，裂纹纵横交错，犹如蜘蛛网。

"撑过去也许就好了。"祝风神情低落，有水系异能的人还好，可没有水系异能的人该怎么办？

现在大多数水源都无法使用，又是这么热的天气……

"撑过去就是寒冬。"时笙悠悠地接一句。

这些都是剧情里有的，寒冬之后又是地震海啸，反正各种自然灾害，怎么惨烈怎么来，最后人类里生存下来的，百分之九十九都是有实力有魄力有手段的强者。

夏书的目光审视地落在时笙身上。

"你怎么知道？"祝风就简单明了得多，他现在几乎认定，这个人不是景兮，所以说话很不客气。

时笙勾唇一笑，道："我美我知道。"

祝风："……"要点脸！

"兮兮。"景止唤她一声。

时笙撇撇嘴，道："末世小说看过没？套路知不知道？"

祝风："……"谁没事看那玩意。再说，那玩意能信吗？不都是瞎编的吗？

时笙回给他一个看智障似的眼神，祝风冷哼一声移开视线。

车厢里沉默一阵，祝风不知在想什么，安静地开着车，没有发声。夏书若有所思地盯着时笙，好像能从她身上看出什么答案来。

时笙对别人的目光早就免疫，起身蹭到景止身边。景止皱了皱眉，还是坐到里面，前面的座位正好挡住他。

时笙伸手去拉他的手,手指刚碰到他,景止就触电般移开,还略带警告地看她一眼:"兮兮。"

时笙心一横,动作很大地拉住他的手。她的力气很大,景止虽然能挣开,可是这样就会引起前面两人的注意,最后只能任由她拉着。

事后景止想,自己没有挣开,大概并不是基于那种冠冕堂皇的理由,他只是不想而已。

时笙手指穿过他的手指,十指相扣。景止看着她的手,有些失神。她皮肤有些干燥,没有以前那种滑腻,但是放在他手心,依旧那么舒服。

时笙冲着他微微一笑,手指在他手背上摩擦,燥热的天气似乎更加闷热,浑身都是火烧火燎的感觉。景止喉结滑动两下,移开视线,不再看时笙,他需要冷静一下。

因为天气太热,水系异能者又太少,队伍里不断有人死去,整个队伍都是死气沉沉的,绝望随处可见。

景止的队伍因为人少,除了祝风,还有一个人是水系异能,更因景止的高瞻远瞩,提升实力的丧尸晶核一直是水系异能者和攻击力强的异能者先用,因此他们的队伍一直不缺水,甚至还有多余的给时笙和叶然洗澡。队伍里的人没多大意见,反正他们不缺水。

时笙是队伍里唯一的女孩子,叶然又是婴儿,加上上次的异象,大家对时笙都有诡异的猜测。

"学长。"木歆红着小脸站在外面挥手。

景止抬头看她一眼,目光冷漠,仅一眼就垂下视线,不打算理会。

"哥哥,她好像是在叫你。"叶安坐在他旁边,小心地提醒景止。

景止将兑好奶粉的奶瓶塞进叶然嘴里,表情没有一丝一毫变化。叶安又开始惴惴不安,这个哥哥好可怕。于是,叶安抱着叶然,噔噔地往车上跑。

景止:"……"他很可怕?

木歆是代表军方来的,问他们借水系异能者。队伍的人太多,所有水系异能者加起来都不够。开出的条件很优渥,甚至愿意提供武器。这种事,景止当然想都没想就拒绝了。别人的死活和他有什么关系?至于队伍的其他人,多数都是经过一些不好的事,哪里还有什么善心。

木歆无功而返,本在韩誉的预料之中,他又亲自跑一趟,结果依旧相同。

"要不我再去试试?"木歆试着提议。

景止的队伍中有两个水系异能者,如果能把他们借过来,可以大大缓解队伍缺水的问题。但是从这两次简单交流来看,韩誉知道那个男人根本就是油盐不进的主儿。

"找他没用。"韩誉摇头。

"我听说他很在乎他妹妹,我们能不能从他妹妹下手?"旁边有人插话。

韩誉并没有在队伍中见过时笙,所以他不知道景止的妹妹就是当初那个不给他奶粉的时笙。对于这个提议,他沉思片刻,同意了。

女人的同情心总是要多一些。木歆对时笙是很抵触的,但她是女人,和时笙谈判的事,还是落到她身上。木歆趁着队伍休息,靠近景止的队伍,见时笙一个人站在树荫下,深呼吸一口气走过去。

"景兮。"

时笙看向木歆,颇为惊讶。

受宠若惊,女主角大人竟然来找我。

时笙盯着她不说话,木歆看得很不舒服,先打破沉默:"景兮,你应该知道现在是什么情况。队伍里很缺水,你能不能和学长说说,把水系异能者借出来。"

时笙之前听队伍里的人说过,军方想借水系异能者,但是被景止拒绝了。现在女主角大人竟然来找她?

"水系异能者和熊猫一样珍贵,谁敢乱借?"时笙似笑非笑地看着木歆。水系异能者如今就是保命般的存在,借出去的结果,可能就是自己队伍的人缺水。

"可是你们队伍里有两个水系异能者。"木歆神情认真,"借一个完全没问题。"

他们队伍中的人不多,一个异能者已经足够,多了也没什么用。

"你当他们是东西,说借就借?"时笙翻个白眼。

"国难当头,大家应该万众一心。"木歆因为从小被木父教导,所以多多少少有些继承木父的性格,不然也不会带上李婶那些人。如此为难的时候,她都一忍再忍。

时笙随意应了一声:"哦。"那无所谓的态度,让木歆有些气闷。

"景兮,你只需要和学长说句话,你说的,学长肯定会听……"木歆的声音渐渐小下去。

"我为什么要说?"她和那些人非亲非故,为什么要帮他们?现在大家都自身难保,她有什么立场去帮人?帮人的下场就是将自己身边的人陷入危险?

木歆瞪大眼:"景兮,你怎么这么自私!"

"是啊,我就是自私,不服吗?"时笙平静的目光扫向木歆,"谁都是自私的,你敢说你帮军方,没有自己的私心?"

木歆这么帮着韩誉,是想着到了耀光基地后,和军方合作,这样她的安全就有了保障。一般自私的人都会给自己找一个冠冕堂皇的理由,将过错推给别人。可时笙不是,她敢坦荡荡地承认自己就是自私,她就是这样的人,对方不服?那就憋着。

木歆被时笙堵得一句话都说不出来,她确实有私心,可她也是真心帮忙的。木歆本来就抵触时笙,此时更是不喜欢她,觉得她过于冷血,这样的人,学长竟然那么护着。

木歆愤愤地走了。

时笙目送木歆离开，转身往房车走。车上只有景止一人，其他人都在下面。景止有点不敢和时笙单独相处。他起身准备下去，时笙顺手就将车门关上。

景止："……"

时笙笑吟吟地走过去，撑着两边的座位，将景止困在最里面的位子。

"兮兮？"景止呼吸有些困难，后背抵着车壁，一阵灼热。

"你就这么怕我？"时笙凑近景止。

"没有。"景止尽量将身子贴近车壁，以此拉开他和时笙的距离。

"不怕我，你躲着我干什么？"

"兮兮……"

后面的话被时笙堵在嘴里，景止瞪着眼，身子僵硬如雕塑。她的气息席卷而来，从口腔蔓延到心脏、四肢……

柔软的舌头撬开他的唇齿，轻易探进去。景止僵硬的身子有些发软，心跳如擂鼓，力气恍如被抽空，脸颊滚烫得吓人。他任由时笙吻他，脑子里一片空白……她在吻他。

景止好一会儿才转过这道弯。

"景少……"车门突然被人拉开，下一秒又砰的一声关上。

景止意识彻底清醒，推开时笙，目光如炬地道："兮兮你疯了吗？"她竟然亲他！

"是啊，我疯了。"时笙坐下去，不怀好意地靠近他，视线微微下移："可是哥哥刚才不是也有感觉吗？"

景止窘迫，身子微微后侧，强调道："兮兮，我们是兄妹。"

"嗯。"兄妹个大爷，我们看起来哪里像了？"现在都末世了，谁知道呢？"

景止被时笙这话吓了一跳，可脑中突然蹦出一个声音，告诉他——她说得对，现在都末世了，谁也不知道他们是兄妹。景止咬了下舌头，疼痛让他将那些不切实际的念头抛开。

"兮兮，我们……不能在一起。"

他深呼吸一口气，很艰难地说出一段话："你还小，不懂喜欢是什么，以后等你遇见那个人，你就会知道，现在的喜欢只是因为亲情，不是爱情。兮兮……哥哥希望你好好想想。"

景止想出去，时笙一把拦住他："我想得很清楚，景止，你心底清楚，我们不是亲兄妹。"

景止被时笙再次逼到车壁上，沉默不语。

"你喜欢我的，对不对？"时笙摁住他的肩膀。

"兮兮。"景止声音艰涩，"就算……就算我们不是，可旁人不会理解，他们会用异样的眼神看你。"他不希望她被人指指点点，这是末世，可他们还有亲人，"所

· 125 ·

以……兮兮，我们不能在一起，我永远是你的哥哥。"他会为她终身不娶，即便她嫁人生子。

景止突然很难过，像是有人捂着他的心脏，沉闷得喘不过气。

时笙有些烦躁，凤辞内心为她考虑太多，如今又是这样一个人设，想要他接受自己，恐怕真的很难。

"兮兮，你永远是我最爱的人。"景止伸手抱住时笙，在心底警告自己，最后一次抱她。

"那你不和我在一起，"时笙声音闷闷的，"算什么真爱？反正我不会放弃。"

"……"

车外，祝风一脸诡异地站着，夏书过来他都没发现。夏书推他好几下，祝风才回神。

"你这样，放在丧尸堆里早死了。"夏书毫不客气地嘲讽。

"夏书，我刚才……"祝风吞咽两下，"我看到……"

"看到什么？"

祝风看夏书两眼，拉着他往旁边走，凑近他耳边小声地道："我刚才看到景少和景兮在接吻。"

夏书有些不适应地移开身体："你没看错？"

"我怎么会看错！"祝风嗓门陡然大起来，旋即发觉自己声音太大，又压低声音，"绝对没看错！"

夏书沉默地看着他。

祝风以为夏书不信："我真看到了。景少和景兮到底怎么回事？"

"景少的事，少管。"夏书扔下这几个字，转身离开。

"夏书，我说你这人怎么这样，景少……"

祝风刚追上夏书，房车的门也被人打开。景止面色微红地出现在车门口。听到祝风的声音，他不由自主地看过去，然后镇定地冲他招手。

完了完了，景少肯定知道刚才他看到了。

夏书给祝风一个自求多福的眼神，飘飘然离开。祝风磨磨蹭蹭地过去，心底不断想：景少会不会杀人灭口。

天气越来越炎热，用水量越来越大，已经不是队伍的水系异能者能支撑的。虽然尽量给队伍里的每个人都发水，可是那点水在这样炎热的天气下，基本没什么作用。

这还不是唯一的困境，因为天气炎热，好多车子都坏掉或者没油，这些人只能舍弃车辆，徒步跟着队伍，如此更是大大增加了用水量和死亡率。

队伍里不知道谁听说景止队伍中有两个水系异能者，纷纷涌到景止的队伍前，将他们围得水泄不通。

"你们怎么这么自私，给我们水，水，给我们水！"

"求求你们，给我们水。"

激愤的人们趴在车窗上，不断拍打玻璃，嘴里漫骂诅咒着。

"姐姐……"叶安紧紧搂着叶然，挨着时笙而坐，透过面前的玻璃，他能看到那些人眼中的绝望和扭曲。这是呈现在他眼中的世界，不管走到哪儿，他看到的都是这样的场面。

时笙拍了拍叶安的脑袋，叶安突然就安心不少。

"这些人疯了，我们完全动不了。"

他们一共三辆车，此时被人里三层外三层地围着。队伍里的人很多，没有分到水的人一半围着军方，一半围着他们这里，整个队伍混乱不堪。他们这些人被堵在车里，出不去，也无法继续向前。

"这些人都疯了。"祝风抓着头发，看着一个人不知从哪儿拎来一把斧头，正往车窗上砸。

祝风反应很快，从座位上跳开，可还是被碎玻璃划到了手臂。

车窗被砸开，外面的人犹如地狱里的恶魔，将手从车窗伸进来，不断抓挠。

"给我水，给老子水！"

"水，水，给我水！"

"我孩子不行了，给我一点水吧！"

无数声音叠合在一起，如同3D环绕音一般在车厢中循环。祝风不敢靠近车窗，已经有人探着身子往里面爬。就在祝风不知道该怎么办的时候，旁边突然多了一道黑影，一脚踹向那个人。

时笙手中拿着一张符，冷眼看着那些扭曲的面孔："把手拿出去。"

她声音不大，但在场的人都听到了。她这话激怒了那些人，他们越发激动地往车子里伸手。

时笙眸子微眯，符纸啪的一下贴到车壁上。

祝风看着那些人被一股无形的力量弹开，倒在车子四周痛苦呻吟，被人推得摇摇晃晃的车子骤然停止摇动。

时笙拉开车门下去。

"哎！"祝风惊讶地叫了一声，下面那些人可都疯了。

失去理智的人是很可怕的，后面的两辆车依然被围得水泄不通，有的人已经爬上车顶，准备用异能从上面弄开车门。

时笙掏出铁剑，横冲直撞地过去，那些人怕死，才会这么疯狂，在更疯狂的人面前，他们哪里还敢冒头。

时笙的铁剑还没挥过去，那些人就怕了。也有异能者反抗，但是那点异能和铁剑对上，连火花都激不起来。

时笙将围着第二辆车的人清理干净，皱着眉问里面的人："景止和叶安呢？"

那些人还没回过神，只是条件反射地指了指后面的车。时笙在他们车上贴上符纸，往第三辆车而去。一群人看着时笙霸气地从人群靠近车，面色震撼不已。

景少的妹妹竟然这么厉害？他们都不敢下车，她竟然一个人干掉这么多人。

第三辆车边围着的人更多，大概看到时笙将前面的人掀飞，躺在地上的也不知是死是活，他们便有些害怕。时笙一扬剑，一群人顿时抱头往旁边蹿，场面诡异又滑稽。

"兮兮。"景止将时笙扯上车，黑着脸训斥，"你怎么过来了。"

自从那天之后，景止就不和时笙同车，他没想到今天会遇见这样的事，还没来得及过去，她已经过来了。

"英雄救美啊。"时笙给车子贴上一张符，"难道哥哥不应该以身相许？"

车里还有其他人，时笙这话一出，气氛一阵沉默。这话该是一个妹妹对哥哥说的吗？他们就说，景少和景兮之前气氛不对……

景止不知道该说什么，气氛更加沉闷尴尬。

"姐姐……有……有丧尸来了。"

这附近有村子，这么大的声音，引起丧尸的注意很正常。

"多远？"时笙语气依然平静，好像刚才叶安说的不过是微不足道的小事，车厢里凝滞的空气也缓缓流动起来。

"很近……"

指望一个上小学的孩子目测距离，显然是不现实的，叶安只能给出这个答案。然而，众人很快发现，叶安说的很近，是真的很近。

几乎是在他话音落下的时候，远处已经可以看到丧尸的身影，此时的丧尸已经不似最初那般行动缓慢、反应迟钝。它们速度非常快，和正常男人奔跑的速度差不多，眨眼已经有丧尸跑到队伍前，抓着一个人张嘴就咬。

"啊！"

"丧尸，有丧尸！"

"快跑，丧尸来了，丧尸来了，啊！救命……救……"

丧尸蜂拥而至，车外满是丧尸，唯独这三辆车，丧尸一接近就会被弹飞。刚才还紧张的众人，目光惊诧地落到时笙拍在车壁的符纸上。刚才这些符纸把人弹飞已经很厉害，现在连丧尸都能抵挡？！

时笙往景止的方向靠了靠："哥，你看我很厉害的，你要不要考虑考虑。"

景止鼻尖飘着她的气息，耳根子滚烫，板着脸呵斥："兮兮，不要胡闹。"

·128·

时笙撇撇嘴，拍了拍前面的人："开车，等丧尸吃脑子呢？"

"啊？哦哦！"那人立即打火，他们位在最后，只能往回开。

他一阵狂按喇叭，前面车里的人看他倒车，也立即往后撤。

时笙靠着座椅，神情悠闲得好似外面不是丧尸，车里的其他人大气都不敢喘。这姑娘的气场和景少比起来，有过之而无不及——不愧是一家人。

有丧尸挡路，车速不算很快，一开始，开车的人还有些紧张，等确定那些丧尸真的不能靠近车，提着的心才慢慢松下来。车子开出好长一段距离，时笙发现后面跟着一串人，有军方的，也有普通人和异能者。普通人里能跟上的，基本都是体力较好、平时杀丧尸的人。

时笙探出头看了看，一眼就看到队伍里最显眼的几个人。

韩誉背着一个女人，前面还绑着一个孩子，木歆护着木父，被军方的人围在中间。丧尸追击而来，一只跑得比较快，大概是二级丧尸。

它看准抱孩子的李叔，用锋利的爪子朝李叔抓去，跑在旁边的李婶突然推了护送他们的一个军人一把，丧尸一爪子下去，直接将那个军人开膛破肚。

此时大家都忙着逃命，没人注意。当然，除了趴在车窗上看戏的时笙。

这种人，女主角大人到底是怎么容许她跟这么久的？换了自己这暴脾气，早就把对方弄死了，免得坑人坑己。

"前面的桥怎么塌了？"开车的人突然惊呼一声，车子的速度减缓下来。

"我们过来的时候，不是还好好的？"

车厢里的人伸着脑袋往桥面看去，中间的桥不见了，下面是黑乎乎的河水。

"景少？"车子过不去，现在怎么办？

"下车。"景止当机立断，"进山。"

立即有人下车，拉开旁边的车门，将叶安直接背到背上，另外一个汉子抱起叶然。后面车上的人见他们停下，也纷纷下车，跑过来。

"景少？"

"前面的桥过不去，景少让我们进山。"有人代替景止回答。

其他人立即折返，将必需品背在身上，夏书将房车收进空间，舍弃另外两辆车。不过有人使坏，将时笙贴的那两张符给撕了下来。

后面追着的大部队也渐渐靠近，黑压压的一片，尖叫声不时在闷热的空间内响起。

景止顾不得其他，主动拉着时笙："跑！"

一行人立即往旁边的山上跑，韩誉一开始还没想明白他们怎么会弃车，等跑近了发现桥断了，也只能跟着进山。

山路不好走，景止队伍里的人只有两个没异能，但是这两人也是练过的，所以这点山路对他们来说不成问题，可对后面的人来说就难了。

·129·

本来又饿又渴,还要爬山,一些人根本就承受不住。等他们爬过山,到达山对面的小村庄时,几百人的队伍也不过剩下一百多人了。

这个村子里的丧尸被人清理过,地面还有篝火的痕迹,大概是有队伍在这里休息过。

时笙他们先到,自然占据了村里最好的房子。时笙在房子四周都贴上符,夏书沉默地跟在她身边,眉头紧皱。她贴符也太随意了……

"你跟着我干什么?"时笙不解地看着夏书,见他盯着自己手中的符纸,"你想贴?那你去吧,每十米一张,绕一圈就好。"时笙说着就将符纸塞进夏书手中。

夏书:"……"还真是随意。

夏书家族世代修仙,但是到他这一代,已经没落,他也仅知道一些和修真有关的事。他翻看手上的符纸,这符纸的画法完全不懂。

时笙站在院子里,看着一群人气喘吁吁地从山上跑下来,大概是见时笙站在不远处,一进村子,这些人就累得直往地上躺。

韩誉额头上满是汗水,他将女人放下来,女人温柔又心疼地给他擦着额头上的汗。

"兮兮,喝点水。"景止将一瓶矿泉水递给时笙,"累不累?要不要睡一会儿?"

"你陪我睡?"时笙张口就来。

"兮兮。"景止面色严肃地看着她,"以后不要乱说话。"

刚才情况紧急,那些人来不及细想,恐怕等他们回过神……

时笙拧开瓶盖喝了一口,润润嗓子后才道:"我说的都是事实,喜欢你有什么不能说的?"

"哥,你脸红什么?"时笙突然靠近景止,伸手就要去捏他的耳朵。

景止猛地往后退了一步,盯着时笙一会儿,略带慌乱地转身,进了旁边的屋子。时笙勾着嘴角笑了笑,余光扫到另一边。

树叶晃动,沙沙作响,几秒钟后恢复平静。

时笙在院子中站了一会儿,回到房间休息。

大家一整天提心吊胆,吃过东西后各自休息。大概半夜的时候,时笙被几声尖叫吵醒,她从床上噌的一下弹坐起来。屋里很黑,时笙眨巴下眼,好一会儿才看见睡在隔壁铺上的叶安和叶然。

叶然正挥着小手小脚,一双眸子瞪得老大。自从这孩子筑基成功,就没哭过一次,睡眠时间也大大减少。

时笙揉了揉眼,翻身下床,顺手揉了两把叶然的脑袋,叶然抓着她的手,咯咯地笑。叶安动了下,迷迷糊糊地去摸叶然,然后宝贝似的搂在怀里,叶然改去抓叶安的手。

时笙拉开门出去,远处很亮,几个黑影站在院子里,望着一个方向。那边人声鼎

· 130 ·

沸，刚才那几声尖叫估计也是那边发出来的。

时笙打个哈欠走过去："怎么了？"

景止现在一听到时笙的声音，就觉得浑身不舒服，像是有无数的蚂蚁在他身上啃咬，酥酥麻麻的。

"有人丧尸化了，在咬人。"夏书的回答永远都是这么简洁明了。

"这不是正常现象吗？"有人被丧尸抓了，怕同伴丢弃自己，选择隐瞒，其结果就是身边的人遭殃。

"不正常。"夏书沉默一会儿，似乎在斟酌语句，"被咬的那个人立即丧尸化，之后一连咬了好几个人，都是如此。"

时笙："……"

被丧尸咬的人并不会立即丧尸化，而是有二十四小时的潜伏期。

"第一个丧尸化的看上去有什么不同？"

夏书摇头："太远没看清。"

祝风立即接下话头："不会是丧尸又进化了吧？"

"不会，只有到了四级丧尸时间，人被抓或被咬，丧尸化时间才会缩短。"时笙立即否决，这些都是剧情里面写的。

"你怎么知道？"祝风质疑。

"猜的。"时笙随口敷衍。

祝风："……"猜的你还说得那么笃定，好像亲眼见过一般。

"既然不是丧尸进化，那为何会如此？"夏书下意识地看向时笙。

时笙面色正常，夏书看不出什么异常。

"我哪儿知道。"时笙翻了个白眼。她又不是"某度"，一搜就有答案。

夏书被噎了一下。

脾气差，性格怪，说话带刺，目中无人，喜欢景止，这是夏书此时给时笙贴上的标签。

时笙靠近景止，伸手钩住他的手，其他人的注意力都在远处喧闹的人群，这边也不是很亮，没人注意到。

景止抽出自己的手，警告性地瞪她一眼，但对上时笙的眸子，他的心蓦地就软了。

时笙再次把手伸过去，景止这次没抽掉，任由她又捏又摸，摸得他浑身都燥热起来。景止收紧手，禁止她乱动。

几个人站在院子里看了一会儿，那边似乎处理好了，喧嚣声渐渐小下去。

他们站在这里也没什么用，还不如睡觉。

"回去睡觉，明天去打听一下。"景止吩咐一出，几个人立即散开，各自回屋。

祝风被夏书拽着往屋里走，很快院子里就只剩下时笙和景止。

"今晚我和你睡。"时笙突然出声,在景止拒绝前凝重地道,"我觉得这里有东西。"

"什么东西?"景止的注意力立即移到后面一句。

时笙摇头:"不知道,但是很不舒服,像是有什么东西在盯着我们。"

下午她就感觉到了,但仅仅是瞬间,可刚才发生的事让她确定,有东西在附近。

景止环顾四周,除了那群人,其他地方都很黑,远处的山脉只露出隐约的轮廓,如同蛰伏在黑暗中的巨兽。他并没有感觉到有什么奇怪的东西。

"我在你屋外守着。"景止半响才憋出几个字。

"不行!"时笙拒绝,"我不放心。"上个位面发生的事,她可不想在这里再经历一次。

时笙不由分说地拽着景止往自己的屋子走:"咱们又不是没睡过,小时候还一起洗过澡,你怕什么?"虽然洗澡的是真正的景止和景兮。

"兮兮!"那个时候他们才多大,怎么能和现在比?

景止不肯进门,扒着门扉:"我就在外面守着。"

时笙:"……"

时笙那暴脾气一上来,立刻伸手去掰景止的手,力气很大地将他扯进来。屋子本就不大,时笙直接将他推到床上。

景止艰难地咽了咽口水:"兮兮……你……"

时笙靠近他,在他耳边暧昧地道:"叶安还在这里,你觉得我敢对你做什么?"

景止这才想起,她是和叶安一个屋,心底也不知是松了口气还是失望。

时笙走到叶安那边,叶然大概是玩儿累了,此时已经睡过去,手里还抓着叶安的一根手指。

时笙将叶安往里面挪了挪,免得他翻身的时候把叶然挤下去,做完这些,时笙返回自己的床。

"睡里面去。"时笙将景止掀到床上,往里面推了推。

都被拎到床上,时笙挡在外面,景止也没办法下去,只能听话地往里面挪。景止几乎是贴着墙的。他留出很宽的位置,时笙在上面打个滚都行。时笙贴过去,粗鲁地将脑袋放进他的臂弯,手环过他的腰。

"兮兮……"景止呼吸加重,身体僵硬,"这样……这样很热,你睡过去好不好?"

"我不热。"

景止:"……"可是我热啊!还不是一般的热!

她娇软的身躯贴着他,景止觉得浑身都像有火在烧,口干舌燥,微沉的呼吸在安静的空间显得很清晰。

冷静,冷静。

景止在心底默念着清心咒,强迫自己冷静下来。

柔软的唇瓣突然覆盖住他的唇,一股清凉渐渐传开。景止脑中轰的一声炸响,什么冷静都没了。他下意识地搂紧时笙,加深了这个吻。他想要她,从来没这么想过。

"兮兮……"

时笙微微低吟一声,那声音很细微,钻进景止耳中。他身形一僵,蓦地翻身过去,整个人壁虎似的贴在墙上。几秒钟后,他又翻身回来,胡乱帮时笙把衣服拢好,继续贴着墙当壁虎。

景止恨不得一巴掌扇死自己,他刚才在干什么?

景止那样子,时笙很是无语,怎么搞得跟她怎么了他似的?

时笙粗鲁地将景止扒拉过来。

"兮兮……"景止的声音中竟然有些委屈。

他现在很难受,身体难受,心里更难受。他差点对兮兮做了那种事,刚才脑子里想的什么,他此时完全不敢回想。

"我说,你一个大男人,吃我豆腐,怎么还像我非礼你似的?"时笙很无语。

"兮兮。"景止更委屈,"对不起。"他努力贴着墙,恨不得和墙融为一体,奈何时笙拽着他,他只能将身体努力地往后靠。

"过来。"时笙扯他一下。

景止哪里敢过去,怕自己忍不住……

山不就我,我去就山!时笙直接靠过去,这下好了,景止连一点活动的空间都没有。

"睡觉。"时笙在景止怀中找了个舒服的位置,闭上眼不再说话。

景止抱也不是,不抱也不是,纠结好一阵,最终还是将时笙抱住。他有些自暴自弃地想,反正都……亲过了。

这大概是景止睡得最揪心的一个晚上。天刚亮,他就小心起身,坐到床边等她醒过来。

叶安先醒,看到坐在房间里的景止,有些迷茫:"哥哥?"

景止微微抬头,神情淡漠:"嗯。"

叶安揉着眼睛,看看时笙,又看看景止,从床上爬下来,抱着还没醒的叶然,摇摇晃晃地往外走。他完全不想和这个漂亮哥哥待一个屋子,气场太可怕了。

叶安刚出去,时笙就醒了,从后面搂住景止的腰,下巴搁在他肩头。

景止不知为何没有挣扎,任她抱着,呼吸从他脖子上扫过,温热湿润。

"兮兮……我们……"他斟酌着开口,心底纠结,他此时脑子里很乱,完全不知道该怎么办。他明白,他是喜欢她的,否则他不会对她有反应。可是……

"亲也亲过，摸也摸过，你还想赖账？"时笙靠近他耳朵，咬着他的耳垂，空气的温度似乎在升高，然而下一秒，她语气陡然阴森起来，"你想得美！"

景止苦笑一下，道："兮兮，我们还有爷爷，他不会同意的。"他想和她在一起，特别想。

这个声音很清晰地在他脑中徘徊。可爷爷是他们唯一的亲人，怎么会同意他们在一起？

时笙微微皱眉。景兮的爷爷……京城一把手，记忆中景兮很少见这个爷爷，但是每次见面，老人对她还是很疼爱，当然比不上疼爱景止。

"我会说服爷爷。"

"兮兮，这种事，我怎么能让你去承担。"景止叹气，"和我在一起，兮兮，你要做好承受流言蜚语的准备，我们毕竟是兄妹，就算没有血缘关系，在那些人眼中，我们依旧是亲人，是不能在一起的。"

"我在乎的从来就只有你。"

景止毫无疑问地红了脸，将时笙放开，起身，语调慌乱："我去外面等你，你先整理一下。"

时笙垂头看看自己的衣裳，挺好的，整理什么？

景止从房间里出来，迎面撞上祝风，祝风表情诡异："景少……你和……"

景止面上的红晕已经退去，淡漠地看着祝风。祝风脖子一缩，明智地转移话题："景少，刚才我去打听了，昨天最先丧尸化的是个少年，没人认识他。队伍里的人很多，也没人在意。在他们休息的时候，他突然咬了身边的人，被咬的人倒下后，几分钟就丧尸化了。"

"那个少年呢？"

祝风面色凝重地道："不见了。"

这才是最奇怪的，被咬的那几个人最后都被处理了，唯独那个最先咬人的少年不见了。当时场面混乱，没人注意到他，什么时候不见的也无人清楚。

"让我们的人都警惕些。"

祝风连连点头，表示知道。景止没再说什么，问夏书要了做饭用的食材，开始给时笙做饭。

祝风："……"这就完了？

"夏书，今天景少是从景兮房间里出来的。"祝风觉得这个问题不说就心痒难耐，于是拖着夏书说悄悄话，"你说景少是不是……"

夏书面无表情地睨着他："关你什么事？"

能不能好好聊天！景少的事怎么就不关他的事？他们现在是一个队伍的好吗？

"以景兮的能力，她想对我们不利，早就动手了。"夏书对于祝风这个智障有些无语，"你少操心景少的事，他知道自己在干什么。"

祝风："……"虽然很不想承认，但是他说得好有道理。

这段时间，景兮展现出来的手段，证明她立刻灭掉他们都不是问题，而且她也没任何掩饰，完全不怕别人怀疑她不是景兮。然而祝风忘了，这个队伍中，除了他这个知根知底的，其他人根本就不认识景兮，怎么怀疑？

队伍里的人发现一晚上起来，景少和时笙的相处模式又换了一种。这个时候才有人反应过来，之前时笙在车上开玩笑时说的话。

"你们说……景少和小兮现在是什么关系？"

"还能是什么关系？"一人暧昧地笑笑，"我之前就觉得小兮对景少图谋不轨，现在估计是搞定了。"

"他们不是兄妹？"

旁边一人使劲拍那人的脑袋："你是不是傻，是不是傻，你看景少和小兮哪里长得像？景少和小兮多般配，站在一起，那就是天造地设的一对。"

被拍的那人很委屈。他也就说说，之前如果不是祝风告诉他们那姑娘是景少的妹妹，他们压根就没把两人往兄妹身上想，那两人长相天差地别的，一看就不是亲生的。

"景少和小兮在一起，那我们岂不是没机会了？"有人反应过来。

"啊！我还没开始的恋爱就这么夭折！"

"之前景少也不许我们靠近小兮。"之前那人默默地道。

几个人同时瞪他。他顿时脖子一缩，朝着远处喊："祝风，我帮你做饭。"

景止一直担心队伍里的人会用异样的眼神看时笙，然而他发现并没有人这样。这群人除了一脸暧昧，其他什么都没表现出来。

这些人是从死亡边缘走过一圈的，什么道德人性，早就被吃了，能活着才是真道理。

吃过饭，景止召集人开会。

夏书摊开地图，手指落在做了标记的某处："我们应该在这里，现在有两个选择，原路返回之前的路，翻过这座山，走731国道。"

祝风皱眉道："731国道在末世前还在修建，如今修好了吗？"

"当时731国道是从F市两边开始修的，F市在这里，按照进度，这段路应该是修好的。"夏书指着地图上的F市，"731国道人烟稀少，我建议走731国道。"

若再走之前那条路，谁也不知道那些丧尸还在不在，如果再遇上，又得浪费时间。

夏书分析完，拿主意的还是景止。

景止去看时笙，时笙不知道从哪儿搬出来一张摇椅，吱呀吱呀地摇着。

"走FG省道。"

135

夏书皱眉，低头在地图上找出FG省道，从这条路到耀光基地……有些绕，但是路上会经过一个大一点的县城，731国道和之前那条路上却什么都没有。也就是说，走那条路他们没办法补给，而走省道，也许还能弄到一些东西。

"景少？"

"兮兮？"

时笙从摇椅上起身，走到景止身边，直接坐到他腿上，景止有些窘迫，却也没推开她。

众人："……"

时笙将地图扒拉到身前，抽出夏书手中的笔，从FG省道画出一条线。那条线比夏书指的那条线明显短许多，而且绕开了那个县城。

时笙指着某个点，道："这里有个军事基地。"

许多军事基地都是建在人烟稀少的地方，这军事基地到末世后期，丧尸越来越强大时，女主角带人往深山撤退时才被发现。基地中有许多枪械，但那个时候，枪械已经没用了。

现在不同，枪械才是最重要的。

众人看时笙的眼神顿时诡异起来，这么机密的事，她是怎么知道的？这姑娘可以未卜先知？

时笙扔开笔，窝进景止怀中，不再说话。

景止调整了下姿势，单手抱着她，腾出一只手拿着地图看了看："我们的物资还有多少？"

"不多，十天。"夏书有空间，物资自然都是他在管。

算算距离，十天应该可以到地图上的这个地方，当然前提是路上不出意外，但是到达这个地方后，物资还是短缺。

"先去这个县城，收集物资后再去这里。"景止顿了顿，"兮兮有意见吗？"

"没。"时笙摇头，又不怀好意地说了一句，"和你在一起，去哪儿都行。"

喂喂，你们两个不要当我们不存在！爱护"单身动物"知不知道！

景止脸上已经可以看到红晕。他将时笙抱起来，放进旁边的摇椅中："收拾一下，一会儿出发。"

其他人哄笑着各自散开，去收拾东西。

时笙拉着景止，在他脸上亲了一口。

景止摸摸她的头，耳尖有些发红，语气中却满是宠溺："别闹。"

"景先生。"院子外突然响起一道声音。

两人同时看过去，韩誉和木歃站在院子外面，木歃脸色发白，目光直勾勾地盯着景止。

韩誉打量时笙几眼，隐隐有些诧异，竟然是她。

"有事？"景止站到时笙前面，挡住韩誉打量她的视线，语气冷淡，和刚才那个温润如玉的男生判若两人。

韩誉收回视线，道："不知道景先生接下来打算怎么走？"

景止面色不变地看着韩誉。

韩誉穿着军装，身姿挺拔，浑身散发着军人的凌厉，帅气中带着几分压迫感。而景止不同，他像天上的皎月，乍一看有些朦胧，如同笼着银霜。他不具备任何锋芒，只会让人觉得他很好看，并且不可亵渎。

"我们打算去ＦＧ省道，到平县收集物资，然后回耀光基地。现在的丧尸越来越厉害，景先生不如和我们一起？"

韩誉是来邀请景止加入他们队伍的。

他们的队伍本来有上千人，此时仅剩下百人，他的人也只剩下三十多个。以他们现在缺水、缺物资的情况，根本不可能回到耀光基地。

"没兴趣。"景止一如既往地一口否决。

韩誉不死心地又说了几句，大意就是回到耀光基地，可以给他们行行方便，甚至可以帮忙联系京城基地那边。

景止依然不为所动，韩誉身为男主角，能做到这个份上，已经算是不错，所以在景止连续拒绝后，沉着脸离开。

木歆张张嘴，想说什么，却不知道该说什么，转身小跑着跟上韩誉。

"队长，他们似乎准备离开。"一直监视时笙他们的人，见院子里的人有异动，立即向韩誉报告。

这村子本就不大，韩誉那边可以看到时笙他们所在的院子。

男人们先出院子，都背着一个小背包。随后是一个女生，抱着一个婴儿，跟在景止后面，慢慢地走出院子。景止伸手扶了她一下，姿势暧昧。两人走在中间，朝着村子的另一头而去。

"准备一下，我们也离开。"韩誉吩咐道。

"是。"

一听要离开，这些人都有些不情愿。这里又没有丧尸，再休息一下怎么了？昨天逃命那么累，他们都还没休息够。

"不想走的，大可以不用跟着我们。"

这话一出，抱怨的人顿时不敢出声，默默地收拾东西。按照士兵说的，男人在外面，女人和年纪小的走中间。木歆和木父自然和韩誉等人在一块儿，后面的李婶有些怨气。

"她倒好,找到了靠山,现在对我们不闻不问的。"李婶冲李叔抱怨。

不是一家人不进一家门,李叔自然也不是什么好人。

"谁知道她是不是和那个男人睡了,小小年纪就这么不知检点。"

走在李婶前面的一个女人突然回头看过来。李婶和李叔却说得越发大声,一唱一和的,好像故意说给她听一般。

平县的人口不多,相对来说,物资也较少。

时笙他们到的时候,整个县城已经明显被人搜过几遍,各处的店铺凌乱不堪,食物却是不见半分。

"景少,这里挺大的,我们分开找吧?"有人提议道。分开找的话,速度要快许多。

景少点头,将人分成三组。夏书和祝风各自带几个人,叶安跟着夏书,时笙带叶然和景止单独一组。

"三个小时后,不管找没找到,都在城里集合。"

其他人点头,从夏书那里分了武器。

时笙摸出几个小球递过去。

"这是什么?"夏书面带古怪地看了那小球几眼。

"嗯……你可以叫它能量球。"一人分了两个,时笙快速地解释一遍,"拿稳,手别抖,这球掉地上就要炸的,扔的时候注意距离,波及范围有些大。"一直没有名字的小球被时笙胡诌上一个名字。

最后,时笙给了叶安一把剑和一口袋的能量球。

众人:"……"能量球又不大,那么一口袋,至少得有二十个,还附赠一把剑!偏心!

等时笙和景止离开,这些人才反应过来:"小兮有空间?"刚才那些东西是凭空出现的。

夏书倒是没觉得意外,修真者有储物空间很正常。

时笙和景止选的路线大概属于商业街,街上多是卖衣服、包包、饰品之类的店。

"要不要我抱一会儿?"景止轻声问时笙。那小家伙还是有些重量的。

"你抱吧。"时笙将叶然递过去,"她老动,烦死。"

景止:"……"小孩子哪有不动的。

叶然小小的一团,此时被养得白白胖胖,皮肤白里透红,完全看不出是末世的孩子。

"奶粉快没了,一会儿找找有没有育婴店。"时笙掐一把叶然的脸,"养你真麻烦。"

"咿咿！"叶然挥着手抓时笙。

"什么——二二，叫姐姐！"

"咿咿。"叶然奶声奶气地重复着单音节。

景止唇角带笑，眸中满是温柔的宠溺。

结果，时笙还真找到了一家宠物……呸，育婴店。

"里面有丧尸。"时笙透过玻璃橱窗往里面看，店里有两只穿着制服的丧尸。那两只丧尸大概没有吃过人，看上去和低级丧尸差不多。

"我进去干掉他们。"时笙往门口走。

景止拉住她："我去，你跟在我后面。"

时笙没和景止争，这点小事，谁上都一样。

时笙从没见景止用过异能，可他的异能很强大，他先用冰冻住那两只丧尸，然后一脚踢过去，丧尸就碎成几块。

"你的异能几级了？"时笙凑近景止，问道。

"三级。"

时笙瞪眼道："你开挂呢？"他平时又不使用异能，怎么升级的？

景止将门关上，防止有丧尸进来："我吸收了一颗变异晶核，异能就升到了三级。"

时笙蓦地想起，她第一次和夏书他们相遇的那天，他们在追一只变异黑猫。夏书还在变异黑猫脑袋里找东西……

"变异动物也有晶核？"这个剧情里可没提，只说变异动物可以食用。

"概率很小。"景止点头，"变异晶核和变异植物可以让普通人拥有异能，也可以让异能者增加一个异能，我的雷系异能就是吸收了那颗变异晶核后有的。"

"夏书也是？"

景止摇头道："夏书觉醒的时候就是双系异能。"

这个夏书，运气不错啊！

时笙打量店铺几眼，里面的东西挺多，特别是奶粉。后面仓库里的那些奶粉大概是刚进的货，还没拆封。时笙将奶粉全部收进空间，这些奶粉足够叶然吃很久了。

景止抱着叶然，看着时笙收东西。夏书收东西需要接触，可时笙收东西，只需要挥挥手，一大批东西就不见了。时笙不但收了奶粉，还收了一些衣服，叶然年纪稍大后也可以穿。

"好了，走吧。"

景止观察了外面一会儿，确定没有丧尸才拉开门。

两人将整条街都转了一圈，最后在隔壁街道找到一个粮仓。粮仓明显被人搬运过，可能出了什么意外，东西并没有被搬完，时笙将剩下的粮食收进空间。

"吱吱吱！"粮食一少，粮仓里突然响起尖锐的声音。黑压压的鼠群从角落里冲出来，眼睛冒着红光。

时笙迅速往外面窜，放出铁剑，一个纵身跳上去，飞到旁边的屋顶上。

景止紧张地看着她："没事吧？"

"没事。"时笙朝他伸出手。

景止扫一眼她脚下的铁剑，将手放进她手中。时笙微微用力，将景止拉上来。下方是黑压压的鼠群，有几只老鼠特别大，冲着天空吱吱地叫。

下面的那些老鼠立即顺着房子爬上屋顶，一层叠一层，那声音听着就让人头皮发麻。

时笙抱着景止蹭了蹭："吓死宝宝了，要亲亲。"景止无奈地在她脸上亲了一下。

时笙坐着铁剑，落到远一点的街道上。他们刚站到地面上，几只丧尸突然从旁边的巷子里蹿出来，看到人，便张牙舞爪地扑过来。时笙拎着铁剑，砍萝卜一般砍向丧尸。

景止："……"矜持和她是没关系了。

时笙砍丧尸一般都是砍脑袋，可是诡异的事发生了，那些丧尸，没有脑袋竟然也能爬起来，而且速度一点也不慢，只是有点找不到方向。在那个村子里的感觉又来了，时笙迅速撤回景止身边，目光从远处的几栋房子扫过，没有任何东西。

"走。"时笙拉着景止往回跑。

景止也有那种毛骨悚然的感觉，像是有什么东西在暗处盯着他们，不怀好意的那种。

不时有丧尸蹿出来，时笙横砍过去，很快就回到他们之前分开的地方。时笙拿出之前夏书分给她的信号弹。信号弹飞冲上天，时笙带着景止跳到旁边的楼顶，站在高处，视线顿时开阔起来。刚才他们跑回来的街道上，那些被砍掉脑袋的丧尸跟无头苍蝇似的乱转着，看起来颇为诡异。

夏书等人走得也不远，看到时笙放的信号弹，立即往回赶，很快就和时笙会合。

"景少，发生什么事了？"

"你们看那边。"景止指着那些无头丧尸。

一群人顿时倒抽一口冷气。这是什么情况？

时笙盯着那些丧尸，表情变来变去。

就在一群人沉默的时候，远处一群人浩浩荡荡地进来，正是男主角和女主角等人。

木歌身边只跟着一个孩子，木父不见了，木歌的表情很难看。

队伍在时笙他们所在的大楼对面停下，有人撬开旁边大楼的门，一群人进入大楼，门外站着两个人放风。

"先在这里休息，今天出城已经来不及了。"景止道。他们此时在最高处，就算发生什么，也能第一时间知道。

其他人面面相觑，却也知道景止的安排是合理的。现在没什么地方是安全的，还不如找个对自己有利的地方。他们开始给夏书报自己找到的东西，夏书做好统计，把东西统一收进空间。

天色渐渐暗下来,夜空里看不到月亮,也看不到繁星,只有一片黑暗。

景止走到时笙旁边,开口道:"下来,上面很危险。"

时笙跳下来。景止拍了拍她身上的灰尘:"在想什么?"

时笙歪歪头,道:"我在想……跟着我们的是什么东西。"

"跟着我们?"景止皱眉道,"你的意思是,村子里的东西也是……"

"这个世界上,巧合的事都是有必然条件的,比如两个不相识的人,在同一处避雨,然后相识相知相爱,那么那场雨就是必然条件。"时笙的声音很轻。

村子里立即丧尸化的人,这里被砍掉脑袋却依然可以自由活动的丧尸,肯定是有关系的。

景止神情凝重地道:"我们明天一早就离开。"

时笙瞥他一眼,平静的目光中有点点笑意:"你怎么这么天真。"那东西既然跟着他们到了这里,肯定会继续跟着他们。

景止大概也想到了这一点,郑重地道:"我会保护好你。"

"景止,"时笙突然抓住景止的手,"千万不要离开我。"

景止错愕。这话题跳得太快了吧?

"好。"景止摸摸时笙的脑袋。

"我说的是不要离开我的视线,最好不要离开我一米远。"时笙解释道。她不允许上一个位面的事再发生。

"嗯。"现在这么危险,他也不想她离开他的视线范围。

夜渐渐深了,时笙没有睡意,景止就陪着她,顺便守夜。

时笙单手撑着下巴,望着下方的黑暗,手指在景止手心轻轻地摩挲。景止很无奈地抓住她的手:"还不困?"

时笙扭头凑近他。景止以为时笙要亲他,心跳微微加速,然而并没有,她只是靠近他。

"你困就睡吧,我帮你守着。"

"哪有让女孩子守夜的。"景止失笑,"我看上去那么没用吗?"

"不知道,还没试过。"时笙一本正经地道。

景止一开始没明白,几秒后才反应过来,黑着脸将她拉进怀中,主动吻上去。时笙本来想搂他的脖子,睁眼的时候,目光扫到下方,她立即松开景止,探着脑袋往下面望。她动作幅度很大,吓得景止赶紧拉住她。下方很黑,时笙只能隐约看到两个黑影一前一后从那栋大楼出来,看那动作,应该都是人类。

"能看清是谁吗?"时笙郁闷地问景止。

"是那个……"景止皱眉,想了好一会儿,"经常跟在韩誉身边的那个女生,后面那个不认识,年纪有些大。"

"木歆？"

景止无辜地看着时笙。他哪儿知道叫什么。

这么晚，女主角出来干什么？后面还跟着一个人。

时笙转到大楼另一边，探头往下看。木歆和那个黑影正好走到这边，在下面一处停下。

两人似乎在说什么，那个黑影突然推了木歆一下。木歆抓着黑影的头发，猛地撞向旁边断了半截的电杆柱子。木歆捂住那人的嘴，那人并没有发出尖叫。木歆将那人一连往柱子上撞了几下，再松开，黑影软绵绵地倒在地上。大概是确定对方没气了，木歆看看四周，快速离开。

"我下去看看。"时笙掏出铁剑，要跳下去。

"我和你一起去。"景止将夏书叫醒，随着时笙跳上铁剑。

下面是个死胡同，黑漆漆的，有些瘆人。时笙落到那个黑影旁边，用剑将黑影翻了个身。

"是她。"景止不认识，时笙却是认识的，是那个李婶。木歆竟然杀了她！

刚才他们进来的时候，没有看到木父，看来是路上发生了什么，而且和李婶有关。

时笙没有停留，直接返回楼顶。夏书和祝风都醒着，两人不知道说了什么，祝风看上去有些尴尬，夏书倒是一脸坦然。

"出什么事了？"祝风松了口气般起身。

景止摇头，搂着时笙往旁边走。

祝风磨磨蹭蹭半天，还是只能坐回夏书旁边："刚才……那个是意外，你……你别放在心上。"

"嗯。"

"你……就没什么要说的？"祝风瞪眼道。

"不是你让我别放在心上？"

祝风被噎得一个字都说不出来，恨不得找条地缝钻进去，太丢人了！祝风决定远离夏书，走到另一边去睡。

夏书伸手擦了擦唇角，睫毛垂下，挡住眼里的笑意。

一夜相安无事。

第二天一大早，时笙就听到下面非常吵。李叔那个大嗓门，好像恨不得将附近的丧尸都引过来似的。

时笙从景止怀里爬起来，那边已经有几个看热闹的，见时笙过来，便给她让出一个位置。

"木歆，是不是你，我家媳妇儿哪儿去了？你说啊！是不是你把我媳妇儿杀了？！"

第六章　一念止兮（下）

木歆被穿迷彩服的士兵护在后面，表情很是淡漠地道："你老婆不见了，关我什么事？"

"怎么不关你的事？除了你，谁还和我家媳妇儿有仇？"李叔很激动，要不是有人挡着，恐怕要冲上去揍木歆。

"你老婆得罪的人还少吗？"木歆冷笑着质问。李婶那贪小便宜只赢不能输的性格，这里的人，谁能和她有多好？

"我呸！"李叔往木歆脸上吐口水，"你爸是自己给我老婆挡丧尸死的，你有气去找你爸，你把我老婆还给我，还给我！"

一说到这里，木歆的脸色更难看。要不是李婶突然拽了她爸一下，她爸能被丧尸咬？这两个人到最后还是理所当然的样子，她现在突然觉得让李婶那么死了，真是便宜李婶了。自己应该把她丢到丧尸群里，让她也试试被丧尸咬是什么感觉。

事情越闹越大，四周的丧尸已经开始朝这边涌来。

"兮兮，走了。"景止搂住时笙的肩。

时笙看看四周，他们已经收拾好了，祝风以前都是挨着夏书站的，此时却站得老远。

昨天他们上来的时候已经将楼层清理过，所以下去的时候很顺利。

对面的人看到楼里突然有人出来，都吓了一跳，有人还以为是丧尸，已经做出攻击的姿势。看清是人后，他们也没有放松，反而更加警惕。

时笙连看都没看他们一眼，直接向城外走去。

"这是之前一直跟在后面的那些人吧？"

"好像是……他们什么时候来的？"

"他们这是出城吗？"

有人小声讨论着。

韩誉护着自家媳妇儿和孩子出来,正好看到快要走得没影的一行人。他眉头顿时一皱。

"姐姐。"叶安小跑着跟上时笙。

叶然被叶安抱着,叶安知道自己抱着叶然跟不上他们,也没强求。

叶安走到时笙的另一边,小心地牵住时笙的衣摆。

到无人的地方,夏书拿出房车,房车很大,装十个人绰绰有余。

从平县离开,一行人赶往军事基地。

进入军事基地需要各种密码和身份证明,一群人还在想办法破解的时候,时笙拎着一把剑直接砍过去。他们眼中坚不可摧的大门,在时笙的剑下完全不够砍。

"小兮,你那是什么剑?好厉害!"有人问道。

"王者之剑。"

众人:"……"就算他们不看动漫,也知道这玩意儿是动漫里面的。她取个这么中二的名字……虽然很霸气,可他们怎么都觉得很诡异。

铁剑:"……"主人,我是有名字的!不要乱给我改名字!

军事基地里也有丧尸。众人风风火火清理完丧尸,开始搬里面的存货。夏书的空间装了三分之一就装不下了。这么多东西,一群人很不舍。时笙有些无语,将那些东西全部收进自己的空间,反正她空间里的垃圾很多,不怕再多一点。

"小兮真的有空间,我就说嘛!"

"景少竟然自产自销,好恨啊!"

从军事基地到耀光基地,时笙他们用了十天的时间。这段时间,时笙没再感觉到那种奇怪的东西。

基地外排着长队,旁边还有用铁丝圈起来的隔离圈。这只是用作初步隔离,人只有在里面待满二十四小时,才能登记进城,进行下一步隔离。外面还有很多人缴不起进城需要的物资,此时要么哭天抢地地咒骂,要么绝望等死。

景止一行人的到来,简直像是从裹着泥的土豆里突然蹦出的一堆干干净净、卖相极佳的水果。他那身干净的白衣,和他们满是污垢的衣裳形成鲜明对比,异常显眼。

"给点吃的吧……"

"给口水喝。"

他们一靠近,就有人围过来,朝着他们伸出手。

远处有军队驻守,分界线以外的事,那些人不会管。

景止将时笙护在怀中,另外的人护着叶安和叶然,快速往里走。

"男的在这边,女的在那边。"一个穿着白大褂的男人指挥众人进入那些铁丝笼,

"孩子在那边，不要乱走。"

景止哪里放心让时笙去那里待着，直接带人往登记的地方去。

"这位先生，你们需要在这边进行隔离。"白大褂男人拦住景止，大概是看他们穿得挺干净，说话不算难听。

"我们队伍里有异能者。"夏书先出声。

"异能者啊……"白大褂男人指了指另外一边登记处，态度更好地道，"异能者都在那边登记，亲友可以直接进去检查，不用隔离。"

异能者这边登记的人不算多。

"名字。"登记人员重复着枯燥的复读工作。

"祝风。"

"异能。"

"水系。"

登记人员抬头看了祝风一眼，在他的资料上打了一个红钩，又问了一些问题，才让他去旁边的机器附近检测异能。

"水系二级。"那边检测的人员很快给出答案。

登记人员又在上面打个红钩，然后放祝风进去。

景止让其他人先进。夏书只被检测出火系异能。叶安是身体强化异能，有点不好检测，所以和队伍里的另外两人去检查。时笙和景止落在最后。

"名字。"

"景止。"

登记人员打完钩，突然皱眉。这名字怎么有点耳熟，好像在哪里听过，可怎么想不起来了……

登记人员一时间想不起来，正想细问，突然听到前面一阵大叫。

"韩队长回来了，韩队长回来了。"

耀光基地的人，谁不知道韩誉？这次他出去这么久，大家都以为他出事了，现在他竟然回来了！听到这个消息的人纷纷朝着声源处看去。其他不认识的人，被这些人带动，自然也开始朝着那边张望。

韩誉跟着一支队伍回来。这支队伍是出去收集物资的，返程的时候，正好遇见韩誉等人。如果让韩誉他们自己走，指不定什么时候才回得来。

在平县，韩誉在时笙他们走后就觉得不对劲，让人加快速度收集物资，然后离开。可他们还是遇见了一只三级丧尸。是的，三级丧尸。因此，最后逃出来的人仅有二十多个。

军队给韩誉开路。除了那些普通人，跟在韩誉身边的也就六个人，木歇和那个小男孩算在其中。韩誉抱着一个女人大步往登记处走。

"去叫医生来！"有人大吼。

"先给韩队长他们检查。"

一连好几道声音响起，登记的地方顿时乱哄哄的。

一群人跑过来，将时笙和景止挤到旁边。他们还没反应过来，韩誉等人已经进去了。不知是人太多导致木歆没有看到景止，还是她不在状态，她很快跟着韩誉进到里面，消失在众人视线中。这才是来得快，去得也快。

登记人员继续登记。

"异能。"

"冰系。"景止的语调听不出什么起伏。

景止也只被检测出一项异能。但是，他的三级异能让那个登记人员多看了他两眼。这男人长得这么帅，名字还有些耳熟……

"名字。"

"景兮。"

"异能。"

"木系。"

"……"

待时笙等人进入里面，登记人员还在念叨着景止、景兮两个名字。好一会儿，他的脸色猛地一变，他从抽屉里拿出几份文件，在其中一份文件上找到景止的档案，上面的照片，赫然是刚才那个男人。

"景止……天……"登记人员慌忙收拾好东西，让一个人代替自己，然后急急忙忙离开。

异能者的亲友不用隔离，检查时间自然很短，一行人很快被放行。

耀光基地很大，划分也很明确。普通人只能住最外面的区域，异能者住第三区域，军队的人住第二区域，基地决策人员住第一区域，景止在第二区域租下两间紧邻的套房。

"这里还挺不错的嘛！"祝风将房子检查一遍，道，"景少，只有三个房间。"

另外一个房间是其他人住，住这个房间的有时笙和景止、叶安和叶然、祝风和夏书。叶安是肯定不愿意和叶然分开的，他带叶然住最小的那间房。

时笙自然要和景止住。景止虽然有些窘迫，却也没反对，最后只剩下祝风和夏书。夏书没什么意见，祝风却跟被踩了尾巴的猫似的，整个人都蹦起来："我不和他住，我去隔壁看看。"祝风立即离开。

时笙看向夏书："你们什么情况？"

夏书双手一摊，表示他也不知道，转身往房间走。

祝风很快就沮丧地回来，隔壁也是六个人，而且还只有两间房，连沙发都没的睡。

"景少，你怎么不多租一间房，咱们也不缺晶核啊！"祝风一脸抱怨地看着景止。

"只有这两套房子是挨着的，其他隔太远，不方便。"

景止的理由让祝风无法反驳。他跟上断头台似的，往夏书的房间走。

等所有人收拾好，景止将人叫过来吃饭，顺便开会，开完会自然是各回各屋。景止抓着奶爸祝风在浴室里放了干净的水，给时笙洗澡用。奶爸祝风很郁闷。他的水系异能现在都是用来放洗澡水吗？祝风想着自己也要洗，索性多放了一些。结果等时笙他们洗完，他放的水一滴也没剩！

"小叶子！"祝风捉住叶安，"谁最后洗的澡？"

叶安的脑袋还是湿漉漉的，他已经在客厅坐了一会儿，显然最后洗澡的人不是他。

叶安无辜地指了指一个房间："夏书哥哥。"

"夏书！"祝风气势汹汹地进去，结果两秒后就退了出来，一阵旋风似的冲进浴室。

叶安："……"

大人们的世界真难懂。

末世能干什么？没有电脑，没有手机，吃不饱穿不暖，连觉都睡不好，基本没什么娱乐。时笙无聊地在床上打滚。景止坐在旁边，不知道在看什么。

"景止，"时笙撑着身子坐起来，一本正经地道，"我们来深入交流一下。"

"深入交流什么？"景止扭头，奇怪地问。

"深入交流一下感情啊！"

"感情是顺其自然的，怎么深入交流？"景止笑着摇头，"你是不是无聊？要不要出去走走？听说基地有夜市，可以去看看。"

时笙："……"她想做点不可言说的事。

景止见时笙绷着脸不说话，眼底闪过一丝迷茫。好一会儿，他才反应过来，脸一下红起来："兮兮……"

"来不来？"时笙仰头看着他。

景止的目光落在她只穿着背心和短裤的身体上，气氛陡然暧昧起来。时笙跳下床，将门反锁，一点也不矜持地扑上去。

时笙发现风辞在床上有个习惯，他喜欢咬她，特别是咬脖子，但是不重，就是轻轻地咬。

"属狗的？"时笙无语地摸着脖子。

景止无辜地看着她，也不知道自己为什么会有这个动作，就是下意识的行为。

景止从后面抱住她："兮兮。"

"嗯？"

"你会后悔吗？"

"后悔什么？"

景止沉默片刻，道："后悔和我在一起。"

"为什么要后悔？"时笙很无语地翻了个白眼。

"不知道，我很害怕。"景止抱着时笙的手紧了紧，声音带着一丝颤抖，"兮兮，我很害怕。"

时笙的心底突然有一丝刺痛，很细微，却很真实。她有些恍惚，有多久没有这种感觉了？很久了，久到她都快忘了。

"兮兮。"

景止不安的声音拉回时笙的思绪。她转过身吻他，呢喃道："我在，一直。"

景止觉得自从那天晚上后，时笙的状态就有些不对。她总是走神，他问她在想什么，她都是一句话带过。

"兮兮。"

景止走到时笙身边，还来不及多说，大门突然被人撞开，祝风火急火燎地冲进来："景少，出事了。"

景止眉头微皱，道："什么事？"

"叶安……叶安和叶然，"祝风喘着粗气指着外面，"有人非说叶安是他们的儿子，现在要带他走。"

"带路。"时笙面无表情地转身，往大门外走。祝风赶紧在前方带路。

叶安所在的地方是一个集市。一群人将一个区域围得水泄不通。来的路上，祝风已经和时笙说过了大致经过。

他们今天准备出来逛逛，叶安也想去，他们就将叶安带上了，谁知道在集市上遇上一对夫妻，拦着叶安和叶然说是他们的儿子和女儿。叶安说不认识他们，那对夫妻就闹了起来。

时笙挤进人群，一眼就看到那对穿得脏兮兮的夫妻。他们虽然面容瘦削，可时笙还是辨认出来，他们就是当初自己在面包店相册上看到的人。

"姐姐。"叶安见时笙过来，立即躲到她后面。

"你是谁？把我的孩子还给我！"女人伸手去拖叶安，"这是我的孩子，你们这群人贩子，把我的孩子还给我。"

时笙护着叶安往后退了一步，冷眼看着女人："你的孩子？"

那眼神过于冷漠，女人不由自主地心虚，但是一想到这本来就是她的孩子，她就又理直气壮起来："这就是我的孩子，他叫叶安，出生于2004年5月6日。她叫叶然，出生

· 148 ·

于2012年10月15日。"女人大着嗓门嚷嚷,"你把我的孩子还给我!"

围观的人立即小声议论起来。

"我看这孩子和他们长得还有几分相似,不会真的是她的孩子吧?"

"嗯……是有些像。"

"你看这小孩儿穿得干干净净,长得也是白白胖胖,没受过苦的样子。我孩子要是被人这么对待,我宁愿她跟着别人。"旁边有人感慨道。

男人扶着有些激动的女人,眼神充满恳求:"求求你们把孩子还给我们。"

"那是我们的孩子,你求他们干什么?!"女人尖叫道,"我们要回自己的孩子是天经地义的事。"

时笙似笑非笑地勾着唇角,开口道:"你们为了自己逃命,将孩子扔在家里,当初怎么不想想他们是你们的孩子?"女人和男人蓦然僵住。

四周顿时一片哗然。

"我们……"女人看看四周,指指点点的人群让她说不出话来。

男人一脸悲痛地道:"我们是出去找食物的,本来想找到食物再回去接他们,谁知道遇见丧尸潮,从住的地方根本没办法回去,我们也是逼不得已。"

叶安揪着时笙的衣摆,一言不发地看着对面的父母。

"对对,我们是逼不得已。安安,我是妈妈,你快过来,妈妈在这里。"女人努力挤出一个笑容,"安安,我来接你和妹妹回家。"

叶安往时笙后面缩。当初,他那样求他们带妹妹走,他们最后却连他都抛弃了,他现在能相信他们吗?

不……不能。他不相信他们。姐姐说过,人都是惯犯,有的事只要做过一次,第二次做起来就更加得心应手。

"我们很感谢你们将孩子带过来,但你们不能扣着我们的孩子,我们才是他们的父母,孩子应该在父母身边长大。"

"叶安,你愿意跟他们走吗?"时笙垂头看向叶安。

叶安摇头。

"你看,是叶安不愿意跟你们走。"时笙摊手。

女人指着时笙大喊大叫:"一定是你给我儿子说了我们的坏话,现在弄得儿子都不认我们。你怎么这么歹毒,抢别人儿子,把儿子还给我!"

"你们当初抛弃我和妹妹的时候,我们就没关系了。"叶安的声音很大,场地顿时安静下来,"要不是姐姐,我和妹妹早就饿死了,你们根本就见不到我和妹妹。"叶安的身子微微颤抖,眼泪往外奔涌。

男人立即鞠躬,声泪俱下地道:"我们知道,是你们救了我们的儿子,我们真的很感谢你们,但是我们就这么两个孩子,求求你们将孩子还给我们吧。"

女人也像是顿悟一般，扑通一声跪下，一边磕头一边祈求："求求你们将孩子还给我，求求你们。"

"韩队长，是韩队长。"

人群突然分出一条道，韩誉带着几个人进来："怎么回事？"

木歆站在韩誉身边，目光从时笙身上扫过，在景止身上停留片刻，最后才落在那对夫妻身上。她诧异地道："叶大哥，叶大嫂，你们这是在干什么？"

叶氏夫妻大概和木歆很熟，叶父小声和木歆说了几句话。

"这孩子既然是叶大哥的，景小姐，你就把孩子还给叶大哥他们吧。"木歆义正词严地道，"孩子本来就该跟着父母，你强行带走别人的孩子，这不是拆散人家家庭吗？"

讲道理啊，女主角大人！

时笙还没开口，木歆又接着道："景小姐，你将孩子还给叶大哥，我会补偿物资给你。"

这话说的，好像是因为叶氏夫妇没有给东西，时笙才不将人还给他们似的。

如果时笙一行人穿得邋里邋遢，面黄肌瘦，围观的人可能会相信，可是人家穿得干净，也不像是缺物资。

时笙认真思考片刻，开口道："你能给我多少物资？一车还是两车？"

围观群众："……"姑娘你这话不对啊！你不是应该不屑一顾吗？

木歆被噎了一下。一车物资，她也说得出口！

"景小姐，你给个合理的条件。"木歆皱着眉开口，"现在物资短缺，一车物资是不可能的。"

"既然没有，那有什么好说的。"时笙嗤笑道。

"你用孩子威胁我们，有没有良心？！"女人不知怎么被激怒，噌的一下跳起来。

"对啊，我就威胁你们，你们能怎么样？"时笙嚣张地承认。

女人气得面色通红，余光扫到韩誉，突然就开始大哭："韩队长，韩队长，她就是个人贩子，呜呜呜，你要给我们做主啊！"

韩誉："……"他刚才是不打算过来的，这种事有专门的人负责，可是木歆非要过来，他家媳妇儿又让他看好木歆，他只能跟着过来。现在这情况，他也不好说。

韩誉清清嗓子，道："既然孩子的父母在这里，景小姐，就请你将孩子还给他们。"

"不要。"叶安躲在时笙后面，道，"我不跟着他们。"

"你们听到了，是叶安自己选的，他不愿意跟着你们。"祝风憋不住了，开口道，"我要是有你们这样的父母，我也不愿意跟着你们。"

"韩队长都说让孩子跟着我们，你们还想强抢？"女人的声音很尖细，刺得人耳膜疼,"孩子是我的,安安,你过来!"

气氛顿时剑拔弩张。

"不如,韩队长拿一车物资来换?"时笙冷不丁地冒出一句。

韩誉:"……"一车物资够多少人吃?来换两个孩子,他怎么可能答应。

木歆愤怒地瞪时笙:"景兮,你用孩子来换物资,你的心怎么这么狠!"她说这话的时候,有意无意地看向景止。

"心狠怎么了?"时笙不以为耻地道。

韩誉拉住还想说话的木歆。木歆恨恨地瞪着时笙。

韩誉把那个男人叫到一旁,不知说了什么,男人就不再闹腾,女人虽然还想闹,但是被男人拖着走了。韩誉冲景止微微点头,带着人离开。木歆不舍地看看景止,一步三回头地离开。这场闹剧就这么落下帷幕。

叶安回去后,心情一直不怎么好,吃饭都心不在焉的。时笙有自己的事要思考,自然没时间理会他。

但是接下来,叶氏夫妇不知道从哪儿知道了叶安的住处,偷偷找到叶安,两人大概是真的过得不好,一开始还想劝叶安跟他们回去,后来就变成向叶安要食物。叶安给过两次,好歹也是生下他的父母。叶氏夫妇尝到甜头,变本加厉。叶安有些害怕,就不再出去,就算出去,也有队伍里的人陪着。

"哎,我忘记带晶核了。"祝风下楼才想起自己没带晶核,"小叶子,你在这里等我,我回去拿。"

"嗯。"叶安看看四周,没看到叶氏夫妇,才乖巧地点头。

然而,就在祝风上楼后不久,两道身影从角落里跑出来,一人捂着叶安的嘴,一人抬着他的腿,极快地消失在夜色中。

基地中有一条街,比较混乱。这里大多数都是没有自保能力的女人,她们活得卑微又艰辛。

末世前有法律约束,一些人只能隐藏自己的另一面,可是现在没有法律,这些人不再掩饰,好多女孩子都是被活生生折磨死的。有时,这里也能看到男孩子。

"啊!"今天这里格外热闹,尖叫声隔着老远都能听见。

叶氏夫妇刚刚拿到一袋晶核,喜滋滋地出来。街上的混乱他们不知道,觉得有些莫名其妙。两人对视一眼,捂紧怀中的晶核,准备离开。没走多远,他们就见一个女生拎着一把剑,杀气腾腾地朝着这边而来。两人心里同时咯噔一下,转身就跑。他们不跑,时笙可能一时间还没注意,那么一跑,时笙立即就看到他们。两人慌不择路,不知怎么跑进一条死胡同,等他们转身往回跑的时候,路口已经被人堵住。

"你……你想干什么?"

时笙一步一步走近他们，身后微弱的光将她的身影映衬得模糊不清，一股寒意驱散闷热的空气，渗进他们的皮肤，直达心脏。叶氏夫妇不由自主地发抖。

"叶安在哪里？"她的声音恍如来自地狱。

"我们怎么知道叶安在哪里。"女人哆嗦着开口道，"这里是基地，你不要乱来！"

对，这里是基地，她不敢杀人，在基地杀人是要被赶出去的。

"啊！"

空旷的巷子中响起极其惨烈的叫声，刚才受到惊吓的众人朝着巷子看去。

长得那么好看的小姑娘，行事那么暴力，真是可怕。

时笙从巷子里出来，直奔之前叶氏夫妇走出的那栋小楼。小楼里的人听说街上来了个疯子，在叶氏夫妇走后就将大门关上了。

"外面是怎么回事？哪儿来的疯子？"小楼的管事原地踱步，一口气问出好几个问题。

"咱们这里离军队比较远，过来人需要些时间。"旁边的人回答，"老大您别急，咱们这里很安全。"

砰！就在"安全"两个字落音的时候，前面的大门直直被人踹飞，朝着他们这边砸来。寒光从外面折射进来，好多人还没反应过来怎么回事，已经被人踹飞在地。

管事连滚带爬地往楼上跑。时笙抓着扶手，翻身过去，几步追上管事。拳头大小的火球从管事手中发出，朝着时笙扔过来。时笙轻易挥开，抓着管事的衣领，将他从楼上扔下去。

全程不过一分钟，时笙上楼。那些人手忙脚乱地爬起来往外面跑，然而到门口的时候，一头撞上透明的屏障，怎么也出不去。

楼上的房间很多，时笙一间一间地看过去。时笙闯进去，引起不少人的不满，但时笙依旧一间一间踹过去。

"哪个龟儿子？！"床上的男人朝时笙看过来。

床上的人突然推开男人，也不顾身上被撕裂的衣裳，跌跌撞撞地朝着时笙跑过来。那是一个很漂亮的女人。时笙记得她——韩誉的老婆。剧情里，韩誉的老婆好像就是被人侮辱……

"救命！"女人朝时笙跑过来，满脸泪痕。

男人从床上跳下来，伸手抓住女人的头发，将她往回扯，恶狠狠地威胁时笙："臭丫头少管闲事！"

"救救我！"

男人使劲拉着女人的头发，将她的头皮绷得很紧，女人面容看上去有些变形。她一只手护着头，一只手朝着时笙这边伸，满脸绝望地道："救救我。"

"还不滚!"男人呵斥时笙。

时笙转身离开。

"救救我……"

"你还敢跑!"男人一巴掌甩在女人脸上,抓着她往床上扔。

女人绝望地往窗户的方向爬,男人再次抓住她的头发,将她拖拽回来。就在女人绝望的时候,头皮猛地一松,男人的重量毫无征兆地压在她身上。

女人透过男人的肩膀,看到站在昏暗灯光下的女生,她面无表情地抽剑,转身走出房间。女人好一会儿才反应过来。死了……这个想侵犯她的男人死了。她哆嗦着手推开男人,眼泪不受控制地往下掉。她拽着旁边不知是床单还是什么的东西,裹着身体跑出房间。她本想找逃出去的路,却跑错方向,正好看到刚才那个女生弯腰抱起一个孩子。那个女生步履不急不缓,从房间出来,没有看她,直接往楼下走。

女人光着脚,跟上时笙。楼下一片混乱,有异能的用异能攻击大门,但并没有什么用,他们依旧出不去,邪门得很。

脚步声从楼梯的方向响起,闹哄哄的场面顿时安静下来,所有眼睛都看向楼梯的方向。随着声音越来越近,每一声都像踩在他们心尖,他们无意识地往后退。

时笙抱着一个人下楼,在一群人惊恐的视线中,她揭掉大门旁边的符纸,堂而皇之地走出去。那张符他们也看到了,可谁都触摸不到,像是虚无的投影。

外面,无数黑洞洞的枪口对着时笙。

韩誉一身制服,站在一群人中,格外显眼。

"韩誉。"哽咽的声音自时笙身后响起。

韩誉面色微变,然后猛地从人群中冲出来:"唯唯。"

赵唯唯扑进韩誉怀中,像是找到依靠,大声哭起来。

因为赵唯唯被卷入其中,盛怒之下,韩誉整治了这里,成功得到基地更多的权力。

时笙听说赵唯唯和木歆闹掰了,韩誉也和木歆断绝来往,具体原因不清楚。可想而知,这件事肯定和赵唯唯被抓有关。

等叶安醒过来,时笙带他去见叶氏夫妇。

"姐姐……"叶安抓着时笙的手,有些畏缩。

"这是你自己的事。"时笙语气平静地道,"我可以动手帮你杀他们,但决定需要你自己做,进去吧。"

叶安深呼吸好几口气,推开门进去。

"这样是不是太残忍了?"祝风有些不忍。叶安还是个孩子。

"他需要成长,现在这个世界,不是善良和宽容可以拯救的。"夏书代替时笙回答。

景止拍了拍时笙的肩膀，无声地安慰她。时笙的内心很平静。这些事，跟她都没关系。

叶安到底还是孩子，做不到那么狠心，最终放了叶氏夫妇离开。

时笙暗中将两人扔到基地外面。这种祸害，活着才是麻烦。时笙做的事，只有景止一个人知道。

韩誉带着赵唯唯找来的时候，时笙正在教叶然叫姐姐。

"咿咿！"叶然奶声奶气的声音特别好听，可不管时笙怎么纠正，她都只会这个词。

"韩队长，请坐。"祝风将人迎进来，见沙发上的时笙正睨着他，解释道，"韩队长是来向你道谢的，我就将他带进来了。"

时笙将叶然放到旁边，让她自个儿在沙发上爬。

"孩子很可爱。"赵唯唯也有孩子，见到孩子自然心生好感，由衷地夸了一句。

"有事？"

赵唯唯微微一笑，并没有因为时笙的冷淡而生气："上次景小姐救了我，今天我是来向景小姐道谢的。"

时笙的身子微微向后靠，叶然爬到她身上，去摸她的脸。时笙抓住她的手，道："你死了，有人就得意了，恰好我看不惯她得意，不用谢我。"

赵唯唯："……"你这也太诚实了！

"韩誉，我想和景小姐单独聊聊，你出去等我好不好？"赵唯唯冲韩誉撒娇。

韩誉微微点头，又看了时笙一眼，起身往外走。

等人都出去后，赵唯唯才道："景小姐说的那个人是木歆？"

"你觉得是就是。"

"不管怎么说，我都很感谢你。"

时笙平静地看她一眼，没有回答。

"咿咿！"叶然两只爪子去抓时笙，"咿咿，咿咿，咿咿！"

"她可能饿了。"赵唯唯提醒道。

时笙脸上顿时露出嫌弃的表情。吃吃吃，就知道吃！

嫌弃归嫌弃，时笙还是起身去给叶然冲奶粉。

"那个，奶粉不能那么冲，我帮你吧。"赵唯唯有些看不下去。

赵唯唯出来的时候抱着两罐奶粉，表情颇为迷茫。韩誉站在外面等她，旁边还站着一个男子。那男子穿着干净的白衬衣，很好看。

景止见她出来，直接推门进去。

"韩誉……这个景兮好奇怪。"赵唯唯迟疑着开口。

韩誉看着她手中的奶粉。可不是奇怪吗？他们来道谢，结果走的时候，还拿到了奶粉。基地里的奶粉其实也不多，之前都是木歆给他们的，现在和木歆闹掰，他们正缺奶粉。想到木歆，韩誉脸色就沉了沉。

"回去吧。"

赵唯唯看看紧闭的房门，跟着韩誉离开。

后来，韩誉派人送来四袋大米，算是交换奶粉。

景止安排人出去，找地方建立基地，他们有武器，现在只需要招揽人就可以。

夏书的空间装不下那么多武器，时笙随手扔给他们一个空间戒指。

这些人一走，队伍就只剩下这一个屋子的人，本来祝风是要跟着去的，但是被夏书否决了。

听说木歆进了一个佣兵队，贩卖她超市里的东西，因为她卖的都是现在很难弄到的东西，所以这个佣兵队名气很大，连官方都要忌惮几分。

现在最缺的就是药和水。天气炎热，基地的水系异能者几乎每天都被榨干，就算有源源不断的晶核提供给他们恢复，水也是不够的。

木歆虽然不贩卖水，但她有水分很足的水果，既能果腹又能解渴，价格还不贵，自然有的是人买。至于药品，木歆卖的都是比较常见的，价格有些昂贵，可比起去那种危险的地方弄药，在她这里买肯定要划算得多。

不过这种做法也有弊端，那就是有人觊觎，甚至是佣兵团的人。木歆还是被出卖了。这次没有原主给女主角背黑锅，背黑锅的就变成佣兵团的一个小姑娘。这件事发生后，女主角不敢随便往外卖东西，安静了一阵。

京城基地那边派直升机来接景止和景兮是在两个月后。

来的人是景老爷子身边最信任的人，以前原主也见过，他们都叫他吴叔。传闻是个特种兵，后来受伤退下来，就一直跟着景老爷子。

吴叔不单是来接他们的，还带来了重要的情报和科研人员。和军方交接后，吴叔才见了他们。

"吴叔。"景止略带尊重地叫了一声。

"好小子，把妹妹保护得这么好，不错。"吴叔一拳打在景止胸口，转而揉了一把时笙的脑袋："小丫头片子，见到叔叔连人都不叫了。"

时笙顶着鸡窝头，郁闷地叫了一声："吴叔。"

景止替她整理一下头发，起身给吴叔倒茶。吴叔有些奇怪地看着时笙，还没细想，就听景止问："爷爷还好吗？"

"老爷子身体一直不好。"吴叔甩开刚才那奇怪的念头，面色凝重地道，"现在所有重担都压在老爷子身上,前段时间传回你们都安全的消息,他才松了口气,但也过了这么久才安排我过来接你们。"吴叔喝了口茶,"我们明天就得离开,今晚你们把该收拾的东西都收拾好,一早就走。"

"这么急?"

吴叔苦笑一下,道:"你应该知道,外面现在除了丧尸,还有丧尸动物,之前我们没有发现空中有丧尸动物,但是前几天,一架直升机在执行任务的时候被丧尸鸟攻击,我们才知道空中出现了丧尸鸟,直升机就没作用了。如果不是这个发现,我可能还要推迟一段时间才能来接你们。"

京城基地那边还有重大发现,这次来接他们,也是顺便给耀光基地要病毒和基因方面的科研人员的。

吴叔还要去办事,坐了一会儿就离开了。他嘱咐他们明天一早到基地的机场集合。他们要收拾的东西不多,也就叶然那个孩子的东西多一些。

"姐姐,我们要去哪里?"叶安一边往背包里塞衣服,一边问时笙。

"京城基地。"

"哦。"叶安将背包拉链拉上,"姐姐,这个世界还会恢复原来的样子吗?"

"恢复又如何?"时笙嘴角有一丝冷意,"人类大量死亡,文明被摧毁,想要恢复到你想象中的那个世界,有生之年吧!"

叶安:"……"姐姐,你安慰一下我很难吗?

"我不会说好听的话骗你,懒得编。"时笙像是知道叶安在想什么,幽幽地冒出一句。

就在两人大眼瞪小眼的时候,外面突然响起警报声,还是一级警报。

"姐姐……好多丧尸,朝着基地涌过来了。"叶安下意识地用了异能。

丧尸攻城?耀光基地只有一次丧尸攻城,就是景止引来丧尸的那次,所以这个剧情还是发生了。

"兮兮。"景止直接推开门。

叶安将刚才的话又对景止重复一遍。夏书和祝风也在这个时候进来,听到叶安的话都是一愣:"丧尸攻城?"

"耀光基地防御不错,应该没问题吧?"祝风道。

耀光基地这么多人,每天都在建设加固城墙。

夏书看向叶安:"能看到有多少丧尸吗?"

叶安努力看着远方,黑夜在他眼中急速后退,如同镜头一般,放大远处的景象。

"很多……看不到头。"

叶安的面色忽然一变,"啊!"他尖叫着捂头,跪坐到地上,"疼……"

"小叶子,"祝风将叶安扶起来,"怎么了?异能使用过度?"

"好疼。"叶安一会儿揪头发,一会儿使劲捶脑袋。

时笙上去就是一个手刀,直接将叶安劈晕。

祝风:"……"

"是精神系丧尸,他醒着只会更痛苦。"时笙难得地解释一句。

精神系……还是丧尸?他们都知道,精神系就是传说中用意念攻击的一种异能,这种异能很罕见。

时笙没给他们消化信息的时间,继续道:"这里要沦陷了,去找吴叔,离开这里。"

"沦陷?你怎么知道?"祝风一惊,"你难道真的会预言?"

"我知道你会死。"

祝风愣了一下,问:"怎么死的?"

时笙拎起叶安的包,拉着景止出门:"话多。"

祝风:"……"怎么感觉她在鄙视自己?

丧尸攻城的消息瞬间传遍整个基地。现在不是什么和平年代,这事关乎所有人的生死,肯定瞒不住。基地广播不断号召人去基地城墙,共同抵御丧尸。

时笙他们出门的时候,整个基地都是乱哄哄的。之前吴叔给他们说过会在哪里休息,但是等他们找过去的时候,被告知吴叔已经和人去了城墙方向。

"你带他们去机场,我去找吴叔。"时笙将包塞给景止。

"我去。"景止拉住她,"你先去机场。"

"我的速度比你快。"时笙掏出铁剑,"相信我。"

景止拗不过时笙,只能带人先去机场。时笙直接从天上飞到城墙。

高层人员并不难找,往人最多的地方看就行。现在谁都可以上城墙,时笙上去,也没人注意。她挤进人群,慢慢地接近吴叔。趁着吴叔身边的人和另外的人说话,她一把拽着吴叔进入人群。

"小兮,你怎么来了?"吴叔诧异地看着拽着自己的少女,随后板着脸呵斥,"快回去,这里不是你能来的。"

"我们要连夜赶路。"

"不行,现在这么多丧尸,我得留下来帮忙。"吴叔想也没想地拒绝。

时笙没有拐弯抹角,直接实话实说:"吴叔,耀光基地保不住的,你留下也没用,现在护送那些科研人员走还来得及。"

吴叔更加惊讶。她怎么会知道耀光基地保不住?

时笙不由分说地拽着他往城墙下走:"吴叔,别忘记你的任务是什么。"

对,他的任务是接小兮和小止,还有护送那批科研人员去京城基地。

吴叔晕乎乎地被时笙拽到机场，因为没有通行证，景止他们只能在机场外面等着。到机场外面，吴叔才反应过来："我要去接那些科研人员。"

他将几张通行证从军用包里拿出来："你们先进去，让他们准备起飞，我接到人就来。"

这群科研人员都在实验室，而实验室离机场有些距离，此时各个区域都有大量的人，吴叔这一去就是一个小时。

外面的丧尸已经开始攻城，嘶吼声震耳欲聋。

韩誉护送赵唯唯进来的时候，正好看到站在直升机下的一群人，那个白衣男子格外显眼。

"韩誉，真的守不住吗？"赵唯唯抱着孩子，满脸恐慌，语无伦次地道，"你会不会有事？既然守不住，和我一起走吧。"

韩誉握着她的手，道："保护好自己和孩子，我会去京城找你，乖。"

"韩誉……"

韩誉抱了抱赵唯唯，带着她往时笙的方向走。

他们这些有点身份的人都知道，昨天有京城基地的人来接景氏兄妹。此时，让赵唯唯一个人上路，他还真不放心，如果她能和这些人一起回去，那再好不过。

韩誉走到时笙面前，道："景先生，景小姐，能不能麻烦你们一件事？"

"不带麻烦。"时笙拒绝得非常迅速。

韩誉深吸一口气，道："看在孩子的面子上，景小姐能不能将我的妻儿送回京城基地？"

他的面子在她面前还不如一个孩子顶用。孩子睁着大眼，不知看到什么，竟然咧嘴咯咯笑起来，完全不知道即将发生什么。

"咿咿！"叶然突然抓时笙的头发，小嘴凑上去啃时笙的脸，"咿咿。"

"我同意也没用，这是吴叔的队伍。"时笙抱着叶然转身。

韩誉拍拍赵唯唯的肩。她这是松口了，只要他说服带队的吴叔，就能让唯唯和他们一起回京城基地。

吴叔带来的队伍在路上也折损了一些，此时只有两架直升机，装人肯定是绰绰有余的，关键是还要装那些科研人员的资料和器材。

多一个人没什么，但是韩誉还给赵唯唯派了保护的人，这肯定是坐不下的。

"韩队长，你也看到了，这些东西都是没办法丢下的，我只能带赵小姐和孩子走。您要是不放心，也可以让人带赵小姐坐直升机跟在我们后面，能照拂的地方，我尽量。"

"韩誉，我一个人可以，让他们留在你身边，我也安心一些。"赵唯唯镇定下来，主动开口道，"不要让我担心。"

· 158 ·

韩誉的视线穿过人群，落在逗孩子的时笙身上。不知道为什么，他有种直觉，似乎只要这个女人在，一切都不是问题。好一会儿，他收回视线，道："好。"

将赵唯唯安置好，韩誉郑重地道："韩家会有重谢。"

吴叔摆摆手。

"韩誉，"赵唯唯泪眼婆娑却故作坚强地叫他，"你一定要活着。"

"等我。"

韩誉笔直的背影渐行渐远。

吴叔确定所有人都到齐了，便让人起飞。直升机慢慢升空，下面的基地越来越小。

就在直升机上升到五百米的时候，突然一声巨响，整个机身都跟着震动，失重感瞬间袭来。直升机上的人皆是脸色一变，抓紧安全带，大气都不敢喘。

景止下意识地握住时笙的手。时笙镇定地捏捏他的手："只要开飞机的人不是新手，我们就不会掉下去。"

果然，直升机很快被拉起来。吴叔的对讲机里传出驾驶员后怕的声音："不知道撞到什么，所幸没事。"

景止想起在等吴叔的时候，她抱着叶然绕着两架飞机转了一圈，他还以为她在哄孩子。

"兮兮，你不累吗？"景止无奈，她把什么都考虑好了，感觉他们这些人根本没什么用。

时笙歪头，认真地道："排除一切危险，是生存的第一准则。"

景止看着时笙。她到底知不知道，有时候，她也是可以依赖他的。

直升机上升的过程中一直发出砰砰的撞击声，外面很黑，完全看不到撞他们的是什么。有时候看不到的危险，才让人更加恐慌。直升机在空中乱晃，好在驾驶员是个开了几十年飞机的老手，并不惊慌，确定飞机一切正常后，快速驶出基地。

直升机从无数丧尸头顶飞过，那密密麻麻的丧尸，犹如蚂蚁，不断地朝前涌动。

直升机从耀光基地返回，比他们来的时候还要顺利安全，直到看到京城基地，吴叔都还是晕乎乎的，这一路上竟然什么都没发生。太神奇了！

吴叔下了直升机，立即绕着直升机转几圈，然而什么都没发现，真是奇怪。

科研人员有专门的人负责接待，吴叔带了时笙和景止去见景老爷子，顺便通知韩家人去接赵唯唯。

景老爷子六十多岁，满头银发。大概身处高位，常年绷着脸，即便见到自己的孙子和孙女，他也只是露出很官方的笑容。

见面时间很短暂，吴叔要和景老爷子汇报耀光基地的事。一个基地沦陷，还是如今最大的一个，这件事极其重要，所以景止和时笙被安排进景老爷子的别墅中。

景老爷子回来已是半夜，见景止坐在沙发上等他，不免有些诧异地道："小止怎么

· 159 ·

没睡？有事明天再说，先去休息吧。"

景止见景老爷子满脸疲惫，微微颔首道："我送爷爷上去。"

将景老爷子送回房间，景止下楼回了自己的房间，在门口迟疑片刻，还是转身去了隔壁房间。

时笙背对他躺着，呼吸平稳，大概是睡着了。景止从后面搂住她，时笙习惯性地翻身，缩进他怀中。景止的嘴角勾勒出温柔的弧度。他在她额头上印下一吻，抱着她睡下。

翌日。

时笙先醒了，一睁眼就对上放大的俊颜。她看着这张脸有些愣神。直到唇瓣传来湿热，时笙才眨巴了一下眼睛。景止微微闭着眼，轻柔地吻着她。一吻结束，两人的呼吸都有些重。

"起床吧。"景止先放开时笙，起身往门外走，"想吃什么？我去给你弄……"

景止的声音戛然而止。门外，景老爷子脸色不好看地盯着他。

时笙坐在床上，脸色潮红，身上衣服凌乱，暧昧气息十足。

"爷爷……"

"跟我来书房。"景老爷子转身离开。

景止深吸一口气。这件事，他迟早要和爷爷说的。

"景止，要不我去说？"时笙叫住景止。

景止回头，展颜一笑，道："兮兮，这种事我来就好。"

景止和景老爷子在书房谈了一个多小时。景老爷子不同意他们在一起，为此大发雷霆。他将景止带在身边，空余时间还给景止介绍其他女孩子，不然就是给时笙介绍男孩子，反正就是不同意他们在一起。双方僵持不下，时笙想找景老爷子谈谈，景止制止了她。景老爷子是个很固执的人，想要他改变主意，很难。景止怕她去和景老爷子谈，万一刺激到景老爷子，景老爷子会伤害她。

现在，景止每天都偷偷摸摸地翻窗去她房间，景老爷子发现后，直接带着景止住在行政楼，连别墅都不回了。

时笙顶着大太阳一路晃到行政楼。

"找景少？"夏书像幽灵似的出现在时笙身边。

夏书和祝风他们带着叶安兄妹住在其他地方，但夏书和祝风还是跟着景止做事。

时笙噘着嘴道："他在吗？"

"景少和景老爷子出去了。"夏书回答完，转头指挥祝风："你先上去。"

祝风顿时不乐意了，问道："为什么？"

"外面热。"夏书面无表情地说了一句。

祝风突然红了脸，垂着头往行政楼走。

等祝风离开，夏书带着时笙去凉快一点的地方，转达景止的话："景少准备离开基地，让你做好准备。"

"去哪儿？"景止这是说服不了景老爷子，准备开溜？

夏书看着时笙，突然清了清嗓子，学景止的语气，道："只要和她在一起，去哪里都一样。"

时笙："……"

"我也不喜欢这里，离开正好。"夏书看向行政楼的方向。这栋大楼里的气氛让他很不自在。

和夏书交涉完，时笙往回走。

"景少可真帅，他的异能好强大。"

"景少是不是弯的？我有没有机会？"

"得了吧，就你这长相，他看不上你，至少得是我这样的。"

"景少……"

时笙一路走过去，听到最多的就是景少如何如何。他回来没多长时间，凭着那长相和实力，倒是很快就让人迷恋上他。

时笙想着事，不知不觉走到一条行人较少的街上。她看了看路牌，准备往回走，余光突然扫到一家店铺。店铺没什么，重要的是，店铺里还有几道熟悉的身影。

景止已经很不耐烦，奈何景老爷子和木歆谈得十分开心。他抬头的时候，目光突然扫到街对面站着的人。他脸色微变，开口道："爷爷，我先回去了。"说完，也不等景老爷子反应，景止大步走出店门。

景老爷子气得吹胡子瞪眼，木歆却是三言两语就将他安抚下来。

景止拉着时笙往人少的阴凉地方走。

"兮兮，你怎么来了？"景止心疼地帮她理了理鬓边的发丝。

"想你啊。"时笙微微一笑，"难道你不想我？"

景止环顾四周，见没人，便低头含住她的唇瓣，直接用行动表示他对时笙的思念。

景止好一会儿才放开时笙："我们过段时间就离开基地。"

"嗯，夏书跟我说了。"

外面的世界固然危险，可他能保护好她。

"木歆怎么会在这里？"

"谁？"时笙突然蹦出一句，景止完全不解。

"就是刚才在店里的那个女人。"

"不知道。"他又不关心别的女人，为什么要知道她怎么会在那里？

距离耀光基地沦陷已经过去一个多月，木歆是和当初那支佣兵队到这里的。她直接和景老爷子搭上线，以官方名义开了一家店。至于怎么搭上线的，时笙并不清楚。

因为景止，景老爷子现在看时笙是越来越不顺眼，以前那个和蔼可亲的老人，似乎再也不见了。景老爷子将所有的责任都推到时笙头上，经常一言不合就提起木歆，最后还将木歆带回别墅。

"小兮，木丫头以后就住在这里，你要好好和木丫头相处，知道吗？别整天想些有的没的。"时笙刚下楼，景老爷子就指着坐在他旁边的木歆道。

"景小姐。"木歆站在景老爷子身边，乖巧地跟时笙打招呼。

"木丫头叫你呢，怎么这么没礼貌？"景老爷子又开始吼，"看看你现在像什么样子！"

"景爷爷别生气，之前我和景小姐有些误会，相信解释清楚就没事了。"木歆扶着景老爷子，轻声安慰。

时笙平静地落座，直视木歆，道："什么误会？"

木歆本以为时笙会大吵大闹，结果她这么平静地来了一句，木歆顿时语塞。

"吃饭，木丫头，别理她。"景老爷子大概看出木歆的尴尬，帮着木歆说话。

时笙摇摇头，端着碗开始吃饭，谁也影响不了她吃饭这件正事。

木歆和景老爷子聊的可不是鸡毛蒜皮的小事，而是高端大气的国家大事，景老爷子显然越来越喜欢木歆。时笙恨不得把碗扣在他们脸上，还让不让人安静地吃饭了？

吃完饭，景老爷子带木歆去看完房间才离开，临走的时候不忘警告时笙一番。

木歆的房间在景止隔壁，而时笙的房间在景止对面，可见景老爷子这么安排的用意。

晚上，景老爷子带着景止回来。景止还以为景老爷子想通了，结果看到一个陌生女人在别墅里，他顿时就黑了脸。

木歆没有和韩誉发生什么，此时她喜欢的依然是景止。看到自己暗恋的人，木歆不免有些紧张。结果，景止连看都没看她，直接往楼上走。

时笙在房间里挥剑，景止进去，差点被剑砍到。

"兮兮，你要谋杀亲夫？"景止背贴着墙，夸张地拍拍胸口。

时笙把剑收起来，道："你怎么回来了？"

景止走到时笙跟前，目光里透着几分柔情："想你。"

时笙眨巴一下眼，噘着嘴道："亲亲。"

景止失笑，大手扣着她的后脑勺吻下去。就在两人情到深处的时候，房门突然被人敲响。

景止叹了口气，趴在时笙身上不愿动弹："我们还是赶紧离开这里吧。"

"我无所谓。"时笙耸肩道。

"景止，你给老子滚出来！"景老爷子气急败坏地怒吼。

景止翻身下床，扯了扯身上皱巴巴的衣裳，也不扣被时笙扯开的扣子，就这么去开门。

　　景老爷子见他这样子，气得脸色铁青。

　　"你们……你们真是气死我了！"

　　"爷爷，我说过，我只要兮兮一个人，不管您同意不同意。"景止的态度很强硬。

　　"胡来！"景老爷子扬手要打景止，最终没打下去。

　　"爷爷，我去做过亲子鉴定，兮兮和我没有血缘关系。"

　　景老爷子突然沉默了，好一会儿才怒道："就算你们没有血缘关系，那也不能在一起，这让外人怎么看我们景家？我的老脸往哪儿搁？还有你，景兮，你想气死我吗？"景老爷子推开门，指着时笙。

　　时笙不答话，只当没听到。

　　"爷爷，我不会和兮兮分开的。"

　　"你……"景老爷子捂着胸口，大口大口地喘气，最后冷哼一声，转身离开。

　　景止将房门关上，和时笙对视一眼，慢慢地道："我会尽快安排好，不会让你受委屈。"

　　"我并没觉得委屈。"时笙冲他勾勾手。

　　景止走过去，时笙搂住他的脖子："和你在一起，就得面对这样的事，我早有准备。"

　　景止扶着她的腰，有点无奈。是啊，她对什么事都有准备，但他还是心疼，心疼她什么都自己扛。

　　流言蜚语起得突然，好像一夜间整个基地的人都知道景老爷子的孙子和孙女关系不正当。加上之前有人看到两人手牵手，无疑证实了这个流言。大家看景家的目光不免诡异起来。

　　不管在什么年代，八卦者往往不缺，到后面传言就变成时笙不要脸，她上街都能遇上人找碴儿。比如现在——

　　"就是她，不要脸！"

　　"拦住她。"

　　时笙的去路被挡住，几个小姑娘轮番上阵骂她。

　　时笙气定神闲地回答："有这么帅的'哥哥'，干吗不'勾引'他？"

　　"我呸！你个不要脸的，兔子还不吃窝边草呢！你简直丧心病狂。"

　　"兔子不吃窝边草，是因为吃了洞口就暴露了。"

　　众小姑娘："……"这是什么说法？

　　"和她这种三观不正的多说什么，教训她一顿，看她还敢不敢勾引景少。"

小姑娘们准备动手教训时笙一顿。时笙那暴脾气，掏出铁剑就把这几个小姑娘打翻了。

"我和谁在一起，关你们什么事？"时笙将小姑娘们叠起来，音调平静，却透着一股讽刺，"你们是我妈还是我祖宗？闲事管得宽的下场就是死得惨，长点心。"

被叠成小山的妹子们："……"

流言四起，景止和景老爷子的关系也越闹越僵。每次景止和景老爷子闹完，木歆就是一个人形降火器。似乎只要看到木歆，景老爷子的怒火就能平息下来。后来，景老爷子竟然让景止和木歆结婚。是的，没有订婚，直接结婚。

时笙这下忍不住了，直接冲到景老爷子的书房。

"爷爷，您真会说笑，我哪儿有那么好。"木歆正一脸娇羞地说着，见时笙冲进来，赶紧垂下头。

"越来越没规矩！"景老爷子现在看时笙越发不顺眼，沉着脸呵斥。

时笙看着木歆没说话，木歆嗫嚅一声，道："爷爷，我先出去了。"

景老爷子没反对，木歆快速起身，离开书房。

"因为景止说他可以处理这件事，所以我一直没出声。"时笙很不客气地道，"但是现在看来，我不出声不行。"

"你和景止本来就不该在一起。"景老爷子沉着脸道，"你知道外面的人怎么说你们吗？"

"我和景止没有血缘关系，为什么不能在一起？"

"你们在一起生活这么久，你们之间的感情是亲情，不是爱情。"景老爷子态度强硬地道，"景止和木丫头结婚这件事已经定下，你不想被我赶出家门，就不要闹事。等景止完婚后，我就给你找户人家。"

"景止同意吗？"

"他同意不同意不重要，只要他还是我的孙子，他就得听我的！"

时笙忍不住翻白眼，要不是看在……她早拿剑砍了。

景止说景老爷子固执，此时看来果然是没错的。时笙怕自己没忍住，真把景老爷子砍了，赶紧从书房退出来。木歆站在门外，脸上带着笑，那是一种得意的笑。

"智障。"时笙大步从她身边走过。

木歆的笑容僵在脸上。她是什么意思？

第二天，时笙和景止同时失踪。景老爷子派人翻遍整个基地都没找到人。夏书等人也一并消失。而基地的进出记录上，并没有他们出入基地的信息，他们就像凭空消失了一般。时笙是从空中带他们走的，这些人当然不知道。

"兮兮，谢谢。"

"道什么谢？"时笙看着景止。

"你没有对爷爷动手。"她脾气很不好，这次却忍着一直没动手。

"别自作多情，跟你没关系。"时笙忍不住翻白眼。她说的是实话。她不动手是有自己的原因的，绝对和景止没有关系。

景止郁闷地道："你就不能哄哄我？"

"不能，骗你没意思。"

景止无语。真诚实！不过他喜欢。

离开基地后，景止找到当初那些人，他们已经建立起一个小型基地，因为武器充足，倒是囤积了不少粮食。

时笙算算时间，让他们准备过冬的东西。他们之前就听时笙说过，所以对于这个要求也没多少诧异，便着手准备。等他们准备得差不多时，下了一场大雪。他们基地人不多，食物足够，熬过长达五个月的寒冬没有任何问题。

寒冬结束，各种自然灾害不断发生，丧尸和变异动物也越来越凶猛，人类的生存环境越来越恶劣。京城基地的状况不太好，但是有女主角这个顶梁柱撑着，还算幸运。

自从寒冬来临，女主角的超市就被曝光，但有景老爷子压着，也没人敢打木歆的主意。依赖女主角的人不在少数，好多人都不愿意再出去，既然有这么好的超市，干吗还要去外面送死？

女主角不愿意用超市里的东西救济百姓，和景老爷子对立的人立即开始造谣，说她想控制整个基地，逼迫她将东西拿出来。随着天气越来越冷，基地的人大批死亡，景老爷子作为决策人，自然不能看着大量的人死去。

于是，另一边的人准备软禁女主角。女主角大概没想到自己会是这么一个结局。她势单力薄，如果当初不是想通过接近景老爷子从而接近景止，她也不会那么快选择摊牌。

寒冬过去，景老爷子突然病倒了，病情来势汹汹，人被送进医院就被下了病危通知书。景止接到消息的时候，景老爷子已经去世。景止带着时笙回到京城基地。

"怎么这么多丧尸？"祝风看着前方围着京城基地的丧尸，满脸诧异地道，"之前消息传回来，没说有丧尸围城。"

时笙靠着车座，看向远处的丧尸群。下一秒，她猛地扭头看向车后。她的动作太大，景止关切地看过来："兮兮，怎么了？"

时笙皱了一下眉，道："没什么。"错觉吗？她刚才感觉有东西在看着他们，就像之前在那个小村子。

"这些丧尸好像是有组织的。""分析帝"夏书道，"后面的丧尸几乎不动，前面的异能丧尸打头阵，普通丧尸负责爬上城墙。"

· 165 ·

夏书用望远镜从丧尸群中扫过，视线最终停留在某处："景少，你看那只丧尸。"

景止举着望远镜顺着夏书指的方向看过去。丧尸群中间，有个俊秀的少年。少年坐在临时堆起来的土堆上，穿着燕尾服，优雅得像来自中世纪的皇室贵族。

"是丧尸皇。"时笙撑着下巴道，"恢复了人类的外表和记忆，但是比起异能者，丧尸皇是进化成功的新人类，拥有更漫长的生命和更强大的实力。"

这丧尸皇出现的时间也太早了。

对于时笙随口就是新鲜词和各种科普资料，他们已经很淡然。

"那人类还有活路吗？"祝风呢喃一声。

京城基地此时一片混乱，景老爷子在的时候，各方势力不敢乱动，现在景老爷子不在了，谁都想一家独大。

此时丧尸攻城，这些人依旧争论不休。到最后，丧尸快攻上来了，他们才暂时放弃争论，匆匆派人赶到城墙下增援。普通丧尸的战斗力并不强，但架不住数量多，以丧尸堆积起来攀爬上城墙，场面悲壮而震撼。异能丧尸比人类的异能者厉害许多。

"守不住了。"一个小兵几乎是哭着往后退。

他后面的人撑住他的肩，语气坚定地道："守不住也要守，后面可都是我们的亲人。"

"是！"小兵再次鼓足勇气，拿起武器冲向丧尸。

鲜血和丧尸血模糊了小兵的眼，他只能凭着本能发动异能，杀丧尸。身边的战友一个个倒下，城墙上几乎全是丧尸，就在他绝望的时候，前方突然响起剧烈的爆炸声。无数的丧尸被炸飞上天，灰尘漫天飞。

"天上有人！"小兵旁边的人突然大叫一声，指着黑沉沉的天空。

小兵抬头看去，一把硕大的铁剑凭空浮在空中，隐约可见上面站着人。

有人来了！是神仙吗？小兵脸上的笑容还没绽放，就蓦地僵住。他缓慢地垂头看去，腹部有一只腐烂的手正缓慢地抽出去。下一秒，他脖子一痛，彻底失去知觉。

空中，时笙看着祝风扔炸弹，悠悠地点评："这玩意儿扔下去没什么用，范围太小，还容易制造灰尘。"

这些炸弹是当初他们从那个军事基地拿回来的，夏书空间里一直留着一些。此时，祝风扔的就是这种炸弹。

"站着说话不腰疼。"祝风依旧快速扔着炸弹，下面爆破声不断。

能炸死这么多丧尸已经不错了，那些异能丧尸肯定是炸不死的。

时笙默默地摸出能量球，道："看我装给你看。"

时笙将能量球往丧尸最多的地方扔，一颗能量球下去，丧尸被炸得连渣都没剩下，四周的丧尸掉进坑里，被里面的闪电击中，虽然不会连渣都不剩，但也无法再动弹。

"纯天然无污染。"

之前，时笙也给过他们这种能量球，奈何他们都没机会用，后来能量球又被时笙收了回去。现在想想，他们当初没将这玩意儿弄炸，简直是捡了条命。

那颗能量球被扔下去后，丧尸好像接收到了什么指令，竟然开始撤退。一大批丧尸如潮水般退去，很快消失在众人视线中。

丧尸退了……幸存者好久都没反应过来。

时笙盯着丧尸群消失的方向片刻，若有所思地控制着铁剑落到基地中。

"这好像是……景少？"

一群人压低声音讨论，有劫后余生的庆幸，也有对景止的感激，自然也好奇景止和时笙的"不正当"关系。

"景少和景小姐看上去挺配的。我们整天看丧尸，突然看到这么好看的人，简直像是吃了一大盘肉。"

"他们竟然还会回来，真是想不明白，两人都这么好看，为什么要在一起？"

"刚才要不是他们，咱们现在命都没了。"

"没想到，最后是景少救我们一命。"

"……"

"景小姐，"韩誉从人群中走出来，看上去颇为狼狈，"刚才多谢。"韩誉知道谁才是主事的人，景止对景兮言听计从，有些话和景止说，还不如直接和景兮说。

时笙诚实地道："我只是给祝风做个示范。"谁知道那群智障丧尸突然就退了。

韩誉："……"

祝风："……"

夏书面带安慰，伸手拍了拍祝风的肩膀。

"先下去吧。"韩誉不愧是男主角，在如此尴尬的情况下，都能镇定地接话。

韩誉回来的时候正值景老爷子病重，因为之前时笙将赵唯唯带了回来，韩誉信守承诺，在景老爷子病重期间，韩家站在景老爷子这边。景老爷子去世后，韩家因祸得福，在基地也更有话语权。

他站出来，先把人带走，其他人也不好说什么。

"景小姐这次回基地是……"韩誉亲自开车，态度恰到好处。

"奔丧。"

韩誉瞬间明了，不再多问。

韩誉将一行人送到基地一处墓园。这里以前就是墓园，后来基地建成，这里也没改建，一些战死的人都被埋在这里。因为地方不够，所有到处都是墓碑，很凌乱。

景老爷子自然占据着一块好地皮，墓碑也比其他墓碑好许多。

韩誉在墓园外等他们，不断有人来找他。等时笙他们出来，韩誉已经处理完好几件事。

夏书代替一行人道:"谢谢韩先生带我们过来。韩先生有事可以先忙,景少想回别墅那边看看。"

韩誉微微皱眉,欲言又止:"别墅那边……"

时笙看向韩誉。他垂着头,眼底情绪不明。好一会儿,他才道:"我送你们过去吧。"

到了别墅,时笙就知道韩誉那样子是为什么。别墅里三步一岗五步一哨,连只苍蝇都别想飞进去。韩誉有特别通行证,景止又是景老爷子的孙子,这些人不敢拦着,只能放他们进去,却有配枪的警卫跟着他们进入别墅。

别墅大厅凌乱,什么乱七八糟的东西都有。景老爷子生前喜欢的东西,此时被随意地扔在地上。还有一些景兮的东西,更是惨不忍睹。

"这里守卫怎么这么严?"夏书皱眉问韩誉。景老爷子都去世了,他的别墅何必守这么严?

时笙已经猜到一些,但夏书和祝风猜不到,所以对此很是疑惑。

韩誉看向楼梯的方向,转角的地方,一片衣角若隐若现。

景止冷着脸,从地上捡起几样东西。时笙从旁边扯出箱子给他,景止微微一笑,将东西放进去。其他人一声不吭。此时的景少很生气,别人或许看不出来,但他们这些跟着景少的却是知道的。

景止将东西全部收好,一只手抱着箱子,另一只手牵着时笙出门。

"景止!"有人从楼梯上跑下来,声音有些嘶哑。

景止并没有停下,继续往外走。木歆想追,却在门口被守卫的人拦住。

"景止——"木歆撕心裂肺地大吼。他为什么就看不到她呢?她明明那么喜欢他,为什么他眼里只有景兮,为什么?

韩誉微微摇头。以前他还很欣赏这个姑娘,觉得她胆大心细。自从发生了耀光基地那件事,他对木歆的那点好感便彻底没了。

时笙他们并没有在京城基地逗留,而是选择离开。那只丧尸皇没再攻击京城基地。一开始那些人还挺担心,一直戒备,可是那么长时间过去,丧尸皇也没再出现。

两年后,京城基地研究出了解药,末世危机解除。只要是器官完好的丧尸,都可以恢复人形。器官不完整,就没办法再恢复人形。

听说木歆一直被囚禁着,后来有个疯狂的科学家想研究木歆,对木歆偷偷进行各种实验。

木歆被解救出来的时候,已经神志不清,嘴里念叨的东西没人能听懂。一次受刺激后,她从基地逃跑,途中被人误杀。

基地中。

这是末世后的第一个春节，大家都很高兴。时笙和景止手牵手走在大街上，欢声笑语从远处飘过来。此时大家都去广场上看联欢晚会，所以大街上很空旷。

"兮兮。"

"嗯？"时笙偏头，一片烟花正好在她眼前绽放，如涟漪荡开。

景止心中微微一紧，好一会儿才倾身吻了吻她的额头："新年快乐。"她在他身边，足够了。

"新年快乐。"时笙轻声道。

整条巷子寂静无声，黑暗中似乎有什么东西在蠢蠢欲动。时笙的目光落在街道的黑暗中。

"姨姨，姨姨。"一个圆滚滚的小孩突然从转角冒出来，摇摇晃晃地朝时笙跑过来，"姨姨……"

"小然，你慢点。"叶安追在叶然后面，生怕她摔着。

叶然已经跑到时笙旁边，张着双手，噘着小嘴道："姨姨，要抱抱。"

"你太胖了。"时笙嫌弃地道，目光往刚才叶然来的方向扫去。

叶然小嘴一撇，作势要哭。时笙头疼地将她抱起来。叶然立即搂住时笙的脖子，吧唧一口啃在时笙脸上，糊了时笙一脸口水。

"你再这样，我就扔你下去。"时笙擦了擦脸，全是口水！

叶然噘嘴道："姨姨不喜欢然然了。"

"本来就不喜欢。"时笙瞪眼道。

"那你为什么抱然然？"叶然认真地问，"哥哥说，姨姨是因为喜欢然然才抱然然的，姨姨你骗人。"

时笙诚实地道："因为你要哭。"

叶然眨巴着水汪汪的大眼，满脸迷茫，随后不知道怎么，眼泪就啪嗒啪嗒地掉下来了。她一掉眼泪，时笙就感觉自己抱的不是孩子，恨不得立即扔掉她。

"我都教过你多少遍口诀了，你怎么还控制不住灵力！"时笙怒吼。

"人家……人家就是记不住嘛！"叶然很委屈，"口诀那么长，人家还这么小。"

时笙："……"要是在其他位面，你这样早就被打死了！

"姨姨别生气，你再教然然一遍，然然会认真学的。"叶然泪眼婆婆地抱着时笙的脖子讨好地道。

景止心中警铃大作，将叶然拎起来扔到叶安怀中，扯着时笙就走。这个叶然老喜欢用教口诀缠着时笙，他很怀疑她根本就会！

叶然搂着叶安的脖子，小身子挂在他身上，脸上已经没有刚才的委屈，跟个小老头似的教训叶安："哥哥，你怎么那么笨？姨姨又被抢走了！"

叶安："……"关他什么事？

"笨哥哥！"

"好好，哥哥笨。我们快去广场，他们都开始放烟花了，你之前不是就想玩儿吗？"

叶然眸子一亮，乖乖地点头道："好，我们快去。"

时笙和景止守着这个如同世外桃源的基地，过了一辈子。

时笙在这个位面待得挺久，直到景止离开，她才回到系统空间。系统空间一如既往地安静，可是和以前又有些不同。

时笙走到屏幕前，系统立即刷出资料——

姓名：时笙

人品值：-255000

生命值：25

积分：30000（上个位面修复扣除积分3000，任务奖励积分3000，积分无变动。）

任务等级：A

任务评分：86

隐藏任务：完成

隐藏任务奖励：积分2000

道具栏："女王的皇冠""鬼王之心""暗夜"

这次竟然只扣了她5000分的人品值，真是神奇。

时笙的手指在屏幕上划拉了半天。系统现在言论不自由，不敢随便说话。

时笙突然坐下去。

【宿主……你不继续做任务？】

"休息。"

【……】您还需要休息呢？我以为您是机器人，完全不知道休息是什么东西。

时笙盘腿坐着，撑着下巴，目光飘忽，不知在想什么。

不知道过了多久，系统才听到时笙的声音："进入下个位面。"

【传送开始……】

第七章　破产总裁（上）

"黑心的毒妇，抓住她，别让她跑了。"

"退钱！"

"退钱！毒妇，把我们的血汗钱还给我们。"

时笙被人推搡着，头发被人拉扯，疼得她还有些模糊的意识顿时清醒过来。她面前围着不少人，这些人面色愤怒。有人拉着她的手臂又掐又捏，还有人掐她的腰，掐还不算，还要拧一圈，疼得她差点叫出来。

老子的剑呢？

时笙还没来得及掏剑，一群人从旁边围过来，分开那些闹事者，然后不由分说架着时笙就往旁边的大厦走去。这些人将时笙架进电梯，出了电梯后进入一间办公室，而后出去，只剩下一个小姑娘陪她。

小姑娘担忧地看着时笙："柳总，您没事吧？要不要给您叫医生？"

时笙镇定地摆摆手："你先出去。"

"柳总……"

时笙冷眼看过去，小姑娘立即垂下头："是。"

时笙见旁边有个休息间，便撑着身子走过去。她将门反锁后，靠着门坐下。她喘息两口，掏出平板电脑。

"接收剧情。"

【准备传送。】

不，我并不想传送，真的！

这是一篇男频都市文。

叶风，某大学一穷二白的大学生，长得好看，交了个校花女朋友。然而，这个女朋友特别拜金，得知叶风是个穷鬼后，立即甩了叶风。叶风失恋，跑到河边喝酒，不小心掉进河里。他被人救起，醒过来后，手机里莫名其妙多出"土豪的自我修养"软件。叶风发现软件发布任务就是让他花钱,而软件里面的虚拟币,可以和他的现实币流通。他需要完成软件发布任务,然后赚取积分升级。总之,他只需要不断花钱就够了。

原主柳笙歌,柳家独生女,父母早亡,芳龄二十四,从小被当成总裁培养,二十岁继承家族企业。四年时间,她的身价从零上升到九位数。

柳笙歌自然是那美女总裁,奈何这小姑娘想找的是一心一意对她的人,叶风一开始也确实一心一意对她好,但后面遇见的女人越来越多,叶风不免开始花心。他瞒着柳笙歌在外面和女人暧昧、睡觉,被柳笙歌抓到,他的女人们竟然劝柳笙歌说,叶风这么好的男人,她们不介意共侍一夫,还愿意让柳笙歌做大。柳笙歌是个雷厉风行、说一不二的主儿,遇上这样的事,直接甩了那个来找自己的姑娘一巴掌。

那姑娘不免回去找叶风告状,当时叶风和这个姑娘正打得火热,被姑娘三言两语一挑拨,便去找柳笙歌理论。两人大吵一架,叶风表示自己对柳笙歌很失望。

叶风身边的女人们一再挑拨,叶风对柳笙歌的兴趣只停留在身体上。

柳笙歌一直没把自己给叶风,叶风念念不忘,而这个时候,软件又给他发布收购柳氏企业的任务。一举两得的事,叶风怎么会拒绝?他购买了柳氏企业股份,成为股东。

他一步步蚕食公司股份,成为柳氏企业最大的股东,一句话就将柳笙歌的努力化为泡沫,叶风将柳氏企业往死里作,直接弄到破产。

他想告诉柳笙歌——

你看,我随随便便就能把你的公司弄破产,我这么厉害的人,你竟然看不上。

柳笙歌只怪自己瞎了眼,准备出国卷土重来,却遭人绑架。绑架她的不是别人,正是叶风的女人之一,邻家妹妹——董琬。

这女人有精神病,不仅喜欢叶风,还觉得别人不喜欢叶风就是罪过。所以,柳笙歌不喜欢叶风,在董琬看来就是罪不可赦,最后她将柳笙歌活活折磨死。

柳笙歌无父无母,也没什么兄弟姐妹。她的公司破产,就算她死了,也只会让人觉得她是受不住打击自杀的。

柳笙歌恨啊!

遗愿很简单,两个字概括——报仇!

休息间有面镜子,时笙站起来,走到镜子前。镜子里满脸通红的女人,五官精致,带着几分女强人的凌厉气势。

时笙摸摸身体,特别是胸前,这女人绝对是她经历的这么多世界里,身材比例最好的一个。就这身材,也难怪男主角念念不忘。

现在的时间线很不好,叶风已经收购了柳氏企业,正把柳氏企业往死里作。

柳氏企业最新开发了一个楼盘,一周前邻市发生地震,余震将这两栋楼也震倒了,来闹事的都是房主。

别人的房子没倒,就你的倒了,这不是有问题吗?这房子确实有问题,下面的人偷工减料，拨下去的款，你吃一点我吃一点，房子的质量根本不过关。事发后，相关人员都卷款跑了，被抓到的就是几个喽啰，现在房主们要求退钱。

作为公司明面上的总裁，柳笙歌自然第一个遭受攻击。而她的长相，更为她招来家庭主妇的仇恨。

时笙在休息间待了好一会儿，扒拉出原主的衣裳，重新换了一套，才拉开门出去。

时笙深深吐出一口气，坐回总裁专属椅上。

这件事和叶风没多大关系，但叶风肯定做过煽风点火的事，所以最佳办法是找出罪魁祸首。钱她不担心，很快就能赚回来……

叶风的任务似乎是要全盘收购柳氏企业，收购未完成之前，柳氏企业不能破产。

时笙眸子眯了眯。

【……】宿主肯定在打坏主意。

时笙把之前那个小姑娘叫进来，小姑娘叫韩晓，原主的人，还算可以信任。

"柳总？"韩晓语气中满是担心，刚才发生那种事，柳总没什么事吧？

"给我查一下公司这段时间的账目。"时笙一边敲键盘，一边吩咐，"不要让第二个人知道。"

韩晓愣了下，长期以来的习惯让她也没多问。作为总裁的秘书，韩晓的权限是很高的，但想要悄无声息查公司的账，肯定没那么容易。

下班时间，时笙捂着老腰下楼，路上遇见员工，个个面色诡异。

时笙去地下室开车，却在自己的车前看到一个男生。男生穿着很休闲，长相帅气，一双桃花眼情意绵绵，好像看谁都是情人。

叶风，男主角登场。

他靠着她旁边的车，明显在等她。叶风见她过来，立即站直身体，摆出自认为潇洒的动作："笙歌。"

时笙面色镇定地走过去："不约。"

叶风微愣。这个御姐范儿十足、整天只知道工作的柳笙歌，竟然会用网络词。

时笙拉开车门，车门快要合上的时候，一只手突然拽住车门。时笙加大力气，车门朝着她那个方向合拢，叶风惊诧地松开手。他有些恼火地拍车门："笙歌，柳笙歌，我们谈谈。"

时笙滑下一点车窗，嘴角扯出一个诡异的笑容："叶先生，你想和我谈你在床上与别人喜欢用什么姿势吗？"她张口就是这样的虎狼之词，叶风愣在原地。

时笙突然启动引擎，车子完全没有避开叶风的意思，叶风只能退开。车尾喷出的尾气，糊了叶风一脸。他有些摸不着头脑，这个柳笙歌被气疯了？

嗡嗡——兜里的手机突然振动起来。叶风摸出手机看了一眼，脸上立即露出一抹柔情:"情情。"

"叶风,我崴了脚,你方便来接我一下吗?"电话那边,女声甜美,带着几分委屈和撒娇。

叶风立即心猿意马,想也没想就答应了。

时笙回到家,直接将所有通讯设备关闭,现在那些媒体记者跟看见鸭蛋缝的苍蝇似的。现在已经有有关部门介入,她又没做豆腐渣工程,而且那房子还没交房,没有人死亡,这事也不难处理。

新闻里播放的全是这件事,时笙看着闹心,关掉电视,开始上网。柳氏企业的股份数叶风最多,原主手上还有15%的股份,算是比较多的股东。时笙撑着下巴思考:这股份要怎么利用比较好呢?大甩卖?买一送一?还是先赚钱比较好,男主角可是用虚拟币兑换现实币的,她不赚钱,怎么和男主角拼?

韩晓费了些时间才拿到账目,而这期间,外面闹事的人越聚越多。时笙只点了公关部去处理,其余的一概不管,任由那些人闹。

"柳总,您要这个做什么?"韩晓忐忑地将东西交给时笙。

时笙微微一笑,道:"你去辞职吧。"

"啊?"韩晓吃惊地道,"柳总……我……没想离开,我相信您一定可以渡过难关的。"她是看着柳总一路过来的,知道她有多努力,这种时候自己怎么能走?自己不能走,不能在这个时候离开柳总!韩晓在心底坚定了这个念头。

"我只是让你去辞职,又没让你不跟着我干。"

韩晓:"……"这都辞职了,还怎么跟着你干?

"让你去辞职就去,等我电话。"时笙挥挥手,像赶苍蝇似的将韩晓往外面赶。

韩晓不解地出去:柳总这是怎么了?

时笙拿到需要的东西,发现股市上有人在大肆收购柳氏企业的股票,应该是男主角。时笙用手段悄无声息地将手上的股份流入股市,确定全部被男主角收购后,时笙做假账匿名举报。她做的这份假账自然也同步到了公司的账目上,手法极其特别,如果不是她自己标注出来,那些有关部门都看不出来。

柳氏企业以偷税逃税的罪名被查封,加上之前楼房坍塌的事件,柳氏企业的名声可谓差到极点。财务部门是不解的,他们中是有人这么干过,但数额完全没这么大,而且手法也和现在的完全不同。最重要的是,公司每年的盈利根本没这么多,然而这些金额也不是平白无故来的,每一项都能查到完整的数据,从分公司提交,到总公司审核。

让人感觉更加诡异的是,纸质备份不见了,时间是从前年开始。正好前年公司改革,纸质备份只有总公司有,分公司只有电子备份。公司的流动资金更是不翼而飞,谁也不知道它们去了哪儿。财务部陷入狗咬狗的状况，A说是B干的，B说是C干的，C又说是A干的。

时笙当然不会将火往自己身上引，也没任何证据表明事情和她有关，于是她被放回家中。

因证据充足，其他人的说辞，要么是没证据，要么是证据无法支撑他们的说法。

柳氏企业被罚高额罚金，柳氏企业宣布破产。这些事发生得太快，快得叶风都没反应过来。他的任务就这么莫名其妙失败了。任务失败，叶风也是要受惩罚的。这次任务失败，叶风直接被扣除积分3000。本来积分就难攒，一下被扣3000，他的积分直接成了负数。

时笙并不想开什么公司，所以她只给韩晓安排了一个生活助理的工作，毕竟她是个生活白痴。韩晓也没什么抱负，时笙给的工资比她在公司上班时还要高，她自然欣然接受。虽然她也不是很明白，时笙都破产了，为什么还能这么大手大脚地花钱。

破产笙："……"她有的是钱。

新闻上铺天盖地地报道这件事，那些买房的房主都得到了相应的补偿，并没有继续闹事。时笙在家坐吃等死兼赚钱。

"柳总，您快来看。"韩晓晾衣服的时候，突然咋咋呼呼地叫时笙。

时笙的视线从笔记本电脑的屏幕上移到韩晓那边。韩晓一个劲儿地冲她招手。时笙歪着头，身上的睡衣皱巴巴的，嘴里还叼着一块面包，样子略呆。她放下笔记本，慢吞吞地往阳台挪，顺着阳台往下面看——豪车、帅哥、鲜花。

"是叶风。柳总，您和叶风还有联系？您别怪我多嘴，这个叶风不是您的良配，此人一看就风流多情。"韩晓如是点评。

叶风和那个梁情暧昧，她都看到过好几次。她之前和柳总说，柳总一直不相信，直到柳总亲眼看到。现在可不能让柳总再被这个小白脸蒙骗。

下面的叶风似乎看到了时笙，冲她招招手。那张脸在玫瑰的映衬下，越发显得像个小白脸。他长得是挺好看的，可惜身上没有那种霸气与尊贵的气质。

时笙转身往回走，韩晓不解地看着时笙。等时笙回来，手里端着一盆水，看那冒热气的程度，估摸着是她准备用来做饭的。

韩晓心中刚闪过这个念头，就见自家柳总将那盆水直接往下泼。

"啊！"叶风惨叫一声。那盆水虽然没有全倒在他身上，但有一半倒在了他脸上和手上。他的脸和手瞬间红了一片。刚才还娇艳欲滴的玫瑰，此时蔫蔫地冒着热气。

韩晓："……"柳总受刺激了吗？不是，那么烫的水泼下去，叶风不会死了吧？

韩晓赶紧扒着栏杆往外面看。水不是开水，又有这么高的距离，泼下去温度已经降了许多。叶风看上去并无大碍，韩晓松了一口气。

叶风捂着脸,有些恼怒地瞪着楼上的人。她现在什么都没有,竟然还敢这么嚣张!

柳笙歌,给他等着!他一定要让这个女人知道自己的厉害!

叶风的豪言壮语还没喊出来,一群穿着保安服的男人快速从另一边过来,将叶风围在中间。

"先生,有业主投诉您骚扰,请您出去。"保安训练有素地出声。

骚扰……她竟然跟保安说自己骚扰她!柳笙歌,你够可以的。

叶风狠狠地瞪了时笙一眼,忍痛拉开车门,开着车离开。

"柳总,您没事吧?"韩晓小心翼翼地看着时笙。

"我能有什么事。"时笙回到客厅。

韩晓亦步亦趋地跟着,道:"柳总,您放下叶风了?"

时笙一屁股坐到沙发上,整个身子似乎都陷进柔软的沙发中:"十几亿的人口,找个男人多容易,有什么放不下的。"曾经的柳笙歌已经死了,而她也不再是柳笙歌。

韩晓眨巴一下眼睛。之前柳总的状态那么不好,可不就是因为叶风这个小白脸?现在见柳总能放下,她是最开心的。以柳总的能力,东山再起不成问题。

"柳总放下了就好,叶风那个小白脸哪里配得上您。"韩晓喜滋滋地道,"柳总,我先去做饭。"

时笙单手撑着下巴,看着韩晓在厨房里忙碌。好半响她扯着嘴角笑了一下,垂下头继续和那堆密密麻麻的数据战斗。

时笙没想到叶风竟然会带着律师上门。叶风那点伤,硬是让他们给包成木乃伊,伤情鉴定往严重里说,好像下一秒就要死了。

"叶风,你怎么这么不要脸?你的伤有那么严重吗?"韩晓看到那些东西立即就炸了,"你这是敲诈勒索,我要告你。"

"韩小姐,请不要激动。"律师表情严肃地道,"叶先生的伤是在脸上,这严重影响到叶先生的日常生活,说不定以后还会毁容,这些赔偿款都是有据可依。"

叶风好整以暇地坐在律师旁边。时笙一直垂头看着电脑,压根就没看他。叶风不免怒火中烧。

"简直胡扯!"韩晓将文件扔到律师身上,怒道,"你当我没学过法律吗?"就叶风那点伤,她们顶多赔个几万块的医药费,可这狗屁律师竟然让她们赔五百万,脑子被驴踢了?

律师早有准备,又掏出另一份文件:"韩小姐,这些赔偿款不只是叶先生的医药费,还有叶先生的车辆损失费。那辆车是限量版,因为柳小姐的作为,现在车需要返厂维修,维修金额庞大,五百万已经是叶先生给你们少算了金额。"

韩晓极快地翻着那份文件,一目十行地扫过去,条条款款写得很清楚,没有漏洞。

韩晓这才有些慌乱地看向时笙。

"一盆水就能让你那辆车返厂维修，你那车是道具吧？"时笙抬起头，嗤笑一声，"好车是连撞击都不怕的，你的车怎么就这么娇贵？"

"柳小姐，这里有维修账单，您可以去查。"律师抢在叶风前面开口。

时笙合上笔记本，神情淡然地道："你们既然敢拿来，那肯定是做好手脚的，我费那个力气去查什么。"

律师面不改色地道："不管柳小姐愿不愿意承认，这些证据都是有效的。如果柳小姐不愿意赔偿，那么我们只好法庭见。"

时笙看着律师，示意他继续说。

律师清清嗓子，视线不自然地移开，落到旁边："柳小姐，我也知道您现在的情况。但是，这个金额已经是叶先生自己承担了一部分后的数目。您要是实在没办法，可以用您这套房子抵押……"

"你说什么？！"韩晓忍不住叫起来，"你们就是冲着柳总的房子来的吧？"

"笙歌，我也不想做得这么绝，是你太让我失望。"叶风的脸被绷带缠着，看不清是什么表情。

"医药费是吧？"时笙咧嘴，笑得阴森，"老子别的没有，就是钱多。"时笙突然一把拽住叶风，将他往沙发旁的地上掀去。

"柳小姐，"律师大惊，"你还想打人吗？这是要负刑事责任的！"

"柳总！"韩晓的惊呼声和律师的声音重叠。柳总怎么说动手就动手，这真要是打出个好歹，她们赔不起啊！

时笙踩着叶风的背脊，将他的手反扣在后面。叶风的脸贴着冰冷的地面，疼得他哇哇叫，他根本就没想到时笙会突然动手。

"放心，我不会打重要部位，顶多赔点钱。"时笙冲着律师微微一笑。

闻言，律师身形一僵。他不想承认他被一个女人的眼神骇到了，可他的身体完全不听使唤，就跟被人施了魔法似的。

整个大厅里只有叶风嗷嗷叫的声音。时笙揍完，拎着叶风往另一边的房间走。律师和韩晓追进来，只看到叶风的衣角从阳台滑下去。

哗啦！下面传来很大的水声。

时笙靠着阳台，面上依旧一片淡然，内心却是在琢磨：男主角淹死的话，应该不是她的错。是的，叶风不会游泳，加上之前落水的经历，他更加怕水。

律师大概想起什么，迅速往楼下冲。时笙住的楼层不高，下面是游泳池，此时泳池中是没人的。等律师赶到，叶风已经被人救起，一个小姑娘正趴在他身上，给他做人工呼吸。

叶风被送往医院，这次真的被包扎成了木乃伊。

"柳总，会不会出事啊？"下方呼啸而过的急救车，一声声钻进韩晓耳中，惊得她心神不宁。

"出事又不要你承担责任，你怕什么！"时笙拍拍韩晓的肩，"去看看有什么好点的房子，我们换个地方。"

以叶风睚眦必报的性格，他只会自己动手报复，不会选择报警。为防止以后天天看到此人，时笙觉得还是换房子比较重要。

"柳总……"钱呢？您现在都破产了好吗？房子不是说换就能换的。

"不用担心钱，你去看就行。"

韩晓："……"就算破产，柳总还是很霸气。不，似乎比以前更加霸气！这和她知道的破产总裁有些不一样……

韩晓怕时笙手上没多少钱，所以找房子的时候，尽量挑经济实惠的，结果找了好几处都被时笙给否决了。

某天，时笙拎着一本杂志，啪的一下拍在韩晓面前。她指着上面加了特效的楼盘，道："就这里。"

韩晓的心一抽一抽地疼。她欲哭无泪地道："柳总，这房子一套就是上千万，咱们……"买不起啊！

时笙双手撑着桌面，微微朝着韩晓那边倾斜。她眼角上挑，帅气的脸庞上满是霸气。韩晓的心跳突然加速，她不由自主地往后靠。时笙凝视着韩晓，声音似乎染上了几分笑意："还记得之前柳氏企业不翼而飞的流动资金吗？"

韩晓狂跳的心陡然一停，有种无法承受的感觉。时笙的手指从她耳边滑过，等落在她面前，她白皙的手指间夹着一张淡金色的卡："咱不缺钱，乖，去买房子。"

韩晓的脸腾的一下就红了。她好一会儿才反应过来，红扑扑的脸蛋看上去格外可爱。

"柳总，您将资金全转移出来了？"韩晓感觉自己的声音在发抖。

柳氏企业的流动资金并不少，那么庞大的金额，想要转移出来，谈何容易？那些人查了那么久，都不知道这笔钱去哪儿了，简直就跟灵异事件似的。

"对啊。"时笙站直身体。

韩晓："……"厉害了我的总裁，您到底是怎么转出来的？

时笙又问："你觉得我这样做犯法吗？"

韩晓脸上的红晕褪去。她沉默许久，慢慢地道："柳总，您既然肯告诉我这么重要的事，我一定会保守秘密。"

时笙耸耸肩，态度很无所谓，言语里甚至带着几分嚣张："就算你说出去也没什么，谁信呢？"

韩晓刚刚酝酿好的豪言壮语,被时笙这句话噎得无影无踪。她连时笙亲口说的证词都没有,真要是说出去,还真没人信。韩晓很好奇时笙是怎么做到的,但也知道这种事不是她能问的,便认命地去买房子。

一套房子就是一千三百多万元!这房子打的广告语简单又粗暴——百年光景,百年居。反正韩晓是不懂,这广告语除了告诉她这里叫百年居,还有什么用途?至于其他方面,环境确实很好,小桥流水人家,枯藤老树昏鸦……呸!每一栋小别墅都像隐在山林间,绿意盎然,据说启用了目前最先进的安保系统。

韩晓看着那一眼望不到边的地皮……不懂这么大的地盘,要多少人才能看过来。

等韩晓办好所有手续,时笙拎包入住,她之前住的那套房子直接卖掉。

自从搬进百年居,韩晓发现自家总裁更加无所事事,作息也跟老年人的一模一样。韩晓几次试着提问,想打听一下时笙到底准备什么时候卷土重来,但通常是她还没问,话题立即就被时笙带跑了。

"柳总,我在外面捡到一条狗。"韩晓一进门就大声嚷嚷。

时笙掀开脸上的书,眯着眼往门口看去。那是一只雪白的萨摩耶犬,还是只幼犬。

韩晓将狗牵进来,显得很欢喜:"这狗狗好可爱,我一直想养一只,可是没时间。"

"这里面的狗你也敢乱捡?"时笙将书盖回脸上,"人家主人找来,你等着赔钱吧!"

"我问过保安了,他们也不知道是谁的。"韩晓当然不会那么莽撞,"我告诉保安,它主人若是来找的话,就到这里找我。"

韩晓大概真的很喜欢狗狗,和那只萨摩耶犬玩得非常开心。到晚饭时间都没人来找,韩晓不放心地给保安打电话,保安也说没有人来问。

【支线任务:天使之心。】

时笙:"……"天使之心是什么?这不是男频都市文吗?为什么串频道了?还是说男主角有个女人,她其实是天使?这就厉害了!

【……】宿主想得真多,【天使之心是这个位面很出名的一枚钻石,宿主的任务是拿到它。】

"为什么?"这次的支线任务竟然是让她去拿钻石?!那玩意儿又不能吃,放在空间里都嫌占位置,她空间里现在还有一堆稀奇古怪的钻石。

【并毁灭它。】系统补充一句。

时笙眨巴一下眼,道:"这个可以。"

【……】就知道宿主对毁灭这件事比较感兴趣。

天使之心,怎么有点耳熟?

"查询天使之心数据。"

【……】不，我是拒绝的……然而系统还是不受控制地念起来，【天使之心，产自郦非亚深海，由著名雕刻师卡尔·约翰历时七年独立打磨雕刻而成。因颜色稀有，造型独特，被赋予天使之心的称号……天使之心辗转多国，每个得到它的人都会被诅咒。】

被诅咒的宝石？这个任务为什么要她来做？和你又有什么关系？

【这个任务和男主角有关。】系统继续不受控制地解释。它很想闭嘴，可是做不到。

呜呜呜，主人你快回来，宿主要把我玩坏了。

"什么关系？"

【……】系统松了口气。要知道这个问题的答案，时笙需要更高的权限。

半天没听到系统的回答，时笙幽幽地来了一句："回去得再改改。"

【……】不，宿主，求你放过我！

时笙和系统交流完，韩晓还在抱着狗玩儿。时笙拽过电脑又开始噼里啪啦地敲字。天使之心……天使之心……

"传言最后被收藏于C国皇室。"网上关于天使之心的报道就这么多，"C国？"什么玩意！

"柳总，您在说什么？"韩晓没听清，不免问了一声。

"没什么。"时笙摇头道。

韩晓狐疑地摸着萨摩耶犬，就在这个时候，门铃突然响了。韩晓过去开门，萨摩耶犬跟在她后面。门一打开，萨摩耶犬就嗷嗷地叫了两声，蹿出门外。

时笙本来没在意，谁知道外面突然传来争吵声，声音越来越近，韩晓被人推了一下，直接摔在门口，将大门撞开。时笙几步走过去。门外站着一个打扮精致的年轻女孩，女孩烫着一头卷发，看上去非常清纯甜美。

"这不是柳笙歌吗？"年轻女孩一开口，那清纯甜美的气息瞬间消失不见，口气里只剩下尖酸刻薄的鄙夷，"竟然还能住在这里，被谁包养了不成？"

时笙将韩晓扶起来，目光从年轻女孩身上扫过，嘴角微微上翘，"萧玲珑。"

叶风的那个清纯小师妹。

萧玲珑知道原主和叶风走得近，一直嫉妒原主。

萧玲珑脸上极快闪过一丝恨意，端着高姿态，轻哼一声："果然是什么样的人养什么样的下人，竟然纵容她偷我家雪雪，你的教养呢？"

韩晓解释道："萧小姐，我已经说过，你家的狗是走丢了，我已经和保安那边打过招呼，并没有偷你的狗。"

这种事如果换成其他和时笙没有冲突的人，大家只需要解释一下就算过了。

奈何，她遇上了萧玲珑。

"说得好听，你怎么不把狗给我送回来？"萧玲珑冷笑，"柳笙歌是不是连工资都付不起你了，让你来偷我的雪雪。这么缺钱，本小姐可以资助你们一点。"

韩晓气闷，要知道这狗的主人是这么一个人，打死她也不会把狗给捡回来。

"再瞎说，信不信我削你。"时笙突然凶神恶煞起来。她这张脸，凶神恶煞的时候，绝对是很唬人的。

萧玲珑往后退了一步："你……柳笙歌，你什么都没有，现在要靠男人，还有什么好嚣张的，还当自己是柳氏企业的总裁？"说到后面，萧玲珑的声音又大起来。

时笙现在又不是那个人人称赞的柳总，怕萧玲珑干什么！

这个圈子里的千金小姐中，就数柳笙歌最风光。一个人风头太盛，会招人记恨，柳笙歌就是这样的人。但是，现在不同了。她不再是那个女强人柳笙歌，她破产了，她落魄了。想到这里，萧玲珑不免挺直腰板，毫不畏惧地和时笙对视。

时笙放在后面的手缓慢露出来，寒光从萧玲珑眸底闪过，一股寒意陡然间从脚底蹿出，直逼脑门。

时笙抬手就要砍过去，萧玲珑脸色骤变，转身尖叫着跑掉："柳笙歌，你这个疯子。"

萨摩耶犬并没有跟着萧玲珑跑，而是趴在地上瑟瑟发抖，嘴里发出低低的呜咽，大概是被铁剑给吓到了。

韩晓被时笙突然拔剑吓了一跳，直到萧玲珑尖叫着跑掉，她才回神。她好像没有给柳总准备这种装饰品吧？好逼真的剑！柳总什么时候拿回来的？韩晓满头问号。

时笙拿剑去戳那只趴在地上的萨摩耶犬，萨摩耶犬可怜巴巴地嗷嗷叫。

韩晓嘴角一抽，怎么感觉现在的柳总想戳死这只狗狗呢？狗狗是无辜的，求您高抬贵手！

"对不起柳总，我给你惹麻烦了。"韩晓愧疚地道歉，要不是她把这只狗带回来，萧玲珑就不会找上门，也不会说那么难听的话。

时笙戳了半天，那嗷嗷的叫声，叫得韩晓心都软了。

"这玩意，多少钱一只？"时笙冷不丁冒出一句。

韩晓愣了一下，谨慎地回答："不贵。"

萧玲珑带着人回来得很快，正好看到时笙戳她的狗，抓着旁边的人飞奔过去："柳笙歌，不许动我家雪雪！"

叶风看到时笙很诧异，上次的事，他还历历在目，眼底不免有些郁色。他去之前的地方找过她，可那里已经被卖掉，他没找到人。现在竟然在这么高档的地方看到她，叶风怎会不惊讶？

大概因为有人给自己撑腰，萧玲珑直接冲到时笙面前："放开雪雪。"

· 181 ·

时笙好笑地继续戳两下，恶劣地笑道："我就戳了，你能把我怎么的？"

萨摩耶犬："……"嗷嗷，我是无辜的。

韩晓："……"柳总越来越不对劲，一定是她没见过生活中的柳总，一定是这样，嗯，就是这样的。

"你！"萧玲珑被气得脸色通红，抓着叶风的手直摇，"风哥哥，你快帮我把雪雪救出来。"那声音绵软得跟小猫似的，听得人心底酥酥麻麻的。

萧玲珑一撒娇，叶风哪里招架得住。

"笙歌，你把玲珑的雪雪放开，你何必跟一只小狗计较？"

"我又没拽着它。"时笙拿看智障的眼神看叶风，"它自己不走，怪我？"

"风哥哥，她刚才还想杀我。"萧玲珑委屈地告状，娇小的身子靠着叶风。

"我现在也想杀你。"时笙扬了扬铁剑，笑容里满是恶意。

萧玲珑吓得一哆嗦，往叶风后面躲，眼角已经挂上晶莹的泪花，那可怜的小模样，看得人心疼。

"柳笙歌，你疯了吗？"叶风眼底满是对时笙的怒气。

"你再不带你的小美人走，我说不定就真疯了。"时笙的视线从四周晃过，这里有没有监控，砍死人处理起来麻烦不麻烦？

【宿主，不要有这种危险的思想。】系统尽职地提醒，虽然没什么用。

而叶风听到时笙这句话，不知道怎么就理解为时笙吃醋了，她心底还是喜欢他的。女人果然就是矫情！

时笙如果知道叶风是这个想法，就算玩崩这个位面，也会把叶风砍死在这里。

叶风不免缓和了神色："笙歌，你把剑放下。你要是喜欢狗，我送你一只，你把这只还给师妹。"

时笙莫名其妙地看了叶风一眼，吃错药了？

叶风的变化萧玲珑也有感觉，她不免暗中瞪时笙一眼，这女人又勾引风哥哥。

"风哥哥……"萧玲珑抓着叶风的胳膊，"柳笙歌是不是真的疯了，你看她那眼神，跟换了个人似的，之前的事，对她打击应该挺大的。"

叶风上下打量时笙几眼，目光在时笙胸口多停留几秒，也觉得柳笙歌变了个人似的。特别是面对他的时候，她那眼神，好像下一秒他就会溶解在她眸底，连渣都不剩。

"柳姐姐，我认识一个医生，要不要介绍给你认识一下？有病就要治，缺钱我也可以帮柳姐姐垫付。"萧玲珑继续煽风点火。

嘿！老子这个暴脾气！时笙拎着剑砍过去。

铁剑呼啸而过，一股蛮横的威压碾压过来，萧玲珑的小脸顿时煞白，不知道是不是被吓蒙了，她竟然没有避开。这次叶风有准备，抱着萧玲珑往旁边闪开，铁剑擦着他的后背过去，带起一股刺骨的寒意。叶风不由自主地哆嗦一下，好冷。

他还没站稳,那股寒意又席卷过来。叶风将萧玲珑往旁边一扑,两人滚到旁边的花丛里。

时笙刚往前走两步,上面突然掉下来一个黄澄澄的玩意,正砸在时笙脚边。嗡嗡声瞬间倾泻出来,黑压压的马蜂从蜂巢中飞出。

时笙:"……"厉害了,我的运气值!

铁剑从空气中挥过,还没飞近的马蜂晕头转向地在空中乱飞,好好的阵形被打散。时笙再次挥过去,一群马蜂被掀到叶风和萧玲珑那边。

"啊啊……"萧玲珑的惨叫声陡然响起。

叶风手忙脚乱地护着萧玲珑,驱赶那些马蜂,然而效果不佳,叶风只能护着萧玲珑逃跑。马蜂嗡嗡地追出去。两人最后在一群保安的帮忙下得救。不过,两人都被蜇得很惨,特别是叶风,整张脸都肿了。萧玲珑的脸被叶风护着,倒是没什么大碍,只是手臂上被蜇得比较惨。

"风哥哥,"萧玲珑抓着叶风的手,小脸上满是泪痕,声音更是委屈不已,"柳笙歌就是故意的。"

叶风脸色变化极快,自从他拥有那个神奇的软件后,还没有这么憋屈过。

萧玲珑喋喋不休地说着:"柳笙歌都破产了,怎么还有钱住在这里?风哥哥,你说她是不是交男朋友了?"这话说得好听,暗含的意思却是——时笙被人包养了。毕竟一个落魄总裁,怎么住得起这么高档的地方。

叶风的脸色果然一沉。

收拾完智障男主角,时笙转头就看到已经傻掉的韩晓和那只蠢狗。

韩晓觉得自己走错片场,或者还没睡醒。这还是她家总裁吗?她已经无法用"生活中的柳总"和"工作中的柳总"来催眠自己。难不成柳总被鬼上身了?韩晓越想越后怕,惊起满身冷汗。看着时笙朝自己走过来,韩晓竟然哆嗦地往后面退一步。

"我又不杀你,怕什么?"时笙瞪她。

韩晓无语。柳总,您现在这样子更可怕。

"把这只蠢狗送走。"时笙指着还趴在地上的萨摩耶犬,满脸嫌弃。

"哦。"韩晓无意识地点头。

韩晓不知道萧家在什么地方,也不想去萧家,便将狗送到保安那里,让他们送过去。

回去的时候,韩晓很纠结。柳总到底是不是被鬼上身了?她要不要去求个符再回来?韩晓觉得这个方法很好,一溜烟奔到最近的道观,求驱邪符。旁边也有妇人在排队,和韩晓聊起来。

两人说着说着,韩晓不经意间将自己纠结的事告诉了妇人。妇人大惊:"那你为何不辞职？"

韩晓脸色微红，道："我们总裁很帅。"

妇人立即露出了然的表情，接着又听韩晓道："总裁给的工资是外面的两倍。"

妇人："……"

韩晓求到符，将符纸贴身放好，才匆匆赶回去。

时笙不在客厅，韩晓小心地移到卧室，贴身的符纸并没有异样，韩晓不免松了口气。人都是求个心安。

"送只狗，人都送丢了？"

时笙的声音从后面响起，惊得韩晓冷汗直冒。

吓死人了！她摸着胸口的符，没有任何感觉。幸好，幸好。

韩晓深呼吸一口气转身，见她家总裁正端着一碗泡面。刚才时笙应该在厨房，她上来的时候没有注意看。

"柳总……您泡面哪儿来的？"韩晓半天憋出一句话，她记得没买过这种东西，而且那牌子好奇怪，没见过。

时笙："……"这面是她从空间拿的，可能是上个位面剩下的。

时笙将泡面放到旁边，一本正经地道："我在厨房找的，难道不是你买的？"

韩晓摇头道："我没买过泡面。"

"不是你买的，难道是我买的？"时笙瞪眼，"说不定是你拿错了。"

"真……"

"我饿了。"时笙打断韩晓。

韩晓："……"她真没买过。可是看时笙那一脸坚定的表情，她又开始怀疑，难道真的是自己买的？总不至于……闹鬼吧？韩晓被这个念头吓得起了一身鸡皮疙瘩，肯定是她当时买错了！

将厨房里所有的灯打开，她才算有点安全感。

马蜂事件后，萧玲珑的父亲萧茂突然派人送来帖子，让她去参加一场珠宝拍卖会。

萧茂送来帖子，要么是萧玲珑的意思，要么是……有人在打她的主意。不管是哪一个，就冲男主角要去装，她也要去装啊！

"柳总，咱们可以不去的。"这些人一看就没安好心。

时笙跷着腿，坐姿吊儿郎当，毫无形象可言。

"你知道敌人春风得意的时候，我们该怎么做吗？"

以她们现在的状态，大概只能隐忍，隐忍，再隐忍……然后卷土重来，然而柳总，您并没有卷土重来的意思。所以，我们该怎么做？

时笙嘴角微微一勾，淡粉色的唇瓣轻轻翕动："装。"

韩晓不解。就算是装,您也得有实力才行啊!就这么去装,咱们能走出拍卖会吗?不被打死,也会被嘲笑死的。

韩晓的劝阻没有用,拍卖会当天,时笙还是去了,没有带韩晓。韩晓很心累,柳总竟然让她在外面等,是打算装完就跑吗?

时笙刚进门,就有人迎上来,男人不怀好意的视线在她身上流转:"这不是柳总吗?这是和谁一起来的?"

"什么柳总!"挽着男人的女伴不屑地哂笑,"公司都没了,她还是什么柳总。"

"话不能这么说宝贝,好歹人家曾经也是总裁,咱们要有礼貌。"

女人推了男人一把,娇嗔地道:"我看你就是看上她了。"

"宝贝,哪儿能啊!我就喜欢你这样的,像柳总……"男人视线上下滑动,"在床上那多无趣。"

这两人就是来奚落时笙的。时笙脸上慢慢挂起笑容,很是明艳。男人一时间看得有些出神。

时笙缓慢地朝着他走近,笑容放大,下一瞬猛地阴森起来,男人骇得倒抽一口冷气,脚背上突然一痛。时笙踩着男人的脚过去,走了两步又倒回来,脸上笑意犹在,却满含恶意:"我在床上有没有趣,你这辈子都没办法知道了。"

"不要脸!"女人唾骂一声。

"人不要脸,天下无敌。"时笙自恋地摸摸脸蛋,"再说我这张脸,比你长得可好看多了。"

柳笙歌这张脸蛋,如果扔到娱乐圈,那绝对是可以靠脸吃饭的,配上这身材,就算是只花瓶,也有的是人为她买单。

"柳总这脸皮可比以前厚多了。"男人忍着痛,咬牙切齿地道。

四周看戏的人可不少,自从柳氏企业破产后,这个曾经备受瞩目的美女总裁,就跟失踪一般。此时一出场就是这么嚣张,无疑让这些常年抱持阴谋论的人开始猜测,她是不是傍上什么大款,或者有什么后招。

当初柳氏企业破产的时候,有不少人怀着龌龊的心思,等着她上门求帮忙,可让众人跌破眼镜的是,她这个正经的柳氏企业当家人,竟然没有挽救企业,还眼睁睁地看着柳氏企业破产。

就在他们暗中猜测的时候,时笙幽幽地来一句:"光脚的不怕穿鞋的,要死大家一起死嘛,有福同享,你们说对不对?"

众人无语。这算哪门子的福?这个柳笙歌是被刺激疯了吧?

鉴于时笙那可怕的言论,刚才围观的人纷纷散开。千万不要和疯子计较,说不定下一秒疯子就要砍人。

"你还真的来了。"一道娇俏的声音从时笙旁边传来，带着几分浓浓的不屑。

时笙扭头看去，一个女人端着香槟，风情万种地靠着墙，大长腿从开衩的旗袍下露出来，勾人得很。

梁情，一线明星，也正是劝原主接受叶风有其他女人、要求两人共侍一夫的那个。

"柳笙歌，你看你现在混得多惨。"梁情怜悯地道，"你当初如果答应和叶风在一起，会落到今天这个下场吗？"

"不然像你一样？"时笙微微挑眉，开口道，"看着自己男人和别的女人出双入对？"

梁情心底大概还是有些硌硬的，面上却没有表露，反而一脸深情地道："像叶风这样的男人，我愿意跟着他，只要在他心里有一个位置是我的，我就心满意足。"

这理论，恕时笙不能苟同。男人，就应该属于她一个，谁敢碰一下，直接弄死。

"哦？那如果他只是个穷小子呢？"叶风没钱的时候，连校花都看不上他，没钱的叶风，就算有副好皮囊，那也仅是如此。

"叶风怎么会是穷小子。"梁情鄙夷地看了时笙一眼。

时笙扯着嘴角笑道："他本来就是个穷小子。"

叶风出生在农村，家境很不好，能上大学都是被人资助的，要不是有了"外挂"，他现在还是个整天忙着兼职的穷小子。

"柳笙歌，你是嫉妒吧？"

嫉妒？笑话，她有什么好嫉妒的！好吧，她就是嫉妒，谁让他是男主角，轻轻松松就有"外挂"，老子连新手大礼包都没有。

【……】宿主是打算记这个一辈子吗？

梁情朝着时笙走近两步，姿态高傲得如同女王："柳笙歌，是你自己放弃叶风的，落得现在的下场，都是你自己矫情。"

"被那么多人睡过的男人，我不屑。"

梁情脸色微变，道："现在的男人有几个女人怎么了？"

时笙咧嘴一笑，语气极其嚣张："嗯，没什么，所以我打算多养几个小白脸。"

梁情却像听到什么好笑的笑话，笑得花枝乱颤："柳笙歌，你做白日梦呢？以你现在的身家，被人包养还差不多。啊……对了，今天你能到这里来，不会就是和哪个男人一起来的吧？真是没想到，以前那个风光无限的美女总裁，现在竟然落得被人包养。"

时笙觉得叶风的女人都是神经病，张口就是被包养，脑子里除了被包养，就没有其他了吗？

"对啊，我就是被人包养，不服？不服你让叶风包养你啊！智障！"

梁情被噎了一下。这女人被包养了竟然还这么嚣张，真是不要脸。

"呵……那不知道谁这么有幸能包养你。"梁情冷笑一声，"可真是眼瞎。"

"再眼瞎，也没叶风眼瞎。"时笙皮笑肉不笑地道。

时笙的视线落在梁情胸前，在梁情脸上逐渐变色时，恍然大悟一般道："也许叶风看的不是内在，是外在。难怪他看上我，身材好也是一种罪过。"

梁情垂头看看自己的身体，又看看时笙，脸色更加难看。她的身材比起时笙来，差很多。

"柳笙歌，你在私底下都是这么不要脸？"梁情恨恨地道，"难怪破产也有人抢着要，要不要我给你介绍几位，给你拓展一下业务？"

时笙眸子眯了眯，笑容浅浅地道："我怎么能抢你的生意？"

梁情慢半拍地反应过来，恼怒地抬手要扇时笙。时笙动作很快地往旁边闪开，梁情的手打在时笙后面的栏杆上，发出很大一声闷响。

"啊！"梁情痛得大叫一声。

时笙从后面拉了她一下，梁情身体跟跄地往后退，跌坐在地。

咔嚓咔嚓——

闪光灯突兀亮起，刚才梁情的大叫已经吸引了不少人的注意，几个记者不知从哪儿冒出来，对着摔倒在地的梁情一阵狂拍。

梁情顾不上手腕上的痛，连忙合拢腿，扯着旗袍盖住，手腕上的痛和内心的愤怒，让她神情扭曲，哪里还有一点美感。记者们却是已经拍到足够多的照片，也已经在想标题该怎么取。

#屏幕上光鲜靓丽的女神，竟如此打扮出席活动#

#屏幕女神与昔日美女总裁巅峰对决#

时笙无辜地摊手，这可不怪我，谁让你想动手打我的？老子没掏剑砍你，已经是手下留情。

梁情气得身子发抖，被匆匆挤过来的经纪人带走，而这个时候，萧玲珑挽着叶风进来了。两人穿的礼服是配套的，站在一起，男俊女俏，好一对璧人。梁情看到这里，心底不免更加生气。女人嘛，就算承认男人有别的女人，可还是希望男人能对自己一个人好。

叶风大概看到了时笙，但没有过来，反而带着萧玲珑往休息室的方向去了。

时笙一个人百般无聊地站在角落，等拍卖会开始。他才带着萧玲珑出现，诡异的是，萧玲珑竟然换了一套衣服。萧玲珑面如桃色，含羞带怯，小媳妇似的跟着叶风。啧啧……叶风速度够可以的。

梁情和萧玲珑此时应该和叶风发生过关系了，神经病邻家妹妹应该还没有，那个冷血杀手还没出场。

然而，时笙又看到梁情进入会场，身上的衣服也是换过的，面上的表情和萧玲珑差不多……

这就尴尬了！时笙不忍直视地扶额，佩服作者。

拍卖会正式开始，叶风上去就土豪般举牌，他拍的东西乱七八糟，什么都有。

时笙的眸子眯了眯，任务吗？

叶风做任务花的钱，都是不需要他出钱的，但是会有上限值，比如超过那个物品的价值，多出的钱就需要叶风自己出。

时笙暗暗把自己的牌子举起来。

"52号。"

叶风见她举牌，立即和时笙杠上。

"7号。"

"36号"

"52号。"

"7号……"

整个拍卖会简直成了两个人的主秀场，无所事事的群众开始聊天。

"以前不是传闻叶风和柳笙歌走得近吗？现在这两人怎么回事？"

"叶风之前收购了柳氏企业，结果柳氏企业破产，叶风该不会是记恨柳笙歌……"

叶风收购柳氏企业，柳氏企业出事的时候，一些人都觉得叶风这次要完蛋，然而人家压根没放在心上。

"这叶风到底什么来头？"他们这些人查叶风的底细，除了知道他是某大的在校生，其余东西完全查不到。

"不会是哪家大财阀的公子来败家的吧？"

"叶？这个姓……"

"7号一次，7号两次，7号三次，成交。"拍卖师一锤定音。

众人停止交谈，抬头看去，大屏幕上正显示着拍卖的最终成交金额。一套仅价值百万的首饰，硬是让这两人拍出五百万的价格。

后面的拍卖，叶风没举牌的时候，时笙就暗暗举牌，只要她一举牌，叶风必定会跟着举牌，然后又变成两人的拍卖会。

时笙那风轻云淡的样子让叶风很不喜欢。她什么都没了，还敢和他这么摆谱，真当他会一直喜欢她吗？

"那么今天的最后一件拍卖品——Lucky。"

司仪将最后的拍卖品放上展示台，是一条钻石手链。观众席顿时哗然，今天好多人都是冲这最后的拍卖品Lucky来的。这条手链的原料和天使之心是同一种，是卡尔·约翰雕刻完天使之心后，用剩下的边角料做出来的一条手链。价值虽然比不上天使之心，

188

可就是凭着它来自和天使之心同一种原料这点，以及卡尔·约翰的名气，这条手链也是各位收藏家的目标。

卡尔·约翰将其送给自己的妻子，并为它命名Lucky。

这条手链的寓意是幸运，他希望这条手链可以给他妻子带来幸运，而它也确实可以给人带来幸运，和天使之心的诅咒完全相反。当然这只是传闻。

"Lucky曾失踪长达一个世纪，前不久我们拍卖会有幸受到收藏Lucky的收藏家委托，因他个人原因，要将其拍卖。大家来的时候想必都清楚，那么，这条可以给人带来幸运的手链，到底会花落谁家呢？"

拍卖师将Lucky的来历和价值说得都很详细。

"底价八千万，每次加价不得少于一百万，拍卖正式开始——"

"八千两百万。"

"八千三百万。"

拍卖师的话音刚落下，就有人出价。

现在叫价的，最后肯定是买不起的，真正有能力拿下Lucky的，还没有叫价。

时笙打量叶风几眼。叶风虽然极力隐忍，可他的面部表情还是出卖了他。他此时很兴奋，想要那条手链。而萧玲珑显然也想要，正拉着叶风撒娇。

时笙撑着下巴思考。她对这玩意没兴趣，那就……抬价好了！反正男主角有钱，不差这几个钱。

拍卖进入高潮后，前面叫价的人已经停下，现在参与角逐的，才是真正有实力拿到Lucky的人。时笙每次都一千万一千万地加，气得一些人吐血。柳总你都破产了，跑到这里来捣什么乱。

"柳总，你有钱给吗？"有人实在忍不了，阴阳怪气地出声。

"反正最后给钱的又不是我。"时笙回答得理所当然。

"柳笙歌，你故意抬价。"

"对啊，不行吗？"时笙笑眯眯地看着那个人，"这点钱都没有，还好意思说自己是有钱人？"

众人："……"你这承认得也太坦然了！

拍卖会并没有明确规定不许抬价，毕竟拍卖得越高，拍卖会所得的佣金也就越多，谁会嫌钱多？

时笙好整以暇地看着这些人："现在有两个解决办法，要么你们继续叫价，要么你们把我扔出去。"顿了顿，她很好心地建议，"嗯……我建议你们选择第一个。想把我扔出去，你们还不行。"

众人："……"这个破产总裁竟然这么嚣张！

之前发生的事，让这些人有点心理阴影，他们总感觉破产总裁是来报复的。所以，他们选择继续叫价……价格已经攀升到四亿六千万。

叶风一直没放弃叫价,时笙每次都在叶风叫完之后才叫,摆明就是和叶风过不去,一些人不免恼怒地瞪叶风。叶风惹的风流债,现在他们也跟着倒霉。

随着价格一路攀升,这些人也只能望洋兴叹,总以为自己挺有钱的,到这个时候才发现,自己穷得要吃土。

"六亿五千六百万。"

这价格已经是Lucky的最高价值,再往上,就不值得了,叫价的人纷纷放弃。最后只剩三个人——叶风、时笙和一个西装男。

西装男坐得笔直,不开口,只是沉默举牌。叶风有点急了,这个价格已经快超出他的预算。偏偏除了和自己抬价的时笙,还有个不认识的西装男。叶风硬着头皮继续叫价,时笙叫了两次就放弃,因为她发现,那个西装男完全没放弃的意思。

叶风有点想放弃,这个价格已经不是他能承受的,就在这个念头闪过脑海的时候,他余光扫到坐在不远处的时笙,看到她脸上毫不掩饰的嘲讽,叶风心底瞬间卷起一腔无处可发的怒火。她到底凭什么这么坦荡荡地坐在这里,还用那么嘲讽的表情看他?明明破产的是她……

他脑中的两个声音吵得不可开交。

——继续叫价,不能让她看不起你,让她看看,她放弃你是一件多么愚蠢的行为。

——放弃叫价,你已经没有多余的资金,不要因为女人误了大事。

就在叶风纠结的时候,又有人加入战局。叫价的是个中年男人,西装革履,看上去和其他人没什么区别。

众人哗然。今天这场戏,大概这辈子也只能见这么一次。

"九亿!"西装男第一次开口,却直接将七亿九千万提升到九亿,跨度高达一个亿。

众人齐刷刷地看向叶风——该你了。

叶风冷汗直冒,他还没叫,后面的中年男人已经叫了。

"十亿。"

"十一亿。"时笙突然叫了一声。

众土豪:"……"你们说的是泥巴吗?张口就是一亿一亿地加!还有破产总裁,你也不怕一会儿没人接,你上哪儿去掏这十一亿?你会被打死的好吗?

叶风看着时笙那表情,总觉得她在挑衅自己,脑子一热,脱口而出:"十二亿!"

场面一阵诡异的寂静,西装男和最后那个人都不再加价。

拍卖师等了好一会儿才说话:"7号一次,7号两次,7号三次!恭喜这位先生,拍得Lucky,祝您未来Lucky。"

赚翻了赚翻了!拍卖师的脸都快笑烂了。

叶风："……"怎么没人加价了？

不少人起身去恭贺叶风，什么年轻有为之类……

叶风的可用资金肯定是没那么多的，他东拼西凑，才将资金补齐。最后的结果就是，他之前做任务的努力全白费了，还倒欠软件好多积分。叶风总觉得不对劲，最后叫价的那两个人，不会是柳笙歌专门找来坑他的吧？这很有可能！没想到，这个女人竟然这么狠心。叶风此时大概是恨透了时笙的。

时笙离开会场，被之前那个西装男拦住。

"柳小姐，"西装男微微弯腰，随后从西装口袋里摸出一个小盒子，"见面礼。"

时笙："……"这人莫名其妙送什么见面礼？

时笙往后退，从另一边下去。西装男高大的身影立即跳到时笙面前："柳小姐，见面礼。"

时笙一脚踹在西装男肚子上。西装男本来以为时笙没多大力气，并不将她放在眼里，结果等自己倒在地上，才开始不解。等西装男回神，面前早已没有时笙的身影。西装男从地上爬起来，沮丧地往一个方向走，穿过马路，上了一辆停在路边的车。

车里很安静。

"少爷，柳小姐没要。"

"你怎么说的？"一道很好听的声音从旁边响起。车厢里光线很暗，看不清那个人的面貌。

"柳小姐，见面礼。"西装男用同样的语气复述一遍。

"你个蠢货，谁让你这么说的！"被叫少爷的人突然伸出一只手，狂拍西装男的脑袋，"谁让你这么说的！"

西装男捂着头，道："少爷，你之前就是这么说的。"他复述得没错，一个字没少，一个字没多，为什么少爷又打他？

西装男被丢出车外，车子扬长而去。

时笙一溜烟上了韩晓的车。

"柳总？"韩晓看时笙那心急火燎的样子，心都提了起来，柳总不会真的干了什么吧？

"开车开车，后面有个神经病。"时笙催促韩晓。

韩晓往车后看去，隐约可以看到一个人影正朝这边过来。距离太远，她只能从身高和身形判断是个男人。韩晓立即启动车子。

等车子离开那条路，时笙才开始骂。一个西装男就够了，竟然还有怪叔叔！吓死她了。她这貌美如花的，就这么引人惦记？

韩晓满眼诡异地看着时笙一会儿摸脸、一会儿摸手的。柳总这是在干什么？韩晓心

· 191 ·

底有点发毛。

　　第二天的新闻铺天盖地。
　　Lucky手链拍出天价。
　　一时间，大家热议的都是Lucky天价手链。如果不是拍卖会的过程严格保密，叶风此时肯定也上头条了。也有人质疑，Lucky手链是否真的会给人带来幸运。
　　拍得手链的人成了众人的重点关注对象，大家都好奇这个人是谁，是不是真的会得到幸运之神的眷顾。不过想想，既然能拿出十多亿拍下一条手链，就算没有Lucky手链，也已经是很幸运的人。
　　与此同时，拍卖会后，圈子里流传出柳笙歌被人包养的流言，各种花边新闻层出不穷。甚至有人扒拉了柳笙歌以前的人际关系，把所有和她有关系的男人排查一遍。
　　"柳总，您看他们写的是什么？柳笙歌夜会某总三小时，凌晨驱车离开……这明明是赵总第二天要出国，才那么赶时间，您是晚上去谈合作，怎么到他们这里，就成了夜会某总……"韩晓一连揪出好几个站不住脚的说辞，小脸涨红，说得激动。这些记者真是吃饱了撑的，不报道Lucky手链的事，揪着她家柳总干什么！
　　时笙靠着沙发，表情悠闲地道："这么激动做什么？他们愿意说就说呗，难不成说一说，就变成真的了？"
　　"柳总，您是不知道现在的舆论有多可怕。前段时间，一个小姑娘被舆论逼得跳楼。就算您没做过，可在他们看来，您就是做过，这些网络暴民，根本没理智。"

第八章　破产总裁（中）

时笙当然知道舆论的可怕，可她又不是那些心灵脆弱的小姑娘。她暴力起来，全世界都得臣服。

时笙实在不想听韩晓念叨，嚷嚷自己饿了，让韩晓去做饭。打发走韩晓，时笙才扒拉着电脑，上各大论坛转一圈。

时笙在网络上支离破碎的言语中，总算摸到梁情的微博，而梁情在微博里晒了一张图，正是戴着Lucky手链的她自己。

时间是半个小时前。

时笙点了下刷新按钮，刚才还在的图片突然就没了。

而此时，梁情正和叶风吵架。叶风将手机还给梁情，面色不好地道："你怎么能把这个往网上发？"

梁情也是满脸怒气，抿着唇没说话。

梁情做这件事，第一是出于炫耀的心理，第二是想让叶风的女人知道，她在叶风心底和她们是不一样的。

没想到一直温柔的叶风会发这么大的脾气，还差点打她，梁情越想越委屈，眼泪说掉就掉。

"你以前不是这样的。"

叶风瞧着梁情哭了，心里顿时就软了，梁情在叶风还没有"土豪的自我修养"软件的时候就是他的女神，所以他对梁情比其他女人要上心得多。

叶风上前搂住梁情，梁情耍着小性子，两人推推搡搡好一会儿，梁情还是半推半就和叶风滚在一起。

完事后，叶风才和梁情分析她做的事多么愚蠢。他手上握着的是价值十多亿的手链，梁情的做法不但会给他带来麻烦，也会给她自己带来麻烦。

"对不起，我只是……我只是觉得好玩儿，没有想那么多。"梁情楚楚可怜地道歉，"现在怎么办啊？"

"把你手机给我。"

梁情立即照办。

叶风登上梁情的微博，又就着梁情的手照了好几张图，一起发上去。

梁情V：听说这手链能带来好运，真的我肯定买不起，正好遇见几个小粉丝送给我一条，感谢小粉丝，希望我即将开播的戏能有好票房。

做戏做全套，叶风还圈了梁情即将开播的那个剧组。剧组有些不解，但能蹭热度打广告，剧组那边还是立即给了回应。

时笙看着网上已经平静下来，开始讨论梁情的新戏，嫌弃地撇撇嘴。

叶风也不蠢嘛！

第二天，时笙是被韩晓叫醒的，她揉了揉有些疼的脑袋，一脸呆兮兮地看着韩晓。

"柳总，外面有个人找您。"韩晓无奈地帮她收拾乱糟糟的桌子，柳总要个生活助理是很有先见之明的。

"大清早的，谁？"时笙从床上爬起来。

"不认识，他一直等在保安那里。"没有主人的允许，保安是不会随便放人进来的，韩晓也不认识人，自然不敢随便做主。

时笙精神不太好地下楼，在对讲机里看到一张陌生的脸。嗯……也不算陌生。是之前在拍卖会上见过的那个西装男。他怎么找到这儿了？时笙让人把他放进来。

然而，西装男刚进门，就被时笙给绑起来了。

韩晓是不解的。柳总，绑架犯法！韩晓想是这么想，身体却是直接去关门，防止被人看到。

时笙看了看掉在地上的玫瑰花，上面还带着水珠，像是刚采摘回来的。

"说，你想干什么？！"时笙拖着一把椅子，坐到西装男对面。

西装男脸上没有表情，看上去像是面瘫。然而，他的内心却在咆哮。这个柳小姐，好暴力啊！少爷为什么要让他来送花！啊啊啊，少爷，我想回家！

"送花。"西装男诚实地回答。

"没事送我花干什么？看上我了？"

西装男不回答。少爷吩咐的，他只是照做，他怎么知道送花干什么，也许少爷只是觉得好玩儿。

"说话，哑巴了！"时笙抽出铁剑抽过去。

西装男被抽得倒抽一口冷气。为什么他要被少爷打，到这里还要被人打！

西装男咬牙不吭声。少爷没让他告诉柳小姐原因，他不能乱说。

"谁让你给我送花的,有什么目的?"

西装男摇头。

不管时笙怎么问,西装男不是摇头就是不说话,再不然就回答"送花"两个字。这简直更让人怀疑好吗?

"柳总……我们这么私自绑人会不会不太好?"韩晓弱弱地道。

西装男立即点头道:"绑架犯法。"

"一看他就没安好心,肯定有阴谋。"时笙认真地道。

韩晓:"……"送花怎么就有阴谋?也许人家只是喜欢你呢?

西装男很无辜,他真的只是送花!没有阴谋!

"喀喀……柳总,这个没有证据……"韩晓冲时笙眨眼睛。他告我们绑架怎么办?您还现在还被人黑着呢!

"你见过送上门的人质?"时笙翻了个白眼。这人可是自己走进来的,跟她一毛钱关系都没有,"你家老板给你多少钱,我给你双倍,你告诉我,谁在打我主意。"

韩晓:您这样强词夺理,您父母知道吗?

西装男:少爷,我要回家,金钱是不能让我屈服的。

当时笙把钱加到十倍的时候,西装男屈服了。但是,时笙只得到以下对话:

"是我们少爷。"

"你们少爷是谁?"

"就是我们少爷。"

"你少爷叫什么名字?"

"就是叫少爷。"

"……"

这智障!看西装男那认真的样子,时笙很怀疑,他是真的不知道他家少爷叫啥。他家少爷用他是很正确的。

就在时笙准备放掉西装男的时候,大门突然被人撞开,持枪的警察从外面鱼贯而入。场面顿时诡异起来。看到被绑架的西装男以及拿着剑看上去准备砍人的时笙,警察皆惊出一身冷汗。他们要是晚来一步,这个男人是不是要被砍死?

"柳笙歌,放下凶器!"警察将枪口对准时笙,韩晓已经被制伏押到旁边,不解地看着时笙。

时笙:老子又没准备砍人。

时笙动了动手指,铁剑缓慢地落下。

警察纷纷瞪大眼,连大气都不敢喘。

警局。

时笙抱着胸坐着，脚嚣张地跷在旁边的一张椅子上，西装男和韩晓各自坐在一边，不时有视线落在时笙身上。

这群警察出现得很及时，时笙都不知道是谁做好事不留名报了警。

然而，当时笙听到自己还是一个命案的嫌疑人时，是不解的。

"你刚才说什么？"她感觉自己幻听了。

那个警员咳嗽一声，道："今天凌晨三点，有人报案，山水世纪发生火灾，消防员在灭火后发现一具尸体，死者确认是女星梁情。警方在取证过程中，发现现场留有你的指纹，所以柳小姐，你能说说凌晨一点到三点的时候，你在什么地方吗？"

"大半夜的，当然睡觉！"时笙凶神恶煞地瞪过去，"我难道可以隔空留指纹。"她连梁情住哪儿都不知道，还留指纹？

不对，重点是——梁情死了？！作为女主角之一，梁情竟然死了？这不符合剧情发展啊！是不是哪里搞错了！

警员：这个柳笙歌是真的有病吧？

"喀喀……那柳小姐有什么人证吗？"

时笙目光古怪地看警员一眼，道："你睡觉还安排一个人盯着你睡？"

警员弱弱地道："我有对象。"不用安排人的！

"有对象了不起啊！"

"柳小姐你别激动。"警员以为自己刺激到时笙，赶紧安抚。

警员被时笙整得问不下去，赶紧换个人来问。结果换的人还没问几个问题，就被时笙给怼出来了。你严肃，她比你更严肃，什么坦白从宽，人家根本理都不理。最后，只有张局亲自上场。

张局拉开椅子坐下，翻了翻之前那几个警员的记录，才抬起头，先做自我介绍。时笙睨他几眼，没吭声。张局也不在意。他什么样的人没见过？这个小姑娘，他还对付不了？

"柳小姐说凌晨一点到三点之间，你在睡觉对吧？"

问过的问题还问，有毛病！难道再问一遍，她就能翻供吗？

"没有，我在看星星。"

【……】宿主，说好不翻供的呢？

"柳小姐，这是警局，请端正你的态度。"张局沉下脸，从刚才到现在，她已经改口好几次，"请柳小姐说说命案发生的时候，你在干什么，有什么人证？"张局尽量让自己心平气和。这姑娘要是杀人犯，他绝对不会心慈手软！

"睡觉。"时笙吊儿郎当地回答，"我睡觉没有让人围观的习惯。"

"也就是说，柳小姐没有证据，证明自己在案发时间是在睡觉。"

"那你们除了现场有我的指纹，还有什么证据证明我曾到过那个什么……世纪？"

张局正要回答，手机铃声突然响起，声音是从张局身上传来的。他看了时笙一眼，摸出手机，起身去外面接电话。等张局回来，他的脸色比刚才还凝重。

"柳小姐，山水世纪的大门监控拍到你曾进出过，百年居的监控也拍到你在零点离开过，柳小姐还有什么要说的？"

"哦，那又如何？"

那又如何？那就代表你是凶手！张局发誓，他从来没像此刻这样想打一个小姑娘。

时笙撑着下巴，道："我给你提两个思路，第一，要么那个人是打扮成我的样子，据我所知，夜拍监控的清晰度并不是很高，即便是百年居那种高档别墅区，也无法做到百分百还原。第二，要么是有人对监控做了手脚。如果是第一种，很好辨认。如果是第二种……那就麻烦喽，凶手很厉害。"

张局："……"他当警察这么多年，从来没见过这种嫌疑犯。在所有证据都指向她的时候，她竟然还能没有任何畏惧，反而冷静地帮他分析？好吧，虽然分析的时候，她把自己择出去了，但这也不是一个正常人能做到的。

张局觉得自己要请心理专家过来，这个嫌疑犯太嚣张了，他对付不了。

心理专家来得很快，但和心理专家同时来的，还有一个人。

张局一开始没反应过来他们说的是谁，后来才反应过来："你说慕白？慕家那个？"

"嗯嗯，就是他。"警员一脸崇拜地道，"没想到我能见到真人，真是太幸福了。当初我念书的时候就听说过他的事迹，一直当他是偶像，可惜后来他没有进公安系统。"

慕白是谁？

慕白这个名字，在各大警校简直如雷贯耳，就连他们这些老人，对这个名字，也很熟悉。

慕白年仅十五岁就破获了一起连环碎尸案，十七岁进入警校，之后接连破获多起恶行命案，准确率高达百分百，天才的光环几乎闪瞎无数人的眼。

当时，不少人都争抢着要慕白，慕白却出国留学了，之后再也没有消息传回，唯有他的传说一直存在。

现在这个天才，竟然出现在他们警察局！

慕白站在警察局——供人围观。他身后跟着一个中年男人，如果时笙在这里，一定可以认出，这个人就是曾经在拍卖会上坐在最后，并且尾随她的那个怪叔叔。

"好帅啊！"

"比学校名人栏上的照片帅多了，听说他家很有钱，不知道是不是真的。"

"听说他超厉害，就算人不在学校，提及训练和学习永远遥遥领先，甩第二名好长一条街。"

这一点众人倒是认同，他们都是从学生时代过来的。

在众人围观得差不多的时候，张局将慕白迎进办公室。

"慕先生，不知这次来有何事？"张局打量着这个曾经天才光环加身的男人，此时看上去，他依然光芒耀眼，站在顶端。

有些人就是这样，明明已经有良好的出身，偏偏还有惊人的才华。

"你可以走了，但不能离开本市，随时听候传唤。"

正玩着某警察手机的时笙，突然听到这么一句，诧异地抬头："我不是嫌疑犯吗？你们怎么舍得放我走？我跑了怎么办？"传话的警员：真是谢谢你替我们想这么周全。

时笙从审讯室出来，韩晓立即迎上来："柳总，你可算出来了。"

时笙在里面多久，韩晓就在这里等了多久。幸好，幸好柳总没事。

时笙莫名其妙地离开了警察局。她走出警察局，才想起之前那个西装男："那个西装男呢？"

"被一个人接走了，我看他上了一辆宾利，把车牌号记下了。"

时笙接过韩晓递过来的车牌号，让她想办法去查一下。

韩晓业务能力还不错，很快就查到了。车子是登记在一个叫李功的男人名下，后者是一家公司的老总。

李功？立功？这名字也是绝了。

李功上有老下有小，在圈子里口碑很好，他的人为什么要给她送花？

时笙离开警察局，在门口和叶风撞个正着。他穿着一件黑色风衣，脸色冷冽地从外面进来，看到时笙，眼底迸出一股火花，直接朝着时笙冲过来。

"柳笙歌，你怎么这么恶毒，竟然杀了情情。"

韩晓往前一站，挡住来势汹汹的叶风："叶先生，我们柳总和这件案子没有关系。"

"和她没关系？现场都有她的指纹，怎么和她没关系？"

"柳总和梁小姐无冤无仇，为何要杀她？叶先生，请您注意用词，否则我会起诉您诬告。"韩晓虽然平时看上去挺没用，可在正事面前，一点也不含糊。

"她就是嫉妒！"叶风咬牙切齿，眸子里满是悔恨。

"嫉妒？"时笙推开韩晓，嘴角勾出嘲讽的弧度，"嫉妒她找了个人尽可妻的男人？"

"柳笙歌！"

"怎么，想打我？"时笙将脸往叶风面前伸了伸，满脸的挑衅，"来打啊！"

叶风看着面前那张白皙干净的脸蛋，怒火噌噌地往上冒，紧握成拳的手猛地扬起——

"这位先生，请不要在警局门口闹事。"两个警察突然从旁边插进来，正好将他们挡开："柳小姐，您快些离开吧！"

"她怎么可以离开？她是杀人凶手！"叶风音量不由自主地提高。

"你看到我杀人了？"时笙翻白眼。

"叶先生是吧？"警察打量叶风几眼，"柳小姐现在只是有嫌疑，并不是凶手，所以请叶先生注意言辞。"

警察拉着叶风往里走，故意将两人分开，现在这两人都有重大嫌疑。

等叶风心有不甘地进入警察局，韩晓松了口气，却时刻不忘抹黑叶风："这个叶风不分青红皂白，说您是杀人凶手，我听那些人讨论，他之前就和梁情在一起，说不定是他杀的。"

时笙看韩晓一眼："他们为什么突然放了我？"

"哎？"韩晓问号脸，"不是柳总您洗脱了嫌疑吗？"

"你以为是洗衣服，说洗白就洗白。"时笙翻了个白眼，"刚才外面有没有发生什么奇怪的事？"

"奇怪……"韩晓想了想，"来了个很帅的男人算不算？不过他没待多久，前后大概只有半个小时就离开了。"

韩晓不认识那个男人，她当时待的地方离那些人有些距离，所以也没听到其他人讨论，只是见那些人比较激动。

时笙眼底闪过一丝古怪。自从上次拍卖会后，莫名其妙的事就开始发生。西装男、见面礼、送花，还有那个怪叔叔，到现在自己莫名其妙被放走。

接西装男的车是李功的，但李功又不是喜好吃喝嫖赌的人，所以肯定不是他给自己送花……那么这车肯定是西装男口中的少爷的。

"去查查李功公司的总公司是哪家。"时笙吩咐韩晓。

"哎？"韩晓不解，"李总的公司……"她对这个李功有些印象，他好像是自己开着公司，没有什么总公司啊！

然而，时笙并没有听韩晓说话的意思，低着头继续动脑子。现在她想不通的就是，她为什么可以出来？他和韩晓口中的那个帅哥有没有关系？如果有关系，他是不是西装男口中的少爷？如果是……这个智障有什么目的？好复杂啊！她不想猜了。

梁情被杀的新闻最终还是被捅了出来。

山水世纪刚发生火灾时就有记者关注，后来又有警察进进出出，严禁记者进出。梁情属于公众人物，关注她的人可不少，被人查出什么来，也并不难。

梁情的事情一出，不知道为什么，众人的视线又被引向Lucky手链。这条和天使之心用同一种原料做成的手链，真的可以给人带来幸运吗？

而时笙这个嫌疑人自然也被抓拉出来，过激的粉丝竟然跑到百年居外面大骂，保安抓了一批，他们又来一批。

好在这些人进不去百年居，但被业主投诉肯定是跑不了的。

百年居的大门处，一群人穿着黑衣，捧着梁情的遗像，拉着"杀人偿命，讨回公道"的横幅。

一辆车子从那些激动的人群中开过，进入百年居的地下车库。车子悄无声息地停下，远处有人极快地跑过来，纷杂的脚步声在地下室显得格外地突兀，几个人恭敬地站在车外："少爷。"

车门被人打开，出来的却是西装男。

车里还坐着一个人，但他没有下车的意思。地下室的光线倾斜进去，照着他一半的身形，他白皙的手缓慢抬起，冲着外面勾了勾手指。西装男示意外面领头的男人进去。男人忐忑地上车，西装男将车门关上。

车子轻轻地晃动几下，恢复平静。地下室一阵寂静，站在外面的人纷纷往后退，面色惊惧。

车门打开，男人连滚带爬地出来，声音发抖地道："少爷，我马上去办。"

他带着人就要走，车里的人突然出声："等一下。"

"少爷还有什么吩咐？"男人立即恭敬地弯腰，恨不得跪下去的样子。

"把这个给她送去。"车里的人将白皙的手伸出车外，把一个盒子递出去。

男人抖着手接过："是。"

西装男看着那几个人离开，面无表情的脸上闪过一丝同情，就柳小姐那性子，他们送得出去才有鬼。少爷也不知道哪根筋不对，看上了那个神经病……

西装男突然觉得自家少爷在看自己，刚看过去，他家少爷突然伸手拉上车门，车子一溜烟蹿出去……

西装男："……"少爷，就算你丢下我，也改变不了您是神经病的事实啊！

百年居外面聚集的粉丝立即被人清理干净，谁要是敢到这里闹事，等着律师函上门吧！这些人不能到百年居蹲点，只能在网上辱骂时笙，反正什么话难听，他们就说什么。

韩晓气愤归气愤，可也没办法，自家柳总不在意。韩晓时不时要摸一下胸口的符纸，总觉得柳总身边阴森森的……

男人处理完这件事才去送东西，结果自然和其他人一样，别说把东西送给时笙，连她的面都没见到。

少爷吩咐的事，他一定要办好。于是，男人开始百折不挠地在时笙别墅前转悠，试图将东西送进去,然而男人发现自己太天真。他从来没见过送东西这么难的,好歹你见一见啊!你见都不见就拒绝,这样很没礼貌的知道吗?

东西到底是没送出去,男人将东西送回去的时候,被揍了一顿,鼻青脸肿地回来。那可怜的样子,看得其他人一阵唏嘘。

"柳总,这是你让我查的资料。"韩晓将自己好不容易弄到手的资料递给时笙。李功的公司后面没有什么总公司,人家就是白手起家,身家很清白。

时笙沉默,又想起最近给她送东西的男人。上次抓那个西装男就问出个少爷,还是个没名没姓的……这都什么鬼?

时笙还没弄明白,莫名其妙送她东西的少爷到底是谁,警察局那边又派人来接她去警察局。

到警察局外面,一堆记者堵着门,开车的警员愣了愣。

"怎么这么多记者?"警员不敢开近,这么过去,肯定被人堵住。

梁情的案子关注度极高,最近一段时间,警局连安保系统都提升了一个档次。

警员通知了里面的人,让他们想办法把记者赶走,然而里面的人根本毫无办法,这些记者就跟疯子似的。

"开进去,怕他们啊!"时笙坐在后面,大言不惭地发表意见,"他们这是妨害公务,你们可以抓他们。"

警员:"……"在这个世界上,还是不要得罪记者为好,人家一支笔能把你捧到天上,也能把你踩下地狱。

警员虽然不想让记者发现,可还是有眼尖的记者发现停在这边的车,一窝蜂拥过来,不断拍着车窗。

犀利而快速的问题,被玻璃隔在外面,听来有些沉闷,却依然刺耳。

"柳小姐,请问您和梁小姐有什么恩怨?"

"柳小姐,你被警方定为第一嫌疑人,却在不满二十四小时的情况下被释放,请问这其中是有什么交易吗?"

"柳小姐,梁小姐是不是您杀的?"

警员不断和警局联系,让他们派人出来,赶走这些可怕的生物。

警察大概最讨厌和记者纠缠,有时候你无意识的一句话,可能被记者解读润色一番,就完全变成另外一个意思,从而引发网上的大风大浪。

就在这么紧张的气氛中,时笙依然平静地坐着,嘴角还带着一丝笑。警员被那笑容弄得浑身起鸡皮疙瘩,这个神经病想干什么?

就在此时,时笙突然打开车门,大摇大摆地下去,下面的记者被迫后退,在时笙站稳后,又迅速围拢上来。警员脸色骤变,开口道:"柳小姐!你们快出来,她下车了！！"后面一句话是警员对着手机说的。

"柳小姐，听闻前不久你和梁小姐起过冲突，你是否因此杀人？"

"柳小姐，可以谈谈你此时有什么感受吗？"

时笙看向说她杀人的那个记者，眸光平静地对上记者略显犀利的视线，在空气中蹿起一阵火花，随后时笙凭借压倒性的眸光战胜了记者。

记者的气势骤然弱下去，浑身的血液似乎都凝固。他觉得自己面前站的不是个姑娘，而是一个磨着牙、准备扑上来咬破他喉咙的恶魔。

记者实在不知道自己怎么会有这种感觉，他面前明明站的是个年轻貌美的姑娘。

"警方有公布说我就是杀人犯吗？"时笙红唇轻启，陡然气势汹汹起来，"刚才有谁说我杀人的？站出来！"

记者团鸦雀无声。她一个嫌疑犯，气势竟然比他们还足。

"柳小姐，你这是在虚张声势吗？你心虚对不对，你对梁小姐做出这种事，午夜梦回的时候，你不会害怕吗？"有人突然高声质问。

时笙眯着眼看向质问自己的男人。这个男人面色愤怒，眼眶都是红的，大概是梁情的粉丝。

"我对她做什么了？"时笙觉得好笑地问道。这些人怎么像是亲眼看见过她杀人似的，这么理直气壮地来讨公道？

"你们是柯南还是包青天，你们这么厉害，干脆这世界你们说了算好了，要什么人民警察主持公道？"

一群记者被时笙震得半天没回过神，等时笙推开他们进了警察局，这些人才堪堪回过神，然而她已经进去，他们总不能闯进去吧？

时笙走得飞快，那个警员小跑地跟在后面，脸上还有些不解。这个柳小姐，好厉害！他就看不惯那些记者，听风就是雨，一件小事到他们那里也能闹得满城风雨，将别人的隐私暴露在公众，还扬扬得意。

虽然也有好记者，但以特殊手段博人眼球的记者更是数不胜数，每年因这些败类引导了舆论而被逼死的人也不在少数。

时笙进入警察局，接待她的是上次那个张局。这次不是在审讯室，而是在一间会议室。会议室中不只张局，还有两个人。时笙最先看到的是站着的中年男人——怪叔叔！

中年男人微微颔首，道："柳小姐你好。"

时笙嘴角一抽，看向坐在会议桌前的男人。

时笙现在已经有点审美疲劳，看谁都觉得是一样的，所以她只是觉得眼前这个男人长得挺好看，剑眉星目，鼻梁挺直，唇瓣比普通人红润一些。他肤色很白，看上去也不显得怪异。

让时笙比较在意的是，慕白身上有一股很压抑的感觉，不明显，普通人或许发现不了，但阅人无数的时笙一眼就能看出来。

这个男人像是将真实的自己隐藏了起来，展现在人前的只是一个假象。

时笙眨巴下眼，眼底极快闪过一缕暗光，这个男人……不是风辞。但是他很危险。远离或弄死？时笙快速在心底做出选择，这个位面弄死人比较麻烦，还是远离比较好。

慕白察觉到时笙的打量，微微抬头，唇瓣抿成一条线，颔首致意。

"柳小姐，来，我给你介绍一下，这位是慕白，慕先生。这次的案子多亏慕先生……"张局废话一大堆。

时笙从中提出自己需要的信息。她上次那么快被放走，就是这个男人的手笔。这次他们叫她来，是因为凶手已经抓到。

杀梁情的凶手是五年前的一个连环命案凶手，高智商，极其变态。五年前他没有被抓住，所以想干一票大的，他花了很长的时间，摸索出梁情的行程轨迹，又恰好知道时笙和梁情曾经发生过争执。

"他怎么拿到我指纹的？"时笙提出自己的疑问。

张局皱了皱眉，还没回答，却被慕白接过话头："你别墅曾报过一次火警，他混入检查人员中进入别墅，拿到你的指纹。"

火警？时笙对此并没有印象。这份口供是韩晓提供的，难道是自己不在的时候？她虽然大多数时间都在别墅，但偶尔也会出去。她出去的时候，就只有韩晓一个人在家，不是大事，韩晓不会和她说。

案子的细节这些人肯定不会和时笙说，所以张局很快转移话题："这些日子让柳小姐受委屈了，过几天我们就召开新闻发布会，柳小姐还得忍耐几天。"

"没事，我走了。"她不想和变态待一块儿。

"我送柳小姐。"慕白突然站起来。

时笙："……"不，不要你送，我怕忍不住手痒弄死你。所以，为了你的生命安全，千万别送。

然而慕白已经迈着大长腿，走到门口，颇有绅士风度地拉开会议室的门。

时笙一屁股坐回去："我想歇歇脚，慕先生先走吧。"

慕白嘴角似乎有轻微抽动，目光闪烁片刻，对着张局颔首，离开会议室。

中年男人赶紧跟着慕白出去，临走的时候，似乎看了时笙一眼，又似乎没有。他的速度太快，即便时笙都没捕捉到。

"柳小姐……你似乎不太喜欢慕先生？"张局怎么可能看不出来时笙是故意的。

"一个陌生人，我为什么要喜欢？"时笙拿看智障的眼神看张局，"他是人民币吗，人人都得喜欢他？"

嘿！你这小姑娘怎么说话的！张局觉得自己要犯心脏病，赶紧离开会议室。然后，他随手拽了个警察进去，等着这个神经病离开。

时笙从警察局离开的时候，又被记者纠缠了。比起刚才，这群记者更加凶残，就差在她脑门插上"凶手"两个大字，拖出去问斩。这次，时笙就没刚才那么好脾气，掏出剑就要大开杀戒。要不是警察局迅速冲出一群警察，分开双方，大概明天的头条就是——破产总裁精神崩溃，警局门口大动干戈。

"再敢到我面前来晃，弄死你们！"时笙被几个警察隔在后面，手还指着那群已经被吓傻的记者威胁道。

记者团：原来柳笙歌真的有病，有病不吃药，跑出来干什么！

时笙被专车送回去，警察局的人表示，再也不想见到这个神经病。被众记者惦记的时笙，依然没逃过被抹黑的下场。到最后，网上不但传她是杀人凶手，还说她已经疯了，把韩晓气得半死。

这些记者简直胡说八道，她家柳总哪里疯了？

但某天半夜，看到自家总裁正摸黑摆弄摄影机，韩晓有些不确定了……她家柳总不会真的疯了吧？韩晓焦虑得一晚上没睡，结果第二天爬起来就看到一条热议的话题。

那是一个秒拍视频，背景很眼熟。韩晓瞅了半天，等认出背景，就被突然冒出来的脸吓得尖叫着扔掉手机。她惊魂未定地看着掉在地上的手机，好半天才下床，打开门往时笙的房间跑。

"柳总，柳总……"韩晓拍着门，焦急地喊着。

"干什么，大清早的，叫魂呢？"时笙拉开门，头发乱糟糟的，脸上有些潮红，皱着眉，神情极其不耐烦。

看到时笙站在自己面前，韩晓才松了口气。

"吓死我了。"

"什么乱七八糟的，我睡觉了。"时笙啪地关上门。

韩晓被门带起的风扑了一脸，站了好一会儿才往自己房间走。她捡回手机，点开刚才那个视频。她之前没有防备，被突然冒出来的血淋淋的脸吓一跳，此时看着，就没刚才那么害怕了。刚才她没看到最后，在人脸之后，还有一句话。

——来啊，不服就代表月亮消灭我啊！智障们！

韩晓：怀疑她家总裁是不是真的疯了，这么中二。

秒拍视频在网上反响很大，觉得自己是正常人的那些粉丝，都认为时笙丧心病狂，要她赶紧去精神病院治疗；言语偏激的粉丝，直接让她去死。

而觉得自己是不正常的那类人，竟然开始为时笙洗白。

这件事一直闹到警察局那边召开新闻发布会，公布梁情的死因以及凶手时。之前帮时笙洗白的人，立即就理直气壮起来。被打脸了吧？欺负我们总裁没人？我们总裁会是杀人犯？

曾经那些叫嚣得厉害的网友，此时哪里还敢出声，感觉全是神经病雇的水军在嘲讽他们。

因为证据充足，很快结案，这件事就算告一段落，时笙又进入坐吃等死收快递的生活状态。总有莫名其妙的人给她送东西，一开始还是正常人，后来就变成百年居的物业和保安，再后来是过路的大爷，放学的小妹妹，送外卖的小哥，现在已经变成快递。

时笙对来历不明的东西向来抗拒，谁知道里面是不是有炸弹？不怕一万，就怕万一，小心驶得万年船。她不谨慎，早翻船几百年，被人挫骨扬灰了。

再次见到叶风是在半个月后，时笙心血来潮，带着韩晓出去吃火锅。结果刚进火锅店，就看到叶风和萧玲珑姿势暧昧地坐在一起，两人你一口我一口，吃火锅还吃出高档西餐的格调。

叶风作为梁情案子的另一个嫌疑人，不知道用了什么潜规则，竟然没有多少消息传出。当然，时笙觉得是自己太厉害，吸引住万千网友的视线，这才让叶风没被人注意。

"梁情才死多久，他就有心情和别的女人搂搂抱抱。"对叶风敌意很深的韩晓一脸嫌弃，"柳总，当初你不要这个小白脸是正确的。"

"这个世界上，有种人不和女人亲密接触就会死。"时笙严肃地回答韩晓。

韩晓：柳总又在胡说八道。

时笙找个角落坐下。

"请问两位小姐是要微辣还是特辣？"服务员尽职地询问。

时笙豪气地撸袖子："吃火锅当然是特辣！"

时笙是可以吃辣的，但是韩晓不行，吃一口就被辣得不得了。看时笙吃得那么高兴，她又不好意思说，只能忍着，小心地吃几口。

"我去上厕所，别吃我的肉！"时笙突然起身。

韩晓微微点头。这么辣的火锅，柳总竟然吃得面不改色，佩服。

时笙离开，韩晓自然不再吃东西，准备等自家总裁回来，再装模作样吃一点。然而时笙没回来，服务员先过来，还端着一个小火锅，里面的汤料是清汤的。服务员直接将它放到韩晓旁边，笑着离开。

韩晓：完了完了，感觉自己被自家总裁撩到了，柳总好贴心啊！

时笙从洗手间出来，可能地上刚做过清洁，有些滑，时笙没踩稳，身子突然朝着前面滑去。前面正好有个人迎面而来，眼看两人就要撞上，时笙突然撑着旁边的墙壁，一个帅气的侧空翻，落到旁边干净的地面。

刚准备伸手接人的慕白："……"

说好的英雄救美呢？这姑娘又不按剧本走！他不着痕迹地收回手，微微颔首，道："柳小姐，好巧。"虽然对面的女人根本没看他，但他是绅士，涵养不能丢。

突然听到一个略熟悉的声音，时笙抬头。看清慕白那张脸，她突然扭头就走，速度极快。

慕白：他长得很吓人吗？

他若有所思看着时笙的背影，好一会儿才收回视线，几秒钟后进入男厕所。

时笙回到座位上，见韩晓已经吃上，便坐下继续吃。

"柳总，谢谢。"韩晓脸上被辣出来的红晕还在，此时这么说话，看上去有点像含羞带怯。

"下次不喜欢，可以直接和我说，我又不是变态，非得让你和我吃一样的。"时笙一边往嘴里塞肉片，一边含混不清地说。

"喀喀……"韩晓被呛了一下。

吃完火锅，时笙让服务员结账，却被服务员告知已经结过账。

时笙："……"不但有变态送她东西，还有变态帮她结账，这是要搞事情啊！

"风哥哥，我爹地说让你去我家一趟，你就和我一起回去好不好？"萧玲珑黏糊糊的声音响起，如果不是她之前那么针对时笙，时笙其实还挺喜欢萧玲珑。

声甜腿长会撒娇，这就是她喜欢的小姑娘类型，可惜……小姑娘不喜欢她，这就有点尴尬了！

"今天我有事，明天再过去，你先回去。"

"啊？"萧玲珑失望地啊一声，但也没纠缠，"那好吧，明天我给风哥哥打电话。"

时笙就站在结账的地方，大多数火锅店，结账的吧台都是靠着大门的，所以叶风和萧玲珑出来，毫无意外地和时笙撞上。

搞笑的是，叶风还没和时笙杠上，门口突然涌入一队人马，将叶风和萧玲珑围在中间。

"这不是我们叶风叶大少爷吗？这是带着哪家的小姑娘出来潇洒，你不是特有钱吗，怎么带人家小姑娘来这种地方？"领头的是个和叶风年纪差不多的青年。

叶风上次买了Lucky手链，现在穷得吃土，还倒欠系统不少积分，哪里有钱大手大脚地享受？

"这小姑娘水灵灵的，上次那个谁……"

"梁情，就是死了的那个女明星。"旁边的小弟提醒。

"对对对，就是那个女人，啧啧，那身段，那姿色，真是可惜……叶风，你艳福可不浅。"

·206·

叶风像是被触碰到什么神经，一拳打向青年，青年没有防备，被打得往后退了好几步。青年捂着被打的脸颊，狠狠吐了一口口水："给我打！"

时笙和韩晓站得本来就近，一群人突然干起来，很容易被误伤，时笙赶紧带着韩晓往外面挪。

出了店门，时笙淡然摸出手机，拨打110。有事找警察，警察叔叔会为你保驾护航，一生无忧！

警察来得很快。

"你们来得挺快的啊。"时笙以报案人的身份，轻松地走到那小警察跟前。

一个曾经被时笙"摧残"过的小警察正好在，看到站在外面的"神经病"时笙，双腿发软。小警察艰难地咽咽口水，欲哭无泪，有病吃药，别来祸害我们！

"啊！"人群中突然发出一声接一声的尖叫。

时笙和小警察同时看向店里。

萧玲珑死了，死在火锅店的卫生间里。

本来打架斗殴不算什么大事，在店里吃饭的那些人也不怎么在意。有人去上厕所，发现萧玲珑躺在地上，这才发出尖叫，接着引起店里的恐慌。

小警察目光灼灼地看着时笙。

时笙：看什么看，又不是我干的。

时笙不在场证据充足。她出店门的时候，监控器的画面显示，萧玲珑还站在叶风后面，虽然脸色苍白，但看上去很正常。诡异的是，就在时笙离开后，监控器就坏掉了，但外面的监控明确拍到，时笙一直站在外面，还有韩晓这个目击证人。所以这件事她除了报警，并没有任何疑点。

陆陆续续赶到的刑警，对时笙投以百分百的关注度。这神经病是死神附体吗，怎么哪儿都有她？

这是大案，张局不免亲自过来。当然，主要原因还是听说时笙这个神经病在场。

"柳小姐……"张局这一声，那叫一个无奈。

时笙扯着嘴角笑了笑，道："张局长，好久不见。"

"喀喀，好久不见。柳小姐是到这里来吃饭？"

"不然呢？"

张局：你再这样，我要打精神病院电话了！

之前他们就找人鉴定过她是不是真的有精神病，但这姑娘思维清晰，除了偶尔蹦出几句比较可怕的话，并没有其他出格的行为。总不能因为她思想危险，就把她抓起来吧？为这种事抓人，他们警察局大概会忙不过来的。

"柳小姐可看到什么可疑的人？"因为没人愿意给时笙录口供，所以只能张局亲自上。

"我看谁都可疑。"

张局问完流程上的问题，长长地松了口气，说出一段不得不说的话："柳小姐先回去吧，如果想起什么，记得打电话告诉我们，不用亲自来，不要耽搁你宝贵的时间。"

他们并不想看到她。时笙被刑警队全体嫌弃。

媒体来得很快，这些人看到时笙在场，又站在警方那边，脑子里的各种猜想就停不下来。经历过时笙气势汹汹要砍人的事，这些记者也不敢太上前。

当时，大家都没注意到她从哪里摸的剑，后来他们细细一想，剑可能是被她藏在身上的，比如那种软剑就可以绕在腰间……一个能随身藏剑的神经病，很危险！

萧玲珑是在公众场合遇害，警方根本就捂不住，所以留给他们的破案时间不多。

然而，店里所有可能拍到有用信息的监控都被毁坏，最有嫌疑的人都有完美的不在场证明。时笙这个神经病就不说了，而叶风当时在打架，那么大一群人都能做证，那这个凶手是从哪儿冒出来的？

"张局，梁情和萧玲珑都和叶风有不正当关系……这叶风也是挺有本事。"

张局沉默地翻着资料，一个是当红明星，一个是著名珠宝商的掌上明珠，偏偏都和叶风有关系。这叶风也挺古怪，之前还是个穷小子，听说一天打好几份工，后来不知怎么就有钱了，一跃成为圈子里的新贵。

时笙觉得自己挺倒霉，好不容易出门吃饭，结果遇上谋杀，回去的路上车子还抛锚。

"柳总……您觉得萧玲珑是怎么被杀的？"韩晓小心地问，她们出来的时候，萧玲珑还在叶风后面站着，后面才过了多长时间？

"想知道？"

"您知道？"韩晓诧异，她只是想和时笙讨论一下。

"有什么是我不知道的？"时笙嚣张地笑道。

"那凶手是怎么在那么短的时间里做到毁坏监控，还将萧玲珑弄到卫生间杀死的？"韩晓好奇地问。

时笙撑着下巴看向车外："凶手只需要破坏监控就行，萧玲珑是自己进卫生间的，至于杀她就更简单，让她死于化学混合物中毒而已。"

时笙从卫生间出来的时候，踩到地面，差点滑倒。可当时那个时间点，客人正多，店里不应该做清洁。只是当时没什么特别的事发生，她也没在意。等萧玲珑出事，她才想起这一点，以及她在卫生间里闻到的那股很淡的古怪味道。

韩晓听得一脸不解，什么意思？

萧玲珑是自己进卫生间的，为什么啊？当时叶风被人打，她往卫生间跑什么？

"我哪儿知道她往卫生间跑什么?"时笙突然推开车门下去。
"柳总,你干什么去?"韩晓叫了一声。时笙没回她,韩晓赶紧下车。
时笙大步朝对面的一辆黑色宾利走去。她伸手拉开车门,将驾驶座上的人拽出来,探头往里面瞧了瞧。车厢后面是空的,没人。
时笙将司机摁在车门上:"谁让你跟着我的?"
司机瑟瑟发抖地道:"没……没人让我跟着你啊。"
时笙抬手就要揍司机。司机立即捂头,道:"我我……我只是来送东西的,我什么都不知道。"
司机拉着一后备厢的玫瑰。时笙揪着司机的衣领,语气阴森地道:"告诉叶涧,他再敢玩这些花样,老子弄死他。"
司机继续发抖,他刚才好像什么都没说……他肯定什么都没说。
时笙放开司机,伸手拍了拍他的肩膀,笑容浅浅地道:"再帮我带句话,有本事自己来见我,躲在后面当王八算什么东西。"
司机只觉得面前这姑娘笑得好吓人,那句话随便怎么解读,都是在骂人吧?
司机怕时笙揍他,连连点头。果然是少爷看上的人,这么暴力,这以后的日子还过不过了?
韩晓站在旁边都看蒙了,完全跟不上自家总裁的思维。叶涧是谁?这段时间,总是莫名其妙给柳总送东西的人?柳总怎么知道的?
时笙要知道背后的人能有多难?她利用百年居的保安与物业,顺着网上线索去查,再结合文里出现的角色,要确定这个人的身份很容易。
叶涧。
这个故事的反派之一。他是神经病,听说喜怒无常,有暴力倾向,更可怕的是,他还有特殊癖好。究竟是什么特殊癖好,她就不知道了,剧情也没详细描写。
至于他为什么是反派之一……因为男主角踩的反派太多,而且个个都挺厉害,所以叶涧只能拿到反派之一的称号,并不能称霸全文。

百年居11号别墅。
液晶电视上正播放着新闻,新闻的内容是萧玲珑遇害的事。
"少爷。"西装男不知从哪儿冒出来,站在沙发后面,对着沙发恭敬地鞠躬。
沙发那端突然慢慢地升起一个毛茸茸的脑袋,随后是脖子、侧脸……
"少爷……"之前那个司机战战兢兢地上前,"柳小姐让我给您带句话。"
司机害怕自己说完那句话,会被自家少爷给掐死,所以为了寻求安全感,司机往西装男的方向靠了靠,快速将时笙的话复述一遍。
客厅里的新闻联播声突然停止,整个空间寂静无声。司机心跳如雷,少爷要掐死他了吗?

司机看着叶涧从沙发上站起来,绕过沙发,走到他面前。司机的双腿已经开始发抖。叶涧修长的手朝着他伸过来,越来越近。司机瞳孔紧缩,努力呼吸新鲜空气,可他觉得这些空气怎么都进不到肺部。那双手从他脖子前滑过,最后落在他的肩膀,力道不轻不重地拍了拍:"去领奖金。"

直到叶涧离开别墅,司机才像是能呼吸,身子瘫软在地。吓死他了。

时笙回到别墅就看到别墅外面的男人,他安静地靠着雕花铁门,修长的双腿交叠在一起。此时阳光正好,穿过树冠枝叶,分散成斑驳的光影,投射在他身上。

时笙仅一眼就知道这个人不是凤辞,所以她是拎着剑过去的。那气势汹汹的样子,简直就像寻仇。

叶涧本来还想要帅,结果被她气势汹汹的样子给吓到,立即跪了。

"柳笙歌,有话好说。"他伸出手,示意时笙停下。

时笙的铁剑砍在铁门上,铛的一声,回音远远传开,伴随着她的声音:"我和你有什么好说的?你谁啊?!"

叶涧看了看旁边寒光闪闪的铁剑,脸上勾起一丝笑意:"你明明知道我是谁,再问这个问题多没意思。"微风从他发间拂过,斑驳的光点浮光掠影一般从他清透的眸中闪过。

时笙的铁剑逼近叶涧。

"我是叶涧,叶子的叶,溪涧的涧。"帅不过三秒,叶涧秒跪。

时笙将铁剑压向叶涧,恶狠狠地问:"你送我东西干什么?"

"看上你了啊!"叶涧哭丧着脸,"你很符合我对未婚妻的喜好,没钱,有颜,身材好。"

没钱?有颜?身材好?

叶涧只觉得寒气逼近,阳光从铁剑上折射进他的瞳孔中,似乎有丝丝缕缕的寒气渗进他的五脏六腑。铁剑从空气中划过,呼啸声犹如被放大无数倍。叶涧没想到她真的敢动手。

好吧,几乎所有人都没想到,除了时笙。

叶涧在最后关头朝后面闪开,速度虽然够快,可还是被铁剑划破衣裳,布料轻飘飘地从空中落下,锋利的铁剑从中刺过去,直逼叶涧。叶涧略显狼狈地往后退,抓着旁边的树干,迅速爬上去。呼啦一下,他四周刚才还绿意葱葱的枝叶,此时正纷纷扬扬漫天散落。空气中杀气肆意,随便动一步,似乎都能被搅得粉碎。

叶涧站在已经没有枝叶的树干上,那身姿怎么看都有点萧索。

"柳笙歌,我会回来的。"叶涧突然吼出一句经典台词,迅速跳下树干,一溜烟

· 210 ·

跑走。

"有本事你别跑。"

"不跑我是智障吗？"叶涧抽空回了一句，"有本事你来追我啊。"

"智障！"时笙突然抬手，一剑挥过去，如同龙卷风过境，落叶被卷上空中，朝着叶涧涌过去。

叶涧脸色微变，快速朝另一边跑。在他跑过一个弯的时候，落叶龙卷风突然失去力量，天女散花般溃散，铺了一地。叶涧松了口气，看来是有距离的。这个柳笙歌好难对付，关键是她那把剑……

叶涧眸子微眯，朝着另一条小道走去，很快消失在影影绰绰的树木间。

当工作人员看到那光秃秃的树枝，皆是不解。旁边的树都好好的，怎么就这棵树的树叶不见了？这棵树就在时笙家外面，他们当然要问一下。然后，他们就得到以下答案——

"不知道，我整天没事盯着树看什么？有可能是它觉得自己那身衣裳不好，准备换一件，又也许，它喜欢裸奔。"

一众工作人员：喂，110吗？我们要报警，这里有个神经病，竟然说树喜欢裸奔。

工作人员在几十米外的地方，发现了满地疑似这棵大树的树叶，更加不解。灵异事件？吓死人。工作人员赶紧查看监控，然而监控已经被叶涧删掉，无疑更加让工作人员确认这是灵异事件。

后来，那棵树一直在"裸奔"。它没有死，但也不长树叶，各方专家来看，也没看出个所以然。这棵大树被报道后，也成为百年居一道奇观，后来更成为百年居的不解之谜，当然这是后话。

萧玲珑的案子一直找不到嫌疑人，警方排查的嫌疑人都有不在场证明。虽然警察很努力，可依旧什么都找不到，这就成了一件悬案。

萧茂痛失爱女，加上之前叶风和梁情不清不楚的关系，萧茂已经不喜叶风。叶风和萧茂的合作关系破裂，叶风的任务继续失败。

【任务失败五次，绑定者将接受严重惩罚，也将失去绑定资格，请绑定者谨记。】

手机屏幕上，红色加粗的提醒，格外显眼。

叶风额头上青筋暴起，捏着手机的手不断用力。他已经做失败了三个任务，再有两次，他就得接受不知道是什么的严重惩罚。不！他绝不能再失败。

失败三次，叶风颇感压力，而软件的提示更像一块硕大的钻石，让他无法喘息，却也让他不想放弃。

叶风返回主页，看着上面唯一的任务，点击"接受"。

· 211 ·

第九章　破产总裁（下）

时笙不知道自己到底哪里吸引了叶涧这个神经病，上次被砍之后，叶涧竟然不怕死地继续来撩她。偏偏这人一看时笙要掏剑，立即遁走，气得时笙挠墙。

比起叶涧这个神经病，时笙更不乐意见到慕白，可躲他肯定是躲不掉的。

慕白登门造访。时笙觉得自己要是把他关在门外，显得自己怕他，所以把慕白放了进来。

【……】宿主还有被害妄想症？主人你快回来，宿主病情又加重了！它快成废系统了！

"柳小姐，你似乎很怕我？"慕白优雅地喝口茶，慢条斯理地问。

时笙坐在对面，双手环胸盯着慕白，神情嚣张地道："怕你？你当自己是哪根葱？"她是查过慕白资料的，从资料上来看，这个男人无疑是天之骄子，不管做什么都比别人厉害，顺风顺水得像是天道的私生子。可是他……不是剧情中的人物。这么厉害的人物，就算不是叶风的踏脚石，也肯定是叶风的朋友，可偏偏剧情里连"慕白"这个名字都没提及。

慕白放下茶杯，声音低沉地道："那柳小姐为何每次看到我，都不是很愉快？"

"为什么看到你，我要愉快？"时笙突然不怀好意地笑了，那笑容里的恶意过于明显，慕白就算不想发现都不行。他听她用一种古怪的音调道："说不定你脱光光，我看到会比较愉快。"

慕白："……"

两人无声对视，视线在空中交会，似乎能激起层层火花。

时笙过于镇定，脸上的笑容让慕白有种很不舒服的感觉，他突然生出逃离这里的念头。这个念头刚冒出来，就被慕白自己掐灭。他率先移开视线，将一张烫金请帖放到时笙跟前："柳小姐，这是不久后的一场大型拍卖会，相信你会感兴趣的。"

时笙看他两眼，弯腰摁着请帖的一角，将请帖从透明玻璃上滑到自己面前，指尖轻挑，翻开请帖。

——时光掩埋不住的秘密。

拍卖会的主题。

时笙收回手，道："我现在就是个破产总裁，你给我送请帖，有毛病？"

慕白的嘴角上翘几分，整个人似乎变了气质。他缓缓出声："柳小姐，这里面说不定有你想要的东西。"

"你知道我想要什么？"她没什么想要的东西。

"我知不知道，柳小姐去了就会知道。"慕白起身，微微弯腰，"告辞。"

时笙手指动了动，空气扭曲片刻。

慕白身形忽然顿住，扭头道："柳小姐对于萧玲珑一案怎么看？"

"关我屁事。"

"柳小姐当时在厕所门口，滑了那么一下，就不觉得奇怪吗？"慕白似乎想引导时笙什么。

"关你屁事。"

慕白神情微微一怔，转移话题："柳小姐门外的那棵树，造型很独特。"

时笙笑眯眯地道："慕先生喜欢，我也可以免费给你来一个这么独特的造型。"

慕白：还是不了。

慕白刚走，叶涧就开车停在时笙家门口，狂按喇叭，制造噪音。要不是这附近的别墅离得特别远，叶涧绝对会被人吊起来打。

时笙拎着剑出去，韩晓正好从外面回来，快速从叶涧的车边绕过来。

韩晓挡住时笙的去路："柳总，你看新闻了吗？"

"什么新闻？"

"今天萧玲珑的保姆收拾她的东西，不知怎么，搜出了Lucky手链。"

Lucky？

"之前梁情也是晒过Lucky手链后被杀的，现在萧玲珑又是如此，媒体大肆报道，说梁情的案子有隐情，要求重审，还梁情一个公道。"

"这和我有什么关系？"时笙事不关己地反问。

"因为柳小姐现在又卷入一场是非中。"叶涧不知何时下了车，跟着韩晓进来，"柳小姐缺护花使者吗？"

"我缺肥料。"时笙咧嘴，露出阴森的笑。

叶涧一个哆嗦，鸡皮疙瘩瞬间遍布全身，脸上却是醉人的笑："能为柳小姐出生入死，我甘之如饴，不过柳小姐能否容许我为家中父母养老送终？"

"滚！"

"柳小姐这么凶，以后要是嫁不出去，可以考虑我。"叶涧开始往后退，这个女人要发飙了。

嫁不出去！我需要嫁吗？这个智障！

叶涧一溜烟退回车上，上车之后，又下来，将一张帖子放在铁门旁边："柳小姐，这次有好东西。你若需要专车接送，我随时恭候。"

"柳总……这个叶先生？"韩晓迷茫地挠头，他以前和柳总也没什么交集，怎么忽然就缠着柳总不放？

她忽然捧脸，诧异地道："柳总，他不会真的喜欢你吧？"

"你从哪里看出他喜欢我？"时笙睨着韩晓。

她可没从叶涧身上看出什么喜欢。

"他不喜欢你，为什么总送你东西？还……"整天跑来撩你？

"可能脑子短路。"时笙目光沉了沉，"你刚才说什么？"

韩晓想起自己要和时笙说的事，瞬间将叶涧抛到九霄云外。

因为Lucky手链出现在两个死者身边，虽然梁情那是假的，可经过网友多方考证，梁情那段时间根本没收过什么小粉丝的礼物。加上梁情删掉的那条微博，更加让人怀疑。后来，又有高手将梁情微博上还没删除的照片与Lucky真实照片进行对比，得出结论，梁情照片里的就是真正的Lucky手链。

萧玲珑那里就更不用说，萧家本就是做珠宝生意的，这点眼力见儿都没有，也不用做什么珠宝生意了，所以现在两个死者都和Lucky手链有关系。

Lucky真的可以带来幸运吗？这个疑问成为现下广大网友关心的问题。

这件事的后果是，时笙又被卷了进去。因为她不但是梁情案子的嫌疑人，也曾出现在萧玲珑死亡现场。网友表示，哪有这么巧合，梁情死时她是嫌疑人，萧玲珑死时她又在现场，这绝对有预谋。

萧玲珑没什么粉丝，可有萧家这个后台，所以时笙这个破产总裁，此时的处境很不好。当然，这是在外人看来。事实上，时笙过得很潇洒。

"柳总，您真的不生气？"网上那些人那么诬蔑柳总，明明杀害梁情的凶手已经抓到，萧玲珑的案子，柳总也有不在场证明，这些人竟然还把脏水往柳总身上泼。

"生气会变老。"时笙指了指韩晓的眼角，"你看皱纹都出来了。"

"柳总……"她哪儿还有什么心情关心皱纹。

"嘴巴和手长别人身上，我总不能都去砍了吧？"时笙忍不住翻个白眼，"你难道想我去称霸监狱？我这样的，肯定是监狱一枝花。"

韩晓："……"这种时候还有心情开玩笑，柳总你赢了。

作为一个破产总裁，还是杀人凶手嫌疑犯，时笙跑来参加这么高档的拍卖会，自然接收到不少打量和猜疑。

慕白先看到时笙,直接朝着她走过来:"柳小姐,你来了。"

"不熟,不约。"时笙绕开他就走。

慕白语塞,好一会儿才道:"柳小姐对这里不熟,不如我给柳小姐引路。"

"笙歌有我带着,就不劳烦慕先生了。"旁边一道声音突兀地插进来。

叶涧几步走到时笙身边,对着时笙微微一笑:"笙歌怎么不等等我?这里人多,走丢了我会担心的。"

时笙皮笑肉不笑,往后退一步:"我和你很熟吗?"

叶涧脸上的笑容顿时僵住,使劲给时笙眨眼睛,给点面子啊!

一个神经病,一个变态。时笙完全不想和他们有任何交集,所以在叶涧拼命要她给点面子的时候,转身就走,留下两个大男人大眼瞪小眼。

"别打她主意!"

"别打她主意!"

这句话,两人几乎是异口同声。

随后两人对视三秒,动作非常统一地转过头,各自离开。

时笙拿着请帖进入正式拍卖会场,里面的光线有些暗,不少座位上已经有人。找到自己的位子,时笙坐过去,却发现旁边坐的竟然是张局。

"张局,查案呢?"时笙坐下,二郎腿一跷,昏暗的光线将她胸部的曲线勾勒得十分诱人。

"我就不能来参加拍卖会!"张局狠瞪时笙一眼。

"你没钱。"时笙一针见血。

"你也没钱!"张局不服气,这神经病都破产了,还好意思说别人没钱。

"你怎么知道我没钱?"时笙反问。

"有钱你会破产?"

时笙眉宇间满是嚣张地道:"那是因为我想让它破产。"所以它就破产了。

张局:你父母知道,会跳起来打死你的。不对,她竟然说想让它破产,她以为是一家店,说关门就关门?

张局觉得自己心脏病又要犯了,每次遇见这个神经病都没好事。他恨不得离时笙百米远,可是这位子不能随便调换,而且他这里也不能调换。

"你还敢出来,胆子倒是挺大的。"张局生硬地转移话题。

"还不是因为你们无能。"

张局:还不如不转话题!

张局决定做个安静的局长,不和神经病瞎闹。

好在拍卖会没多久就开始,慕白和叶涧都坐在比较靠前的位子,而他们旁边都空着一个座位。

两人同时看向对方,看到空荡荡的座位,脑中同时闪过一个疑问,她从哪儿弄来的请帖?

时笙的请帖哪儿来的?作为破产总裁,她肯定是拿不到的,但是作为卖方,她当然可以拿到一张请帖。她空间里那些东西,随随便便拿一样出来,都是难得一见的珍品,想弄张请帖多容易。

叶风在拍卖会最后才进来,身边跟着一个女人。时笙在脑海里把叶风的女人扒拉过一遍,发现没人对得上号。

叶风新挖掘的女人?可以啊男主角!这么短的时间就遇到这么一个看上去来历不简单的女人。

时笙往张局那边凑了凑:"你们就这点人?"

张局心头一跳,警告性地瞪时笙一眼,又环顾四周:"柳小姐,不要乱说话。"

"怕什么。"时笙不在意地道,"反正明眼人一看就看出来了。"

张局死命地瞪时笙。

"柳小姐这话是什么意思?"张局忍着跳起来打时笙的冲动,"不耻下问"。他们自认还是伪装得不错,怎么这神经病一眼就看破?

"知道今天来这里的都是什么人吗?"时笙挺无聊的,所以决定和张局掰扯一下。

张局点头。他当然知道,不然怎么会出动刑警。

"所以你觉得你们混进这样一群人中,能让人发觉不了?"

张局咬牙切齿地问:"柳小姐,你有什么高见?"

"没有。"时笙顿了顿,"有也不告诉你。"

张局气得快抓狂。

时笙突然不怀好意地笑了一声,指着张局左首边的一个人:"那个人倒是伪装得不错,暴发户,反正不懂规矩什么的,也情有可原。那套装备是拍卖会赞助的?"

"伪装得不错,你还能发现?"

"他老是偷看你,除非你觉得他暗恋你。"时笙双手一摊,身子微微坐正,而此时拍卖台上,拍卖师已经进场。

张局气得脑袋冒烟,却也不好再说什么,全神贯注地注意着四周。

今天要拍卖的东西价值连城,他们在里面的兄弟确实只有这点,但是外面早就被围得水泄不通。

今天这些业界大佬都是冲着"天使之心"来的。

"你说,这玩意给人带来诅咒,这些智障还花钱买,是不是智障?"时笙和张局唠嗑。

张局并不是很想唠嗑，他在工作。他是个敬业的人，工作时间怎么能随便唠嗑？

时笙悠悠出声道："你别瞅了，按照定律，就算真的有人来，你们也是肯定拦不住的。"

"什么定律？"张局问了一句。他们怎么就拦不住？他们是警察好不好，这个神经病竟然小看他们。

时笙特认真地给张局来了一句："小说定律。"男主角在这里，如果真的有人来抢，跟这些刑警绝对半毛钱关系都没有，赢的只会是男主角。

张局差点一口血喷出来，她真的不是来捣乱的吗？

前面的拍卖进行得很顺利，进入最后的"天使之心"拍卖流程时，从"天使之心"被推出来，时笙就感觉到一股很奇怪的力量。

这个位面的灵气很弱，但是从"天使之心"出现，时笙感觉灵气更加微弱，转瞬整个空间就再无一丝灵气。所有的灵气都逃出了这个拍卖场。对，不是被吸收，是往外逃了。灵气竟然惧怕"天使之心"，这玩意是什么东西做的，这么厉害？

拍卖师解说完一大堆无用的信息，揭开盖着"天使之心"的罩子，里面的东西立即呈现在众人面前。它的颜色比Lucky更加鲜艳，就像一颗活生生的心脏，仿佛下一秒，可以怦怦跳动。

时笙无法否认，"天使之心"做得很精致，但是它散发出来的气息让时笙很不喜欢。不是黑暗邪恶，是一种蛊惑，蛊惑人们得到它、拥有它。时笙突然嫌弃地撇嘴。

"我猜那个雕刻师用鲜血喂过它。"时笙在心底和系统交流。

【是的。】

"哼，不知死活。"

【他早死了。】系统提醒时笙。

"所以把烂摊子留给后人。"时笙继续哼哼，"我才不给他收拾烂摊子，这玩意可不好对付。"

这根本不是什么钻石，是一种玉。她那个世界的远古记载中，称呼这种玉为血玉，以血喂养，可生灵智，以供驱使。最好的血玉是半透明的，个头越大的血玉，喂养出来的灵智越强大。但是，生出的灵智如果不被正确引导，会变成吸食欲望的邪灵。为得到更多的欲望，它会不断激发人类心底的欲念，从而壮大自己。听说吸食了一定欲望的邪灵，是可以离开血玉、拥有实体的。

就这种玩意，让她去对付？开什么玩笑！费力不讨好，她拒绝！而且……

【宿主，这个任务只有你能完成。】

放屁，你把男主角放在哪里了？这种设定，一看就是给男主角的。

"你就算说我能拯救银河系，我也不会去做这个任务。"

【……】宿主,你不要这样任性好吗?我这是给积分,让你赚积分你都不赚!

"太麻烦。"

【……】就你一剑砍过去,立刻就搞定了,麻烦什么?

"挥剑很累!"

【……】无言以对,如此任性的宿主,世间仅有。

时笙说不干,那就是绝对不会干。所以在接下来的"天使之心"竞拍过程中,她一直冷眼旁观。

比起Lucky手链,"天使之心"的底价是十位数,一般有钱人就看看,根本连声都不敢出,只有更有钱的在举牌子。张局大概是没见过这么"凶残"的场面,表情有些诡异。

"柳小姐,你不参加竞拍?"张局突然扭头和时笙说话。

时笙耸肩:"没钱。"

张局:"……"这个反复无常的神经病。

啪!大厅的灯光突然熄灭,整个拍卖厅陷入黑暗,人群惊慌的声音充斥整个大厅。

"都别慌,坐在原位别动。"张局高喊一声,然而并没有人听他的,四周杂乱的脚步声和尖叫声交织,人群恐慌地朝着会场外涌。

时笙悄无声息地站到靠墙的边缘,防止被那些慌不择路的人误伤。

灯光在两分钟后恢复,场面很混乱。时笙最先看到的是慕白和叶涧,两人都站在她之前坐的那个位子不远处。

光线亮起的时候,叶涧率先环顾四周,发现靠墙的时笙,几步朝着她冲过来。

"柳笙歌,你没事吧?"

"没死。"

叶涧:谁问你死没死。

慕白只站在远处看她一眼,没有过来。

"啊!"突然有人尖叫一声,指着拍卖台大叫,"天使之心不见了。"

拍卖师和两个司仪躺在地上,不知是死了还是晕了。

拍卖台上的"天使之心"不见踪影。

张局目光复杂地看向靠着墙、一脸漠然的时笙,这神经病还真是一语成谶。

经过警方勘查,发现偷窃的人是从司仪那边混进来的,至于有没有同伙,暂时还不得而知。当初司仪都是选的在这里工作多年、知根知底的人,可还是让人猝不及防。

在会场的人都要去录口供,叶涧被迫和时笙分开,谁给时笙录口供就成了难题。最后还是张局上,毕竟刚才他离她最近,虽然她的口供没什么用。

"柳小姐,刚才熄灯的时候,你有看到什么吗?"

时笙瞄张局一眼，就在张局以为她要怼他的时候，她突然蹦出一句让张局震惊的话：“我知道'天使之心'在谁那里，你想知道吗？”

张局面色严肃地道：“柳小姐，这件事可不是开玩笑的。”

"不相信算了呗。"时笙双手一摊，不打算说话。

"你说。"张局咬牙道。

"不想说了。"刚才我想说你不听，现在你想听我就得说？我还不乐意！时笙脸上就差写上这么一排大字。

张局差点气得跳脚。

张局不顾尊严，和时笙纠缠半天，才从她嘴里问出一个名字。

"你确定吗？"张局表情严肃地道，"要是你胡说八道，我一定会把你送去精神病院的。"

时笙笑容灿烂地道：“瞧张局这话说的，你都说我有病，我说的话那肯定不能信，除非你也有病。”

张局：你才有病！

张局觉得自己可能真的病了，他竟然相信神经病的话。主要是她说得过于笃定，那认真的表情，让人很容易相信她说的是真的。事实证明，她说的还真是真的。

"我不知道它为什么会在我身上。"叶风极力辩解，"你们怎么能随便抓人？"

"叶先生，证据确凿，有什么话，留着到警局说吧。"警员麻溜地将叶风往车上带。

叶风急红眼，可不管他怎么说，都改变不了"天使之心"在他身上的事实。

时笙正好从叶风身边过去，顿了顿，道："叶先生，找女人的时候不要这么眼瞎。"

这句话莫名其妙，叶风想了想，却是明白了其中关节。他脸色忽而铁青，自己竟然被人利用了。

"柳笙歌！"叶风怒吼一声，"你是在嘲笑我吗？"

"是啊，我就是在嘲笑你。"时笙点头道。若男主角落难的时候都不落井下石，她是不是傻？

"柳笙歌，你别得意，我不会有事的，这件事跟我没关系。"叶风镇定下来。他根本就不知道那个女人是什么身份，就算"天使之心"在他身上，那也不能证明是他偷的。

"没关系，你出来，我再把你弄进去就好。"

她脸上的笑容那么灿烂，可是叶风感觉不到半点温度，对上她那双黑沉沉的眸子，叶风总有种站在悬崖边，寒风凛冽刮过他身躯，整个人摇摇晃晃即将跌入深渊的感觉。

叶风艰难地吞咽唾沫，声音嘶哑地道："你就这么恨我？"

时笙微微凑近叶风，语气森然地道："恨你的是柳笙歌。而我……只是替柳笙歌复仇的人，所以，我并不恨你，只是想弄死你而已。""而已"两个字，时笙故意拖成长音，像是一根尖刺蓦地扎入叶风的心底。

他猛地瞪大眼睛，豁然开朗地道："你……你不是柳笙歌……"柳笙歌那么喜欢他，怎么可能会这么对他，他之前怎么没想到呢？

"柳小姐……"警员瞧着叶风激动起来，立即走上前，"请不要和嫌疑人随便说话。"刺激到嫌疑人怎么办！

"她不是柳笙歌。"叶风双手指着时笙，对着过来的警员道，"她不是柳笙歌。"

警员默默地看向时笙。就这么会儿工夫，你到底跟他说了啥，把他刺激成这个样子？！

警员不顾叶风的嚷嚷，赶紧将叶风带走。

"他刚才那句话什么意思？"叶涧不知从哪儿蹦出来，"你不是柳笙歌？那你是谁？"

时笙回头，嘴角缓缓上翘，道："我是神。"

你是神经病吧？

"柳笙歌，你等等我。"叶涧几步追上时笙，"柳笙歌，你真不考虑一下当我未婚妻？"

"神和凡人不能相恋。"

"没关系，我其实也是神，只是没来得及告诉你。"

"我喜欢凡人。"

"我可以为你下凡。"

众人：这两个中二的孩子到底从哪个精神病院出来的，快拖回去！

离开拍卖会现场，叶涧亦步亦趋地跟着时笙，讨论神和凡人到底可不可以相恋。

时笙走到自己的车前，叶涧还跟着她。时笙突然揪着叶涧的衣领，一个旋身将他摁在车窗上，娇颜在叶涧瞳孔中无限放大。

"柳笙歌，有……有话好说，别动手啊。"叶涧后面毫无退路，只能僵着脖子看她。

"你到底想干什么？"时笙咬牙切齿地问。

"我我我……我在追你啊！难道你没看出来？"

时笙用手指掐住叶涧的脖子，并微微收紧："再给你一次机会。"

"我真的只是想追你。"

时笙兀自点头，表情忽而阴森起来。她伸手拉开车门，将叶涧扔进去。

叶涧："……"

时笙迅速上车，在叶涧不解的视线中，一踩油门开上马路。叶涧没系安全带，因为车子的惯性，脑袋撞到车窗，砰的一声，撞得他眼冒金星。叶涧深刻体验了一把激情与速度。

时笙飙车，将叶涧带到一座山的山脚，拎着他就往上走，叶涧胃里翻滚得厉害。

"柳笙歌……呕……你想带我去哪儿？"这荒郊野外的，她不会想杀人灭口吧？

"杀人灭口。"时笙的声音和叶涧脑中的念头重叠。

叶涧下意识地抱住旁边一棵大树，道："柳笙歌，我就是追你一下，你就要杀人灭口，你是不是太冷血了？"

"嗯，我知道我冷血。"时笙面不改色地掰开叶涧的手，"不用你提醒。"

叶涧已经使了很大的劲，可还是被时笙掰开手。她扯着他往山上走，到了山顶，将叶涧推到一处悬崖边："怎么样，要不要说一下，为什么要追我？"

"我说了，你就不杀我吗？"叶涧往身后看了看，心跳咚咚加速。

"看心情。"

叶涧："……"所以，他为什么要搞定这么一个难搞的女人！

叶涧抬头，对上时笙的视线："你真的不是柳笙歌？"他知道的柳笙歌不是这么的……彪悍。

"重要吗？"时笙眉眼一弯，"还是说，你想追的其实是原剧情里的柳笙歌？"

叶涧目光一凝，上下打量时笙片刻，道："你也是任务者？"

"果然是这样。"时笙露出了然的表情。

叶涧有点蒙。不是说好一个剧情只有一个任务者吗？为什么他会遇见其他任务者？竟然有其他任务者！原来在这里的真的不是他一个人。哎呀妈呀，老乡，好兴奋！

"你的任务是攻略柳笙歌？"时笙目光从头到脚地将叶涧打量几遍。

看见老乡格外兴奋，叶涧忙不迭地点头。他的任务很简单，就是攻略那些万年女配，改变她的结局，然后和她幸福快乐地生活下去。

"你的任务是什么？"叶涧目光灼灼地问。

"弄死男女主角。"

系统告诉他，外力弄死男女主角的下场就是位面崩塌！

时笙以为叶涧和她来自同一个世界，可是和叶涧交流后，她发现叶涧根本就不是她那个世界的人。所以，叶涧其实还是剧情里该有的存在？

系统，解释。

【……】并不是很想解释，【宿主应该知道一些同人攻略文，叶涧是到这个剧情攻略柳笙歌，改变她结局的。】

就是说我现在经历的剧情，其实是以叶涧为主角的剧情，对吗？

【可以这么理解。】

哦……那慕白就是叶涧的情人？

【……】宿主，你在想什么奇怪的东西？

耽美攻略文不都是这样的？所以我现在是该弄死叶涧吗？

【……】谁告诉你这是耽美文，气运最大的还是叶风，不要滥杀无辜啊，宿主！

奇怪，这话好像哪里不对劲。

看在叶涧对柳笙歌没恶意的分上，时笙大度地没有杀人灭口。

【……】明明是叶涧怕死求你，你心情好才放过他。

叶涧：我不是很想说话。

"你当时怎么知道'天使之心'在叶风身上？"叶涧想起正事。

时笙回给他一个略带深意的微笑，道："你怎么知道是我说的？"

"啊！"叶涧眼睛乱瞟，"你作为攻略对象，我当然时时刻刻关注着你。"

对面的女人笑得好可怕。

虽然在叶涧心底，已经认定时笙同为任务者，可叶涧也发现，这个任务者明显不是新手，作为一个"小透明"，他要抱"老司机"的大腿。

"我就随口一说。"时笙慢吞吞地出声。

"随口一说你就说中了？"叶涧诧异，不愧是"老司机"。

时笙高深莫测地道："可能我有预言的能力。"剧情的惯性，有什么好猜的。

跟着叶风进来的那个女人，看起来确实很有钱，可她的眼神过于警觉，进入会场，很快将会场打量一遍，又几次观望便衣刑警所在的位子。时笙要是看不出来，都没脸说自己天下无敌。

剧情里叶风有一个女人，是个杀手，但这个杀手还是个神偷。看今天他们的样子，叶风应该才和这个杀手相遇没多久。按照正常发展，应该是叶风安全带着"天使之心"离开，并理所当然将之据为己有。

在杀手找来的时候，把杀手这样这样，再那样那样……杀手立即倒戈，成为叶风的女人。但是，现在叶风被抓了……杀手还不得活撕了叶风？

看着时笙浮夸的表情，叶涧再蠢也知道她在忽悠自己。

时笙起身往山下走，叶涧赶紧跟上。

"你什么等级？"

"你叫什么名字？你记得自己做任务之前是干什么的吗？"

叶涧那问题一串接着一串地往外蹦。

"那个慕白，柳笙歌，你小心点，我觉得他有点问题。"叶涧忽然蹦出一句。

· 222 ·

本来叶涧已经打算蹦出下句话，结果时笙竟然接话了。

"什么问题？"那个变态当然有问题。

"不知道，反正我就觉得他挺奇怪的。"叶涧纠结，看到慕白，他就想上去揍人。一般他想揍的人，肯定都不是什么好人。

"他不是你的情人？"

情……情人？！

"你在胡说八道什么，我是直的好不好！笔直笔直的！"叶涧生气道。

时笙不怀好意地看向叶涧的下半身："你可以和那个变态试试，说不定是呢？"

"柳笙歌！我要生气了！"

"你上天，我都能把你揭下来。"

叶涧："……"这任务没法做了！

时笙下山，上车，启动车子，一系列动作行云流水。

"哎，柳笙歌，你让我上车。"叶涧拉车门，发现竟然拉不开。

时笙滑下车窗，冲他摆摆手："自己走回去吧。"

"这荒郊野外的，马上就天黑了，你竟然让我走回去，有没有点同事爱？"叶涧扒拉着车门。

同事爱？你就是一串数据，我会对你有同事爱才奇怪。

"没有，再见！"时笙一脚踩油门，车子启动，喷了叶涧一脸尾气。

时笙已经搞定一个神经病，可还有一个变态等着她。慕白这个人……时笙不想太早下定论。

这个位面有毒。明明是男频无敌打脸文，结果变成犯罪文，现在又变成攻略文。时笙决定想办法把慕白绑架了，用武力威胁他，看能不能问出什么。实在不行，她就人道毁灭他好了。

时笙还没来得及策划如何绑架慕白，慕白就自动送上门。她回去的时候，慕白正好在门外，韩晓站在里面和他说话，没有开门的意思。很好，干得漂亮！

时笙直直地将车开过去。慕白听到声音，身体比脑袋反应快，朝着旁边闪开，车子擦着他的衣摆过去。时笙可惜地摇摇头，这变态反应挺快的。要不再来一次？时笙准备倒车。

慕白的声音适时响起："柳小姐，你这是想杀我？"即便经历刚才的事，慕白依然一脸镇定，好像什么都没发生。

"是的，所以你站着别动。"时笙探出头，语气很轻快。

慕白：她是让他站着别动，方便她撞吗？

"柳总，你冷静点，杀人犯法。"韩晓打开铁门从里面跑出来，扒拉着时笙的车窗，"您不是想去监狱当霸……狱花对吧？"动不动就想杀人，柳总咱们有病吃药啊！

"谁说杀人一定会去监狱？"时笙白了韩晓一眼。

韩晓不解，那还能去哪儿？

时笙眉眼一弯，道："地狱。"

噗——

这个冷笑话一点都不好笑。

"无事不登三宝殿，慕先生，找我干什么？"时笙没有下车，视线越过韩晓，看向慕白。

"只是来给柳小姐送个东西。"慕白将一个有些大的盒子放到时笙的车头。

那个盒子她觉得很眼熟，因为之前她在拍卖会上见过。

"这里面是什么？"不要告诉她是"天使之心"。

"天使之心。"慕白的声音不轻不重，正好让时笙听得清楚。

时笙摸出手机，拨到张局手机上："张局，这里有个变态想贿赂我，没空？他用的天使之心，对对对，就是弄得你们现在人仰马翻的那个破玩意。"

慕白：你这反应不对啊！

时笙扔开手机，拎着剑下车。

等张局带着人赶到，第一眼看到的是已经变成废铁的车子，随后才看到被五花大绑、倒在地上的慕白。慕白……怎么会是慕白？

慕白：内心有点崩溃，但我是绅士，我要优雅镇定。

时笙晃着她那把寒气逼人的铁剑，嫌弃地道："你们来得好慢。"

"堵车。"张局一本正经地回答。

时笙指了指地上的盒子。张局给身后的人使个眼色，后面穿着白大褂的人立即上前将盒子扶正，打开。时笙只需一眼就能认出，这是真的。

这东西应该在警察局才对，此时却出现在慕白手里，这个慕白手段够可以的。

"柳小姐，麻烦你说一下事情经过。"张局非常自觉地开始走流程。

"我回来的时候，他就站在门口，说要送我东西，我跟他又不熟，莫名其妙送我东西，摆明有鬼……"

张局记录的速度跟不上时笙，最后索性不记，直接开手机录音。反正总结起来就是，慕白莫名其妙要送"天使之心"给时笙，时笙一言不合就报警了。

"柳小姐，这可是'天使之心'，你就真的不想要？"这个问题完全属于张局的个人问题。

时笙看向已经被人请进车里的慕白，悠悠地道："我想活得久一点。"

张局却是将这句话理解成另外一个意思，不过，一个神经病竟然能抵挡住这么大的诱惑，可比某些人强得多。可惜，她还是个神经病。

因为门口有监控，时笙说的完全属实，所以张局只将慕白带走，至于怎么处置……有待商榷。

"等等，我能问他点事吗？"时笙叫住准备离开的张局。

"不能。"张局想都没想地拒绝。

之前就因为她和叶风说了话，叶风现在还激动着。

"小气。"

张局一个趔趄，伸手扶着车门，深呼吸一口气，上车，关门。和神经病计较，有失他的身份。

几辆警车缓慢离开，慕白坐的那辆车，车窗没关，从时笙面前过去的时候，慕白正好扭头。他的视线准确和时笙对上，带着几分跃跃欲试的挑衅。时笙默默地竖中指。

"柳总……"韩晓站在铁门后面，直到警车彻底没影，才冒出一个脑袋。最近发生的事，够她回味一辈子。

"回家吃饭。"时笙挥挥手，走一半又顿住，叉腰大骂，"……忘记要那个变态赔我的车。"

韩晓：柳总，你的重点！比起车，前面那个吃饭更不靠谱。

韩晓觉得自己需要静静，她已经完全跟不上自家总裁的思维。

当时拍卖"天使之心"的时候，是有媒体在场的，其后发生偷盗事件，自然捂不住，很快便闹得满城风雨。

值得庆幸的是，"天使之心"并没有丢失，而且警方还抓到嫌疑犯。

这个嫌疑犯有点耐人寻味，是和之前萧玲珑案子有关的叶风。而更巧合的是，他是Lucky手链的拥有者。

这个消息不知道是谁爆出来的，瞬间就在网上掀起腥风血雨。万能的广大网友，更是将叶风的祖宗十八代都扒了出来。虽然叶风把自己的资料利用软件做了隐藏处理，可终究挡不住人民群众的力量。而他的高中同学、小学同学，纷纷跳出来爆料。有了线索，要查一个人多容易？

Lucky拍出12亿的天价，叶风哪里来的这么多钱？

一个山村穷小子，如何一夜暴富，成为圈中新贵——这个话题，成为时下最热门的话题。

剧情里，叶风是在很久之后才被曝光家境，那个时候他的地位身份已然稳固，不会因为一些猜疑被动摇了根本。可是现在不同。

叶风被接连卷入两起谋杀案，现在又被卷入"天使之心"盗窃案，此时他的家境被曝光，无比引人注目。虽说最后叶风被无罪释放，但此时关注他的人可不在少数。

叶风狼狈地避开媒体，回到自己租住的房子，他这房子是刚开始做任务时租的，后来他换了房子，但为了买Lucky，他将那套房子卖了，只能暂时住这个还没到期的房子。

他快速掏出手机，点开那个熟悉的软件，点开任务栏。失败两个字，让叶风急速地喘息两下，随后他目光坚定下来。还有一次机会，他还有一次翻身的机会。叶风定定心，点开任务界面，然而此时页面上空荡荡的，系统并没有发布任务。

叮铃——

突兀的铃声吓得叶风手抖了下，他快速将手机放回裤兜，深呼吸一口气，确定自己没什么异常，起身去开门。

门外站着一个很乖巧的女生："叶风哥哥，刚才看到你回来了，我过来看看你。"

叶风勉强笑笑，道："谢谢。"

"叶风哥哥别担心，我相信你。"女生给叶风打气，"外面那些人都是瞎猜，你别往心里去。叶风哥哥还没吃饭吧，我给你做了晚饭。"

女生将手里的保温杯拎到身前，笑眯眯地看着叶风。

叶风拉开门，道："麻烦你了，小琬。"

女生羞涩地低头，走进房间："不麻烦的，能给叶风哥哥做饭，小琬很开心。"

房门缓慢关上，将两人的身影挡在里面。

一道黑影从楼梯间的方向闪过，极快消失不见。

走廊恢复幽静。

叶风睡得迷糊的时候，听到手机提示音，猛地清醒过来。他放开怀里的人，起身去拿手机。手机屏幕上出现一个弹窗——

任务：与柳笙歌亲密接触（亲密程度5）。

叶风差点把手机扔出去，这是什么任务？亲密程度5，意味着他必须和柳笙歌上床，可他现在恨不得掐死柳笙歌，哪里有心情和她上床？而且……这个女人根本就不是柳笙歌。

不对，警局的人说过，她的DNA和柳笙歌以前的档案符合，她就是柳笙歌。她故意骗他的！

"叶风哥哥……"后面有人嘤咛一声。

叶风将手机放下，转身躺回床上，越想越气愤，揉着怀中娇躯的手不免力道加重。最后他直接搂着对方，粗暴地发泄一通。

叶风就算再怎么不乐意，还是得去做这个任务。这种直接发布的任务，他是没法拒绝的。不做就代表失败，失败就代表他即将失去这个软件。他绝对不能失败。

任务只说要和柳笙歌亲密接触，没说用什么办法，他还是有机会的。

时笙完全不知道叶风有这么一个任务，所以当她看到叶风捧着一捧玫瑰，出现在百年居大门外的时候，整个人都万分不解。你竟然敢捧玫瑰出现在这里，也不怕萧家弄死你。厉害了我的男主角。

时笙开着新车从他身边过去，所以叶风并不知道他等的人已经走了。

等时笙回来，发现叶风还在门口……他竟然等了这么久，厉害了！要不是他站的地方在大门口，她车子开不过去，她绝对要直接撞过去，反正男主角又撞不死，缺胳膊断腿都能接回来。

"柳笙歌！"叶涧的脸突然出现在车窗外。他这一声吼得特别大声，那边的叶风被惊动了。

"开门！"叶涧使劲地拍时笙的车窗。上次这个女人竟然把他扔在荒郊野外，他得好好和她理论理论。

叶风已经拿着玫瑰跑过来，挤开叶涧："笙歌，我有话和你说。"

时笙：男主角竟然是来找她的？天要下钻石了啊！

叶涧："……"这谁啊？

叶涧冲远处挥手，西装男几个箭步从车上冲下来："少爷。"

"把他给我弄开。"叶涧指着叶风。

西装男二话不说，上前拽着叶风往后拖。叶风身体素质一般，之前他有积分的时候，会兑换强化身体的药剂，可他现在没有积分，药剂已经断了，基本没什么反抗之力，就被西装男拎开。

"你什么人，放开我！"叶风愤怒地瞪着西装男。

西装男面无表情地将他扔到远处，往他面前一站，居高临下地看着叶风。叶风身形不算特别高，但也不算矮，和人高马大的西装男比起来，显得特别渺小。

叶风知道自己打不过这个男人，准备绕开他往时笙那边去："笙歌，你听我说……"

西装男挡住叶风的去路。少爷说不许他过去！

叶风立即换个方向跑。他身子灵活，几步冲到车窗前："笙歌你听我说，我错了，我真的知道错了，我不该三心二意，以后我只对你一个人好，你相信我，我心底一直爱的是你。"

时笙："……"这种台词不是渣男说的吗？男主角大人，注意你的身份！

"笙歌，我知道你还是喜欢我的，以后你说什么我都听你。笙歌，你原谅我好不好？"叶风为了完成任务，即便此时早已恨不得杀了这个女人，还是装作一脸深情。等他完成这个任务，定要让这个女人付出代价！

时笙目光透过车窗，望进叶风眼中。那是一种很平静的眼神，没有任何的情绪波

· 227 ·

动,犹如一片虚空。叶风嘴边的甜言蜜语,忽然就跟卡壳一般,怎么都说不出来。

"给我把他拉开,你没吃饭啊！"叶涧追在西装男后面,使劲拍着他的肩膀。

西装男：少爷你别追着我打啊！这让我怎么去拉人？

西装男甩开自家少爷,绕到叶风后面,再次拎着他离开时笙的车。

时笙推开车门下来,几步走到叶风面前。

"笙歌,你还是喜欢我的,对不对？"叶风装出深情的模样,"笙歌,我以前浑蛋,你怎么打我骂我都没关系,只要你别离开我……"

时笙接话："离开我,你就不能活是吗？"

叶风愣了一下,随后还是点头："我不能没有你,笙歌。"

时笙忽而展颜一笑,一脚踢到叶风的裆部："那你就去死吧！"

叶风脸色陡然铁青,咬着下唇才没有叫出声,扭着脸看向时笙,这个贱人！

拎着叶风的西装男,双腿无意识夹紧。

叶涧也被时笙那暴力的动作给骇到了,站在原地,好半天都没动弹。

"柳笙歌！"叶风咬牙切齿地从牙缝里挤出三个字,眼底的恨意都快溢出来。

时笙哎哟一声,提醒他："怎么不装深情王子了？"

叶风被提醒,猛地反应过来,狰狞的表情慢慢退下。下体某处疼得他倒抽一口冷气："笙歌,你打我吧,如果你觉得这样解气,你就打我,我不会生你的气,只要你原谅我。"

时笙作势要继续踢："你当我智障？"

叶风见时笙那架势,突然开始往后退。西装男没使多大的力气。他这一退,直接从西装男手上挣开,踩到后面的减震带,身子趔趄一下,摔在地上,脑袋正好磕在旁边的挡车石上。那一下,直接把叶风的脑袋给磕出了血。鲜血顺着他的额头流下来,看着怪吓人。

"智障。"时笙骂一声,转身回到车上。

叶风脑袋撞得发晕,视线有些模糊,只能看着时笙的车进入百年居,消失不见。

"柳笙歌,你等等我！"

叶涧把西装男扔下,自己开车追着时笙进去。

叶风狼狈地回到家,在门外看到等在那里的董琬,心底总算有些安慰。

"呀,叶风哥哥,你怎么受伤了？"董琬发现叶风受伤,很紧张,"快开门,我帮你包扎一下。"

叶风没有拒绝,让董琬进门,给她指了药箱的位置,董琬动作很麻利地帮叶风包扎好伤口。

"小琬,你怎么包得这么好？"叶风摸摸额头,有些诧异地问。

董琬羞涩地低下头，似乎被叶风夸奖是一件很害羞的事："我爸爸以前很粗心，经常弄伤自己，都是我帮我爸爸处理伤口。"

叶风点点头，也没继续问。

"叶风哥哥，你怎么弄成这个样子？"董琬小心翼翼地问，眼底闪烁着心疼。

"还不是那个柳笙歌。"叶风脱口而出，旋即又立即转移话题，"没事，小琬帮我做点吃的，好不好？"

"好的。"

董琬起身往厨房走，在她转身的时候，刚才的一脸乖巧瞬间扭曲起来，眸子里满是狰狞的光。

叶风坐在外面看董琬忙碌。董琬的身材不算特别好，可是她穿得很诱人，叶风看着看着就来了感觉，下体还有些隐隐作痛。那个贱人用那么大的力气，不会把它踢坏了吧？叶风这么一想就不得劲，起身朝着厨房走，将厨房门关上。

叶风依旧会不时出现在时笙面前，时笙对此是拒绝的。

老子的剑呢！

"柳笙歌，叶风怎么回事？"作为知道剧情的叶涧，对叶风的改变也很好奇。

叶风怎么忽然就对柳笙歌这么上心？她可是他的攻略对象！

是的，就算她是个任务者，可系统还是判定，她是他的攻略对象。

"脑子进水了呗。"时笙顿了顿，"你跟着我干什么？想挨揍？"

"不要这么暴力。"叶涧讪笑，"这不是正好遇见吗？"

时笙指了指内衣区："没看出来你还有这种爱好。"

叶涧抬头看去，脸色极其复杂地变了变。他刚才只顾和时笙说话，根本没注意她往哪儿走的。

旁边的营业员已经投来诡异的视线，这么帅气的小伙子，竟然是个变态。

叶涧赶紧道："陪你逛街，刀山火海我也得去。"

时笙随手拽过一件内衣罩在他头上。叶涧镇定地拿下来，递给营业员："按照她的型号，装起来。"

营业员已经露出善意的笑容，只当这两人是吵架。

时笙在前面看，叶涧就在后面拿，反正只要时笙看过的，他都装起来。

营业员：买这么多，一个小时换一套吗？

然而，最后结账的时候，时笙在营业员愤怒的视线中，只买了两件。

这两人是来耍着她们玩儿的吗？

"你怎么买这个型号？我看你……穿不了啊！"叶涧的视线在时笙胸前目测一下。

"你怎么知道我穿不了，要我现在当街穿给你看吗？"时笙开始耍流氓。

"你敢穿，我就敢看。"

时笙拽着叶涧的衣服，开始扒。叶涧赶紧护住："姑奶奶有话好说，这么多人。"

"你不是让我穿给你看？"

"我说的是你穿。"

"对啊，我穿给你看。"时笙将后面几个字咬得格外地重。

"我错了我错了，柳笙歌你快放开我，让人看到，我还怎么做人？"他可是有身份的人。

时笙放开叶涧，一转头就看到慕白站在对面，正目不转睛地看着他们这边。

上次的事，听说慕白只是去警察局喝了杯茶，很快就被放走。

两人隔着一条圆形走廊，遥遥对望。时笙恶寒一下，移开视线的瞬间，慕白身形一动。他转身朝着楼上而去。他后面的那些人立即跟上。看那队伍气势磅礴的，四周的人不由自主地给他们让出位置。

"装。"叶涧哼哼一声。

"你知道，他以前不叫慕白吗？"时笙莫名其妙蹦出一句话。

叶涧没反应过来："什么？"

"没什么。"这个智障怎么会明白她的思想。

"哎，柳笙歌，讲话不要讲一半，这样很没道德的，你知道吗？"

"说了你也不懂。"

叶涧这次反应快："你是在鄙夷我的智商？"

"不！"时笙严肃地道，"我是在鄙夷你整个人。"

叶涧：这攻略没法做了！系统，我要求换人！

"慕白"这个名字是他十三岁的时候被改的，当年信息不发达，时笙扒拉了好久才扒拉出来。而未改名字前，慕白这个人……并不聪明，相反，很是愚笨。听说慕家已经打算放弃这个儿子，偏偏他在十三岁的时候，突然变得正常起来。

这种情况一般有三种解释——

第一，慕白重生了。

第二，慕白是穿越来的。

第三，突然开窍了。

鉴于他改名字的行为，时笙更坚信第二个。

这个位面简直就像是大杂烩！还有一点需要她再扒拉扒拉，情况暂时还不明朗。如果真的是她想的那样，那可有的玩儿了。

时笙去了一趟宠物市场，当然叶涧很不懂，她这么一个暴力狂，竟然会养宠物？

等时笙带着一只小狗崽子离开，叶涧不得不相信，她是真打算养。

"柳笙歌，你确定不是买回去吃狗肉用的？"叶涧很同情这只小狗崽子，它要是被她踢一脚，还能活吗？

"我喜欢吃人肉。"时笙打开后备厢，准备将小狗崽子扔进后备厢。

叶涧：你这样乱说话，会被人当精神病的，我跟你讲。

"抓住他，抓住他，小偷，我的包，快抓住他！"一个精瘦的人影从远处飞快挤开人群，朝着时笙这边跑过来，后面跟着一个女人，正拼命地叫喊着。

时笙突然合上后备厢，抱着小狗崽子往刚才的店铺退。叶涧莫名其妙地看着她。

砰！一辆大概是运送货物的车子，为了闪避那个小偷，慌乱之下，猛地撞到时笙的车上。很好！她的第二辆车报废。

此时正值宠物市场人多的时候，这么一撞，整条马路都被堵死。人群混乱，小偷不知道乘机跑哪儿去了。

叶涧有些不解，好一会儿都没反应过来。柳笙歌是有自动预警功能吗？

时笙视线在人群中晃一圈，锁定在某个人影上。她将小狗崽塞进叶涧怀中，直奔那个人影而去。

张局发誓，他真的很不想见时笙这个神经病。可是，这个神经病连他休假都不放过他，今天，他只是陪老婆来买狗粮，怎么就遇上这么一起事故，还偏偏让这神经病给看到了。

"张局，真巧。"时笙揪着一个女生，走到张局面前。

张局干笑两声："柳小姐，你这是……"

"我怀疑她想弄死我。"时笙将女生往张局面前推了推。

张局："……"

在原主记忆中，这个女生可是她的熟人——董琬。

这才是真正的神经病好吗？

叶涧站在时笙后面没说话，他也是认识董琬的，完全不懂作者给男主角安排这么一个女人的用意。

董琬眼泪汪汪地看着张局，委屈又无辜。张局的老婆立即就被董琬这模样征服，对时笙道："你这姑娘，有话好好说，人家小姑娘怎么会谋杀你？这话可不能瞎说。"

张局暗中扯自家老婆一下，用眼神示意她别乱说话。

"你瞪我干吗！我又没说错，你们警局不是讲究证据吗？她一上来就说人家小姑娘要谋害她，是被害妄想症吧？我瞧这小姑娘手无缚鸡之力，怎么谋害她？"张夫人不领会张局的苦心，反而大声说道。

董琬立即点头，眼泪啪嗒啪嗒地往下掉："这个姐姐突然就抓着我，我都不知道发生什么事了。"

时笙翻个白眼,伸手在董琬身上摸索。

"你干什么!"董琬惊叫着推开时笙的手。

时笙摁着董琬,强行搜身。

"救命,你不要乱摸,非礼啊!"董琬又气又恼地推着时笙,然而时笙的力气哪里是董琬能抵抗的。

"哎,你这小姑娘!"张夫人想上前拉时笙。

时笙一个冷眼瞪过去,张夫人顿时僵在原地。张局手疾眼快地把张夫人拽回来。时笙很快从董琬身上搜出一支针管,针管里还有液体。

董琬脸色苍白,很快又恢复楚楚可怜的样子:"我不知道这是什么。"

时笙没理会董琬,将针管在张局面前晃了晃:"张局。"

张局面色一黑。

几个人被带回警局,化验结果很快出来,针管里是一种很烈的药剂,注射这么一针管,人会直接死亡。

董琬连杀人这种事都敢做,可见心理建设不是一般人能比的。可她一直委屈地表示,自己并不知道东西是哪里来的。最重要的是,针管上没有董琬的指纹。

警局又查了查董琬的社交圈,发现她和普通学生一样,没什么特别之处。张局将调查结果告诉时笙。时笙跷着二郎腿,和脸色苍白的张夫人大眼瞪小眼。

时笙移开视线,幽幽地道:"你们可以去她家里看看。"

"说不定会有意外收获!"抱着狗的叶涧补充一句。

搜查携带这种危险物品的嫌疑人的家,不是什么大事。批准很快下来,张局让人带队去搜查。而搜查的结果让人很震惊,警方从董琬家里搜出了大量医用工具,有的上面带着血,而在她家的冰箱里,还发现了人体组织。

"你是柯南吗?"张局咬牙切齿地瞪着时笙。

"请叫我死神的代言人。"时笙微微一笑。

张局气得抓狂,快速吩咐人成立专案组。

时笙则被赶出警局。

"柳笙歌,你就这么把董琬给解决了?"叶涧还有些迷茫,这也太快了。

"自己作的孽,要还的。"时笙帅气地甩了甩刘海,下一秒语气陡变,"我这样的人怎么能和智障比?"老子的目标可是星辰大海。

董琬只是女主角之一,光环没有单人女主角强大。

等等,她好像忘了什么。时笙看看停车场……我的车!谁赔钱啊?!

时笙车里还有东西,她只能自己去拿,结果到了案发地,她发现车子已经被拖走,等她到放车的地方,发现自己的车子已经翻了个面。工作人员告诉她,机器移动的时候，车子从上面摔了下来。

时笙默默无言，只能重新回到商场。

等时笙到家，天都已经黑了。

韩晓正拿着电话，见时笙进来，立即迎过来："柳总，我给你打电话，你怎么不接？"

时笙将手里的东西放下，甩了甩手："和车子一起私奔了。"

私奔？车子和手机？柳总在说什么！

"嗷嗷……"

韩晓看向时笙拎回来的袋子，一团白绒绒的东西正从里面拱出来。

"柳总……狗……狗……"

"没见过狗啊？"时笙将小狗拎出来，直接塞进她怀里。

韩晓抱着毛茸茸的一团，还是热的。

啊啊啊啊，真的是狗！活的！

"柳总，我们要养吗？"

时笙看她一眼，韩晓满眼期待，养吧养吧！

"我不养，你自己养，敢搞事情，我就掐死它。"

韩晓顿时抱紧小狗，往后面退了退。时笙又想骂智障，最后还是忍住。她将旁边的几个盒子全部堆到韩晓面前，语气平淡地道："生日快乐。"

韩晓：今天是自己生日吗？她仔细想一下，好像还真是。

后来，韩晓回屋拆礼物，看到里面的礼物，脸色绯红。今天早上她洗衣服的时候，发现文胸坏了，就顺手扔了。她记得当时柳总正好从她旁边过去，没想到晚上她就给自己买回来了。

董琬的案子因为证据确凿，很快被查清，后来警察还查出她和萧玲珑的死有关。

董琬称自己有精神病，经过检查，医生也确定董琬有间歇性精神病。可根据现场勘查，董琬在杀人后，理智地处理尸体，并且有目的地准备谋杀，因此需要负刑事责任。因为性质恶劣，董琬被判终身监禁，这辈子大概只能看到那一方被圈禁的小天地。

时笙对董琬的事有些怀疑，萧玲珑的死法不是董琬能做到的，可是董琬又能说出所有细节。这也不关她的事，时笙只是奇怪，没多过问。

叶风没想到自己和一个变态杀人犯睡过觉，本就神经脆弱的他，好几天都没合眼，好不容易睡着，耳畔突然一声轻响。他猛地睁开眼，对上一双满含杀气的眼。

"是你！"叶风惊叫一声，沙哑的声音在黑暗中显得格外地刺耳。

对方立即压着他的胸口，锋利的刀子抵着他的脖子："好久不见，叶风。"

女人的柔软压着他,叶风却半点温度都感觉不到。

"你来杀我?"这个女人利用他,现在竟然还来杀他。

女人靠近叶风,在他耳边吐气:"拿人钱财,替人消灾,有人想要你身上的秘密。"

叶风脑中轰的一下炸开,有人想要他身上的秘密?他的秘密是什么?就是那个莫名其妙出现在他手机上的软件?

"看在我们曾经愉快度过一晚的分上,你告诉我,你的秘密是什么,我可以不杀你。"女人坐到叶风旁边,手指在他身上游走。

叶风的身体还是不错的,手感很好,而且那方面很强,女人哪有不喜欢那方面强的男人?

"我不知道你在说什么。"不能让人知道他的秘密,那是他翻身的唯一机会。

叶风的视线有意无意扫向手机。女人冷笑一声,抬手将叶风打晕,拿过他的手机,用他的指纹解锁。上面的软件不多,"土豪的自我修养"这个软件,不但名字奇怪,连图标都是这么奇怪。女人点开软件,先是皱眉,随后快速滑动几下,在已完成任务中看到几个项目,眸子里闪过一丝古怪。她来的时候已经得到提示,这应该就是她要找的东西。

就靠这么一个软件,叶风就能挣那么多钱?可是想想她又觉得,只有这样,叶风才能在这么短的时间里挣那么多钱。

女人看了床上的男人一眼,到底没下手,没了这个软件,他大概也翻不起什么浪。就在女人准备离开的时候,眼前一道红光闪过,她看到被放在储物柜上的红色手链。犹疑几秒,女人还是将手链拿起,抹除了自己的痕迹,悄无声息地离开。

女人将手机交给雇主,雇主看着软件上的东西,一开始还没看懂,但看到已完成任务那里,他就明白了。

"哈哈哈,干得好,樱。"买主大笑着夸女人,她的代号叫樱。

樱摩挲着手腕上的Lucky,道:"什么时候付款?"

"这就付,这就付。"雇主让人拿支票。

叮——

手机屏幕里弹出一条消息。

[任务失败,惩罚实施,解除绑定。]

大概三秒的时间,屏幕一黑。等雇主再开机,那个软件已不见踪影。雇主翻找半天也没找到那个软件,开机重启也没有。

"怎么不见了?"雇主激动地站起来,大声质问樱。

樱接过手机一看,软件确实不见了。

"这可不关我的事,我的任务已经完成,你把钱付给我。"樱将手机放下,看向雇主。

雇主此时正生气,怎么会付款?两人立即开启扯皮模式。最后,雇主不知怎么看到樱手上的手链,突然狂躁地道:"杀了她!"

樱怒骂一声,动作极快地寻找遮挡物,然而这个地方很空旷,四周和门口都是雇主的人,她一动,几个方向都有子弹射来。刺耳的枪声不断在这个空间响起。

片刻后,枪声停歇。樱倒在地上,鲜血缓慢地从她身体里流淌而出,染红了她手腕上的手链,如血的色泽,似乎越发鲜艳。

叶风失去软件,一蹶不振。等他发现自己不能人道,已经是许久之后。而且自那以后,不管他做什么,都不会成功,做什么工作,都坚持不过三天。

后来还有一篇报道——

昔日风光无限的新贵,如今沦为街头流浪汉,是蛇终究成不了龙。

时笙再次听到叶风的消息,是张局给她打来电话,说叶风被淹死了。

当初他是因溺水而得到一个可以让他一飞冲天的软件,失去软件后,他再次溺水而亡。始于水,终于水。

"你说这作者是不是对男主角有恶意?"叶涧满脸古怪地问时笙。

看看作者给男主角配的那几个女人,哪一个正常?好吧,正常的这个惨死,满满的恶意。

时笙看叶涧一眼,道:"你的攻略任务还在?"

说到这个,叶涧就郁闷:"可不,不然你以为我喜欢整天往你这儿跑?我现在整天只需要花钱花钱花钱,这种日子谁不喜欢?"

"那你这辈子都不可能完成任务。"时笙扯着嘴角笑了下。

"为什么?"

时笙微微一笑,道:"因为我有喜欢的人。"在这个位面,她去找过其他反派boss,发现他们都不是凤辞。凤辞不在这个世界。

"你有喜欢的人?谁?慕白?"那个男人最近好像很安分,就算他们偶尔见到,他也什么都不做,怪得很。

时笙还没回答,叶涧又兀自摇头:"不对,不对,你不可能会喜欢慕白,那你喜欢的人是谁?能被你喜欢,也挺倒霉的。"

唰——

叶涧赶紧跳开,道:"柳笙歌,你这样会没人要的,这么暴力,谁受得了?!"

"放心,我绝对会有人要。"时笙手上的铁剑继续砍过去。

叶涧赶紧溜出门,迎面而来的光秃秃的树干让他嘴角一抽,赶紧上车离开。真要有人要这个女人,他就佩服得五体投地。感谢有人收了这个神经病!

某慈善晚会。

这是由政府牵头,为地震山区儿童捐献善款的慈善晚会。已升职为市警察局局长的张局,自然要出席。进场的时候,张局听到有人在后面喊。

"柳笙歌,你等等,后面又没鬼追,走那么快干什么?你是个女人,能不能走得有点女人味?"

他一回头,就看到时笙正大摇大摆朝着他走过来,确实没点女人味。

"张局,来参加慈善晚会?"时笙停在张局面前,"这次带钱了吗?"

他果然一点也不想看到她:"柳小姐东山再起了吗?"

"那肯定比张局有钱。"时笙嚣张一笑。

张局:他是个清正廉明的警察,没钱怎么了!怎么了!

张局负气地往里面走。

时笙耸耸肩,跟在后面。

"这不是柳笙歌吗?好久没见她了……"

"之前不是传她被人包养,怎么后面都没下文了?"

"你才刚从山里回来?之前那些命案闹得那么厉害,谁有空关心她被谁包养?这柳笙歌也挺倒霉的,公司没了,又卷入命案。"

"现在不是都水落石出了吗,那柳笙歌到底有没有被包养?"

"这个谁知道,反正没人看到她和哪个男人走在一起过。"

叶涧走到聊得正起劲的几个人面前:"难道我不是人吗?"

"你……不是柳笙歌的跟班吗?"某人打量叶涧半天,憋出一句话。

跟班!跟班?他竟然是跟班?!有他这么帅气、这么多金的跟班吗?你们这群眼瞎的!

"呵……"叶涧身后突然响起一声轻笑。

"慕总。"

"慕总好。"

慕白微微颔首,算是给其他人打招呼。这些人各自对视几眼,赶紧散开,将场地留给慕白和叶涧。

叶涧扭头瞪他。有人认识你,了不起哦。

"她很难搞,对不对?"慕白轻声道。

叶涧眉头一皱。这个男人的语气,怎么那么幸灾乐祸?

"加油。"慕白大概想伸手拍他肩膀,伸到一半又缩回去,带着人进入里面。

慈善晚会的传统模式——慈善拍卖。

这就是给这些人一个捐款的名头,大家都想博个好名声,自然不会吝啬砸钱。

时笙恰巧又和张局坐一块儿,叶涧坐在她旁边,一会儿举时笙的牌子,一会儿举他自己的,忙得不亦乐乎。

"柳笙歌还有钱?"破产总裁竟然也敢来参加拍卖?没见过这么不自觉的破产总裁,拿错剧本了吧!

"看她生活得像是不错,也许是真的被人包养了,啧……长得好就是好,就算破产,也有的是男人要。"

"呵……那也得找个好男人才行,万一人家是有妇之夫,她不就是当小三破坏人家庭?长得太好看,也是个狐狸精。"

身后的窃窃私语,不时传入张局的耳朵。他虽然不太喜欢时笙这个神经病,但是后面这些人说话也太难听。

"你不生气?"张局问。

"嗯?"时笙蒙了下,听到后面正说她不要脸,恍然大悟,"和智障计较会掉身价,像我这样的人,总有人嫉妒的,习惯就好。"

慈善拍卖进行得很顺利,可是,后面的酒会出了问题——有人死了,死在完全封闭的休息间。

张局抓狂地看向时笙。

"死神附体,没办法。"时笙无辜摊手。

"我这辈子都不想看到你!"张局扔下这句话,朝着楼上的休息间走。

在他上楼的时候,一个人影随下楼的人群离开,手腕上红光微闪,与张局擦身而过。

时笙知道慕白在剧情后期一直关注自己。她试探过几次,发现慕白比其他人聪明得多,这人狡兔三窟,总有办法保全自己。

直到她离开这个世界,慕白都没有在明面上对她做什么。但是,时笙总觉得自己后面遇见的几次意外和这个男人脱不了干系。奈何她没证据,也抓不住他。后来,慕白直接出国,连面都不露。

至于叶涧那个智障,任务是有时间限制的,时间一到,他的角色就自然死亡。临走的时候,他还告诉时笙,有空再见。

有空再见个屁啊!他们都不是同一个世界的人。

时笙回到系统空间,空间一如既往地寂静。她缓慢地走到屏幕前,手掌放在屏幕边缘。

"凤辞为什么不在这个世界？"

【宿主，是你自己把所有通道切断，我也联系不上主人。】

不知道是不是时笙的错觉，总觉得系统有点幸灾乐祸。

【……】厉害了我的宿主，你竟然能从我的电子音中听出幸灾乐祸。

"那个慕白怎么回事？"换个问题。

【……】系统沉默许久，屏幕上的数据跳动得极快，【无法检测。】

"哦？"时笙歪了歪头，目光晦暗地看着屏幕。

【……】系统有些慌，怎么会无法检测？主人你快回来，我好像生病了！

系统一连检测几次，结果都是无法检测。

时笙摸出平板，查看系统的数据库，看上去挺正常的……但是有些权限不足的地方，她看不到。

时笙将平板收起来，让系统刷新资料。

姓名：时笙

人品值：-272000

生命值：30

积分：31000

任务等级：A

任务评分：79

支线任务：未完成

支线任务奖励：无

道具栏："女王的皇冠""鬼王之心""暗夜"

时笙：为什么扣我那么多人品值？

【因为你的支线任务未完成，"天使之心"虽被送入博物馆，可Lucky一直流落在外，许多人因此而死。】

这也算在老子头上？我是垃圾桶吗？

【系统数据……是这么计算。】这么凶干什么，它也是按照系统的数据计算的。

主人，宿主虐待系统，我想你，你快回来！

第十章　副本有毒（上）

时笙一睁眼便发现自己面前站着几个人，各种炫酷的光不断射到她身上。

"定身时间要到了。"

"大家一起放大招！"

几个人同时喊出几句话，接着，时笙就看到他们脑袋上的技能读条……

游戏？这么真实，全息吗？

现在不是说这个的时候，这些人要杀她！时笙本能地掏剑，然而掏出的是一把奇怪的权杖。权杖是银色的，两条龙从底部缠绕上来，龙头正好在顶端，张着大嘴，中间镶嵌着一个透明的珠子。

权杖一出，时笙感觉对面的人眼神都兴奋起来，他们的读条也到了尾声，大片光芒铺天盖地朝着她压过来。

时笙下意识地举起权杖，光芒打在权杖上，四散乱窜，击打在对面那几个人身上。光芒散过，时笙面前只躺着尸体。

【世界】你个受：又集体被灭。

【世界】祖宗你别闹：人家疾影的人都没打过，集体被灭正常。

【世界】男人本色：梦回西塘的人，你们不是说这次一定可以过吗？被打脸了吧？哈哈哈哈！

【世界】一缕阳光：少在那里说风凉话，有本事你们来！

时笙看着头顶飘过的一排排聊天记录，嘴角抽搐一下。她没看错的话，"你个受"就是躺在她面前的这个男人。

所以她是个什么？NPC（"Non-Player Character"的缩写，指的是游戏中不受玩家操纵的游戏角色）吗？掀桌，NPC有什么怨气？

时笙摸索一下，拉出属性栏。

昵称：花朦朦（NPC）

等级：80

身份：神诀宫宫主

武力值：56524

侠义值：0

威望值：1563

装备：月影权杖（可掉落），黄泉水（可掉落），碧溪云烟裙……

装备那一栏差点闪瞎时笙的眼，全是70-80的装备，掉落的却不多，只有最前面的月影权杖和黄泉水以及几件服装。

时笙已经从上面的聊天得出一些信息。她是现在被更新出的最大boss，此时玩家更新的等级最高只有80级。打赢她，可掉落月影权杖，这玩意儿属于神器，每个服只有一把，后期可升级，是成长型武器。

时笙打量几眼权杖，这么丑。

老子的剑呢？

时笙看向还躺在地上的人，既然是游戏……

她脸上露出一抹阴森的笑容，躺在地上、在世界上拌嘴的人顿时警觉起来。

【附近】你个受：老大老大，你有没有觉得突然变冷了。

玩家死亡后是不能说话的，只能在公屏打字。

【附近】一缕阳光：小受，你玩游戏还玩出感觉了？

【附近】威风堂堂：老大的真实感知度为0，体验不到我们这种感觉哈哈哈！

【附近】一缕阳光：不说这个，我还是你们老大。

【附近】你个受：哈哈哈，老大太蠢了。

【附近】一缕阳光：信不信我删号重来。

【附近】江湖小白狼：帮主的位子给我。

【附近】一缕阳光：好啊你们，就盯着我的帮主宝座，我偏不删号！

就在几人瞎聊的时候，时笙已经走到他们的尸体前，从道具栏里摸东西，不愧是大boss，掉落的东西就是多。

【附近】你个受：花朦朦过来了，她想干什么？

【附近】江湖小白狼：肯定没好事。

这个全息游戏是出了名的变态，不但玩家可对NPC恶搞，NPC也可对玩家恶搞。

NPC除了发布任务，会掉落一些道具，和玩家几乎没什么区别，甚至可以接任务，玩家对此又恨又爱。

时笙很奇怪他们集体被灭不回复活点，也不用道具，躺在这里聊天是几个意思？不过这么蠢的问题,她肯定不会问,她决定报仇。

整人道具分为好几种,当然为保证玩家的身心健康,不会太血腥暴力。时笙选择比较下流的一种——扒衣服。

【公告】花朦朦对玩家[威风堂堂]使用道具[一丝不挂]

【公告】花朦朦对玩家[你个受]使用道具[一丝不挂]

【公告】……

这几条公告是从上面飘过去的,全服的玩家都可以看到。

【世界】祖宗你别闹:花朦朦?

【世界】你的爸爸已上线:花朦朦不是最近神诀宫的宫主吗?她竟然对梦回西塘的人使用"一丝不挂"。

【世界】男人本色:梦回西塘的人对花朦朦干什么了?竟然让她使用道具,哈哈……

【附近】威风堂堂:花朦朦这是兽性大发,准备对我们强行圈圈叉叉吗?

【附近】一缕阳光:游戏公司还没开发出这个功能吧?花朦朦,给我留条裤衩啊!

等地上躺着一圈只剩下裤衩的男人时,时笙才扬长而去。

【附近】你个受:花朦朦走了!

【附近】威风堂堂:老大,快用你的美色迷住她。

【附近】一缕阳光:老子躺在地上呢!

时笙离开那个地方,【附近】上的聊天就看不到了。

这片地图蛮大,时笙走许久才看到一座宫殿,宫殿外有佩剑的侍卫驻守。见她回来,侍卫立即弯腰行礼。大殿的门无声打开,殿内空旷,没有任何人。

时笙镇定地往里走,找了个比较安全的地方,开始接收剧情。

这是一篇全息网游文,这款游戏叫《乱世江湖》,也是这个世界的第一款全息网游。

女主角叫乐瑾,是个游戏小白,进入游戏后一问三不知,但她的号是幸运号,有幸运加成,不管是打怪的掉落率,还是做东西的成功率,都会提升百分之五十。

进入游戏后,女主角偶遇大神"一世安瑾"。大神被告白的时候,拉她做了挡箭牌,所以女主角瞬间变成这个区的女人公敌。她本来就没多少级,直接被杀回零级。

值得一提的是,这个变态游戏是没有新手保护期的。

女主角因此对大神怨念颇深,然而大神要带女主角升级,还放话谁敢动女主角,就是和他过不去。这位总裁范十足的大神,自然就是男主角梁秉。说白了,这就是一个游戏小白抱住游戏大神,最后凭借金手指称霸游戏的故事。

那么这和她这个NPC有什么关系呢?关系可大了!梁秉的爸爸娶了乐瑾的妈妈,所以两人在一个户口本上。

而乐瑾因为遭遇事故成为植物人，梁秉在乐瑾变成植物人后，才发现自己喜欢上了乐瑾，所以想方设法要唤醒乐瑾。

于是，《乱世江湖》这款游戏才会被研发出来。

梁秉想让乐瑾在游戏里活过来，说不定她也会因此苏醒，事实证明梁秉做到了，乐瑾真的以玩家身份出现在游戏里。

要研究成这样一个项目，必定会有牺牲，花朦朦就是这么一个牺牲品。她也是一个植物人，且是第一个参与实验的活体实验体。初次实验肯定会有很多问题。花朦朦没有以玩家身份出现，而是成为NPC。

研发团队没有在新手村发现人，以为她这个角色没有成功，就放弃了她，可不知道为什么，她的思维一直在，就存在于花朦朦这个NPC身体中。

可是那个时候，游戏还没上线，花朦朦谁都看不到，也不知道自己在什么地方。她不知道自己在那座宫殿中待了多久。外面一片漆黑，她除了志忑，只剩下害怕。

等到游戏上线时，地图被人发现，外面出现别的景色。花朦朦好奇地出去，结果还没看清楚外面什么情况，就被人打了。NPC没有感知，可莫名其妙地被打，花朦朦几乎条件反射地进行还击。

这个NPC的设定是很厉害的，即便花朦朦不会玩游戏，也不用费什么力气，就可以将那些玩家全部消灭。后来，花朦朦知道自己是在一个游戏中，知道自己还是在原来的世界，就想找人帮忙带话，找她的父母来救她。

玩家还以为这是游戏设定，纷纷在【世界】上问。

男主角看到后，去见了花朦朦，确定她真的是第一个实验体后，答应把她带出游戏，但条件是她不能告诉别人这件事。花朦朦当时一心想出去，见男主角长得帅气，这位情窦初开的少女立即就答应了。她按照男主角说的，做好花朦朦这个NPC角色，可最终等来的是整个地图的坍塌。

莫名其妙被当成实验体，又莫名其妙被销毁，花朦朦没有怨气才怪。花朦朦有两个愿望：第一是恢复人类的身体；第二是弄清楚梁秉为什么答应带她出去，后来又为何反悔，销毁她。

这个剧情里，女主角基本没做过什么，男主角的这些行为都是背着女主角干的，所以如果不是有花朦朦的记忆，谁知道男主角还干过这么缺德的事？

这个梁秉也是够可以的，为救女主角，竟然这么疯狂地进行人体实验。

不管在哪个位面，人体实验都是受人谴责的，男主角最后选择销毁花朦朦，要么是怕花朦朦出去后泄露什么，要么就是女主角出了什么问题。

剧情最后，女主角和男主角在现实生活中结婚生子。所以，男主角到底是基于什么原因销毁角色，还有待考究。

现在时笙过来的时间，是地图刚被人发现不久。游戏玩家组团来打她。时笙把之前那把权杖摸出来。这玩意儿是首通（游戏用语，首次通关）时掉落的武器，在掉落之前，就是属于她的。

　　游戏boss……很好，那我们就来虐玩家，顺便拆CP吧！

　　【世界】一世安瑾：乐瑾是我的人，谁敢动她，见一次杀一次。

　　时笙刚把自己身上的东西整理好，头顶忽然飘过一句话。对她来说已经过半的剧情，对女主角来说却刚刚开始。

　　【世界】七月大大：大神合影！

　　【世界】七月的裙裙：大大，你又在玩游戏。

　　【世界】七月的内裤：刷七月。

　　【世界】七月的袜子：掉更新。

　　【世界】七月的外套：掉更新。

　　【世界】你的爸爸已上线：乐瑾是谁？竟然让大神上【世界】？

　　【世界】男人本色：乐瑾？我昨天见过，就是一个小号，大神怎么和一个小号扯上关系了？

　　越来越多的人上【世界】，一世安瑾说的那句话很快就被顶没了。

　　时笙拉出世界频道，试着在上面打了一句话，按发送。她眼前猛地弹出一个弹框——金币不足，请充值。

　　时笙：NPC发言竟然还要金币，连自家人的钱都赚，也是够了！

　　"报！"

　　殿门无声地打开，一个顶着神诀宫宫众身份的NPC从殿外跑进来。

　　时笙："……"宫众是什么？

　　"宫主，外面来了玩家。"

　　时笙皱眉。她记得这个副本在通关之前，一天只能开启三次，今天已经开过三次了吧？所以玩家是怎么进来的？

　　"多少人？"

　　"十个人。"

　　五个人一队，十个人就是团，bug（漏洞）啊！刷她只能组队好吗？为什么可以组团刷？

　　"走，出去看看。"时笙霸气地挥衣袖，然而衣袖实在太大，又是那种飘逸型的，这么一挥，糊了时笙一脸。

　　时笙："……"有点生气。

　　时笙拂开那些层层叠叠、还在空中乱飘的轻纱，直接将身上的外套脱了，从装备里选了一件适合打架的衣服。

时笙走出大殿,殿门外有一群顶着"神诀宫宫众"昵称的小弟,大殿的另一端广场上,几个玩家正在刷小怪。其中有几个人时笙觉得眼熟,就是之前躺尸后还在聊天的几个玩家。

一缕阳光是梦回西塘的帮主,你个受、江湖小白狼、威风堂堂都是梦回西塘的帮众。其他人是另外一个帮派的。

这些人刷小怪的速度很快,清完直冲时笙这边而来,二话不说就扔出技能。

时笙摸出权杖。

"花朦朦拿权杖了,我的娘!不是说她最后才拿权杖的吗?"

权杖一出,那边就炸了。

"注意血,我们几个冲过去。"一缕阳光快速下命令。

梦回西塘的几个人立即跟着一缕阳光,在其他人的掩护下,到达时笙站的台阶下面。然而他们刚站稳,还来不及发动技能,几个人就同时躺尸。

一群人只能眼睁睁地看着他们的人躺在地上。

"宫主千秋万代,一统江湖。"

"宫主千秋万代,一统江湖。"

"宫主……"

神诀宫宫众振臂高呼,非常统一地喊着口号。

听到如此羞耻的口号,时笙不免嘴角抽搐。

冷静片刻,时笙走到一缕阳光跟前,全息游戏的容貌都是根据自身的容貌,上调或者下调的结果。

一缕阳光长得还是挺帅气的,看他的装备,估计是个RMB(人民币)玩家。

打劫的好对象!

她现在穷得连上【世界】说句话都不行。

"嘿!"时笙蹲下去,"你们集体躺尸干什么?"

一缕阳光突然听到一道很好听的声音,便古怪地看向时笙。

刚才是他幻听,还是这个boss真说话了?

一般的NPC只有在你主动和他说话时,他才会和你交谈,所以这种突然跑过来打招呼的boss是什么意思?

"你们也太弱了。"时笙嫌弃地看他们几眼。

【附近】一缕阳光:……

【附近】威风堂堂:……

【附近】你个受:……

【附近】江湖小白狼:……

她是过来嘲讽他们的？这个boss果然和外面的妖艳贱货不一样。

时笙突然伸手去摸一缕阳光，一缕阳光虎躯一震。

【附近】一缕阳光：boss！有话好说，动手动脚成何体统！！我是个有节操的玩家！

"那我动权杖。"时笙眸子一眯。

【附近】一缕阳光：你还是动手动脚吧！

【附近】威风堂堂：老大，节操呢？

【附近】你个受：被老大吃了，哈哈哈哈。

【附近】一缕阳光：男子汉大丈夫要能屈能伸。

时笙本来只是抱着试试的态度，没想到这游戏真是变态到没边。

一般的游戏，都是玩家可以摸尸，但是这个游戏的设定，和普通游戏不一样，NPC竟然也可以摸尸。

显然，一缕阳光那边也惊呆了。

【附近】一缕阳光：花朦朦竟然摸走我100金，游戏公司也太会赚钱了。

【附近】威风堂堂：她能摸？

【附近】江湖小白狼：？！

【附近】你个受：还原最真实的江湖，我总算懂了这句台词的意思。

这个游戏中，NPC和玩家的不同之处就在于，NPC能发布任务和掉落装备物品，其余时候和玩家是一样的。

看来，他们以后玩游戏不但要防别的玩家，还要防NPC。

时笙把所有人都摸一遍，大概是因为她是NPC，有限制，摸出来的东西除了一缕阳光的100金，其他人的都不值钱。

"把他们绑起来。"时笙招呼旁边的宫众。

宫众立即上前，动作麻溜地将十个尸体绑好。

很好，这个游戏有意思。

【附近】你个受：花朦朦你想干什么？

时笙觉得自说自话挺怪异的，也拉开界面打字。

【附近】花朦朦：打劫！

【附近】一缕阳光：……

【附近】威风堂堂：……

【附近】江湖小白狼：……

【附近】……

一连串的省略号。

NPC还有打劫功能？这游戏还让不让玩家玩儿了？

·245·

【附近】花朦朦：一人给我1000金，我就不计较你们擅闯我地盘，如何？

【附近】一缕阳光：你怎么不去抢？

游戏里的兑换是1比1的方式，1000金兑换人民币就是一千块。

【附近】花朦朦：这不是正在抢？

【附近】威风堂堂：老大又智障了。

【附近】花朦朦：他经常这么蠢？

这个一缕阳光之前就在犯蠢，到底是怎么坐上帮主宝座的？

【附近】你个受：是啊，一直这么蠢。

【附近】一缕阳光：你们够了，你们和她还聊上了，她现在打劫我们！

【附近】花朦朦：……

看来不是帮主蠢，是整个帮都蠢。

【附近】江湖小白狼：帮主有钱。

【附近】威风堂堂：帮主有钱。

【附近】你个受：帮主有钱。

【附近】花朦朦：他是不是很有钱，所以你们让他做了帮主？

时笙觉得自己看透了什么。

【附近】一缕阳光：我是凭实力的好吗？

他这么帅气，这么有型，外面要给他生孩子的小姑娘一大把，怎么可能是因为钱才坐上帮主宝座的。

【附近】花朦朦：立刻给我跪下的实力？

【附近】一缕阳光：……

好累，为什么一个NPC都可以这么嚣张地鄙夷他？

【附近】你个受：这个比其他好玩，说话都这么犀利，哈哈哈。

【附近】花朦朦：毕竟我是……我是不一样的烟火，当然和外面的妖艳贱货不一样。

【附近】威风堂堂：之前论坛上说，更新后会有许多变动的地方，看来他们是调高了智能角色的智商。

之前游戏的NPC虽然也是智能的，可还是跟不上人类的思维，毕竟人类的脑洞是无限大的。

而且这是第一款全息智能网游，有的地方非常多。有些无聊的玩家，专门去和NPC聊天。

【附近】花朦朦：就那群蠢货，也能做出我这么聪明的NPC？

时笙十分鄙夷。

就算隔着屏幕，他们也能感觉到那浓浓的鄙夷。

厉害了我的NPC，你连你的创造者都敢鄙夷，也不怕被人道毁灭！这个NPC要上天啊！

【附近】花朦朦：少废话，给钱，不然我就发世界，让梦回西塘的人来赎人。

嗯，她现在是在打劫，要认真。

【附近】威风堂堂：要钱没有，要命一条！

【附近】花朦朦：你不是死了？

哪里来的命？果然是一群智障。

【附近】威风堂堂：……

最后，一群人虽然不情不愿，但还是给了赎金。人在屋檐下，不得不低头，有智商的NPC惹不得。最重要的是，他们有土豪帮主，不差钱。

另外那几个，虽然不是梦回西塘的人，一缕阳光还是帮他们给了，立刻花掉一万块，也没见一缕阳光有多心疼。

但是，被一个NPC打劫这种事，太丢脸！绝对不能出去说！

【附近】花朦朦：你们怎么还不走？

时笙数完钱，发现这群人还躺着聊天。真是有毛病！

【附近】一缕阳光：这里风景好，我们在这里聊聊天，谈谈理想。

【附近】花朦朦：哦？

时笙一撩裙摆，坐到一缕阳光的"尸体"旁。

【附近】花朦朦：你的理想是什么？

【附近】一缕阳光：打你。

时笙立即扔给一缕阳光一个鄙夷的眼神。

一缕阳光怒，为什么又鄙夷他？不服！他这个理想不够伟大吗？现在全服的玩家都没刷过。

【附近】花朦朦：我是那么好刷的？

以前的花朦朦好不好刷她不知道，但是从今天起，她保证，没有哪个玩家能拿到首通，除非她放水。

【附近】一缕阳光：正是因为你不好刷。

所以他的理想才这么伟大！拿首通，推boss！

【附近】花朦朦：所以你为什么可以带这么多人进来？

没有通关的地图，是不对外开放的，除非通过副本传送进来。这个一缕阳光死了不复活也不出去，就在这里躺尸，其中绝对有鬼！

【附近】一缕阳光：我干吗要告诉你，你可是游戏公司那边的。

一缕阳光反应很快，没被时笙带进沟里。

搞半天，她还是想问他bug的事！这种事，他怎么会乱说！

【附近】花朦朦：你的人来了。

一缕阳光调转视线，果然看到有几个人冲进广场外面的小怪群中。

玩家想进广场，就必须从那群小怪中杀进来。时笙坐在一缕阳光旁边，权杖放在一缕阳光胸膛上。

一缕阳光气结，你这样我还怎么复活？

时笙扯着嘴角笑了下，就是要防止你复活啊。氪金玩家最让人讨厌的地方大概就是无限复活。

时笙等着那边的人冲进来，一个技能放过去——集体被灭。

众玩家：你这不按套路走啊！策划怎么回事，他们都还没开打，NPC怎么就放大招！这么下去，他们怎么可能推翻她？

【附近】花朦朦：既然你们这么喜欢这里，那就多待一些时间。

时笙让宫众将这些玩家集体绑到广场中间的圆柱上，就算他们复活，也没办法离开这个圆柱。

即便下线再上来，也还是在这个圆柱上，一群玩家悲惨了。

最后一缕阳光受不了，这么耗下去，什么都得不到。

【附近】一缕阳光：这里有个bug，只要里面的人不离开副本，外面和队伍里有特殊关系，比如师徒关系的，可以重新组队被传送进来。

这个bug是他们无意间发现的，没想到还没利用这个bug推翻boss，就被boss发现了这个bug。

《乱世江湖》现在开出来的主城一共有三个，其中以西陵最为繁华。

一缕阳光带着帮众返回，路上不少玩家都投来诡异的目光。

"可惜是在地图里，没有截到图，不然就赚钱了。"

"被boss扒得一丝不挂，哈哈哈，这个梗够我笑一年。"

"你们看一缕阳光身边那个小姑娘是谁？"

有人注意到一缕阳光身边跟着一个小姑娘。小姑娘长得非常好看，是那种让人一眼就能喜欢上的容貌。

"没看到ID，这么漂亮，不可能没听说过，难道是新手？"

"怎么我就遇不上这么一个好看的小姑娘。"

"你没钱。"

"……"

【私聊】一缕阳光：boss大人，你不在你的老窝待着，跟着我出来干什么？！

没错，这个小姑娘就是时笙。

听完一缕阳光所说的bug，她没有举报，反而利用bug从地图跑出来了！前面就说了，NPC是可以接任务的，既然可以接任务，那肯定是可以组队的。所以在组队的模式下，时笙还真和他们一起出来了。

然而boss都跑了，想打她的玩家该去哪里找她？

【私聊】花朦朦：世界这么大，我要去看看。

【私聊】一缕阳光：……你一个NPC，学什么网络用语，策划到底在想什么？

一缕阳光觉得累，好在时笙到西陵城就离开了他们队伍，让他们带着一个80级的大boss，还真是提心吊胆。

一缕阳光这边刚回到帮派驻地，头顶就幽幽地飘过一句话。

【世界】七月大大：我好像看到花朦朦了。

这句话之后，大概三秒钟后才有人回复。

【世界】男人本色：确定不是重名？

【世界】你的爸爸已上线：玩家和NPC不允许重名，所以七月你确定不是眼花？

他们还没通关神诀宫，花朦朦怎么会出现在这里？这不科学！

【世界】七月的内衣：大大说看到就是看到了，大大不会乱说，大大今天会掉更新吗？

【世界】七月的宝贝：大大，你坐标在哪儿？

【世界】七月的火火：表白大大！

【世界】中央空调：七月出场总是自带忠实粉丝，我也想要这样的粉丝，请问哪里有卖，给我来一打？

【世界】七月大大：真的是花朦朦！！活的花朦朦！！

【世界】花朦朦：从未死过。

【世界】因为时笙的这条回复，诡异地安静了几秒。

【世界】男人本色：这是神诀宫那个花朦朦？

【世界】花朦朦：不然还有第二个花朦朦？

【世界】你的爸爸已上线：花朦朦，你怎么出来的？神诀宫还没人通关吧？

这个游戏的NPC是可以串门的，所以有时候一些玩家找个NPC都要上【世界】，但是没有通关的地图，里面的NPC是不能乱走的。

【世界】花朦朦：爸爸我飞出来的。

【世界】看智障：这个花朦朦好嚣张的样子。

【世界】猪好美：怎么感觉这是个玩家，NPC的智商没有这么高吧？

他们知道NPC是可以上【世界】的，但是上【世界】是需要花钱的，然而NPC身上基本是没钱的，所以这个花朦朦哪里来的钱？真的不是玩家假冒的吗？

【世界】男人本色：花朦朦你敢报坐标吗？

【世界】花朦朦：干什么，想膜拜你爸爸我？

·249·

【世界】你的爸爸已上线：策划可以啊！敢放这么一个NPC出来，这个NPC够我玩儿一年！

时笙此时在西陵城的一个野外地图上看女主角被人虐待，顺便在【世界】上挑衅玩家，这是一个boss的自我修养。她旁边还有个玩家，ID是七月大大，就是那个出场自带忠实粉丝的人。

这款游戏的宣传语是"还原最真实的江湖"，所以里面角色的职业众多，只要是江湖上有的，这里都有，什么杀手、侠客、剑客、土匪……

七月玩儿的职业是杀手。她穿着一身招摇的时装，完全看不出哪里像杀手——完全像个花魁！

"花朦朦，你站在这里干什么？"七月大大好奇地围着时笙转悠，摸着下巴问。

"看戏啊。"

七月大大往不远处的一群人看去，随后收回视线："你不是NPC吗？还知道看戏？"

"我是智能NPC，不是智障。"时笙翻了个白眼，"你挡着我了。"

"你这样说话很容易得罪人的。"七月大大鼓了鼓腮帮子，看上去很可爱。

"我是NPC，我怕谁？"时笙嚣张地冷哼一声。

七月大大：……

说得好有道理，竟让人无言以对。NPC又不掉级，被杀就是掉点装备，系统一更新，立即又有新的装备补上，怕谁？无敌啊！

"你认识她？"七月大大将注意力转到对面的乐瑾身上，突然低呼一声，"这不是大神的绯闻对象吗？"

七月大大兴奋地在【世界】开始直播。下面被一群"七月的××"霸占了屏幕。这小姑娘从哪里弄来这么多忠实粉丝？

一世安瑾的名气很大，他提过的名字，就算本来不怎么火，此时也必须大火。

乐瑾被人围堵，正是因为一世安瑾在【世界】上说，她是他的人。此时七月大大开了直播，立即有人奔着坐标过来，瞻仰被一世安瑾大神看上的女人到底长什么样子。

"长得也不怎么样，我都比她好看，大神怎么就看上她了？"

"等级好低。"

"不会是谁的小号吧？"

"不会，听说她的操作很垃圾，连常识都不知道。"

本来空空旷旷的地图突然就出现不少人，七月大大的人缘大概很好，许多人都给她打招呼。时笙就站在她旁边，不免被人多打量几眼。

神诀宫不是谁都进去过的，一般的副本首通都是被几个大帮派承包的，进入副本的地方，二十四小时都有人守着，小透明玩家根本进不去。时笙把ID隐藏了，所以不认识花朦朦的大有人在。

"七月,这小姑娘谁啊?"一个顶着"男人本色"昵称的男人挤开人群,走到七月大大面前。看他的装扮,大概是个书生。

七月大大噘着嘴没说话。男人本色狐疑地打量七月大大几眼,突然指着时笙大吼一声:"花朦朦!"

"叫你爸爸干什么?"时笙皮笑肉不笑地看着男人本色。

男人本色这一嗓子,立即将其他人的注意力拉过来。

"花朦朦?"

"还真是!我们帮有她的截图。"

"花朦朦!"

"在这里刷她,算不算首通?"

"首通算不算我不知道,但首杀是肯定的,首杀说不定会掉月影权杖!"

刚才还围观女主角的玩家,立刻就转移注意力,将时笙围起来。

"男人本色,你是不是傻?"七月大大一脸无奈地看着男人本色,这么大叫,现在谁都看到她了。

【附近】男人本色:……

【附近】一缕阳光:不是说来看大神的女人吗?怎么都围着花朦朦?

【附近】你个受:比起大神的女人,当然是会掉月影权杖的花朦朦更受欢迎!老大你又犯蠢。

【附近】威风堂堂:老大一直蠢。

【附近】你个受:说得也是。

因为人太多,后面的人只能在公屏上打字。这群人七嘴八舌地议论着,很快就将一缕阳光的消息顶上去。

时笙这边被围得水泄不通,一些人已经跃跃欲试。不管时笙长得再怎么好看,她此时也只是个行走的装备库,刷她可以掉装备,玩家已经开始叫自己帮派的人。

各个帮派的人火速赶到,各种颜色的帮派标志将整个地图渲染得五颜六色,梦回西塘的人蹲在后面说悄悄话。

【队伍】威风堂堂:老大,我们不去刷?

【队伍】一缕阳光:月影权杖的威力你们没见过?死一片的杀伤力,智障才上去。

【队伍】你个受:好多智障。

那边的人已经开打,果然和一缕阳光说的一样,一死就是一片,月影权杖的威力杠杠的!

【队伍】江湖小白狼:你们不觉得她也是bug吗?

智商比其他NPC高不说,还会上【世界】挑衅玩家,这么厉害的NPC,他表示没见过。

【队伍】一缕阳光：在外面杀她会掉月影权杖吗？

【队伍】威风堂堂：杀得了吗？

【队伍】你个受：肯定杀不了。

【队伍】江湖小白狼：……

这大概是开服以来，一次性死亡人数最多的一次，满地图都是玩家尸体。在这些尸体中，只有一个拿着权杖的少女，傲视群雄。

这么不正常的现象，立即被玩家举报给游戏公司。你说你杀几个人还能理解，结果你杀了这么一大片人，说没有bug他们都不信。

他们感觉自己就像是从新手村出来的一样，一级小怪都能戳死他们。

因为举报的人太多，游戏公司决定紧急停服，一些人还没来得及反应，就被迫下线。

整片地图的尸体消失，只剩下时笙一个人，空荡荡的地图有些瘆人，很快她就看到有几个顶着NPC马甲的程序员朝着她走过来。

"这个花朦朦怎么从神诀宫跑出来的？"

"可能是bug，得检查才知道。"

"刚才的数据我看了，她的伤害值高得吓人，和她最初的设定不符合……"

时笙任由他们在自己面前讨论，最后有人试着对时笙发起攻击，时笙一个大招放过去，几个NPC同时倒地。

【附近】NPC1：……

【附近】NPC2：……

【附近】NPC3：……

几个NPC同时复活，还没站稳，又躺地上。

爬起来。

又躺下。

爬起来。

继续躺……

【附近】NPC1：不对劲啊。

【附近】NPC2：要你说。

NPC的设定是，除非是任务模式，否则不会攻击NPC。可是这个花朦朦接二连三攻击了他们。

几个程序员默默地躺了一会儿，随后消失不见。没多久这几个人又回来了，然而他们发现时笙不见了，之后再检查，又没什么异常。

时笙就在神诀宫里面，所有的数据都非常正常。几个程序员将之前有些古怪的数据改回去了，只当是系统出错，并没有在意。现在这游戏里面的bug太多，他们几乎天天加班。

游戏很快恢复正常，一上线，这些人就在【世界】上七嘴八舌地说着刚才的事，确定是bug后才放心。这boss要真这么变态，他们也不用玩儿了。

这件事很快就被其他新闻压过去，依旧有人组团刷时笙，但每次都被时笙集体消灭。

【世界】媳妇你在哪儿：花朦朦根本就刷不过去！！我们已集体被灭三次！

【世界】威风堂堂：集体被灭三次算什么，我们集体被灭的次数十根手指头都数不过来。

【世界】男人本色：游戏公司是不是有毛病，这么难的副本谁刷得过去？我听说这个副本不过，后面的地图就不会更新。

【世界】你的爸爸已上线：游戏公司这是在压更新，太快通关，他们就得更新后面的地图，一看就是故意的，爸爸已看透他们的险恶用心。

【世界】中央空调：好像大神还没去刷过。

【世界】男人本色：哪个大神？

【世界】中央空调：一世安瑾。

【世界】你的爸爸已上线：大神确实还没刷过。

时笙屏蔽掉【世界】，晃出神诀宫，准备去找女主角。

现在，她出神诀宫已经不需要玩家带着，她篡改了数据，顺便把自己的属性也改了改，免得一出去，这些人就想刷她，害她连女主角都看不到。

【附近】冷冷清清：30本，进的M。

【附近】乐瑾：我可以吗？

【附近】冷冷清清：进。

这几条【附近】的消息已经是一分钟前，时笙望了望四周，在一个NPC面前看到一支队伍。

队伍只有四个人，还差一个人，时笙想也没想就递了入队申请过去。

对方很快同意了时笙的申请，时笙立即跑过去，领头的是这个叫冷冷清清的男人，看上去挺高傲的。

乐瑾长得很可爱，小脸红扑扑的。她看着时笙，露出一个乖巧的笑容："你好。"她的声音清清脆脆的，非常动听。

时笙看她一眼，微微点头。

"怎么看不到你的等级？"站在冷冷清清旁边、一个叫寻寻觅觅的姑娘突然出声，有些不满地道，"ID也看不到，这有什么好隐藏的，又不是真名。"

时笙的容貌也改了一下,所以现在她是顶着另一张面孔,这些人都不认识她。

"等级比你高。"时笙似笑非笑地看了寻寻觅觅一眼。老子的真名亮出来,会吓哭你!

从时笙刚才过来开始,这小姑娘就一脸防备地打量她。

冷冷清清,寻寻觅觅……一看就是情侣名。

寻寻觅觅的脸色微变。

这是游戏设定,等级高的玩家隐藏等级,等级低的玩家就无法查看,但是等级高的玩家依然可以查看。

【队伍】冷冷清清:一会儿听我指挥。

队伍里突然跳出一句话,寻寻觅觅瞪了时笙一眼,走到冷冷清清身边不再说话。

队伍的人都没意见,冷冷清清直接开本,地图传送的时候,他们眼前一黑,等再睁眼,就到了一张新地图。

30本此时是低级副本,冷冷清清大概是带寻寻觅觅刷本,毕竟冷冷清清已经快75级,而寻寻觅觅才22级。

刷副本的时候,冷冷清清全程打字。时笙观察女主角的操作,确实挺弱的。

"喂,你会不会啊?"寻寻觅觅恼怒地冲着乐瑾吼了一声。

两人旁边的小怪已经冲过来,眼看就要扑倒寻寻觅觅,冷冷清清突然出现在她身边,抱着她跳到旁边。乐瑾直接就扑街了。

时笙:"……"可怜的女主角大人。

乐瑾不知从哪儿弄来了复活道具,从地上爬起来,一声不吭地继续打小怪。寻寻觅觅几次找碴儿,乐瑾都没理她,只是努力地打着小怪。最后boss倒下,寻寻觅觅立即过去摸尸,找出来的东西,不管有用没用,她都直接收下,完全没有拿出来的意思。

【队伍】上图:小姑娘,你这样是不是不道德?

队伍里另外一个男生有些不满,掉落的东西,要么是按需求分配,要么是竞拍,寻寻觅觅全程划水不说,现在直接将东西都要了,还不如乐瑾。30本的东西不值钱,但她这样的行为很令人反感。

【队伍】寻寻觅觅:我老公带我下本,东西当然是我的。

【队伍】冷冷清清:不刷,退。

冷冷清清这态度,显然是认同寻寻觅觅说的。

上图气得骂了一声,退出队伍。

[玩家]乐瑾交易给您一件[天火手环],是否接受?

时笙面前突然跳出一个交易框。

时笙:搞什么?女主角大人突然给我东西干什么?

【私聊】乐瑾:我刚刚偷偷摸的,有两件,给你一件。

时笙点了拒绝。

【私聊】匿名：对我没用。

【私聊】乐瑾：哦。

乐瑾取消交易框。

两人说话的这会儿，冷冷清清那边又拉到一个人，几个人再次下本。和之前一样，掉的东西都被寻寻觅觅捡了，连渣都没剩下。乐瑾每次都趁寻寻觅觅摸过之后再去摸。本来尸体只能摸一次，可乐瑾的账号是个幸运号，就算尸体被摸过，她也能摸出一些东西。

这次这个玩家显然比之前那个能忍，他大概只是为升级，所以刷了几次，经验值够了后，就一声不吭地退出队伍。

时笙觉得这玩意刷着没意思，也退出队伍。她刚退，乐瑾头上的队字也没了。

"带你们刷半天，连个谢谢都没有。"寻寻觅觅讥讽地冷哼一声。

乐瑾有些迷茫，但还是给寻寻觅觅说了一声谢谢。

时笙顿感无语。哎哟，这女主角也是够可以的。

寻寻觅觅和冷冷清清离开，乐瑾立即眉开眼笑地凑到时笙面前："你需要什么，我看看我有没有。"

大概真的有一种人，可以将前一秒的事瞬间抛到脑后。这种人在时笙看来是智障，奈何眼前这个智障长得可爱。

"你有什么？"时笙似笑非笑地反问。

"唔……"乐瑾大概在翻包，好一会儿贴了一大堆东西在附近频道上。

乱七八糟的，什么东西都有。这么多东西，不占地方吗？

"你需要什么？"乐瑾还傻乎乎地问时笙。

时笙：本boss什么都不缺。

"你就不怕我打劫你？"时笙突然露出一个阴森的笑容。就这么把东西给陌生人看，男主角到底是怎么教你的？这种事放到时笙身上，她绝对会教凤辞不要跟陌生人说话。

乐瑾眨巴一下眼，道："你那么厉害，为什么要打劫我？"

"因为你好打劫。"

乐瑾："……"

乐瑾级数低，但因为她的账号问题，她身上其实也是有好东西的，所以，打劫她，是非常明智的选择，省时省力。

"我……你要什么我给你，你别杀我行不行。"乐瑾可怜巴巴地看着时笙。她不想掉级了，升级好难的。

时笙差点一口气没上来。厉害了，我的女主角！

这女主角除了有点呆，大概是真的没崩坏。时笙思索片刻。好像可爱蠢笨的女主角都不容易崩坏……为什么呢？智商不够？极有可能。毕竟想算计人，也是需要智商的。

【附近】一世安瑾：乐瑾。

附近频道突然跳出男主角的ID，时笙下意识地环顾四周。在东南方向，男主角厉害地踏空而来。男主角是个剑客，身上的服装很飘逸。作为男主角，那张脸自然是顶级的。

一世安瑾落到乐瑾旁边，打量时笙几眼。

【附近】一世安瑾：我不是告诉你不许和陌生人讲话？

很好。

乐瑾那边半天都没回应，时笙观察乐瑾的面部表情，女主角大人大概是在纠结自己是回还是不回。

【附近】一世安瑾：说话。

"大神……"乐瑾弱弱地叫了一声，小声解释，"这个姐姐刚才和我一起下本，不是陌生人。"

【附近】一世安瑾：我和你说的话，你都当成耳边风？嗯？

时笙："……"好怕！隔着屏幕，她都能感觉到男主角那满满的占有欲。

"我……"乐瑾又纠结了。

一世安瑾拉着乐瑾就走，没有再看时笙一眼。

时笙：我这么大个人，竟然被当空气，男主角可以啊！

【世界】男人本色：花朦朦去哪儿了？老子好不容易打到最后，花朦朦竟然不在！

【世界】一缕阳光：证明人丑的时候到了！

【世界】男人本色：一缕阳光，你不要找事。

【世界】男人本色：你们梦回西塘的人也没打过，有什么好幸灾乐祸的。

【世界】一缕阳光：我找你妹。

【世界】你个受：我们好歹见到花朦朦了。

【世界】花朦朦：找我干什么？

时笙一边回【世界】，一边朝地图的边缘地区走。

【世界】一缕阳光：……

【世界】威风堂堂：……

【世界】男人本色：花朦朦你在哪儿？回来受死。

上【世界】找boss不奇怪，在【世界】上问boss你在哪儿，就有点奇怪了。

时笙看看四周，挺荒凉的，地图上只显示坐标，没有名字。

【世界】花朦朦：有本事你来找我啊！

你让我回去，我就回去？那多没面子，我是个有尊严的boss。

【世界】七月大大：这个boss我给101分，多一分不怕你骄傲。

【世界】花朦朦：四舍五入，你可以给我200分。

【世界】七月的内裤：噗！

【世界】七月的内衣：噗！

【世界】七月的宝贝：大大，我看到比你还不要脸的人，呸，NPC。

【世界】七月大大：长姿势了。

【世界】花朦朦：姿势是用来做的。

【世界】你的爸爸已上线：一上来就看到这么劲爆的消息，污得优雅，连系统禁言都不用。

【世界】你的爸爸已上线：不对，我楼上是花朦朦？

【世界】花朦朦：没看错，就是你爸爸我！

【世界】你的爸爸已上线：花朦朦，我好像没得罪你……

为什么她老是针对他？他没去神诀宫刷过她，也没骂过她，为什么就莫名其妙上了她这个NPC的黑名单？

【世界】七月大大：因为你的马甲，花朦朦我说得对不对。

【世界】七月的内裤：因为你的马甲，花朦朦我说得对不对。

【世界】七月的内衣：因为你的马甲，花朦朦我说得对不对。

【世界】你的爸爸已上线：我马甲怎么了！

【世界】男人本色：花朦朦你快回来啊！老子在神诀宫等着刷你呢！

男人本色怒火攻心，和智能NPC玩游戏真的好累，还不能辱骂NPC，不然被NPC拉进黑名单，打NPC的时候，就别想掉落东西了，更别想接任务。

不得不承认，这样确实比以前那些固定模式的游戏好玩儿多了。

【世界】祖宗你别闹：花朦朦，男人本色在宫里等你回去，你就满足他这个愿望吧！

【世界】男人本色：滚。

【世界】花朦朦：不去，太穷。

【世界】祖宗你别闹：哈哈哈哈！

【世界】哎哟我去：现在的NPC都这么拜金？

【世界】七月大大：所以要刷花朦朦必须有钱？所有玩家收到来自策划组的恶意。

【世界】你的爸爸已上线：投诉，必须投诉，竟然歧视实力玩家！

【世界】花朦朦：欢迎来投诉你爸爸我。

【世界】你的爸爸已上线：……

【世界】七月大大：哈哈哈！

【世界】祖宗你别闹：已笑晕在厕所。

就在这群人插科打诨的时候，时笙已经走到地图的尽头，再往前走就是一片黑暗。

时笙回到神诀宫的时候，男人本色的队伍还在无聊地清理不断刷出来的小怪。

"花朦朦回来了。"最先看到时笙的玩家大吼一声，其他几个人立即朝着他看的方向看过去。

两侧梧桐枝叶茂盛，光影重重洒在青石铺砌的羊肠小道上，蓝色的人影穿过斑驳的光影，渐行渐近，朦胧的面容清晰起来。

花朦朦的面容是虚拟的，所以她的美几乎毫无瑕疵，任何人看到都会为之倾倒。

当然，如果她不是一个NPC的话——正常人是不会喜欢一串数据的。

"花朦朦你还舍得回来？"男人本色使用跳跃技能，将时笙堵在羊肠小道上。

"你们等着要我杀，我当然要回来。"时笙嘴角勾出一个嚣张的笑，"谁先死？"

男人本色很想骂时笙，但是想想，自己骂了她，就得被拉入黑名单，他还是忍住了。和一个智能NPC计较有什么用，都是游戏公司的错，设计了这么一个boss坑害玩家。

游戏公司：这个锅我们是不背的。

正常的流程是，他们清完神诀宫大殿外的小怪，再清神诀宫宫众这群精英怪，后面还有护法这种小boss，最后才打花朦朦这个终极boss。

可是男人本色的队伍还没开始清小怪，就集体被灭了。

【附近】男人本色：……

【附近】朕有喜了：……

【附近】天青色等烟雨：……

【附近】而我在等你：……

【附近】精分：……

这boss不按套路走啊！投诉！必须投诉！

于是，时笙又被程序员查数据，可结果还是如此，没什么异常。最重要的是这游戏设定，本来就有不按套路走的地方。最后游戏公司给出结论：NPC是智能的，有时候会根据玩家说的话和行为做出相应的反应。玩游戏不能一成不变，请玩家自行探索。

众玩家："……"

这游戏，他们玩得想放弃，虽然舍不得。

天天都有玩家上【世界】调戏时笙，然而最后被调戏的往往是那些玩家，最后连玩游戏都变成了玩花朦朦。

【私聊】一缕阳光：一世安瑾要来刷你。

一大早,一缕阳光就发来一条消息。时笙还没回,一缕阳光的消息又连续弹出来。

【私聊】一缕阳光:你可千万不能让一世安瑾过,我都没过,你也不能让他过。

【私聊】一缕阳光:好歹我也是给你说了游戏bug的小伙伴。

【私聊】一缕阳光:花朦朦,你在吗?

【私聊】花朦朦:……

一缕阳光似乎对一世安瑾的动向了若指掌,就连他什么时候来刷地图,他都知道。

一世安瑾的帮派就是疾影,时笙刚过来的时候,就在【世界】上见过它的大名。

后来也听玩家提过,虽不是本服第一大帮,却是很有实力的帮派,玩家最低等级都是70,英雄排行榜上,疾影的玩家占据大半江山。

哦,不对,现在疾影的最低等级是30,女主角进了他们帮。

一缕阳光说的时间一到,时笙果然接到系统提示,有玩家进入副本。

神诀宫地图很大,除了她这个大殿,前面还有好几关。而【世界】上对于疾影刷神诀宫副本,表示出百分百的关注度。

疾影第一次刷是没刷过的,之后就再也没刷过,这次他们再去刷,那肯定是有完全准备的。

【世界】你的爸爸已上线:大神这次能通关拿首杀吗?

【世界】七月大大:如果花朦朦是普通NPC,大神肯定可以,但花朦朦是普通NPC吗?

【世界】花朦朦:不是,我是神一般的存在,尔等凡人只能仰望。

【世界】威风堂堂:副本模式,花朦朦你咋还能上【世界】?

【世界】花朦朦:因为我是NPC啊!

【世界】江湖小白狼:万恶的特权。

一群玩家对时笙表示唾弃,他们进副本时,在活着的状态下不能上【世界】聊天,结果NPC竟然可以在【世界】上装,差评,投诉!

【世界】七月大大:只有我注意到花朦朦的台词吗?

【世界】七月的内衣:大大(网络词语,指高手,表崇敬),还有窝。大大今天会掉更新吗?

【世界】七月的内裤:大大,还有窝(我)。大大今天会掉更新吗?

【世界】七月大大:嗯,我决定了!什么时候把花朦朦刷过,我就什么时候掉更新,就这样。

【世界】花朦朦:准备当太监吧。

【世界】七月大大:花朦朦请友好对待我这么可爱的玩家好吗?

【世界】花朦朦:我是个诚实的NPC。

【世界】七月的内裤:大大我们准备组团来刷你。

【世界】七月的内衣：小分队已准备好。

七月大大再也没在【世界】上说过话。

【世界】你的爸爸已上线：花朦朦，大神他们到哪儿了？

时笙此时正站在地图的高处，看着下方刷怪的男主角一行人，顺便回消息。

【世界】花朦朦：叫我爸爸就告诉你。

【世界】你的爸爸已上线：……

【世界】你的爸爸已上线：爸爸！

时笙麻溜地截图，用系统发图功能挂到【世界】上。

这截图角度……

【世界】祖宗你别闹：大神，悬啊，这花朦朦就在他们上面站着……想想就瘆人。

【世界】哎哟我去：这个副本有毒，花朦朦有毒。

时笙在【世界】上实时直播一世安瑾通关进度，以前他们看键盘网游直播需要去别的软件，全息游戏就只能看别人录下的视频，【世界】直播还是头一回。

等一世安瑾刷到神诀宫外面，时笙也没停止直播，毕竟她要教男主角"做人"了。

时笙站在神诀宫大殿门口，高傲地看着男主角带着人一路杀过来，最后停在她面前。

乐瑾被保护在后面，此时正好奇地打量时笙，眼底还有类似惊艳的光芒。之前时笙使用的不是这张脸，此时的乐瑾当然不认识她。

一世安瑾旁边的一个叫"燕归来"的玩家上前一步："花宫主，我等带来你夫君的一封信，他临终前让我等转交给你。"

嗯，对，这个副本是有剧情的，这是说的台词。

时笙下巴仰了仰，高傲地道："不要。"

燕归来沉默，正常的剧情不是接下吗？上次就是这样的啊！他们才多久没来刷，怎么boss的台词都变了？

一世安瑾冷凝的目光扫向时笙，时笙无所畏惧地看过去，张口就道："我夫君早死了，他从阴曹地府给我寄来的信？"

燕归来不解，这话怎么接？

燕归来突然看到队伍频道上，一世安瑾打出来的台词，立即照着念出来："他知自己负你，特写一封悔恨书。花宫主，你就算恨他，也该看看他写了什么。"

"你怎么知道是悔恨书？你偷看过？"

噗——

燕归来心塞，这到底是哪个人设计的剧情，难道二刷和一刷的台词不一样？

【私聊】燕归来：老大，你们策划部的人真会玩儿。

【私聊】一世安瑾：这个boss有些不对劲，再看看。

作为这个游戏的老板,一世安瑾清楚所有细节,但这个boss的设定也太奇怪了,和他们之前报上来的完全不一样。

他们第一次来刷的时候,她除了武力值高一点,也没其他出格的地方。

"喀喀……花宫主,这是我们看着您夫君写下的,不是有意偷看。"燕归来按照一世安瑾的台词继续念。

时笙惊讶:"厉害了,你们都能下地。"

燕归来:"?"什么下地?

好一会儿,燕归来才想起之前时笙说的台词,她说她夫君早死了……不行,他得缓缓,这个boss他完全应付不来。

燕归来往后退,直接在队伍里打字,表示自己承受不来这个boss。不管一世安瑾说什么台词,时笙都能给他掰歪,反正就是不按剧情接话。正常的剧情是她接下信,看完信后突然大发雷霆,然后对玩家大打出手。

【队伍】乐瑾:大神,花朦朦很恨她夫君,不接信也情有可原,不如我们念给她听?

乐瑾小心翼翼地说,生怕自己出错。

【队伍】燕归来:小瑾儿说得有道理,我们可以念啊!

反正这封信只是道具,目的是让boss听到里面的内容。

【队伍】一世安瑾:试试。

乐瑾看到一世安瑾这两个字才松口气,幸好没说错。

燕归来立即拿着信开始念。

"吾妻亲启:这么多年过去,也不知你过得如何。我自知罪孽深重,已不求你原谅……"

燕归来的声音戛然而止,技能光还在他眼前闪烁。"集体被灭"四个字飘在他们头顶,血红血红的,无比嘲讽。

你咋说出手就出手!好歹给个提示!

"好走不送,欢迎下次光临。"时笙冲他们笑眯眯地摆手,顺便在【世界】上直播结局。

厉害了我的boss,你都学会了迎宾语。

一世安瑾的队伍被传出副本,一行人站在副本门口,默默地看着【世界】上飘过的各种诡异的消息。

【世界】中央空调:刚上线,发生了什么,求科普。

【世界】七月大大:我就说大神肯定过不了。

【世界】你个受:事实证明,不是我们梦回西塘弱,是花朦朦太强。

【世界】你的爸爸已上线:这个boss有毒。

一世安瑾交代几人几句，让人带乐瑾升级，匆匆下线。

偌大的办公室，游戏舱的红灯一明一灭，忽而红光变成绿光，游戏舱的舱门自动打开。

一个高大的男人从游戏舱里出来，走进旁边的房间。几分钟后他出来，已经换上笔挺的西装。

梁秉直接出了办公室，往公司策划部门走去。策划部此时正在开会，梁秉推开门进去，争吵得面红耳赤的人顿时停下来，看向梁秉。

梁秉只在门口看了一眼，转身离开。里面一个男人站起来，向其他人挥挥手，离开会议室。

"怎么舍得到我这里来？"孟桀合上会议室大门，笑眯眯地问站在旁边的男人，打趣道，"不在游戏里陪你那个小美人？"

"上次你给我说启用新的智能系统，这套系统和之前的有什么不同？"梁秉的声音磁性十足。

孟桀瞧着梁秉脸色不太好，也正经起来："可以让NPC更接近玩家，不会出现之前那些漏洞，也可以让玩家和NPC之间的互动更加真实。"

孟桀噼里啪啦地说一大堆，也不管梁秉听没听懂。

"这套系统我不敢说世界第一，但在国内绝对是第一，我亲自试过，没有问题的。"孟桀最后拍胸脯保证。

梁秉微微点头，大步流星地离开。

孟桀摸摸脑袋，有些莫名其妙，梁秉就是来问他系统的事？

自一世安瑾的队伍集体被灭后，时笙就有了个称号——灭绝师太。

为此，时笙和一众玩家在【世界】上展开讨论。

【世界】花朦朦：你们为什么给我取灭绝师太的称号？这和我的貌美如花不符。灭绝师太那是尼姑，她哪里像尼姑了？

【世界】中央空调：……花朦朦，你这么一本正经地夸自己，我差点就信了。

【世界】花朦朦：我不是貌美如花？

【世界】你的爸爸已上线：貌美如花那是形容人的，你不是人，灭绝师太和你的形象很符合。

【世界】你个受：花朦朦其实长得挺好看的，全服的女玩家都没她好看，策划组的脑子估计给门夹了，让boss这么好看，女玩家还不得撕了她？

比美还比不过一个boss，虽然不想承认，但这是实话，真的很漂亮！

【世界】花朦朦：我是实力与美貌并存的传奇！

【世界】你的爸爸已上线：……

【世界】你个受：……

【世界】一缕阳光：……

【世界】七月大大：花朦朦别装，会被雷劈。

【世界】花朦朦：劈我啊！

【世界】祖宗你别闹：灭绝师太的脸皮堪比骷髅王的血。

骷髅王是70级大boss，血厚得令人发指，几个玩家叠加起来都比不过他。

当初打这个boss的时候，一群玩家也是打得哭爹喊娘，好在骷髅王不像灭绝师太这么变态，不会上【世界】挑衅。

【世界】花朦朦：灭绝师太你大爷！

【世界】中央空调：系统为什么不屏蔽她？

【世界】你的爸爸已上线：NPC特权。

投诉！必须投诉！NPC竟然有特权，凭什么！

反正，最后时笙把这群玩家怼了一遍，但是灭绝师太的称号是注定拿不掉了。

现在这群人的日常——

【世界】你的爸爸已上线：灭绝师太出来！

【世界】男人本色：灭绝师太滚回来受死！

【世界】一缕阳光：灭绝师太求放水，让我们过吧！

就你们这态度，还想过？做梦！

【世界】寻寻觅觅：乐瑾你个不要脸的，勾搭大神不算，还勾搭我老公，你这么缺男人，怎么不去卖？

乐瑾可是大神罩着的人，突然被人挂上【世界】，八卦来了。

【世界】小期艾：乐瑾插足别人感情，不要脸的贱人。

【世界】寻寻觅觅：真是瞎了眼，今天你不给我一个交代，我跟你没完。

乐瑾一直没出来说话。

时笙看得有些莫名其妙，女主角怎么就成小三了？女主角被骂，男主角呢？

时笙搜索一世安瑾，发现一世安瑾不在线……套路，都是套路。

女主角被欺负的时候，男主角永远不在线，等被欺负得不行，男主角才出场英雄救美。

寻寻觅觅在【世界】上骂得越发起劲，整个【世界】都被她承包了。

时笙本来是蹲在野外地图的一群怪里面，她是NPC，和怪属于同一阵营，这些怪不会攻击她。

她看【世界】看得起劲的时候，眼前突然有技能光闪过，紧接着，时笙就看到乐瑾扑倒在她面前，一堆怪把她给淹没了。

时笙驱散那些怪，走到乐瑾旁边："你跑这里来自杀？"

这自杀的方式很特别。

【附近】乐瑾：我只是不小心走错了。

乐瑾是躺着的，此时只能听到时笙的声音，看不到她。乐瑾觉得这声音有点耳熟，但是想不起在什么地方听过。

"这是70级野外地图，你能走错到这里？"

【附近】乐瑾：70？我没注意看……

时笙："……"

很好，女主角大人你引起我的注意了！

乐瑾身上有复活道具，她自己爬起来，还拍了拍根本没有什么脏东西的裙摆，结果一转头就对上时笙那张花枝招展的脸。她倒抽一口冷气，眸子睁大，结结巴巴地开口："花……花花……花朦朦？"她竟然遇见boss了！

"世界上有人骂你，你怎么不回？"时笙没理会乐瑾的害怕，转移话题。

"啊？"乐瑾一脸惊讶地道。

时笙看着她操作几下。

得！上面那群小姑娘骂得起劲，结果人家女主角连【世界】都没开。

乐瑾看完【世界】，脸上的表情变成迷茫，越来越迷茫……

"我……我没做什么啊，她们为什么骂我？"乐瑾无辜地看着时笙，完全忘了站在她面前的是个大boss。

"上【世界】骂回来啊！"时笙怂恿她。

【……】宿主又在挑事。

乐瑾一脸迷茫，在那儿鼓捣半天，然后抬头无辜地看着时笙："我金币不够……"

噗——

男主角大人，你虐待女主角啊！连钱都不给人家花。

NPC[花朦朦]交易给您100金，是否接受？

乐瑾接是接了，但是很快就交易给时笙一件装备，卖出去大概也值100金。

时笙刚看完乐瑾的装备，余光扫到乐瑾发的世界消息，嘴角顿时一抽。

【世界】乐瑾：我和冷冷清清没什么，你们不要乱说。

【世界】寻寻觅觅：没什么？没什么你刚才怎么不出来说话？乐瑾你个贱人心虚吧？抢别人老公。

【世界】千金小姐：寻觅别生气，为这样的人有什么好气的。

【世界】昨夜梦魂中：求乐瑾坐标。

【世界】乐瑾：我和冷冷清清真的没什么。

乐瑾的解释毫无力度，【世界】上全是寻寻觅觅的亲友，轮番对着乐瑾进行言语

264

攻击。

大概是因为乐瑾在现实中是个植物人，智商有所下降。她似乎不认识男主角，也就是说，她的记忆也有问题，也许只记得自己叫乐瑾……

乐瑾气呼呼地关掉【世界】："她们怎么不分青红皂白就骂我？"

"你和冷冷清清干吗了？"你背着男主角乱来，也不怕男主角把你关进小黑屋？

"没有啊。"乐瑾委屈地道，"今天上午我和别人下本，我摸出一把锦瑟琴，出本的时候，遇见他了，他要和我交易，我想着我拿着也没用，就给他了……谁知道她们这么说我。"乐瑾也是很不解，她什么时候勾搭冷冷清清了？

"你是不是傻？"时笙像看智障一般看着乐瑾。

锦瑟琴这玩意儿，那可是有价无市的，现在全服只有两把，是成长型的武器，有的玩家连续刷百次都没刷到它。这要是拿出去卖，卖个几万也不成问题。

乐瑾："……"她又怎么了？乐瑾的眼神茫然又无辜。

时笙：你还这么无辜地看着老子！

时笙第一次觉得自己幸好不是男主角，如果是，遇上这么个女主角，她能气出心脏病来。也幸亏她家风辞的智商没有这么感人！

时笙心情颇好地给乐瑾介绍了一番锦瑟琴，顺便满含恶意地揣测冷冷清清和寻寻觅觅。

"我看这两人就是在唱双簧，先给你安个勾搭的头衔，闹上【世界】，就算之后你说你是在和冷冷清清交易，也没人会信。你的交易截图保存了吗？"

乐瑾不解地摇头，道："他们……不会这样吧？为什么啊？"

为什么？那可是钱。万一你告诉男主角，男主角发现你被骗了，为你报仇，他们不就倒霉了？这两人为了不让自己倒霉，先下手为强。当然这只是一种可能，但是不妨碍时笙在心底恶意揣测。

"没救了。"乐瑾连交易截图都没保存。没有交易截图，那就是啥也说不清。

"那他们也不能随便瞎说，我又没有做过。"乐瑾鼓起小脸，语气幼稚得让时笙想笑。

"随便杀人都可以，更别说随便瞎说。"这可是游戏世界。

乐瑾诧异地看向时笙，粉色唇瓣动了动，好一会儿才道："你不是NPC吗？怎么懂这么多？"

时笙："……"感谢你哦，女主角大人，现在才想起我是NPC。

寻寻觅觅的人很快就杀过来，70级的地图，靠寻寻觅觅那点等级是不够闯的，所以她带了别的高手。

【世界】哎哟我去：灭绝师太和乐瑾在一起，什么情况？

265

一些在70级地图的玩家，立即上【世界】嚎了一嗓子。

【世界】男人本色：灭绝师太在哪里？求坐标！

【世界】祖宗你别闹：男人本色，你不等灭绝师太宠幸你，改投怀送死了？求坐标！

【世界】男人本色：山不就我我就山，我不信我刷不过她！

【世界】咩咩痒：花朦朦怎么能出神诀宫，这是bug，你们没人举报吗？

这句话没人回应，全都求时笙的坐标去了。

之前一缕阳光说的那个bug现在好多人都知道，所以对boss为什么能跑出来，他们一点也不奇怪，毕竟这个boss很聪明。而且，这游戏里肯定也有测试bug的程序员在。boss整天在【世界】上那么招摇，程序员都没修补这个bug，证明这其实不是bug嘛！举报有什么用！

寻寻觅觅带着一群人，将时笙和乐瑾堵在怪物群中。一些玩家瞪着时笙。这人怎么会在这里，还和乐瑾站那么近！难道是和乐瑾做什么任务？

一些人下意识地看时笙头顶，除了顶着"花朦朦"三个字，并没有队伍的标志，不是组队，那就不是任务。

"乐瑾，你出来。"寻寻觅觅先出声。灭绝师太这个boss她不愿意招惹，所以她想把乐瑾叫出时笙的可控范围。

乐瑾摇头道："你想干什么？我说过了，我和冷冷清清没关系。"

"我朋友亲眼看见的。"寻寻觅觅冷哼一声，"你和我老公当然没关系，我老公那么爱我怎么会背叛我，是你勾引我老公。"

大概是见时笙没什么动静，其他人胆子也大起来。

"真不要脸，勾引大神还勾引冷清。"

"真没想到乐瑾是这样的女人，一定要让大神知道她的真面目。"

"就是……"

说白了，这些人还是因为乐瑾和一世安瑾有关系，才跟着起哄。

乐瑾脸色涨得通红，开口道："你们怎么随便诬赖人，我只是和冷冷清清在交易，根本就没什么。"

"交易？你能有什么和我老公交易的？"寻寻觅觅立即反驳，"你看看你才多少级，我老公多少级？"

"我和冷冷清清交易的是锦瑟琴，不信你可以问他。"

时笙叹息着摇头。果然是这样，万千套路，诚不欺我。

"哈哈哈，锦瑟琴？我说乐瑾，你说谎也得打听一下行情吧？这锦瑟琴全服才两把，你说你有锦瑟琴？"

"真是搞笑,这乐瑾是脑子有病吗?"

"……"

寻寻觅觅那边的人对着乐瑾指指点点。乐瑾脸色苍白,脑子有些转不过弯。她只是说她和冷冷清清在交易,这些人怎么就这么说她?

"花朦朦!"后面突然有人大喊一声。

所有人都朝着那边看去。一群玩家气势汹汹地杀过来,最显眼的就是男人本色。游戏里想刷时笙的玩家不在少数,但是每次时笙出来,基本都没人知道她的坐标,只能在世界上瞻仰她的身姿。这次爆出时笙的坐标,想刷时笙的玩家立即蜂拥而至。和第一次相比,有过之而无不及。这群玩家立即将寻寻觅觅的人挤开,占据有利位置。

"灭绝师太,哈哈哈,这次看你往哪里跑!"

"大家一起上!"

玩家显得很兴奋,不少人开始发动技能,等级高的玩家几乎不用读条,技能瞬间就甩了出来。

时笙:你们不按套路走啊!现在不是应该围观女主角,谴责女主角吗?怎么这些技能都往自己身上招呼?

【……】还不是因为你自己不按套路走。你不乱跑,他们会跑来刷你吗?你不在【世界】上挑衅,他们会来刷你吗?

时笙拿出权杖,又开始放大招,一片接一片的玩家倒下,那场面绝对震撼。乐瑾看得目瞪口呆,之前在神诀宫的时候,场面绝对没有这么震撼。

【世界】江郎才尽:灭绝师太的杀伤力怎么还是这么恐怖?上次游戏公司没修复bug?

【世界】我有病啊:就这杀伤力,谁能把她杀了,老子叫他爸爸!

【世界】祖宗你别闹:好恐怖的杀伤力。

【世界】一缕阳光:我的决定果然是正确的。

一缕阳光有种神奇的直觉,这个boss是打不过的,所以那些玩家在【世界】上叫嚣组团刷boss的时候,他按兵不动。

事实证明,他是正确的。

然而,下一秒他就被人拆台。

【世界】你个受:我们也没打算去啊!

【世界】威风堂堂:就是。

【世界】江湖小白狼:+1。

【世界】一缕阳光:你们这样会失去我的。

【世界】大王叫我来巡山:梦回西塘的你们不帮忙就算了,还在这里说风凉话,你们到底是哪边的?

【世界】咕咕:梦回西塘被灭绝师太打怕了,哈哈哈,蠢货。

【世界】威风堂堂：说谁蠢货！

【世界】一缕阳光：不服来干！

此时躺在地上的玩家，再次拥向游戏举报处。

这种对玩家完全没有任何好处的bug，他们一点也不想要，必须举报！

于是，众玩家再次被强行下线，喧嚣的地图瞬间安静下来，被无情碾压得快灭绝的小怪一波接一波地出来。

时笙："……"

没法玩儿了。

披着NPC1、2、3的三个程序员火速赶到，时笙再次被三人修理。

时笙一个抬手，把技能招呼到他们身上，三个NPC同时倒地。

这个NPC最近闹腾得厉害，他们也有监控，可是她的数据正常，能自由出入神诀宫这个bug，他们是知道的，一直在想办法修补，奈何进展缓慢。

时笙打翻这几个蠢程序员后，飘飘然回到神诀宫。几个程序员火急火燎地赶到神诀宫，结果连神诀宫的大门都进不去。

"怎么回事？"NPC1号不解地看着另外两人。他们怎么知道怎么回事，作为程序员，竟然进不去地图？

良久，才有一人试探着出声："这花朦朦有自主意识了？"

游戏的NPC只能算是半智能的，真正的人工智能却是有自主意识的，是全新的生命体。从她最近的行为来看，她似乎真的有了自主意识……几个人心头狂跳，快速下线，去找自家上司。如果她真的有自主意识，那可就厉害了。人工智能的猜测很受高层关注，就连梁秉都惊动了。

然而，他们发现就算是高级程序员，都没办法进入神诀宫地图。一群人累死累活，完全找不到突破口。开会的时候，有人小心地提议："要不然开服吧，说不定她会出来。"已经停服快二十四小时，再这样停下去，也会影响到游戏研发。

"她跑了怎么办？"

"那不开服，我们也进不去神诀宫。"

"再给我们一点时间，我们肯定可以破解。"程序员那边的代表发话。

"早上七点之前还没结果，就开服。"最后管理人员发话。

其他人各自对视一眼，不敢有意见。

神诀宫这个地图被时笙篡改了数据，没她的允许，谁也进不来。当然也是存在意外情况的，比如男主角和女主角，这两个人如果有什么契机，肯定会在剧情君的保驾护航下，进入神诀宫。

为了防止男主角和女主角进来，时笙在神诀宫四周设了不少陷阱，弄不死你，也要恶心死你。

第十一章　副本有毒（中）

早上七点，游戏准时开服。

游戏突然停服维护这么久，一些不知道情况的玩家，都是一脸不解地问发生了什么事。

时笙干的好事，顿时被人在【世界】上大肆演说。

【私聊】一缕阳光：花朦朦你在吗？

【私聊】花朦朦：干啥？

【私聊】一缕阳光：神诀宫怎么没办法传送？

【私聊】花朦朦：我改了数据。

那边半天没回应，时笙等了好一会儿，一缕阳光的消息才发过来。

【私聊】一缕阳光：你真的……是人工智能？

时笙看着浮在面前的对话框，目光闪了闪，片刻后才抬手回复。

【私聊】花朦朦：帮我个忙，我给你月影权杖。

【私聊】一缕阳光：……

话题怎么就跳到月影权杖上了？？

月影权杖！一缕阳光几乎只考虑了几秒钟就答应了，屁颠屁颠地跑去找时笙。

【公告】恭喜玩家[一缕阳光]击杀神诀宫宫主[花朦朦]，获得通关神器"月影权杖"。

【公告】恭喜玩家[一缕阳光]击杀神诀宫宫主[花朦朦]，获得通关神器"月影权杖"。

【公告】恭喜玩家[一缕阳光]击杀神诀宫宫主[花朦朦]，获得通关神器"月影权杖"。

一连三条公告，刷得众人措手不及，一缕阳光怎么就通关了？

【世界】你个受：老大，你出卖身体给灭绝师太了？这口味也太重了。

【世界】威风堂堂：上线就看到老大拿到月影权杖，一定是我在做梦，还没睡醒。

【世界】花朦朦：我看不上他。

【世界】……

诡异的沉默。

一缕阳光的私聊都快爆了,大家问他如何拿到月影权杖,也有披着NPC马甲的程序员问他关于花朦朦的事。一缕阳光全部无视。刚才她就是把权杖交给他,系统就刷出了公告,十分神奇。

"你和我说这些,不怕我……出卖你?"刚才这个女人和他说的,信息庞大得他有点承受不住。

"我总要找个帮我做的人。"时笙轻笑一声,"反正谁都不能信,我只能选知道更多的人。"

一缕阳光:"……"她这话让他毫无反驳的理由。

"不是,你就从我问你一句是不是人工智能起,就能猜出这么多东西?"

"聪明,天生的。"时笙眉眼间满是自信张扬。

"那你怎么就确定我有能力帮你?"

"你有钱啊!"

"有钱的玩家多了。"这个游戏里遍地是有钱人。

时笙微微一笑,慢慢地吐出一句话:"可我只认识你,恰好你又说了不该知道的事。"

好理直气壮的语气,谁给你的自信!

"行,我先下线去找人帮你挪尸体……呸,身体。放心,我答应你的事肯定会办好。"一缕阳光拍拍胸脯,"不过你得小心,他们现在怀疑你是人工智能,总会想到办法对付你的。"好神奇,他竟然看到真正的实验成功体。

"想对付我?除非毁掉这个游戏。"

然而女主角在这里,男主角是不会容许人毁掉这个游戏的。只要男主角不毁掉这个游戏,她想称王称霸,很容易!

一缕阳光愣了愣,道:"你现在都这个样子了,到底是哪里来的自信?"她身体都还在别人那儿,竟然还敢这么嚣张。

"不服打我啊!"她就是这么嚣张,就是这么任性,就是这么无理取闹。

【……】这非主流的女人哪里来的?快把我之前的宿主还回来。

一缕阳光下线,快速离开营养舱,换上衣服,直奔另外一个房间。

"哥!"他推开房门。

"嗯?"坐在书桌前的男人轻应一声,"今天怎么这么早就下游戏了?"

一缕阳光冲进去,趴到桌子边:"哥,我知道他们说的人工智能是什么。"

男人微微抬头。一缕阳光使劲点头。他是第一个知道的,哈哈哈,那群智障都不知道。

男人听完一缕阳光的叙述,皱着眉头道:"既然是第一个实验体,就算他们判断失败,也不会轻易丢弃,你想把人弄出来没那么容易。"

"可是我都答应她了。"

男人微微摇头,又问:"你说她能随意篡改游戏数据?"

"可不,她在的那张地图现在除非她允许,不然谁也进不去。"一缕阳光说到这里就有些愤恨,"这么厉害的一个人,竟然被那群禽兽这么糟蹋。"

"你帮我订一个游戏舱。"男人沉吟片刻后,吩咐一缕阳光。

"哎?"一缕阳光不解,咱们应该去偷尸体……呃,身体,怎么突然要购游戏舱?

"我要和她谈谈。"男人看向一缕阳光,"我不可能因为她的一面之词,就贸然去动梁秉。寒羽,牵一发而动全身这个道理,不用我教你。"

林寒羽挠挠头,道:"哥,我知道,可是她现在真的很危险。"

万一梁秉那边发现她是第一个实验体,不管会做出什么样的反应,对他们来说,想要再去偷尸体……偷人都很困难。

"寒羽,你对她太过上心了。"男人语气中有警告。

"哥,她可是第一个实验体,第一个!梁秉成功了,我当然对她上心。"林寒羽语气激动。

男人淡淡地瞥了林寒羽一眼,道:"梁秉的做法我是不认同的,就算成功,也不是我要走的路。"

"哎呀,我知道,我只是好奇。"林寒羽撇撇嘴,实在不明白,明明他哥也不算什么好人,怎么这会儿就这么有正义道德了呢?

男人微微点头,道:"去办吧。"

一缕阳光刚上线,爆满的信息就嘀嘀地响个不停,发得最多的是平时和他鬼混的那几人。

【私聊】你个受:老大,你真的拿到月影权杖了?

【私聊】你个受:老大,你不会真的色诱灭绝师太了吧?

【私聊】你个受:老大,你怎么还不上线?

【私聊】威风堂堂:老大,把月影权杖给我瞧瞧。肥水不流外人田,老大把它送给我,我也是会接受的。

【私聊】江湖小白狼:老大不厚道,刷灭绝师太都不叫我们,你和谁去刷的?

邀请入队的申请突然被递过来,一缕阳光看看邀请人,立即点了同意。

【队伍】你个受:老大,你上线了?

【队伍】威风堂堂:我还以为老大拿着权杖跑了。

【队伍】一缕阳光：放屁，我是那样的人吗？

【队伍】江湖小白狼：你是。

【队伍】你个受：你是。

【队伍】威风堂堂：你是。

【队伍】一缕阳光：没爱，再见。

【队伍】威风堂堂：老大你去哪儿？

队伍地图里，一缕阳光的位置在变动，不免引起其他人的好奇。

【队伍】一缕阳光：接人。

接人？男的女的？

于是，好奇的几个人瞬间会合，在新手村堵住一缕阳光。

他们老大竟然跑到新手村来接人……

【队伍】一缕阳光：我哥要来，你们说话的时候自己掂量。

【队伍】你个受：……

【队伍】威风堂堂：……

【队伍】江湖小白狼：……

老大，你有毛病啊！把你哥弄来干什么？

一缕阳光似乎从这一排排的省略号中，读出另外三人的怨念，打字解释。

【队伍】一缕阳光：我哥不是来玩游戏的，有正事。

【队伍】你个受：我想起我的日常还没做，堂堂、小白，你们去吗？

【队伍】江湖小白狼：去！

【队伍】威风堂堂：去！

两人的消息几乎是同时发出的，可见他们此时有多不愿意留下。

一缕阳光眼睁睁地看着三人遁走，只能在队伍频道对他们表示谴责。他哥又不会吃人，这么怕他哥做什么？

三人表示——你大爷！那是你亲哥，你当然不怕！

"寒羽。"

一缕阳光抬起头，看到一个世家公子打扮的男人站在他面前，头上顶着"月满西楼"四个字。

"哥……你怎么下调容貌呢？"一缕阳光诧异地问。

对面的人没回他。

一缕阳光讪笑一声，道："哥……你得先升级，神诀宫地图是80级的，玩家必须达到30级才能去。"

"让她来见我。"

一缕阳光："……"就她那嚣张的格调，会来见你？想想就不可能好吗！

· 272 ·

虽然知道不可能，一缕阳光还是传了话，果然得到时笙三百六十度无死角的嘲讽。一缕阳光将这些话，一字不落地复制给月满西楼看。

——他谁啊？

——凭什么让老子去见他？

——让他自己过来。

——不来？不来拉倒！

后面就没了。

看看这嚣张的样子，好像让人办事的是别人，她有没有点自觉，这样很容易被群殴的。

月满西楼沉默片刻，道："带我升级。"

【世界】男人本色：神诀宫副本无法开启是什么意思？

【世界】哈哈哈：就是无法开启，可能是游戏公司在修bug吧。

灭绝师太的bug不是一般的大。

【世界】祖宗你别闹：我刚才还看到灭绝师太上【世界】了！

时笙正好无聊地看【世界】，看到有人讨论自己，立即上去插一脚。

【世界】花朦朦：尔等凡人怎配踏入我的宫殿。

【世界】七月大大：花朦朦又在装，请说人话。

【世界】花朦朦：我是NPC，不会人话。

【世界】中央空调：哈哈哈哈，这项操作我给满分。

【世界】男人本色：你赢了。

【世界】七月大大：累。

【世界】中央空调：七月，你的忠实粉丝怎么没出来刷屏？

【世界】七月的内裤：忠实粉丝刷屏！

【世界】七月的内衣：忠实粉丝刷屏！

【世界】七月的宝贝：忠实粉丝刷屏！

【世界】七月的萌萌：忠实粉丝刷屏！

【世界】七月的心脏：忠实粉丝刷屏！

【世界】中央空调：我错，七月大大，快让你的忠实粉丝别刷屏。

【世界】七月的柚子：忠实粉丝刷屏！

【世界】七月的抱枕：忠实粉丝刷屏！

【世界】花朦朦：为什么我没有忠实粉丝，不开心。

【世界】你的爸爸已上线：NPC要什么忠实粉丝？

【世界】花朦朦：做我的忠实粉丝可通关神诀宫。

【世界】祖宗你别闹：你这个NPC竟然是这样的NPC，爸爸等我，我这就去买重生水。

【世界】花朦朦的七月：花朦朦快让我通关，我要拿首通。

虽然一缕阳光拿到了月影权杖，但是神诀宫的首通上并没有他的名字，也就是说，首通还在的。

【世界】中央空调：七月你这速度。

【世界】花朦朦：来副本。

【世界】你的爸爸已上线：现在副本不是无法开启，灭绝师太什么意思？还真能走后门？

【公告】恭喜玩家[花朦朦的七月]通关神诀宫副本，您的名字将永远被铭记，供后人瞻仰。

【公告】80级副本神诀宫正式开启，祝各位玩家游戏愉快。

两条公告同时弹出。

还在【世界】上争论的众人一脸不解，这才多大会儿，就通关了？

别说这些人，就连七月大大都是一脸不解，她只是到神诀宫，还没做什么，就被传送出来，然后【世界】上便弹出了公告。

七月大大觉得有点蒙，她本来就是抱着……试着玩儿的态度，没想到真进去了，还真的拿到了首通。

世界上一片沸腾，不少人后悔没有第一个改名，拿到神诀宫的首通，就算得不到月影权杖，应该也有不少东西。

【世界】花朦朦的七月：我就拿到一个首通"勇者无敌"的称号。

【世界】祖宗你别闹：……

【世界】你的爸爸已上线：灭绝师太好抠门，那么多装备都被你独吞了？

【世界】花朦朦：我给你开后门，你还想拿东西？

【世界】花朦朦的七月：但我是你的忠实粉丝啊！难道不应该表示一下？

【世界】花朦朦：我的忠实粉丝会遍布天下，不在乎你一个。

【世界】看智障：噗！

【世界】花朦朦的七月：你竟然始乱终弃。

【世界】花朦朦："始乱终弃"这个词一般是说男人对女人，我没睡你，所以这个词我拒绝。

【世界】中央空调：不行了，灭绝师太太好玩了，哈哈哈，还会开后门，游戏公司的人会气死的。

【世界】NPC1：花朦朦，我们要和你谈谈。

游戏公司的人进不去神诀宫，看到时笙在【世界】上说话，只能上【世界】。

可是他们一上去，立即就引起轰动。

游戏公司的人出面了，竟然要求和一个NPC谈谈？什么意思？难道这些不是设定好的？

【世界】花朦朦：你想谈就谈？你以为谈恋爱呢？不谈，没心情。

众玩家集体不解，灭绝师太厉害了，连游戏公司的人都敢怼。

这个时候，众人才反应过来。这个NPC真的和别的不一样，不是因为她本身设定就是如此，是她真的不一样。

游戏公司的人气结，但也由此下了结论，她真的有自主意识。

【私聊】月满西楼：她好像并不担心她的身体。

月满西楼看着【世界】上闹腾的众人，在私聊频道打出一句话。

【私聊】一缕阳光：我也弄不懂她。

她这么做，就是在挑衅游戏公司，挑衅梁秉。虽然现在梁秉可能不知道她是第一个实验体，但是不代表之后不知道。

【私聊】月满西楼：升级。

梁秉在公司召开紧急会议。

"梁总，进化出自主意识的生命体，我们只在概念中见过，和此时的科技文明并不相符，我还是坚持我的说法，这背后有人操控。"一个稍胖的男人唾沫横飞地说着。

"我们的系统没有人入侵的痕迹，技术部已经检查过多次。"立即有人反驳，"谁知道人工智能会什么时候诞生，也许它就诞生在我们这里呢？"

"这根本就是不可能的，异常已经发生多次，可你们技术部的人怎么都没发现？"

"你这是什么意思，说我们技术部的不负责吗？"

"难道不是？"

"够了！"梁秉声音不重地呵斥一声。

面红耳赤的两个人立即停下争论，有些惧意地看向梁秉。孟桀坐在梁秉左首边，眉头紧皱，脸色有些沉，不知道在想什么。

这些人争论也没什么用，梁秉挥手让他们出去。会议室只剩下孟桀和梁秉。

"你想到什么？"梁秉看向孟桀。

孟桀揉揉眉心，紧皱的眉头舒展开。他张了张嘴，道："乐瑾……"

"乐瑾怎么了？"

月满西楼砸钱买了经验丹，很快升到30级。一缕阳光将他带到神诀宫副本前。此时副本前围着不少玩家，附近频道的消息跳得非常快。

【私聊】一缕阳光：花朦朦，我把我哥带来了。

【私聊】花朦朦：申请。

一缕阳光挤进人群，点申请进入副本。

别人点出的都是无法开启，他点却是"是否进入副本"。

时笙斜坐在大殿的宫主宝座上，像个霸占别人山寨的山大王。

【支线任务：死神计划】

时笙眉头一皱，又是支线任务，所以就是没有凤辞？死神计划是什么？毛病啊！

【揭开死神计划的真面目。】

时笙：不，我拒绝。拯救世界的任务请交给女主角大人。我只需要做个恶毒女配，打打酱油装装就好。

【……】好累。

【此任务默认接受，不可拒绝。】系统快速地说完，下线关机。

不想和宿主说话，一点也不想，它想主人。

时笙和系统说话这会儿，一缕阳光已经带着月满西楼进入神诀宫。

月满西楼看了几眼宝座上的女人，眼底没什么情绪，像是在看一个NPC。

"花朦朦。"一缕阳光冲时笙招招手。

"你想和我谈什么？"时笙扯着嘴角笑了下，并没有任何动作，舒适地坐在宝座上，高傲得如同一国女王，世间万物都臣服在她脚底，渺小脆弱得不堪一击。

月满西楼对上时笙的视线，片刻后，他先移开："你说你是人类？被困在这里，想让我们帮你？"

时笙看向一缕阳光，一缕阳光无辜地耸肩。他一个人去偷尸体可不行，这事必须让他哥出手。

"我凭什么相信你是个人类？"她的眼神过于平静，平静得像他家里的机器人，冰冷不含感情，只服从指令。

"你相不相信我是个人类，和他答应帮我挪身体有什么关联？"

"一个虚拟武器，与我们帮你要承担的风险不成正比。"月满西楼冷静地回答，"如果你不能给出让我信服的理由，那么抱歉，我不会帮你。"

时笙其实也没多在乎那身体，她的意识已经和那具身体断裂，她是独立的存在，所以就算男主角有那具身体，其实也没用。

只是原主的愿望是恢复人类的身体，她就得找个容器，总不能凭空造个身体出来吧？

时笙自认还没厉害到这种程度，而且被人捏着一个没用的把柄，感觉也不是很爽。

时笙盯着下方男人头顶"月满西楼"四个字，好一会儿才道："爱帮不帮。"

这语气随意得让人无比诧异。

月满西楼看向时笙，眼神有些古怪。

等两人离开神诀宫，一缕阳光才出声："哥，我们真的不帮她？"

"你觉得她像人类吗？"月满西楼反问。

一缕阳光：像啊，怎么不像？看她在【世界】上玩儿得快飞起来。

月满西楼看了自家智障弟弟一眼，一声招呼都没打，直接下线，消失在一缕阳光的视线中。

【私聊】乐瑾：你在吗？

时笙看着突然跳出来的私聊框，眨巴下眼，眼底闪过一缕迷茫，她什么时候加了女主角？

时笙拉开自己的好友栏，记得自己只加过两个人，一个是一缕阳光，一个是花朦朦的七月，所以女主角是什么时候加的自己？

她在好友栏还真看到了乐瑾的名字。

【私聊】花朦朦：？

乐瑾那边过了好一会儿才回。

【私聊】乐瑾：大神让我问你，可不可以见一面？

梁秉竟然让女主角来勾搭她，也不怕她把女主角勾搭跑了？

【私聊】花朦朦：为什么见我？

【私聊】乐瑾：我也不清楚，大神只是让我问问你。

时笙嘴角勾起一抹恶劣的笑，抬手回复。

【私聊】花朦朦：他想弄死我，我才不和他见面。

乐瑾显然是惊呆了。

【私聊】花朦朦：他就是看上我的美貌，想强占我！

抹黑男主角这种事，时笙干起来绝对是得心应手。

【私聊】乐瑾：大神……大神不是这种人吧？

【私聊】花朦朦：你了解他吗？你知道他是什么样的人吗？你怎么就知道他不是这种人，知人知面还不知心呢！

乐瑾半晌没回，不知道是去向梁秉求证，还是在自己思考，反正之后乐瑾没发消息给她。

【世界】花朦朦：有人来打架吗？好无聊！

时笙蹿上【世界】，【世界】上不知在讨论什么，她一出现，顿时诡异地安静下来，她的那条消息久久置顶，没人顶掉。

【世界】花朦朦的七月：花朦朦，我问你件事。

【世界】花朦朦：不约，没爱过。

【世界】……

厉害了我的boss，这套路你都懂。

【世界】祖宗你别闹：boss你那伤害力，我们全服都干不过，谁敢去跟你打架？

【世界】你的爸爸已上线：爸爸你其实是玩家吧？其他NPC没你这么厉害，你肯定是玩家！

【世界】花朦朦的七月：我也想问这个问题。

【世界】花朦朦：爸爸我是神，主宰这个世界的一切，愚蠢的凡人还不跪下。

时笙麻溜儿地打出一串台词。

【世界】男人本色：这绝对是玩家！不是玩家也是真人NPC！

哪个策划会策划出这么反常的角色，神诀宫花朦朦这个角色设定是很悲情的，这都崩坏到没边了好吗？

【世界】花朦朦：来啊，约架啊！打赢了就告诉你们。

【世界】你的爸爸已上线：爸爸我们不约。

【世界】祖宗你别闹：她没月影权杖。

这话一出，众玩家才想起，月影权杖被一缕阳光得了。没有月影权杖的灭绝师太还会那么变态吗？所以这群人兴奋地约好地点，火速赶到现场，然而等他们赶到现场的时候，地图上已经出现技能光。

和时笙打架的是大神一世安瑾，旁边还站着一些疾影的人。

"大神跑得好快。"

他们还在【世界】上叽叽歪歪，大神竟然一声不吭地跑过来打架，太不道德了！

"灭绝师太没有月影权杖，战斗力果然没那么彪悍！"

"大神好强……"

就在这句话落音的时候，他们突然看到时笙抽出一把铁剑，就是那种看上去很普通的铁剑，但不知为何，他们感觉到一股森寒之意。

空间早已和她的灵魂绑定，她现在属于灵魂状态，能拿出铁剑不是什么稀奇事。

铁剑一出，谁与争锋！

一世安瑾立刻就被时笙打趴，时笙还顺便扔了两个定尸符，作用是玩家没办法下线，也没办法复活，只能当尸体趴着。

围观玩家："……"

说好的月影权杖最厉害呢？那把剑又是什么？

【附近】一世安瑾：花朦朦，你是谁？

一世安瑾不想和她在这么多人面前谈，可是她不主动出现，他们根本拿她没办法。

【附近】花朦朦：花朦朦啊！

原主也叫花朦朦，大概是因为名字相同，在实验出现意外的时候，原主才会跑到花朦朦这个NPC身上。

【附近】一世安瑾：你是她？

时笙盯着那三个字看了一会儿，又瞅瞅地上的一世安瑾，死亡状态下角色是没有表情的，时笙也分辨不出他此时是什么神情。

想了想，时笙才打下两个字。

【附近】花朦朦：算是。

【附近】一世安瑾：你知道多少？

【附近】花朦朦：该知道的我都知道，不该知道的我也知道。

男主角肯定已经知道她的身份，不然也不会来问她。

【附近】一世安瑾：私聊。

【附近】花朦朦：我们也可以上【世界】聊。

附近的玩家看得一脸不解，这两人在聊什么？完全看不懂。

一世安瑾没再说话，但是疾影的人好几个都下了线，很快这片地图的玩家开始集体掉线，最后只剩下时笙和一世安瑾。

游戏老总就是好，想让谁掉线就让谁掉线。

一世安瑾身上闪过一阵光芒，从地上站起来。

时笙抬手甩去一个技能，一世安瑾又躺下了。

"梁秉，"时笙蹲到他身边，"别白费力气，还是躺着比较好，免得一会儿没办法复活，那可就惨了。"

梁秉心底一跳。

【附近】一世安瑾：关于实验的事你也知道？

"当然，你做过的事，我都知道。比如……你的妹妹乐瑾。"

【附近】一世安瑾：你不是花朦朦！

选择实验体的时候，他们是经过严格排查的，花朦朦十二岁就成了植物人，智商不可能有她这么高。

"我是花朦朦。"

【附近】一世安瑾：不可能。

"我不是让你相信我是不是花朦朦。"时笙嗤笑一声。

梁秉定定神。

【附近】一世安瑾：你想干什么？我可以带你出去，但现在技术还不成熟，你还得等等，我需要更多的时间。

不管她是谁，乐瑾也在这个世界，梁秉不敢和时笙撕破脸。当一个有顾忌的人对上一个没什么顾忌的人，必定会处于下风。

"需要更多的时间来毁掉我？"

梁秉没有回答时笙，在私用频道上联系其他人，却发现根本联系不上，所有的频道显示都是无法连接。

【附近】一世安瑾：你做了什么？

"一点小手段而已。"时笙微微一笑，声音却不怎么友好，"放心，等他们安排好我要的东西，我自然会放你离开，我可不敢对你做什么。"

这个地图，时笙转悠过很多次，她故意将地点定在这里，不可能就是随口一说。

【附近】一世安瑾：……

你那语气，完全像是恨不得立刻弄死我。

梁秉在心底思索对策，他不知道她想干什么，也不知道她是谁，更不知道她还有什么底牌，所有的条件似乎都对他不利。

【附近】一世安瑾：花朦朦你本身就是植物人，我让你进入游戏，也算是给你另一种生活。

"你的意思是，我还该感谢你？"

【附近】一世安瑾：如果不是我，你现在还在床上躺着，毫无知觉，也许这辈子都只能如此，你现在却可以在游戏里生活，有什么不好？

"行，那你就留在游戏里吧。"

梁秉一噎，他是好好的人，留在游戏中干什么？

叮——

梁秉面前突然跳出一个弹框。

【你没事吧？】

梁秉赶紧回：【她说她是花朦朦，但我觉得她不是，她想干什么？】

【她想要一号实验体的身体。】

一号实验体，那是花朦朦的身体。

【她要身体干什么？她有办法从游戏中出去？你不是说技术还不成熟吗？】

【她给了两个选择，要么把你困在游戏中，要么将她的身体和游戏连接上，你做决定。】

梁秉看着那句话，好一会儿才打出一行字。

【你不能让我出去？】

【不能，她很厉害。】

梁秉今天本来是来确定她是不是一号实验体的，如果是，他就先安抚她，让她别出去乱说，他再想办法。

如果不是，他要探出她是谁，是不是别的竞争对手派来的，有没有办法策反收买。

可是，这发展和他想的完全不一样。

最后，梁秉还是选择第二个选项，他不想困在这里。

梁秉做了选择，时笙那边也接到了回复，他们会在两个小时内完成她的身体连接。

时笙通过网络，可以清晰地看到，在一个实验室中，一群人正在摆弄一具身体。

· 280 ·

那是个脸色苍白的少女，面容消瘦，穿着类似病服的衣裳，身上连着各种各样的线。

时笙看着他们拔掉少女身上的线，将她放进搬来的游戏舱中，连接好游戏舱的所有端口。

这具身体很弱。

时笙观察了那个实验室一番，在脑中飞快计算，以那具身体的现有机能，她能利用的所有逃跑路线。

那些人虽然答应了她的条件，但肯定不会任由她走，外面绝对埋伏着人。幸亏这个实验室到处都是摄像头，方便她算计。

【附近】一世安瑾：你真有办法出去？

梁秉不太相信，他找那么多人，组建庞大的队伍，到现在还没有实质性的进展，她一个人就能有办法？

"既然你都把我送进来了，我当然有办法出去。"时笙不知从哪儿摸出来一把椅子，跷着二郎腿，吊儿郎当地坐着。

梁秉不知道该怎么接话。这个花朦朦自信狂妄得过头，给人的第一感觉就是在吹牛，可是看她那胸有成竹的样子，他又觉得她说得到，就做得到。

地图中很安静，光线越来越暗。为保证真实度，游戏的世界和外面是一样的，有昼夜之分，有晴雨雷雪。此时正值游戏世界天黑的时候。梁秉趴在地上是看不到时笙的，四周很安静，他甚至不知道她还在不在他旁边。

梁秉那边已经接到准备就绪的指令，可是时笙这边没有任何动静。时间一分一秒过去，梁秉忍不住询问。

【附近】一世安瑾：他们都准备好了。

"准备好在我出去的时候抓住我吗？"时笙的声音中带着几分嘲讽，"你们智障，不要把我也看得那么智障。"

梁秉愣住。他这辈子大概都没想过，自己有一天会落得如此下场。

时笙这一等就是好几天。

林家别墅。

林寒羽从游戏里退下来，直奔他哥的书房而去。书房比起上次多了一个游戏舱，男人就站在游戏舱前，不知在想什么。

"哥。"林寒羽敲了两下门，直接推门进来，"我还是联系不上她，那个地图也进不去。她想干什么？梁秉是不是已经发现她了？"

男人按下手中的遥控器，书桌对面立即展开一块虚拟屏幕，上面滚动式播放着几张照片。

"这就是一号实验体。"男人看向照片上的少女，"花朦朦，和那个NPC同名同姓，出生于公元2080年7月5日，2093年因为遭遇一场事故，成为植物人，她受教育的程度和她此时所表现出来的能力不符。"

"哥……"林寒羽看向男人。

男人停下，转头凝视林寒羽："你觉得她是什么？"

空间一片寂静。

良久，林寒羽才吐出几个字："人工智能。"

实验室。

整个房间都是泛着冷光的器材，苍白羸弱的少女躺在半透明的游戏舱中，像被人遗弃的破败玩偶。外面无数的眼睛盯着这幅画面，紧张又忐忑，又隐隐有些兴奋。

嗞嗞……画面陡然一黑，整个实验室突然陷入黑暗中。

砰！紧闭的实验室中传出沉闷的响声，声音持续三秒，转瞬就恢复安静。等他们打开备用电源，冲入房间，看到的是一片狼藉，游戏舱中的少女已不见踪影。

在游戏舱旁有一个黑黑的洞口，从洞口可以看到下方的走廊，洞口一路往下，延伸进黑暗中。

茂密的灌木丛中，流浪狗将这里当成释放的天堂，满地都是粪便。时笙揭开废旧的地下通道盖子的时候，一只土狗正跷着腿，准备撒尿。

猛地看见一个不明生物冒出来，土狗尾巴顿时夹紧，嗷的一声蹿出灌木丛，消失不见。被灌了一鼻子怪味的时笙："……"

人倒霉喝凉水都塞牙，回去她得想办法改改那个破运气值，改成200%。她就不信，以后还能这么倒霉！

时笙从地下通道爬出来，手软脚软地往外面走，身上还穿着那身条纹服。她披头散发，脸色苍白，眼眶血红，乍一看还以为是从哪个精神病院跑出来的疯子。

这个时间，街上虽然人不多，但还是有人的。看到她，路人皆是尖叫着跑开。时笙被叫得耳膜发疼，每一根神经都像被拉扯着，一抽一抽地疼。她快速转到无人的巷子，耳边总算清净下来。时笙从空间拿出干净的衣服换上。这身体瘦骨嶙峋的，她觉得自己随便戳一戳，都能给戳散架。

2099年6月23日。

时笙看着店铺里显示的时间，脸色依然苍白。她把头发扎起来，露出额头和脸颊，更显得瘦弱，让人看着就害怕。

花朦朦变成植物人的时间是2093年，六年过去，也就是说，花朦朦现在应该十八岁。可是……时笙垂头看看自己的身体，最多就是十五岁少女，哪里像个十八岁的姑娘？她得先把身体补好，不然就这身体，别说装，活下去都难。

"刚才我就看着她往这边去的……长得特别可怕,像个神经病,这种人万一有暴力倾向怎么办?你们快去把她抓住。"

时笙还没踏上大街,就听到有脚步声朝着这边过来,隐约还夹着人声。

时笙转身往回走。

"就是她,她换了身衣服。就她那样子,换身衣服我也认识。"

时笙速度并不是很快,后面的人很快就追上,是几个穿着警服的男人,但是他们的眼神很冷酷,一看就不是真的警察。

时笙转个弯,背靠着墙,那几个人也迅速围过来。

"实验体一号已找到。"有一个男人抬起手腕,按下腕表,向人汇报,"预计一个小时返回。"

"啊!"

锋利的铁剑刺向男人,男人避开,却被带起的剑气扫到,身体不受控制地往一旁倒下。时笙的剑出现得突然,第二个男人也没反应过来,直挺挺地倒在地上。还剩下三个男人,他们在第二个男人倒地后,迅速退到安全距离,从腰间摸出枪,对着时笙。

"实验体一号,放下武器,不要反抗!"

"呸!"时笙苍白着脸,做出一个恶狠狠的表情,着实很诡异,像是从地狱爬出来复仇的鬼怪。

她不反抗,等着被抓回去解剖吗?智障!

"必要时候,使用特殊手段逮捕,绝不能让她跑掉……"刚才那个男人的腕表中,陡然响起一道声音。

时笙一脚踩在腕表上,表没碎,可能她踩到了开关,声音戛然而止。

时笙嫌弃自己弱,抬起脚,用铁剑砍下去,腕表顿时碎成渣。

三个大男人眼神同时一变,这个实验体怎么这么凶残?

时笙抬头看向另外三个人,苍白的小脸忽而露出一抹笑意。笑容只存在于表面,完全不达眼底。似乎有阴风从角落吹过来,三人背脊生寒,心脏突突跳个不停。

时笙放开铁剑,铁剑飘浮在空中。

三个大男人瞪大眼睛,剑凭空浮起来了!

"啊!"

"喀喀……"时笙捂着嘴,仿佛要把肺给咳出来。喉咙里的腥气,让她有种想吐的冲动。

早知道这身体废成这样,她就应该让他们给她找个健康的身体……可惜没有后悔药啊!

实验室的人到处追她,时笙解决完一批,眼前就出现另外一批。

这些人找她的速度太快,时笙猜测自己体内可能植入了什么东西,但是后面追着的人太多,她没时间找出体内的东西。

吱——

一辆车子突然停在时笙面前,车门被拉开,时笙戒备地看着里面的人。

"花朦朦上车!"

时笙凝眸看向车里的人,有点眼熟……

里面的人大概等不及了,直接下车,伸手想抓时笙,锋利的剑刃立即横在他们中间,凛冽的寒气瞬间侵向来人。那股寒气来得突然,来人猝不及防,身子僵硬片刻。

"我是一缕阳光。"林寒羽缓了缓,快速地道,又看向她身后,远远地看到有人影朝着这边追过来,"追你的人来了,先上车。"

时笙扫了他一眼,转身就朝着另一个方向走。无事献殷勤,非奸即盗!老子才不上去。

林寒羽:"……"不是!你这是几个意思!

林寒羽赶紧回到车上,开车跟上时笙:"花朦朦,你不是他们的对手,你先上车,我带你去安全的地方。"

时笙走的都是人非常少的地方,所以在后面那群人追过来的时候,时笙直接放开铁剑,让铁剑将那些人打翻。林寒羽惊得下巴都快掉地上,车子砰的一下撞到旁边的绿化带。

他是没睡醒吗?为什么看到一把剑自己在砍人?这不是游戏里才会出现的情况吗?一定是他还没睡醒。林寒羽使劲眨眨眼,正好看到铁剑从他面前飞过。

林寒羽之前还不相信他哥说的,可是现在他似乎信了,花朦朦不是人。

人类会在这个时候表现得这么平静吗?从始至终,她的神情就没变过。好像追她的只是一群机器人,她杀的也是一群听从指令、没有生命的机器人。如果她是人,那她也太可怕了。

林寒羽这人好奇心重,即便有这样的认知,还是开着那辆撞变形的车子跟着时笙。

"喀喀……"时笙强忍着吐血的冲动,身形晃了晃。

不行,要撑不下去了。

她余光扫向林寒羽的车,一吸一呼后,朝着车子走过去,直接拉开车门坐上去。

"花朦朦!"林寒羽被吓一跳。

"开车。"

"噢……好。"林寒羽反应过来,立即提速。

时笙坐在副驾驶座上,先摸了摸脖子,没有异物,又掀开手臂,除了一些被扎出来的痕迹,皮肤下也没有异物。

"你在找什么?"林寒羽见时笙一会儿摸脖子,一会儿又看手臂,不免出声询问。

"追踪器。"时笙回答后,已经摸到自己腰间的异物,很小,如果不是这身体只剩下皮包骨,她估计都摸不到。

"有刀吗?小的那种。"她身上的不是剑,就是一些奇怪的武器。

林寒羽在车子里找了找,拿出一把水果刀给她。时笙拿着刀,眼都不眨一下地朝着腰间割下去。

"花朦朦!"林寒羽惊叫一声。

时笙不理会林寒羽的惊叫,刺入后快速往外一挑,一枚很小的芯片连带着血肉被挑出来。

时笙顺手将它扔到车外。

林寒羽震惊。她就不痛吗?换他一个大男人都对自己下不去手,她下手的时候半点迟疑都没有。

林寒羽瞧着时笙那越来越苍白的脸色,生怕她下一秒就死了。他将车子开回林家别墅,迅速下车,拉开时笙那边的车门:"花朦朦,你还好吗?"

"这是哪儿?"

"我家,很安全,梁秉不敢乱来。"林寒羽快速地道,"我先带你去处理伤口。"

时笙透过车窗,看到别墅二楼站着一个人,正看着下方,距离和光线模糊了他的神情。

林寒羽注意到时笙的视线,顺着看上去,脸色变了变:"那是我哥,你们见过的。"

时笙拒绝林寒羽的搀扶,自己下车,用铁剑支着地面,保持身体平衡,平静地道:"这个人情我会还你的。"

"我答应帮你把身体拿回来的。"林寒羽道,"你不欠我的。"

林寒羽带着时笙进入别墅,刚才站在二楼的男人,已经坐在大厅的真皮沙发上。

"林寒羽。"他平静地叫着林寒羽的名字。

林寒羽像个做错事的孩子,垂下头,道:"哥,她受伤了。"

林寒舒微微皱眉,目光落到时笙已经被血浸红的腰间。几秒钟后,他起身上楼:"处理好后,来书房找我。"

林寒羽松了一口气。

时笙此时感觉自己说话都困难,能站稳已经是极限。林寒羽让时笙坐到沙发上,噌噌地跑上楼,拿着医药箱下来,又从另一个房间叫来一个机器人。

"它会帮你处理伤口。"林寒羽将医药箱交给机器人。

时笙微微点头。林寒羽背过身去,等机器人处理好才转过来。将时笙安置到客房,林寒羽去书房见林寒舒,毫无意外被骂了一顿。

林寒舒是不许林寒羽掺和这件事的,这不是闹着玩儿的。

"哥,你不是说她有可能是人工智能吗?我们收留她,也比让她落到梁秉手上强啊！"林寒羽抱着林寒舒的胳膊。

林寒舒抽回手，道："寒羽，你不懂，如果她真的是，我们面临的是什么？"是一场灾难。

最后，林寒舒还是答应将时笙留下，毕竟这人都带回来了，难不成还给梁秉送回去？

时笙在林家住下，这个位面是没有灵气的，她只能依靠药物恢复，但是药物恢复起来是最慢的，时笙感觉自己那段时间像是在坐牢，特别难受。

"你哥叫林寒舒？"时笙靠着床头，问旁边不知在看什么的林寒羽。

"嗯？"林寒羽点头，"对啊，你怎么知道？"他好像没告诉她，他哥叫什么吧？

林寒舒——文中的反派，最后落得身败名裂的下场。不过，他有个弟弟，剧情里倒是没有提过。之前见面，时笙就没从他身上感应到熟悉的气息，所以他应该不是凤辞。

"猜的。"时笙随口敷衍一声。

林寒羽嘴角一抽。这个谎言我给差评，太敷衍了。

"花朦朦，你怎么从那些人手里跑出来的？"林寒羽转移话题，"梁秉的人应该没那么好对付，还有，你那把剑呢？拿出来我看看。"

"你怎么知道我在那里？"时笙不答反问。当时她在的地方那么偏僻，林寒羽是怎么找到她的？

林寒羽挠挠头，道："是我听到我哥在和人说，你从实验室跑出来了……"

时笙微微挑眉。这个林寒舒本事挺大的嘛。男主角的实验室都能安插进人，不愧是反派boss，不像凤辞那个智障。

"我只是去那附近碰碰运气，没想到真的遇到你了，算我运气好吧！"

"谢谢。"

"啊？你跟我道谢？"林寒羽眸子里满是奇异的光泽，略显稚气的俊脸上浮现诧异。他完全无法想象，这个嚣张到没边的女人，竟然会跟他道谢。

"我是个懂礼貌的人。"时笙换了个舒服的姿势靠着，"你既然帮我，我为什么不能对你道谢？"

"我还以为你会说，这是你应该做的。"林寒羽摸摸脑袋，头发被他弄得乱糟糟的。

有些人一旦狂妄起来，就觉得自己天下无敌，谁都不放在眼里。林寒羽以为时笙也是这样的人，可他发现她不是。

时笙睨他一眼，道："我现在都靠你养着，我是疯了才会说这种话。"

"噗——"

房间的对话声传出门外，少女的声音有些模糊。

林寒舒站了片刻，悄无声息地离开别墅。

时笙养好身体，已经是一个月后。其间，时笙只见过林寒舒两次，而且还是远远地看那种。

伤好后，时笙立即从林家搬出去，住在别人家，总归是觉得不安全。

"你真要走啊？"林寒羽整天和时笙厮混在一起，倒是有些舍不得她，"你离开这里，梁秉的人肯定会找你的。"

时笙指着不远处的别墅："我就住你隔壁，你跟生离死别似的，唱戏呢？"

林寒羽顺着看过去，心底有些郁闷。她来的时候明明一穷二白，这才两个月过去，她不但有车有房，连身份证都有了。好一会儿，林寒羽才憋出一句话："那还隔着一百多米呢。"

"滚！"时笙扯过自己的东西，"游戏见。"

"啊……你还要上游戏？"林寒羽瞬间来了精神。

"当然要上。"

"不如我搬去和你住吧，正好有个照应，你一个姑娘家，多不安全。"林寒羽自顾提议。

时笙对他竖中指，几步冲下台阶，走出别墅。

林寒羽跟着她到门口，正好在门口和林寒舒来个偶遇。林寒舒正跟人说话，见时笙出现，他立即止住话头，但时笙还是听到"梁秉""实验""游戏"几个字眼。

林寒舒知道时笙要搬走，对此他没有任何表示。此时遇见，他也只是微微点头，然后绕开她，带人进入别墅。路过林寒羽的时候，他拽着弟弟的胳膊往里面走。

林寒羽挣扎着道："哥……你干什么？"

"吃饭。"

林寒羽只能看着时笙走远。

"哥，你还觉得她不是人类吗？"林寒羽抓着林寒舒的胳膊，神情认真地问。

林寒舒眉头微皱。他虽然和时笙相见的次数很少，五根手指头都能数过来，但是他对时笙的动向了如指掌。

"不管她是不是，她的能力都是值得怀疑的。"林寒舒避开这个话题，"她从未出过别墅，她的钱是哪里来的？寒羽，你别把她看得太简单。"

林寒羽瞪了林寒舒一眼。这个重要吗？反正他挺喜欢她的……

林寒羽噌噌地上楼，去"宠幸"他好久都没上过的游戏。

林寒舒叹息着摇头。他家这个弟弟怎么就这么蠢！

时笙上游戏依旧顶着NPC花朦朦的马甲，地点还是在当初她离开的那片地图。在地图上，时笙还看到几个人，男主角梁秉和疾影的几个玩家。

时笙突然出现，连同梁秉在内都被吓了一跳。

"哟，开会呢？"时笙站在较远的地方，似笑非笑地看着他们，"怎么还没出去？"

"花朦朦，你还敢出现！"梁秉几乎是咬牙切齿地挤出这句话。

"有什么不敢出现的。"时笙嚣张地笑笑，"你现在不还被困在这里吗？"

说到这个，梁秉心底的怒火更是噌噌地往上冒。他竟然在这里被困一个月，要不是游戏舱可以自动补给能量，他恐怕早就饿死了。到现在，他的人也才能让几个人进来，但是不管怎么弄，他都没办法下线。

时笙嘲笑完梁秉，直接将自己传送回神诀宫。

最近游戏公司因为自家老总被困在里面，也不敢更新。而花朦朦这个NPC失踪，神诀宫自然没办法打，一群想升级的玩家卡在79级，怎么都升不到80级。

时笙回到神诀宫，拉开世界频道，看到的是七月的死忠粉在刷屏。

【世界】七月的内裤：大大，求更新。掀桌子。

【世界】七月的内衣：大大，求更新。掀桌子。

七月是个漫画家，整天玩游戏拖稿，所以她的读者跑来玩游戏，顺便催她更新稿子。

【世界】祖宗你别闹：七月，你天天带着你的粉丝上【世界】，还让不让我们这些没有粉丝的人活了？

【世界】中央空调：为什么我就没有这么可爱的粉丝呢？

【世界】花朦朦：因为你手残。

【世界】七月大大：……

【世界】七月的内裤：……

【世界】七月的内衣：……

【世界】看智障：……

【世界】男人本色：……

【世界】你的爸爸已上线：我好像看到失踪人口回归。

【世界】七月大大：你没看错，就是灭绝师太。

【世界】一缕阳光：花朦朦，花朦朦，你快让我进去。

【世界】男人本色：灭绝师太回来了？官方怎么说的？不是说有bug吗？怎么她现在又回来了？

自从花朦朦不见了，【世界】上都安静不少。

官方给出的解释是，花朦朦这个角色有bug，游戏暂时不开放神诀宫，至于升级的事，等下次版本更新，会重新更新升级要求。

结果他们等了一个月，没等来版本更新，倒把灭绝师太给等回来了。

【世界】你个受：老大你回来也不和我们说话，竟然先上【世界】找灭绝师太，你们有什么奸情?

【世界】威风堂堂：我就说老大当初拿到月影权杖有古怪，这两人绝对有奸情。

【世界】江湖小白狼：老大，你真的牺牲身体了？人和NPC不能相爱的。

【世界】花朦朦：我想回来就回来，那群智障拦得住我？

【世界】你的爸爸已上线：……

【世界】你个受：……

【世界】一缕阳光：……

【世界】七月大大：……

还是原来的配方，还是原来的味道，这就是他们知道的那个灭绝师太。

【世界】寻寻觅觅：花朦朦，你是间谍吧？

这一句插得很突兀，【世界】上其他刷屏的玩家顿时销声匿迹，大概是在解读寻寻觅觅这句话的含义。

这个寻寻觅觅之前针对乐瑾，现在又来针对她了？

【世界】花朦朦：我"间谍"了你家男人？

【世界】七月大大：我朦厉害了！

【世界】男人本色：间谍？寻寻觅觅，你知道什么？

【世界】寻寻觅觅：花朦朦，你说话注意点，以为你弄出的这些事没人知道吗？要想人不知，除非己莫为！

【世界】花朦朦：我干吗了？睡你男人了，还是吃你家米了？

【世界】一缕阳光：我朦威武！

大概是【世界】上人太多，寻寻觅觅没再说话，但她刚才那句却被不少玩家听进去了。

什么间谍？《乱世江湖》作为第一款全息游戏上市后，市面上也跟着出了几款全息游戏，但真实度远远不如《乱世江湖》，因此《乱世江湖》的核心技术。一直是行业里想要挖掘的秘密。

别的公司肯定有派人进来体验游戏，但顶多是以玩家身份，成为一个NPC这种事，想想大家还是觉得不可能的。

时笙定位到寻寻觅觅在游戏里的位置，直接杀过去。寻寻觅觅正和人打野外boss，手上拿的是锦瑟琴。

说起来，女主角大人最近在干什么？

时笙甩了甩脑袋，丢去一个技能，boss瞬间倒地，掉了一地的物品。这种野外boss掉的东西，是谁打的就只能由谁捡，所以时笙不捡，其他人也得不到。

寻寻觅觅瞪着地上的一件装备好几秒，怒气冲冲地看向时笙。对上时笙那张脸，她表情僵了一瞬，随后快速蹿到旁边的男人身后。

"花朦朦，你想干什么？"她露出一个脑袋，大声质问。

"我来问问，我怎么你了？"

"我……我就随口说说。"寻寻觅觅嗓门忽然一大，"是不是被我说中，你恼羞成怒要杀人灭口？"

"是啊！"时笙眉眼一弯。

【世界】寻寻觅觅：花朦朦要杀我灭口，快来人，她就是个间谍！坐标天音谷208，65。

寻寻觅觅突然上【世界】吼了一嗓子。

【世界】祖宗你别闹：灭绝师太，没有月影权杖你都能让人上【世界】求救？

【世界】花朦朦：所以你们要来围剿我吗？

【世界】七月大大：这么嚣张的间谍，我给满分。

【世界】你个受：灭绝师太真是间谍？

时笙轻松地将寻寻觅觅一群人集体消灭，冷冷清清不在，但寻寻觅觅刚被灭，冷冷清清就带着人杀到。

【附近】冷冷清清：为什么杀我老婆？

【附近】花朦朦：游戏里杀人还能为什么，挑事呗。

她早就想杀这个寻寻觅觅了，看不顺眼要什么理由？这次正好给她杀人的机会，不杀都对不起寻寻觅觅在【世界】上说自己是间谍。

冷冷清清用道具清除定尸符的效果，将寻寻觅觅拉起来。

"花朦朦，你这是犯法的，我要去告你！"寻寻觅觅一起来就指着时笙大叫。"老公，你快帮我报仇，她抢我boss还杀我，先帮我报仇，然后再举报她。"

"去告啊！"我怕你告啊！时笙嚣张地看着对面的一群人。

"你等着！"寻寻觅觅咬牙切齿地道。

冷冷清清发动技能，朝着时笙扔过来。冷冷清清级别挺高，肯定比寻寻觅觅耐打，但对上时笙，他也只能被虐。时笙技能的伤害值高得吓人。

就在这群人躺下的时候，游戏公司的人顶着NPC的马甲冲了过来。

【附近】寻寻觅觅：她是间谍，你们快查她，把她抓起来。

【附近】寻寻觅觅：这种败类，就应该被终身监禁。

NPC1："花朦朦，你不要在游戏里乱来。"

时笙扫了他们几眼，道："不在游戏里乱来，难道在现实里乱来？"

NPC1："……"

【私聊】NPC2：花朦朦，你冷静点，你先把梁总放出来，有什么都好说。

"他那么牛，自己出来呗。"男主角又不会死。

NPC气结，他们要是能把梁秉弄出来，还来找她干什么？

【私聊】NPC2：花朦朦，你这么做是犯法的。

"那你们私自用人体做实验就不是犯法？"

时笙这话一出，三个NPC被吓一跳，赶紧出声呵斥："花朦朦，你在胡说什么？"

这里还有其他玩家，这件事要是被其他玩家知道了再传出去，那可不得了。

"我说错了吗？"时笙无辜，"既然敢做，怎么就不敢认呢！"

她说得轻巧，这种事谁敢认？他们虽然只是拿钱办事，可真要是被曝光，他们铁定会被人的唾沫星子给淹死。

NPC2赶紧和时笙私聊。

【私聊】NPC2：花朦朦，你不要乱说话，我们可以私底下谈。

"没什么好谈的。"时笙双手一摊。

一般而言，谈的下场就是被对方弄死，她这么聪明的人，怎么会上当？

【私聊】NPC2：你想怎么样？我们可以和上面交涉，但是你不能在游戏里乱说。

时笙翻个白眼，道："你们没来的时候，我乱说了吗？你们别出现在我面前，我就不会乱说。"

三个NPC对视几眼。刚才他们来的时候，她只是在虐玩家，好像确实没有乱说什么。

【私聊】NPC1：现在怎么办？

【私聊】NPC2：先别动她，撤。

NPC来得快，走得也快，躺在地上的玩家，大概也只听明白"人体实验"四个字。

是什么人体实验？

时笙看了地上的尸体几眼，趁着【世界】上要组团来观光的酱油玩家没到这里时离开。

【附近】寻寻觅觅：老公，她刚才和游戏公司的人说的那话什么意思？

【附近】冷冷清清：你没事去招惹她干什么？

【附近】寻寻觅觅：就是看不惯她嘛。

一个NPC整天在【世界】上招摇，那些人还什么都不怀疑。

【附近】冷冷清清：下次你再惹事，我不会帮你收拾烂摊子。

寻寻觅觅一噎，不敢再说话，冷冷清清不帮她，就她那点能力，可不敢在游戏里做什么。

三个NPC迅速下线，奔入会议室汇报刚才的事。会议室的人不多，都是参与过人体实验的核心成员。

"孟总，她真的是一号实验体吗？"一号实验体可是在十二岁时就成了植物人，怎么会这么厉害?

"梁总那边怎么样了?"孟桀也不清楚,只能转移话题。

"我们的人已经可以被传送进去,但是梁总还没办法下线。"

孟桀沉吟片刻:"时间太长了,梁总身体会撑不住,你们抓紧时间,一定要把梁总带出来。"

"是。"几个人立即离开会议室。

孟桀撑着额头,看着会议室外被大雾笼罩的城市,第一次怀疑,他这么做对吗?

【私聊】一缕阳光:花朦朦,你和他们对上了??

时笙刚离开地图,一缕阳光就把消息扔了过来。

【私聊】花朦朦:我不是一直和他们对上的吗?

她什么时候没和他们对上了?

【私聊】一缕阳光:你一个人势单力薄的,就算你在游戏里很厉害,可在现实中,梁秉的势力很庞大,你应该潜伏起来。

一缕阳光很着急,她一上游戏就暴露在那些人的眼皮子底下,真不知道她怎么想的。

【私聊】花朦朦:怕他哦,单挑啊!

【私聊】一缕阳光:……

到底谁给你的自信!就连我哥那么厉害的人都不敢说和梁秉单挑,你竟敢上来就说单挑。

【私聊】花朦朦:附赠你一个消息。

【私聊】一缕阳光:?

【私聊】花朦朦:梁秉被我困在游戏里,按照他们的进度,至少还有一个星期才能把他弄出来。

这个消息算是回报林寒羽收留她,林家以前和梁家是合作关系,后来不知怎么就破裂了。

林寒舒和梁秉现在是水火不容,但两家势力相当,谁也奈何不了谁。如果林寒舒够聪明,就可以利用这一周的时间,完成很多事,占据优势。

如果换成她,她能用这一周的时间,让梁家换个当家人……当然她不指望林寒舒有这么大的本事。

毕竟像她这样智力与美貌并存的人才,不是哪里都能找到的。

【……】其实就是个暴力狂,没有武力值,你就是个废物!有本事和人家拼智商去啊!动不动就是灭人全家,人外有人,天外有天,你知道不知道!

系统非常不满地抱怨。

【私聊】一缕阳光：……

【私聊】一缕阳光：花朦朦，你确定不是在逗我玩儿吧？

【私聊】花朦朦：爱信不信。

【私聊】一缕阳光：我不是不信，只是被你吓到了，这是黑科技吧！（发送失败）

林寒羽瞪眼，你竟然屏蔽我！不开心！

林寒羽火速下线，他虽然不管公司的事，但是这么重大的消息，他肯定得告诉他哥。

时笙屏蔽掉私聊频道，上【世界】溜达一圈，竟然又看到寻寻觅觅在骂她。大概是骂得太难听，整个【世界】都是一串接一串的星号。

【世界】七月大大：寻寻觅觅你被疯狗咬了？我朦杀你是你活该，谁让你在世界上骂我朦，技不如人还到【世界】上哭，被人骂，又说我们都是间谍，你电视看多了吧？

【世界】七月的内衣：冷静。

【世界】七月的裤衩：她不是电视看多了，她是忘记吃药。

【世界】寻寻觅觅：我呸，你们这群人的智商被狗吃了？花朦朦那么大的bug，你说她不是间谍是什么？你们这么帮着她，还不是一伙的？

【世界】七月大大：我就要给她"洗地"。

【世界】花朦朦：说实话，你是来抹黑我的吧？

还给她"洗地"？这话说得她不是间谍也是间谍了！

【世界】七月大大：爱你就抹黑你！

时笙：这小姑娘厉害了。

【世界】祖宗你别闹：七月，你这样会收获无数抹黑你的粉丝。

【世界】寻寻觅觅：你们就给她"洗地"吧，迟早会自尝恶果。

【世界】你的爸爸已上线：那就不劳你操心了。

【世界】天天有喜：我们来玩游戏，就图个高兴，在生活里整天和同事斗，和上司斗，和老婆斗，和孩子斗，玩个游戏你们还玩出阴谋来了，我也是服了。

【世界】时间不留人：花朦朦挺好玩儿的。

【世界】威风堂堂：世上有灭绝师太这么嚣张的间谍？

间谍难道不应该偷偷摸摸，生怕被人发现吗？人家花朦朦哪里藏着掖着了？就冲自己老大和她"有一腿"，威风堂堂也是不信时笙是间谍的。

【世界】花朦朦：不服来打我啊！

【世界】威风堂堂：……

【世界】祖宗你别闹：……

【世界】你的爸爸已上线：……

大多数人其实就是抱着这个心态，他们是来放松的，不是来找事的，所以游戏里发生的一切，他们都是当八卦新闻看。

就算她真的是间谍又如何？他们又没损失。

寻寻觅觅被这群人围攻地接不下去话，消失在【世界】上。

针对时笙是否是间谍，以及她本身的疑点，有人在【世界】上明目张胆地提问。

【世界】尖声浪叫：灭绝师太，你是间谍吗？

【世界】男人本色：我只是想过个游戏副本，为什么就这么难？灭绝师太，有本事来单挑！

【世界】你的爸爸已上线：楼上的，你这么问，小心被灭口。

【世界】花朦朦：我不是啊！

间谍什么哦？她需要做间谍吗？

【世界】七月大大：噗！

竟然真回答了！！

【世界】尖声浪叫：那你是黑客吗？

【世界】七月大大：那必须是，不然她怎么让游戏公司都没办法修复bug，哈哈哈！垃圾公司，就知道坑我们玩家，这下被我朦坑了，我很开心，所以我更崇拜我朦！

【世界】男人本色：灭绝师太你不会是男人吧？

【世界】花朦朦：垃圾公司，不够我玩儿。

【世界】七月的内裤：噗！

【世界】七月的内衣：噗！

时笙在【世界】上和玩家瞎扯，梁秉的人只能看着，他们还在奋力救自己的总裁，这是黑科技啊！

【公告】神诀宫宫主[花朦朦]设下擂台，攻擂成功者，可获得通关牌。

【公告】神诀宫宫主[花朦朦]设下擂台，攻擂成功者，可获得通关牌。

【公告】神诀宫宫主[花朦朦]设下擂台，攻擂成功者，可获得通关牌。

众玩家："……"

灭绝师太，你又在搞什么鬼？我们连神诀宫的副本都进不去，还打擂台？你倒是让我们过关升级啊！

这游戏并不是玩到79级就封顶的好吗？然而，他们似乎觉得，这游戏只能玩到79级就封顶，达到80级的只有灭绝师太这个NPC，她称霸了全服！

擂台规则：玩家可申请攻擂，攻擂成功的玩家，可获得通关牌一枚。

规则就这么简单，没有其他说明，通关牌的解释倒是有。

通关牌——得此牌者，可直升80级。

之前，玩家升级不但需要通关神诀宫，还得让boss掉落黄泉水，然后制作出丹药，非常的麻烦。

如今这个规则非常简单，只是一个擂台赛，赢了就升级。

【世界】中央空调：厉害了我的朦，你把游戏规则都改了，垃圾公司不找你扯皮？

【世界】七月大大：垃圾公司他不敢。

【世界】七月的内裤：垃圾公司他不敢。

【世界】七月的内衣：垃圾公司他不敢。

【世界】七月的宝宝：垃圾公司他不敢。

【世界】中央空调：七月，你的粉丝又出来刷屏了，快收回去。

【世界】你个受：神诀宫副本可以进了……

这句话在【世界】上引起轰动。

一个月没开启的神诀宫竟然可以进了？

等玩家跑到神诀宫刷副本，发现这里不但可以进，而且还和大地图衔接上了，不用副本传送……以前传送的时候，他们只能看局部，此时拉小地图，就可以清晰地看到神诀宫的全貌，是一座金碧辉煌的宫殿。

【世界】祖宗你别闹：别告诉我这是灭绝师太弄的？

【世界】真爱你别跑：垃圾公司可以不停服就更新地图？

【世界】你的爸爸已上线：那肯定是灭绝师太弄的，厉害了！

【世界】极品前男友：垃圾公司要来干什么？灭绝师太一个人就可以搞定！这种人才，我要是老板，肯定把她供起来。

【世界】六月飞雪：话又说回来，她这么厉害，还做什么间谍？

【世界】七月大大：我朦当然不是间谍。

【世界】七月的宝宝：我朦当然不是间谍。

【世界】七月的内裤：我朦当然不是间谍。

【世界】七月的丝丝：我朦当然不是间谍。

【世界】七月的晴天：我朦当然不是间谍。

【世界】中央空调：七月，真是够了！

【公告】神诀宫宫主[花朦朦]发布天下英雄令，可在副本[情花圣祠]中获得，携此令者，可开启江湖大战。

【公告】神诀宫宫主[花朦朦]发布天下英雄令，可在副本[情花圣祠]中获得，携此令者，可开启江湖大战。

【公告】神诀宫宫主[花朦朦]发布天下英雄令，可在副本[情花圣祠]中获得，携此令者，可开启江湖大战。

众人还没弄清楚神诀宫副本，系统又刷出三条公告。

情花圣祠是什么？这个副本他们怎么没听过？江湖大战不是垃圾公司宣传游戏时所说的帮派战吗？据说要在玩家达到100级的时候才会放出来，现在80级的玩家都还没有，竟然就出来了。

被困在地图里的梁秉接到这个消息的时候，差点气晕过去。

"她怎么得到我们的数据的？！你们技术部的在干什么？"这么重要的东西，竟然被她拿到，还悄无声息把游戏给更新了？

"梁总，她更新的内容……和我们的不一样。"那些更新内容，除了主线相同，任务和副本内容完全是两回事。

"梁总……她更新的时候没有造成任何玩家出现掉线的情况。"

梁秉喘气，好一会儿才扶着额头道："乐瑾呢？乐瑾怎么样？"

其他几个人顿时面面相觑，你推我，我推你，推出一个人来，其他人纷纷缩到后面。梁秉皱眉，看着那人："出什么事了？"

"没事……没事，乐小姐挺好的。"那人赶紧摆手，却不敢直视梁秉。

"再给你一次机会，要是让我发现你在骗我……"

那人脸色一僵，张了张嘴："梁总……自从上次花朦朦离开游戏，乐小姐就再也没出现在游戏中。"

梁秉猛地瞪眼，脸色极其难看，大吼道："你说什么？"

"自从上次花朦朦离开游戏，乐小姐就再也没出现在游戏中。"

"你之前怎么和我说的？"梁秉突然伸手揪着那人的衣领，"你说她很好，让我不要担心，现在你跟我说的什么？"

"梁总，您不要急，我们已经有些眉目，乐小姐的身体没有问题。现在最重要的是让您从这里离开。"

"怎么离开？"梁秉心里很乱，"怎么离开？我养你们来干什么？！花朦朦一个人就把你们这群人甩出几条街，我养你们这群废物来干什么！"梁秉将那人推开，烦躁地抓着自己的头发，"给你们二十四小时，要不把我弄出去，我要你们好看。"其他人连连称是。

游戏不断弹出更新的消息，到后面连主线都变了，而且难度比之前高出的不是一星半点。如果之前的难度是5星，那么此时的难度至少是10星，足足翻了一倍。

神诀宫升级到130级，依旧是副本模式，无级别限制。也就是说，你就算只有30级，也是可以进入神诀宫的。玩家可以组30人的团挑战，擂台是单独的，和副本内容没关系。关键是，现在玩家最高才79级，连80级都刷不过，更别说130级。

这绝对是玩家第一次在线目睹游戏更新，有一些玩家担心出问题，直接下线，他们可不敢拿生命来玩游戏。剩下的就是一群胆子大，或者好奇这游戏到底会被灭绝师太更新成什么样子的人。

【……】正在努力工作的系统表示，明明是它自己更新的，为什么功劳是宿主的？它完全不想干这种事。

主人为什么要给它加这种乱七八糟的功能，现在竟然要帮宿主更新游戏，我们不是来玩游戏的好吗？宿主，请你正视你的任务！

系统从数据库里扒拉出来各种乱七八糟的剧本，强行加进游戏里。

让你玩游戏！让你不做任务！

"我又不玩儿。"

系统一个激灵。

"你坑的是那些玩家，不过干得漂亮。"时笙难得夸系统一句。

系统泪流满面，为什么它要摊上这么一个可怕的宿主，它能不能罢工，它也有小脾气的。

第一个体验副本的玩家是一缕阳光，他带着自己的精英团队，连第一关都没通过，直接被打趴下。

【世界】一缕阳光：试毒第一波，从进入到出来，不过三秒。

【世界】你个受：老大你太快了。

【世界】哎哟我去：脏了我的眼，不能看不能看。

【世界】威风堂堂：都是老大站错位，不然我们还可以多撑两秒。

【世界】祖宗你别闹：梦回西塘你们不行啊！哈哈哈，多撑两秒也只有五秒。

【世界】江湖小白狼：变态。

【世界】祖宗你别闹：小白脸你骂谁！

【世界】威风堂堂：小白说的是副本，你对号入座干什么？

【世界】七月大大：噗！哈哈哈哈！我艨厉害，可以放水吗？

【世界】一缕阳光：你们厉害，你们去试啊！说不定你们连三秒都撑不住。

【世界】祖宗你别闹：去就去，绝对比三秒长！

【世界】祖宗你别闹：刷灭绝师太。

林寒羽郁闷地给时笙发消息。

【私聊】一缕阳光：花朦朦，你要上天啊，梁秉现在估计都气死了。

玩游戏玩到她这个境界，估计也没谁了。

【私聊】花朦朦：……

她拿炮轰都能活下来的男主角，会被气死？笑话，他也太看不起人家男主角了！

【私聊】一缕阳光：副本怎么打？我带人进去，还没看清就集体被灭了。

【私聊】花朦朦：看提示。

林寒羽不解，什么提示？

算了，反正他也就是去看看，也没非要通关，于是林寒羽又转移话题。

【私聊】一缕阳光：你有空吗？我哥想请你吃饭。

【私聊】花朦朦：你哥为什么要请我吃饭？是看上我的美貌还是看上我的能力？我不卖身也不卖艺，谢谢！

【私聊】一缕阳光：那你卖什么？

林寒羽打这句话的时候，手速快过脑速。

【私聊】花朦朦：卖人。

【私聊】一缕阳光：……

【私聊】一缕阳光：喀喀……我哥是想谢谢你，等会儿下了游戏我来接你，就这么说定了。

林寒羽怕时笙拒绝，直接下线。

时笙："……"

林寒舒对她的态度可不像是会说谢谢的人……肯定有阴谋，她不去，说不去就不去。

所以，在林寒羽去别墅找时笙的时候，他连门都进不去，在外面喊半天，也没人应他。

林寒羽回去告诉林寒舒，林寒舒想了想，竟然上游戏去找时笙。《乱世江湖》变化太大，林寒舒差点以为自己进错游戏。好在除了地图和任务的变化，其他功能并没有变化。

林寒舒按照自家蠢弟弟说的，进入神诀宫，刚进去，三秒后就出来了。

林寒舒："……"

林寒羽可没告诉他，进去之后会立刻被打死。林寒舒再次进入，有第一次的经验，虽然依旧是进去就出来，但林寒舒还是看到提示。

——来自异世的勇者，你们是被祝福的幸运之子。

【公告】恭喜玩家[月满西楼]通关神诀宫，获得称号"史上第一智障"，神器"仙女魔棒"。

【公告】恭喜玩家[月满西楼]通关神诀宫，获得称号"史上第一智障"，神器"仙女魔棒"。

【公告】恭喜玩家[月满西楼]通关神诀宫，获得称号"史上第一智障"，神器"仙女魔棒"。

林寒舒："……"

史上第一智障就算了，仙女魔棒是什么？

而【世界】也跟着炸了，他们还在打擂台升级，怎么这个没见过的玩家就把神诀宫给通关了？

【世界】你的爸爸已上线："史上第一智障"这个称号……

【世界】七月大大：仙女魔棒，哈哈哈，我朦，你要不要这么可爱。

【世界】你个受：老大……求解释。

为什么老大的哥哥会通关神诀宫？！

【世界】一缕阳光：我也很懵懂。

林寒羽立即去戳林寒舒。

【私聊】一缕阳光：哥，你等级好像比我低啊，你怎么就通关了？

上次他只带他哥升到30级，他哥就去见了时笙，后面他哥根本就没上线，所以怎么会以30级通关130级？

【私聊】月满西楼：……

这个副本根本就不难，只是很麻烦。而且提示非常隐蔽，不细心就发现不了，有的提示还非常"深奥"。比如诗词，你去猜它整句诗的意思，结果只需要把开头两个字连起来，就得出答案。再比如一道脑筋急转弯的题目，正常人是去想答案，结果答案却是里面出现的数字或者名字。

林寒舒不想告诉自家弟弟，他做完一系列任务，却得到"史上第一智障"的称号，所以他屏蔽了他家蠢弟弟的消息。最可怕的是，他发现这个称号不能隐藏。

林寒舒再次进入大殿。大殿比上次来的时候更加金碧辉煌，简直要闪瞎人眼。而在大殿中间，有一块虚拟屏幕，屏幕上此时正跳动着各种数字和字母。

林寒舒眯着眼打量片刻。太混乱，他只能辨别出单个的字眼。什么数据……剧情……统筹……积分……这些东西分开看他懂，但是连起来怎么看？

"你找我干什么？"

时笙从大殿后面的小门出来，目光从虚拟屏幕上扫过，透过数字和字母的重影，落在林寒舒"史上第一智障"的称号上。为了突显存在感，这个称号是金色会闪光的，效果超群。

"梁秉的事，多谢提醒。"林寒舒尽量不去想自己此时顶着一个多么愚蠢的称号。

"怎么，你把他家公司收入囊中了？"时笙走上大殿的台阶，潇洒帅气地坐上宝座。

林寒舒：你当是大白菜，说收就收。

"既然没有，那你找我想干什么？别跟我整那些虚的，直接说，想干什么，我高兴说不定能帮你一把。"看在你是反派的面子上。

林寒舒有些哭笑不得，狂妄成这样的女人，他还是第一次见。就算是梁秉那样的人，也没见狂妄到这样目无王法、唯我独尊的地步。

林寒舒深吸一口气，道："你经历的事，难道就想这么算了？"

"我经历的事？"时笙撑着下巴，"你说梁秉拿我做实验的事？"

林寒舒微微点头。除了这件事，难道还有其他事吗？

"梁秉迟早会找到你，你是他的一号实验体，身上有很重要的数据。"林寒舒的声音不急不缓，似乎能安抚人心。

时笙挑眉道："你想弄死他吗？"

林寒舒："……"弄死一个人是犯法的。这不是游戏，有无限复活的能力。

"梁秉做的事自有法律惩戒，我无权干涉。我要做的只是曝光他所做的一切。"

"哦？为什么呢？"时笙的神情有些古怪，"据我所知，你和梁秉的关系很好，你们是大学同学，后来各自接手家族企业，联手将家族事业推上顶峰，可为什么在五年前，你会和梁秉闹掰呢？"

林寒舒面色微变，道："你还知道多少事？"

"唔……我还知道，人的意识可以通过数据进行转换，这个是你和梁秉共同提出的。"时笙顿了顿，"你曾经有个女朋友，后来失踪了。你一直在暗中调查梁秉，你怀疑你女朋友失踪和梁秉有关。这个时候，你还没有和梁秉闹掰，那之后又过了一年，你才和他分道扬镳。"

林寒舒的脸色顿时苍白，四周的光打在他脸上，显得有几分诡异。她竟然知道这么多，她到底是谁？

"所以即便是这样，你都不想弄死梁秉吗？"她的声音很缥缈，在大殿中久久回荡，每个字都清晰地落在林寒舒耳中，传入心底。

"我可以帮你哦。"

林寒舒诧异地看向时笙，良久，才动了动唇瓣："为什么？"

"为什么？"时笙眉眼弯弯，微微耸肩，"需要为什么吗？大概是看你弟弟比较顺眼。"

后面那个理由像是随口胡诌出来的，可不知道为什么，林寒舒突然就相信，她说的是真的。她只是看寒羽顺眼。林寒舒迅速镇定下来，犀利的目光直逼时笙："你……到底是谁？"

"花朦朦。"

"你不是。"花朦朦不是这样的，她只是一个十二岁的小姑娘，连三观都还没建立，怎么会是面前这个人。

"那就不是。"时笙无所谓地道，"反正是不是也不重要，重要的是我要干什么。"

林寒舒被时笙那无所谓的态度弄得有些蒙。她根本就不在乎，别人是否知道她是不是花朦朦。转念一想，他又觉得没什么不对。她此时展现出来的能力，证明她确实有狂妄的资本。

可一个人到底是一个人，不可能强过一个团队、一个集体。

"你要干什么？"

"弄死梁秉啊。"时笙吹口气，语调轻快地道，"他把我弄到这里面，难道我不该报仇吗？"

"你就这么恨他？"林寒舒问。

时笙嗤笑一声，道："你要是发现自己在一个完全陌生的空间，一个人都没有，外面只有黑暗，在这样的地方待了不知多久，最后还被骗得尸骨无存，你觉得花朦朦不该恨吗？"

林寒舒觉得时笙这话说得有点问题，但具体是什么问题他又说不上来。

"可是你现在活着。"林寒舒说完就后悔了，赶紧改口，"我不是那个意思。"他是不认同梁秉的，但是梁秉的第一个实验体好好地站在他面前，他又有点……那种感觉很微妙。

时笙看了他一眼。花朦朦早死了。

"你想知道你女朋友在哪里吗？"时笙冷不丁冒出一句话。她查那个实验室的时候，可查出不少东西。梁秉这个人……为了乐瑾，真的挺疯狂的。时笙也是第一次感觉，剧本和这个世界有很大的出入。

林寒舒猛地看向时笙。

"我知道。"时笙在他诧异的视线中微微点头，"我可以把这些资料给你。"

"你真的知道？"林寒舒有些失态地冲上台阶，"你真的知道她在哪里？"

"不确定的事，我从来不乱说。"时笙在私聊频道打下一个地址，"欢迎你把梁秉往死里弄。"

林寒舒哪里听得下去时笙在说什么，看到那个地址，他整个人都蒙了。那是……梁秉的实验室。不，是曾经的实验室，从他和梁秉分道扬镳开始，那个实验室就废弃了。

林寒舒原地下线。他完全忘记自己是来找时笙说曝光梁秉的事。

时笙往虚拟屏幕上看了一眼。

【宿主……】系统弱弱出声，【你这样做很危险，万一这个游戏发生什么意外，这些数据都会被销毁，无法恢复。】

"我备份了。"时笙淡淡地道。

【……】她什么时候备份的？

"你要是知道我什么时候备份的，你就不是智障了。"时笙无比鄙夷。

【……】反正在宿主眼底，谁都是智障。这么一想，系统心理平衡不少。

【你在找什么？】这些数据它再熟悉不过，没什么异常。

"不知道啊。"时笙盯着那些跳动的数据，目光有些复杂，"只是有种直觉，你中毒了，有东西跟着我进入位面……"

不管是人是鬼，她就不信不留下痕迹。

【！】宿主你不要瞎说，它每次开启位面的时候都会进行自检，没有任何问题。

时笙继续翻白眼："当初你不没拦住我？"

【你不一样啊！】你可是上天入地的宿主，怎么能和外面的智障比？

时笙脸上突然露出一丝嘲讽："这个世界上厉害的东西不计其数，我既然能做到，自然也有其他人能做到。"

【你不是自认天下无敌吗？】谁还能在你眼皮子底下搞事？

"这跟有没有人比我厉害不冲突，他厉害，我就会想办法比他更厉害，人都是在不断超越从前的自己。"时笙顿了顿，"再说，我就是觉得我天下无敌，不行吗？"

谁说我觉得自己天下无敌就一定是天下无敌了，我说你是智障，你还真觉得自己是智障？

【……】果然不想和宿主聊天。

自从月满西楼通关神诀宫后，这个名字就火了。但是这位正主，自通关后再也没亮相，好多人都说他是被"史上第一智障"的称号给吓到了。

然而，只有林寒羽知道真相，他哥最近跟疯了似的。

【私聊】一缕阳光：花朦朦，你跟我哥说了什么？！

他哥发生变化就是从见过她之后，所以林寒羽觉得这件事和时笙脱不了干系。

【私聊】花朦朦：让他弄死梁秉。

【私聊】一缕阳光：！

疯了吗？她竟然想杀人！而且他哥的样子，好像还真打算弄死梁秉！

【私聊】一缕阳光：我知道你和梁秉有仇，但是你得一步一步来，梁秉的势力比你以为的要大。

【私聊】花朦朦：他的势力关我什么事？我只想弄死他而已。对了，你最近有没有见过乐瑾？

她已经好久没见过女主角，这位女主角竟然都不出来说话，被淹死了？

林寒羽差点被时笙那些话给气死，你都想弄死他了，还说和他的势力没关系？你想弄死他，不和他的势力打交道吗？人家那么多人，你一个人怎么弄死他？

【私聊】一缕阳光：你怎么这么关心乐瑾？

乐瑾……她和一世安瑾走得这么近，他之前怎么就没去看看乐瑾长什么样子？都是花朦朦让他把这件事给忘了，不过应该只是巧合吧……

【私聊】花朦朦：看看她还活着没。

【私聊】一缕阳光：……

和她说话怎么这么累，她就不能好好聊天吗？

302

时笙屏蔽掉一缕阳光的消息，下线。

此时，外面正是傍晚，天边的夕阳似被血染了一般，透着一股压抑，暴风雨即将来临。

"查查乐瑾的位置和她此时的状态。"

时笙一边填肚子，一边吩咐系统。

【……】拒绝，宿主人品值太低，不提供此服务，【乐瑾此时在实验中……状态……在游戏中。】

系统挠墙，为什么它要听她的指令啊？！

时笙塞完最后一点干粮，脑袋歪了歪，在游戏里？她刚才怎么没看到乐瑾在线？

时笙洗了澡才进入游戏，拉开定位的系统界面，输入"乐瑾"，显示依旧为"玩家不在线，无法定位"。

"她在哪儿？"她在游戏里，怎么会无法定位？

【……】不告诉你就不告诉你，然而事实是，她在断魂谷。

断魂谷？游戏里没这个地方啊！系统，你是不是敷衍我？

【……】它这里显示的就是断魂谷。

"断魂谷在什么地方？"

系统没回答时笙，因为它也没办法定位，只给了一个名字。

"智障！"

【世界】花朦朦：断魂谷在哪儿？谁知道？

【世界】七月大大：断魂谷？游戏里有这个地方吗？我怎么没听过？

【世界】男人本色：灭绝师太，现在你都称霸游戏了，还有不知道的地方？

【世界】花朦朦：我不知道的东西多了。

【世界】七月大大：噗！我朦理直气壮起来，简直不要太可爱。

【世界】七月的内裤：大大，你也很可爱。

【世界】七月的丝丝：我觉得大大很可爱。

【世界】枯瘦指尖：我知道在哪里，不过进不去，这个地图似乎还没更新。灭绝师太，你更新的时候都没发现吗？

【世界】花朦朦：谁跟你说游戏是我更新的？我又没有三头六臂，能在这么短的时间里弄出这么多的内容。

除了神诀宫是她自己弄的，其他都是系统鼓捣的。作为临时主人，她当然得指示系统干事。

【世界】祖宗你别闹：……

【世界】中央空调：……

【世界】你的爸爸已上线：……

303

那是谁弄的？！亏他们还这么崇拜灭绝师太，结果不是她弄的！

时笙加了枯瘦指尖为好友，让他带自己过去。

枯瘦指尖是个可爱的男孩子，大概还在念初中，性格大大咧咧的，见到时笙就将她上上下下地打量了几遍。

"灭绝师太，你现实里也是长这个样子？"

"我现实里就是长这个样子，我就靠脸吃饭。"原主的身体只能算小家碧玉，算不得多漂亮，而且因为发育不良，身材更是没法看。

"也是……"枯瘦指尖挠挠头，转而又一脸崇拜，"你收徒弟吗？你好厉害，我可不可以做你徒弟？"

游戏被搞成这个样子，游戏公司那边都没什么反应，就算现在的游戏不是她更新的，那也值得他崇拜。

"不收。"

"为什么？"枯瘦指尖顿时垮下脸，随即又双手捧脸，挤出一个可爱的表情，"你看我这么可爱，为什么不收我为徒？我有基础的，而且学东西很快。"

时笙古怪地看向他，朝着他凑近一些，阴森森地道："你不怕坐牢啊？"

她现在干的这些事，真要是被抓住，那绝对是终身监禁。

枯瘦指尖："……"

"喀喀……那个……你找断魂谷干什么？那个地方就是一片荒芜，地图很大，但是有些地方进不去。"枯瘦指尖赶紧转移话题。

"带我去看看。"

枯瘦指尖点头，开始在前面给时笙带路，一路上问时笙各种他好奇的问题。如她为什么要和游戏公司作对，她现实里是男是女，她就不怕被抓云云……

时笙讨厌话痨，最讨厌的是，男孩子话痨。所以，在枯瘦指尖将她带到断魂谷后，时笙塞了一堆装备给他，然后将人赶走。

时笙拉开大地图，这片地图是看不到"断魂谷"几个字的。枯瘦指尖说必须从这里跳下去，才能在地图上看到断魂谷。

时笙摸摸下巴，在山崖上站了片刻，没有往下跳，而是传送回神诀宫。

【宿主？】怎么不去了？

"全服的人都不知道，怎么就他知道？"时笙在大殿中踱步，中间虚拟屏幕上跳动的数字依然非常快速。

【他不是说碰巧吗？】

"作为一个普通玩家，得到我给他的装备后，他竟然只是看了一眼就收了。"她给的装备里面，有一件可是极品，价值上万。

第十二章　副本有毒（下）

断魂谷不在当初游戏策划中，这是时笙查了许久得到的结果，也就是说，这个地方不在《乱世江湖》的原本设定中。可现在它真的存在，唯一的解释，它是被人私自添加上去的。能有这么大本事的人，要么像她这么厉害，要么就是……游戏高层。

时笙再次将目光投到虚拟屏幕上，想起在清寒那个位面遇见的狐狸，那把不该出现在那个世界的剑。

景止那个位面的丧尸皇。

柳笙歌那个位面，叶风那些莫名其妙死掉的女人，虽然明面上是董琬做的，可是她觉得有点不对劲。剧情里，董琬是有病的，但还没有杀这么多人……除非有人在背后诱导她。而那个慕白，嫌疑最大……

如果这些都是出自同一个人的手笔，那么他的目的是什么？弄死她吗？可为什么在景止那个位面，最后他什么都没做？

柳笙歌那个位面，他想把天使之心给她，可后来他也没做什么。

时笙大步走到虚拟屏幕前，轻触虚空，虚拟键盘凭空出现。她的十指快速在虚拟键盘上翻飞。屏幕上一排排的字母不断跳跃而出，看得人眼花缭乱。

时笙试着重新建立通道，竟然没办法成功。很好！她现在确定，有东西跟着她进入这些位面。

目的未知。

是人是鬼未知。

能力很强。

跟我玩儿是吧？我玩儿不死你！

时笙关掉虚拟屏幕，身上光芒一闪，消失在大殿。等她再出现，人已经到了之前的那座山崖之上。时笙往下面看了一眼，纵身跳下去。下降的时候，她觉得四周的空气都像被挤压着一般，非常难受。好在山崖不算高，时笙借力安全地落到了底部。四周是那种黑乎乎的岩石，一眼看过去，像是被火烧过的荒野。

时笙拉开地图，果然看到地图上出现了"断魂谷"三个字，距离她这个地方还有些距离。时笙看了看自己的属性图标，都是亮着的，【世界】也可以查看，她试着打字发到【世界】。

【世界】花朦朦：智障！（发送失败）

时笙："……"

时笙关掉【世界】，往断魂谷的方向走。从地图上看，断魂谷没多远，这走起来至少花费了时笙半个小时。

断魂谷是座很大的山谷，郁郁葱葱的，挡住了下面的场景。

"锁定乐瑾位置。"

【无法锁定。】系统好一会儿才回答。

"要你何用。"

【……】又是它的错。

时笙往山谷走，没办法定位，就只能手动搜索。

山谷大得有些离谱，时笙进入后，感觉自己进入的是原始森林。不知道走了多久，时笙终于在一片沼泽地看到乐瑾，她被困在沼泽中间的小岛上。

"花朦朦……"乐瑾看到时笙出现，满脸不可置信，转而又是欢喜。有人来了，她说不定可以出去，不用被困在这里了。

时笙上下打量乐瑾几眼，她看上去好像没什么不正常的地方。

"你被困在这里？"时笙绕到离小岛近一点的地方。

乐瑾委屈地点头，可怜巴巴地瞅着时笙："你是来救我的吗？"

"不是。"她是来看看困住乐瑾的人在这里留下什么线索没有。时笙说着，绕过沼泽，朝着远处的林子走。

乐瑾瞪着眼，看着时笙消失在她面前，小嘴扁了扁，眼泪在眼眶中蓄积，仿佛下一秒就要哭出来。她还要被困在这里吗？在这里她没办法使用道具，小岛距离岸边非常远，沼泽中还有奇怪的生物，她根本就没办法过去。她也不知道自己怎么到了这里，好像眼前一黑，等再睁眼，她就站在这个地方。

时笙离开沼泽，往山上走，要找到这片地图的边缘。

沙沙……

时笙猛地回头，远处树木摇晃，她扫向另一边，并没有看到什么东西。时笙回过头，继续往前走，四周很静，耳边只有她走动时，衣物摩擦草木发出的声音。

唰！利器破空之声从后面传来，穿过枝叶，带着凌厉的气势直逼时笙后背。她回身，手臂一扬，寒光从四周的草木间闪过。

铮！一枚暗器打在铁剑上，继而被反弹进旁边的树干。

唰唰唰——

时笙眉头一皱,铁剑横扫,剑气如海浪一般扩散,暗器纷纷改变方向,打入四周的树干或者掉进杂草中。

不远处的一棵树上,一道黑影从上面落下来,摔进半人高的杂草,沙沙两声没了动静。

时笙用铁剑撑着地面,脑袋歪了好几下,才慢慢地朝着那边走去。

用铁剑拨开杂草,时笙看到躺在地面的人。是个男人,身上穿着类似杀手服的黑衣,头发和面部都用黑布包裹着,只露出一双狭长的眉眼。此时他微微闭着眼睛,长长的睫毛覆盖下来,他像是死了一般趴在草丛中。

时笙上前一步,准备用铁剑再补一下,但在她下手的时候,心头突然猛跳一下。她有些迷茫地看向地上的人。几秒钟后,她靠近他,熟悉的感觉越发清晰。是凤辞……他怎么会在这里?

突然,眼前有黑影覆盖过来,她身子往后一躺,整个人都被他压在身下。她的身体微微有些痛楚,抬头便对上一双冰冷无情的眸子。他手中的匕首再次往她身体里没入几寸,时笙面色扭曲。我对你没防备,你就是这么对我的!

时笙握住他的手,用脚夹住他的腰,一个用力,两人姿势反转,时笙骑坐在他身上,就着他的手,快速抽出自己腹部的匕首,带着血的匕首一转,横在他脖子上。

"找死?"时笙表情阴森,带着几分狠厉。才一个位面不见,你厉害了啊!都敢对我动手了!今天我打不死你这个智障!

男人被时笙压着,冰冷无情的眸子里闪过一缕迷茫。他愣愣地看着时笙,单手握着她的手,本想扭断她的手,可对上她愤怒的脸色,他突然感到心虚,心底蔓延出一股恐慌。他微微放松力道,睫毛轻颤,开口道:"你……是谁?"

"我是你失散多年的主人!"时笙咬牙切齿地挤出一句话。这个智障!

"主人?"惊弦眉头微皱,声调古怪地道,"那你知道我是谁?"

时笙:"……"搞什么?

时笙盯着他几秒,从空间里找出根绳子把他绑起来。等惊弦反应过来,自己已经被五花大绑,完全挣脱不开。

时笙腹部的伤口一直在流血,她皱眉看着伤口。每次遇见凤辞,她必受伤!她和这智障是八字不合吧?

游戏中,玩家如果不处理伤口,也是会因为失血过多而死。

惊弦挣扎两下,没挣扎开,道:"你到底是谁?"为什么……他会觉得她很熟悉?

时笙偏头看他一眼,随口胡诌:"我不是说了,我是你的主人吗?"

"你骗我。"惊弦用的是肯定句。

"我骗你又怎样,有本事来打我啊!"

惊弦："……"

时笙随便止血，但身体还是有些疼。在这里，她没办法使用道具，不能立即治愈伤口，气得又把惊弦揍了一顿。

莫名其妙挨揍的惊弦："……"她不是让他打她吗，怎么最后被揍的是他？虽然被揍，可他完全对她生不起气来，又是怎么回事？

"你叫什么？"时笙揍完人，心情舒畅，语气都温和了几分。虽然他是智障，但到底是她家的智障，揍完还是要宠的。

"惊弦。"

"惊弦？"时笙看向他的头顶，他头顶是没有玩家昵称的，"你没记忆？"

惊弦摇头。他只记得自己叫惊弦，从他醒过来起就在这里，不知道这里是什么地方，也不知道自己为何会在这里。他看到的第一个人是时笙。

时笙的眸子转了转，突然倾身过去拽他的面巾。惊弦惊了惊，猛地往后一仰，身子不稳，摔进旁边的草丛里，草丛将他的脸淹没。

时笙拨开草丛，恶狠狠地瞪他："你躲什么？！"

"你想干什么？！"

"你说呢！"

"什么意思？"惊弦不懂地看着时笙。

时笙："……"

时笙将他拽起来，一边给他解绳子，一边威胁道："我要带你出去，你别给我搞事，不然我弄死你。"

惊弦乖乖地让时笙帮他解绳子，没否认也没答应。在绳子解开的时候，他突然发力，屈指成爪，抓向时笙的脖子。他虽然觉得时笙给他的感觉很熟悉，但她仍是一个陌生人，他不会轻易相信她。

时笙早就防着他，所以在他出手的时候，立即将他压倒，将他双手扣着，举过头顶："就知道你不会乖乖听话，还是绑着吧。"

再次被绑上的惊弦："……"

时笙没想到自己会意外"收获"凤辞，而且是在这样的情况下。时笙抱着惊弦继续往前走，她可没忘来这里的目的。

惊弦虽然没有记忆，但对一些常识还是知道的。比如，女生不能对男生搂搂抱抱，可为什么她要这么抱他？而且还抱得理所当然，轻松自然。

"喂……"

"喂什么喂，我没名字啊？"时笙瞪他。

惊弦："……"

时笙好像反应过来，镇定地补上一句："花朦朦。"

"你要带我去哪儿？"

时笙微微垂头，对上惊弦的眸子，初见时他的冰冷无情，像是她的错觉，此时她只在他眸子里看到一片迷茫和不解。嗯，果然还是这样的风辞比较可爱。

时笙将他放下来，摸了摸他的眉眼，嘴角微微上翘："幸好我来了。"

她的手指有些凉，落在惊弦眉间，如同渗透进骨血，冷得他忍不住打个哆嗦。

对面的女子很美，像是立于九天之上，睥睨天下的仙子，世间万物在她眼中都是尘埃，挥手就能覆灭。可唯独，他感觉自己在她眼底是不同的。

"你认识我，对不对？"半响，惊弦才道。

"嗯，认识。"时笙收回手。当然认识，我不认识你，你早就被砍死了。

"自己走还是我抱你走？"时笙没等惊弦继续问，便道，"我更喜欢抱着你。"

惊弦目光微变，道："自己走。"

时笙耸耸肩，有些可惜地道："我抱着你多好。"

惊弦："……"放屁！哪有女人抱男人的！

时笙让惊弦走前面。他们此时是在上山，山路不太好走，惊弦又被绑着，掌控不好平衡，好几次差点摔倒。时笙及时拉住他，才没让他滚到下面去。最后，时笙索性扶着他。惊弦有些气恼，但除了气恼，他也做不了什么。之前他觉得自己挺厉害的，可是在这个女人面前，他脆弱得像块豆腐。

到达山顶，往远处看，是一片黑暗，伸手不见五指的黑。森林蔓延过去，就像是被吞噬了一般。

"在这里等我……"时笙顿了顿，又自顾嘀咕一句，"你跑了咋办，不行。"

听到前面几个字，惊弦很激动，但是后面几个字，立即将他的激动压下去。

时笙带着惊弦一起往那片黑暗中走。她才不会把他留下，说不定等她回来，他就没了。惊弦看不懂她在做什么，被迫跟着她移动。见她在黑暗与光明的交汇处伫立许久，惊弦忍不住出声："这到底是什么地方？"他在哪儿？他是谁？她又是谁？

"游戏。"时笙平静地道，"这是游戏世界。"

惊弦听得一头雾水，什么游戏？

"走吧。"时笙转身，笑得眉眼弯弯。

对上她的笑容，那些到他嘴边的疑问不知怎么就再也问不出来，他以前一定认识她。

时笙扶着他往回走，惊弦半响憋出一句话："我们以前是什么关系？"

"没什么关系。"如果不算他们在以前的位面经历的那些，"但是很快就有了。"

"什么意思？"什么叫很快就有了？没什么关系，他为什么会觉得她熟悉？她在骗他。

"试试不就知道啦！专心走路，不然我抱你？"

·309·

惊弦："……"

时笙带着惊弦回到女主角所在的沼泽，乐瑾生无可恋地蹲在岛上。那里说是岛，其实直径也不过五米，非常狭小。岛距离岸边大概有十米，乐瑾很容易看到时笙和惊弦从远处走来。

"花朦朦姐姐！"乐瑾冲着时笙挥手。她想出去，呜呜呜，她不要在这里！这里连个人都没有，只有沼泽里面的怪物，不好玩。

时笙偏头看过去，乐瑾正一蹦一蹦地招手，生怕她看不到似的。

"她头上为什么有字？"惊弦皱着眉问，转而又看向时笙头顶，她头顶上干干净净，没有字。

"ID。"

"ID是什么？"

"ID就是名字。"

"她的名字怎么会出现在头顶？"

时笙瞪过去，道："你怎么那么多问题，我又不是十万个为什么，憋着！"

惊弦："……"这个女人好凶啊！

时笙还没想好要不要把女主角弄过来，地面突然开始摇晃，山林倒塌。一切发生得太快，时笙都没反应过来

时笙抱住惊弦，跳到铁剑上，朝着小岛中间飞过去，沼泽翻滚着，有东西从里面冒出来。

它们不攻击时笙，只是朝着乐瑾所在的小岛围去。等它们上岸，时笙才看清那是体型庞大的鳄鱼，庞大得有点像怪物。

乐瑾吓得脸色苍白，之前这些东西只是在沼泽里活动，不会出来，也没攻击她。

现在见它们突然朝着她围过来，乐瑾吓得已经无法出声，纤弱的身子摇摇晃晃，随时都会摔倒。

时笙加快速度，从上空拎住乐瑾的衣领，在一只鳄鱼张大嘴咬过来之前，将她拎到铁剑上。

铁剑速度极快地朝着远处掠去，乐瑾回头看向后面，她所在的沼泽此时看上去非常渺小，山崩地裂，整个世界似乎在坍塌。

空气中似乎充斥着危险的气息，随时都能将他们绞杀。

"别怕。"时笙把惊弦身上的绳子解开。

惊弦："……"总觉得哪里不对劲。

耳边似乎有轰隆隆的崩塌声，又似乎什么都没有，整个世界都在无声消失，空气中隐隐有数字流窜。

时笙从后面搂住惊弦的腰，轻轻拍着，目光落在下方，冷静理智，不见半分的慌乱。

等时笙冲出断魂谷，落到她跳下去的山崖上，地图上的"断魂谷"三个字也跟着消失，就好像没有出现过。

"花朦朦姐姐……"乐瑾大概还没从刚才那震撼的场景中回过神，虽说一张地图的坍塌比不上一个位面的坍塌，但也极其震撼。

在她的记忆中，大概从没见过这样的场景。

【私聊】一缕阳光：花朦朦。

【私聊】一缕阳光：花朦朦！

【私聊】一缕阳光：花朦朦，你刚才去哪儿了？

时笙的私聊频道响个不停，时笙拉开看了一眼，最新一条是刚刚发的。

【私聊】一缕阳光：长话短说，你快下线……

时笙还没看完，面前突然一暗，私聊界面陷入一片黑暗，她四周的场景也在快速变暗，惊弦的身影慢慢被黑暗吞噬。

"等我！"

惊弦只听到这两个字，时笙的身影已消失在他面前。所有的光亮都被吞噬，只有他和乐瑾的身影安静地立于黑暗中，身上散发出的光芒驱散了一些黑暗，让他们能看清彼此所在的位置。两人相顾无言，各自不解。

时笙大力掀开游戏舱，从里面跳出来，直奔书房而去。她刚打开电脑，别墅门铃就响了。时笙打开监控看了一眼，林寒羽焦急地站在门外。时笙按下自动开门的键，将林寒羽放进来。

"朦朦，你没事吧？"林寒羽一路冲进书房。

"梁秉疯了？"时笙目光依然冷静，没有半分疑惑。

林寒羽面色僵硬了一下，站在书房门口，不知该进还是该退。

时笙抬头扫他一样，心底有些明了。

"是你哥。"

林寒羽微微点头。他哥打电话将他从游戏上叫下去，让他别上游戏，他威逼利诱才从他哥那里知道，他哥准备关闭游戏服务器。

关闭游戏服务器，影响的不是一个服，是整个游戏都没办法使用。而且，他哥突然关闭服务器，有可能给玩家造成不可挽回的伤害。

他哥根本不给他劝说的机会，他只来得及上线通知威风堂堂他们。

林寒羽莫名感到一股寒气，可是对面的女生看上去很平静……对，过于平静。

"朦朦？"

啪！时笙突然将桌子上的东西砸过去："让你哥等着。"她刚刚找到凤辞，还没来得及摸摸小手。

林寒羽："……"

上个位面有毒，这个位面也有毒，时笙很累。

"朦朦……"她为什么这么生气？

时笙打开电脑文件，从若干文件中找出一份名单。这上面有梁秉用来做过实验的所有人的记录，有的是正常人，有的是植物人。惊弦没有记忆，多半是植物人，所以时笙先从植物人开始排查，直接将林寒羽给无视了。她不欠林寒羽什么，之前他救自己，她也用梁秉被困游戏的消息还了。

林寒羽有些尴尬，站了一会儿退出房间，去找林寒舒。

五年的时间，梁秉用来做实验的人非常多，时笙试着输入"惊弦"两个字，很可惜没有任何结果。她有代号，别的实验体肯定也是有代号的。

时笙只能一份资料一份资料地看，先选出女生，再从男生里面分析。

新园路23-1。

这里是这座城市最老旧的一条街，所有的建筑都斑驳着时间的痕迹。悠长的巷子中，脚步声渐行渐近。

叮铃——

院子里系着围裙的女人往门外看一眼，有些奇怪地放下手中的洒水器，双手在围裙上擦了擦，这才去开门。

木质老旧的门打开时发出嘎吱的声音，从幽静的巷子传出去老远。门外站着一个穿着休闲服的女生，长得颇为清秀，脸上带着浅笑。

"你找？"女人只拉开一条缝，将女生上上下下地打量几遍，小心翼翼地问。

"惊弦。"

女人叫阿月，是一个帮佣。在机器人遍地跑的时代，这家还用帮佣，算是很落后的表现。

时笙要求见见惊弦，阿月只迟疑一下就同意了，带着时笙往古旧的阁楼里走。木质的阁楼踩上去，有一种很不稳当的感觉。

"就是这里。"阿月指了指房门，顺手推开门。

吱呀——

房间整洁，时笙一眼就看到房间中搁着的疗养舱，外形和游戏舱差不多，只不过颜色上有很大的差别。

时笙走近，里面的人影渐渐清晰起来。他安静地躺在里面，身上连接着一些仪器，明明灭灭的光在疗养舱中闪烁，映着他苍白的脸庞。那是个少年，很漂亮的少年。

时笙目光从疗养舱上扫过，扭头问阿月："这个疗养舱是谁送来的？"

阿月摇头道："我来的时候，这个疗养舱就在了。"

时笙绕着疗养舱走了一圈，虽然它外表和普通的疗养舱没什么区别，但是内部多出的部件显示，这是一个改建的游戏舱。

"他有什么亲人吗？"

"这个我不清楚，当初我是在网上应聘的，然后直接得到一个地址，工资什么的都是直接转账，每次都是一年份的工资，我从没见过有人来看他。"阿月是个老实人，时笙问什么，她就答什么。

"我和他单独待一会儿可以吗？"

"可以。"阿月点头道。这么可爱的男孩子，一个人孤零零躺在这里，她即便不是他的母亲，有时候也会为他心疼。

阿月退出房间，顺手将门关上。时笙撑着下巴看着疗养舱里的人，游戏的灯还是亮着的，他还在游戏里，得把他弄出来。

时笙下楼的时候，正好听到阿月在打电话。

"严重吗？我想办法过来一趟……哎哎，好……"阿月慌慌张张地挂掉电话。她大概是在给一些熟人打电话，让人帮忙来这里帮她照顾几天，但是最后都被拒绝了，急得阿月直哭。

时笙走下去，道："你有急事？"

阿月抹了抹眼，哽咽道："我家孩子重病，有生命危险。"

"我帮你照顾他几天，你看行吗？"时笙已经打算找机会来偷人，现在阿月有事，也免得她再麻烦一次。

"可……可以吗？"阿月睁大眼，随后摇头，"不行不行，不能麻烦你。"最重要的是，阿月还是有些担心的，但是医院那边的电话不断打过来，在自己孩子和别人孩子的选项中，阿月选择了自己的孩子。这是人之常情，很正常。

阿月是个很细心的人。她一直将每天必做的事用本子写下来，此时只需要把本子交给时笙就可以。等阿月急匆匆离开，时笙回别墅去搬游戏舱。

她再次回来这里的时候，看到院子里的符纸有燃烧过的痕迹，但并没有被破坏。时笙眯了眯眼，重新贴上符纸，上楼。她需要把惊弦从游戏中带出来，不过也是有风险的，二分之一的机会。

时笙躺进游戏舱。现在游戏的服务器是关闭的，她不能上游戏，只能顺着惊弦的传输线路进去。将意识转换成一串数据，这种感觉，和她之前从游戏里离开进入这具身体的时候很相似，非常难受。四周除了黑暗，还有各种奇怪的声音，好像要把耳朵都给震聋。

"喀喀！"时笙掀开游戏舱坐起来，胸口快速起伏两下。不行，她进不去。

时笙不信邪地又试了一次，结果依然如此。眼看前面有光，可她每次想继续往前的时候，就没办法再继续。

时笙撑着下巴，盯着旁边的疗养舱片刻，耳朵忽而动了动，随后目光幽幽地转向外面。

"想死。"时笙撑着游戏舱出来，拎着剑往外走。

外面只有走廊的灯散发着昏黄的光，底下的院子隐藏在一片黑暗中，时笙从楼梯下去。她穿过院子，往厨房的方向走。就在她进入厨房后，一道黑影从院子的暗处闪身出现，极快地往阁楼飞奔而去。

嗡！在黑影快要靠近房门的时候，铁剑突然出现在黑影面前。黑影似乎很害怕铁剑，迅速往后撤，戒备地盯着铁剑。

"大半夜的，不请自来，你想怎么死？"

清越的声音从下方传来，黑影往走廊靠近，探出头看向下方。说时迟那时快，铁剑直挺挺地刺向黑影。黑影直接从走廊上翻身而下，落在下方的一簇花丛中。

"时笙，期待和你下次见面，这次算我输。"黑影压低了声音，让人辨别不出他真正的声音。

"说得好像你让我赢似的。"时笙一个箭步冲过去，一把抓着黑影的胳膊，将他摁翻在地上，"你是谁？"能叫她本名，肯定不是虚拟位面里的人。

"我给你准备了小礼物，希望你喜欢，下次见。"他说完这句话，脖子一歪，直接断了生息。

时笙："……"这人自杀得够快的，知道落在她手上没有好下场。

【宿主，你认识他吗？】系统小心翼翼地问。

真的有别的人进入虚拟位面，还是冲着宿主来的……主人，你再不回来，真的要坏事了。

"这话不应该我问你吗？"时笙鄙夷地翻白眼。

她怎么会认识这种在背后算计人的智障！

【我不认识。】它的认知都是主人赋予它的，主人不在，它的数据库无法更新。

时笙也没指望这个智障系统。

时笙推算出一些信息，这个人认识她，对她有一定了解。这个了解，也许只是从之前的几个位面中观察得来的，他在她原本的那个世界，也许是不认识她的。

取舍果断，是个狠角色。目的大概是……弄死她，至于弄死她的目的，就得问智障系统的那个智障主人。

"你前主人想要我干什么？"把她送进虚拟世界，又塞了个男人给她，不可能就是为了让她谈恋爱。

【……】什么前主人，那就是它主人好不好？【我不知道。】

"要你何用。"

【……】拜托这种事主人怎么可能告诉它，那还不得立刻被她窃取了？它主人又不是智障。

时笙大概猜到那个想算计她的智障说的是什么礼物。她没办法将惊弦从游戏中带出来，肯定是他捣的鬼。

你有张良计，我有过墙梯，我还不信玩不过一个智障。

时笙再次进入游戏舱，依然是伸手不见五指的黑，当前面出现光亮的时候，时笙又感觉到那股阻力。她稳了稳，抽出铁剑，一剑劈过去。咔嚓！前面的黑暗像是被打碎的玻璃，刺眼的光从前方迅速蔓延过来。时笙身体失重，猛地朝着下方跌落。

时笙赶紧踩着铁剑，才没有继续往下掉，眼睛适应一会儿光线，看清下方的场景。这是一个机械化布置的白色房间，圆形的玻璃罐矗立在中间，里面是各种各样的人，不下百人。所有人都睡着一般，闭着眼站在玻璃罐中。

"变态啊！"时笙恶寒，快速在这些罐子中寻找。

她在角落位置找到了乐瑾，惊弦就在旁边。她用剑劈开玻璃罐，惊弦的身子立即朝着外面倒过来。时笙接住他，将他从里面抱出来。

"惊弦。"时笙将他放到旁边，伸手拽下他的面巾，一张帅气的脸庞暴露出来，不似游戏舱里的少年模样，是长大后英俊非凡的男人模样。

时笙一连叫了好几声，惊弦才幽幽转醒。刺眼的光让他眉头紧皱，眼前全是白晃晃的光，他想伸手挡一挡，手还没抬起来，一只手先覆盖过来，替他挡住了那些光。

眼前的光柔和下来，他慢慢地适应，看清头顶的人。她怎么回来了？他只记得她最后说的那句话，之后就什么都不记得了。

时笙等了片刻，才将他扶起来："我带你离开这里。"

惊弦站起来，视野顿时开阔起来，入目的场景让他僵在原地。这是什么地方？

"警报，警报，警报……"

尖锐的电子音在整个空间内响起，红光从各个玻璃罐底部扫射出去，很快整个空间都充斥着红光。

"跟着我。"时笙将惊弦的脸掰过来，"跟着我就可以了，记住了吗？"

惊弦表情有些愣怔。时笙突然凑过去，在他略显苍白的唇上亲了亲："相信我。"

他睫毛颤了颤，身子往后退了下，疑惑地看着时笙，舌尖轻轻地舔了舔唇瓣。无意识的动作，却该死的性感。

时笙移开视线，抬头看向上面。刚才她出现的地方此时已经变成机械化的天花板，时笙拽着惊弦往门的方向走。

砰！大门被人踹开，几个穿着白色衣服的人出现在门口，手里拿着银白色的枪械。几个人快速扫视一圈，最终锁定时笙："抓住她！"

时笙抓紧惊弦，更加快速地冲出去，路过一些玻璃罐子的时候，用铁剑瞬间将它们破坏掉。能不能逃出去，就看他们自己的造化，她可没时间救他们。

时笙这么横冲直撞地冲出去，那几个人大概被吓到，有些手忙脚乱地开枪。打出来的不是子弹，而是一种激光。

时笙护着惊弦，避开那些激光，快速冲到门口。铁剑又劈过去，两个人瞬间倒地。时笙顺手破坏掉门，快速消失在门口。这里的通道弯弯曲曲，时笙跑得累，最后直接砍出一条路。

等那些人包围过来，眼前早就没了时笙的踪迹。

游戏舱里的少女唰的一下睁开眼，胸口快速起伏几下，氧气进入肺部，整个身体的压力慢慢地消失。

时笙缓了缓，打开游戏舱，走到旁边的疗养舱前。里面的少年依旧紧闭着眼，没有半分清醒的迹象。时笙十指慢慢收紧，没有将他带出来吗？

嘀——

随着这声音，时笙心头也是一跳。她缓慢地看向疗养舱旁边的仪器，上面的图谱从波浪线变成了一条横线。

时笙看着疗养舱里的人，心底郁闷，又得下个世界见了，然而嘀音持续十几秒后，又慢慢地恢复。

嘀，嘀，嘀……

疗养舱的少年缓慢地睁开眼，漆黑的瞳孔里满是迷茫。

时笙眨巴一下眼。惊喜来得有点突然，她好一会儿才打开疗养舱。

惊弦张了张嘴，没有发出半点声音。

"别急，我帮你叫医生，你别说话，也不要动。"时笙赶紧将疗养舱合上。她忘了他和自己不一样，也许操作不当，他就会死亡。

时笙打电话叫来医生，医生忙碌的身影挡住了时笙。惊弦睁着眼，透过摇晃的人影看她，却只能看到一个阴影，但是他知道她在那里。

医生忙碌许久，做完检查，给时笙说了一大堆名词，听得时笙头大，最后，时笙只得出一个结果，能醒过来是一个奇迹。

医生不知道，这个奇迹在很多地方同时发生了。

"等他情况稳定后，我们再派车来接他去医院做详细检查。"医生留下两个护士照看惊弦，带着其他人离开房间。

"我看着他就可以，你们去隔壁休息吧。"时笙指了指旁边的房间。

"这……"小护士有些担忧，"您能行吗？"

时笙微微点头。

两个小护士对视一眼："那您有事叫我们。"

小护士退出房间，时笙拽了把椅子过去，坐到疗养舱旁边。惊弦躺在里面，逆光让他有些看不清坐在自己旁边的女生的面容。

他还是没办法说话，声带像是毁了，医生说是常年不说话导致声带退化之类，具体的还得去医院检查。

惊弦伸手，在疗养舱玻璃上写下一个字。

"嗯，我是。"时笙点头，"不过现在的样子，没有之前好看，你要是嫌弃也没办法，反正只能这个样子。"不要也得要。

惊弦："……"他想了想，又写——哪个地方？

时笙思索片刻，道："意识世界。"

困住人类的意识，在以后的科技中是可以实现的，不过这项技术被禁用，被发现后果很惨。想要利用这项技术，条件很苛刻，除非本身是一个庞大的财团，还有军方技术支撑，否则没办法组建起一个团队。

这是小说世界，写出来的东西，当然没有现实世界里那么苛刻。

实验室。

一个豪华的房间中，游戏舱安静运行着。乐瑾缓缓转醒，四肢无力，身体疲倦，眼睛酸涩，睁开又闭上。之前的画面快速在她脑中循环播放，各种各样的记忆涌上来，将她脑海填满。

"啊！"乐瑾承受不住那么庞大的记忆，痛苦地叫出来。

房间的警报立即响起。房门被人推开，高大的身影从外面冲进来。

梁秉看到游戏舱中蜷缩成一团的少女，眼底带着几分狂喜："小瑾？来人，快来人。"

走廊上很快响起脚步声，一些穿着白大褂的人从外面进来。

"梁总，请您出去。"

"她醒了，她醒了。"梁秉很激动。

"梁总，请您出去等待。"

梁秉被人架着离开房间，外面孟桀匆匆赶到："乐瑾醒了？"

梁秉猛地抓住他的肩，激动地道："醒了，小瑾醒了，我就知道我会成功。"他的小瑾醒了。

· 317 ·

孟桀往房间里看了一眼，神色有些复杂。

乐瑾虽然醒了，但是情况不太好，需要静养，就连梁秉都不能进去看她。

惊弦在疗养舱里的时间，时笙给他教授这个世界的知识。他领悟能力不错，时笙说一遍，他就能记住理解。

时笙拽着前来检查的医生："他的记忆没办法恢复吗？"

"他失忆的情况，您没办法提供详细细节，我们暂时也没办法做检查，所以能不能恢复，还得看检测结果，我暂时无法告诉你。"

记忆的事，时笙也不强求。反正恢复的记忆也是这具身体的记忆。只要他潜意识里对她感到熟悉就够了。

"他现在恢复得如何？"

"挺好的，明天应该就可以去医院做检查。"医生说话总是说一半留一半，不会告诉你到底行不行。

时笙将医生送出院子，正好碰到从外面回来的阿月。阿月看着外面停着的救护车，满脸紧张，急急地往里面走。看到时笙，她有些慌乱地询问。

"小姑娘……出什么事了？"以前都没出什么事，怎么她就离开这么几天，救护车都来了？

"没事，惊弦醒过来了。"

阿月愣在原地，好一会儿才反应过来："你说……少爷醒过来了？"

"嗯。"

阿月惊讶地往阁楼跑，时笙不放心地跟在她后面。

毕竟是她照顾了几年的人，又是一个漂亮的少年，和她的孩子差不多大，阿月心底对惊弦是有几分感情的。

看到疗养舱里的少年睁着眼，不再是以前那苍白毫无生机的样子，阿月非常高兴。

惊弦不认识阿月，只能迷茫地看着她。自从阿月来到这里照顾他，他就是躺在疗养舱中的。对于惊弦不认识自己这件事，她也不奇怪，将自己介绍一遍，这才高高兴兴地去做饭。她儿子没事了，惊弦也醒了，这是幸运的一天。

阿月做的饭挺好吃，常年吃干粮的时笙，干掉了两大碗米饭。

晚饭后，阿月下楼不知道去干什么了，时笙在楼上陪着惊弦，继续教授这个世界的知识。

"你……为……什……么……要……对……我……这……么……好？"时笙一字一顿地念出惊弦写的字。

时笙撑着下巴，道："唔……说出来你可能不信，其实我暗恋你很久了。"

说谎！

惊弦瞪时笙。

"哈哈哈，真的没骗你。"时笙捏了捏惊弦的脸，"因为我想对你好。"

惊弦蓦地红了脸。不知怎么想起，之前她亲自己的那一下，让他越想脸越红。最后和时笙对视不下去，他移开视线。

嗯，害羞的凤辞依然这么可爱。

时笙眯着眼笑，替他拂了拂额头的碎发，继续讲解知识。

半夜的时候，时笙趴在疗养舱外睡着了，外面突然响起很大的噪音，时笙瞬间惊醒，抬起头正好对上惊弦的眸子。

大概他也是被吵醒的，睡眼惺忪，带着几分迷茫。

就在两人你看我、我看你的时候，木楼梯上传来杂乱的脚步声，有很多人朝着这边过来了。

砰！房门被人踹开，阿月被几个西装男推搡着进入房间。所有人进入房间后，房门又被关上。本就不算大的房间，此时更显拥挤。

阿月大概是吓坏了，连滚带爬地跑到时笙旁边："他们突然闯进来，我……我不知道他们要干什么。"

其中一个戴着墨镜的男人走出来，看向疗养舱内的惊弦，脸上带着几分狞笑："大少爷，好久不见。"

时笙的视线从他们腰间扫过。这些人都带着武器，一看就是来者不善。

"大少爷，你也别怪我们心狠，谁让你挡了路。"墨镜男啐了一口唾沫，"送大少爷上路。"至于时笙和阿月，这些人根本就没放在眼里。两个女人能翻出什么浪来？

在墨镜男吩咐之后，两个西装男站出来，直接朝着惊弦的方向走。

唰！在西装男快靠近疗养舱的时候，寒光闪闪的铁剑横在一个西装男脖子上。

"再上前一步试试！"时笙看向墨镜男，脸上露出一抹阴森的笑，"来得正好。"

所有人都被时笙那阴森的笑容骇到，房间里的温度似乎下降到零度。

"你是什么人？敢管谢家的事，不想活了？"墨镜男突然大吼一声，摸出枪，对着时笙就开了一枪。

时笙用铁剑挡住，子弹打在剑上，铛的一声被反弹到旁边，砸出叮叮当当的声音。墨镜男目瞪口呆，不信邪地又开几枪。

"怪物！开枪，打死她，快开枪！"墨镜男脸色惊恐地往后退。

时笙铁剑一挥，还没来得及摸枪的一群人直接被掀翻在地。

和这群人同样目瞪口呆的还有阿月，这姑娘……是人是鬼啊？

时笙将其他人全都绑起来，只留下那个墨镜男。她将他拎到旁边的椅子上，铁剑抵着他的胸口。

"来说说，他是谁，谁想杀他？"

之前他是什么人,她不管,但现在他是凤辞。谁若敢动凤辞,她就打死谁,让那人的爹妈都不认识那人!她舍不得碰他一根手指头的凤辞,竟然有人敢动。

【……】你之前还揍过他,颠倒黑白,是非不分,为凤辞默哀,被这么一个女人看上。

惊弦姓谢,是谢家的大少爷。他的母亲早逝,父亲后来又娶了一个女人,女人生下一个儿子,也就是谢家的二少爷。

惊弦是第一继承人,自然成了二少爷母子的眼中钉、肉中刺。几年前,他们设计让惊弦出了车祸,成了植物人,本以为他不会再醒过来,就将他扔到这里,请个人照顾,算是让他自生自灭,谁知道他突然就醒了。二少爷怕他回去争继承权,这才派人来杀他。

"这个疗养舱谁送的?"时笙指着惊弦所躺的疗养舱,恶狠狠地问。

墨镜男使劲摇头道:"不知道,这个我们真的不知道。别杀我们,我们也是拿钱办事。"

"他们给你们多少钱?"时笙冲墨镜男挑眉。

墨镜男:"……"

"多少?"时笙声音提高,铁剑戳进旁边的桌子,桌子顿时四分五裂。

"啊……一百万……一百万,事成之后,对方承诺给我们一人一百万。"墨镜男哆嗦着回答。

"我给你们一人五百万,给我弄死那个什么二少爷,怎么样?"

墨镜男瞪大眼,大概没想到时笙会豪气地提出这么一个诡异的要求。

"这……"

时笙威胁道:"钱的事都好商量,这命的事可就不好商量。"

墨镜男看向时笙手中的铁剑,脸色苍白,忙不迭地点头:"没问题,反正我们兄弟都为了赚钱,赚谁的都是赚。"

时笙让他们给了卡号,转完账之后才道:"你们也可以继续反水,我不在乎,不过这后果,可得好好掂量一下。滚吧,关门。"

"是是是。"

墨镜男带着一群小弟退出房间,连滚带爬地离开院子,跑出老远后,确定后面没有追兵,气喘吁吁地停下。

"老大……老大我们……我们真的要帮她杀二少爷?"

墨镜男拿下墨镜,狠啐一口:"赚谁的钱不是赚?这个女人太邪门,再说她可是给了我们一人五百万,等干完这票,咱们立即远走高飞。"

"可是谢家……"

"谢家的儿子多得都能组成足球队，你真以为那个蠢货有多受宠？"墨镜男冷哼一声。

之前他接这个任务是因为他们帮二少爷干过不少事，谢惊弦就算醒了，也是个废物，他们轻而易举就能将人弄死。

谁知道遇见这么一个变态。

"老大说得对。"

"走！"墨镜男再次将墨镜戴上。

这些人能这么快知道惊弦醒了，是因为阿月给那个跟她打钱的人联系过。阿月吓坏了，知道是自己的原因，给惊弦招来了杀身之祸，更是内疚。

惊弦对那些人说的事情没任何印象，时笙尊重他的意思，若他想知道，她就帮他查所有的事情，惊弦却没有深究的意思。

时笙给了阿月一笔钱，让她离开这个城市。

时笙带惊弦去医院做完检查，直接带他回到自己住的地方。她许久没回来，别墅里透着一股冷清。时笙将所有灯都打开，将惊弦抱到沙发上。惊弦拽拽她的袖子，脸色微红，在纸上写："我可以自己走。"他现在已经能够下地行走，虽然走得慢，但是不需要她抱来抱去。

"嗯，怕你摔着。"时笙给他盖上薄毯，又问，"真的不想知道谢家的事？"她在游戏中第一次见他的时候，他那个眼神，虽然很短暂，可她现在都还记得。

那种眼神，只有在他经历过一些很不好的事后，才会出现。

惊弦握笔的手紧了紧，慢慢地写："你觉得……我应该知道吗？"

"没有应不应该，只有你想不想。"

惊弦歪着头看时笙片刻，睫毛微垂，开口道："顺其自然。"

"好，依你。"时笙露出一个浅笑。

惊弦不敢和时笙对视，在纸上写："我想洗澡。"

"要我帮你吗？"

惊弦诧异地瞪时笙，将纸举到时笙面前："不要！"

时笙笑着抱他上楼。放好热水后，临走时，她还挑着惊弦的下巴，不怀好意地道："我在外面，有需要随时叫我。"

惊弦将门关上，脸上全是红晕，心怦怦跳着。他很奇怪，他们明明不认识，为什么相处的时候，却总觉得像是在一起很多年，默契十足。

这就是命中注定吗？

时笙的别墅里有光，林寒羽回来的时候就发现了。自从那天后，他再也没见过她，所以这会儿,他急急地跑去敲门。

时笙给他开门,却没让他进来:"有事?"因为林寒舒的关系,时笙现在看林寒羽也不怎么顺眼。虽然这件事和林寒羽没多少关系,可她就是觉得不舒服。而且,她现在找到了凤辞,不想和别的男人走太近,她一丁点儿都不想让凤辞误会。

"朦朦,你……"林寒羽突然不知道该说什么。他不知道她那天突然生气的原因是什么,也不知道她最近去了哪里。

"我很好,谢谢关心,没事的话再见。"时笙准备关门,门快合上的时候,她又道,"上次谢谢你特意提醒。"

房门在林寒羽面前关上,他突然有种透心凉的感觉,很不好受。

时笙上楼,惊弦已经洗完澡出来,因为没有衣裳,他只能穿浴袍。

"你饿不饿?"时笙问他。

惊弦微微点头,才点完头,又觉得自己应该摇头。

他以为时笙要做饭,结果她去了外面买饭。惊弦看着碗里的东西,将自己不吃的全部扒拉到一边。

时笙:"……"浪费粮食可耻!这坏毛病他咋就改不了啊!

时笙无奈地将他不吃的东西都夹进自己碗里。惊弦错愕地看着她,拿过旁边的本子写:"这是我吃过的……"

"我不嫌弃。"时笙一本正经地回答。

他看着时笙,半晌都没动筷子。直到时笙快吃完了,他才几口把剩下的食物扒进嘴里。

"你怎么这么可爱?"时笙跟摸宠物似的,揉了两把惊弦的脑袋。

惊弦红着脸写:"不能说男人可爱,还有,不要摸我的头。"

"毛病。"时笙使劲揉了两把,"我就摸了,怎么的,不服摸回来啊!"

惊弦对上理直气壮、彪悍得不行的时笙,完败。

"你……还不去睡觉?"惊弦将写好的纸举到时笙面前。

时笙站在床边,弯腰和惊弦对视:"和你一起睡啊!"

惊弦不解地看着她。时笙笑了一下,道:"逗你的。"

时笙将被子给他盖好,转身去了旁边的桌子。惊弦伸手摸了摸胸口,心跳得好快啊!

房间的灯被她摁灭,只有桌子那边有光。惊弦拉下被子,偷偷地瞄她。她整个人被柔和的光笼罩着,像个发光体,驱散了四周的黑暗与孤寂。惊弦不知道自己是什么时候睡着的,梦里,他又回到初遇她的那个地方。

惊弦恢复得很不错,只是还没办法发声,医生说他的声带受损,想要恢复很难。惊弦对此不怎么在意,他可以写。

"你在看什么?"时笙见惊弦盯着镜子好半天,奇怪地走过去。

惊弦指了指镜子,有些不开心。他拿过时笙给他配的手机,打字:"为什么我是这个样子?"

"你本来就是这样啊。"时笙瞅瞅镜子,没什么不对劲的。

惊弦的指尖在屏幕上快速地滑动:"这样看上去我好小。"他在那个世界里明明不是这个样子的。

"小点挺好的。"时笙认真地点头。

惊弦瞪她。

"喀……你看我啊,这样我们才般配,不然有人说你老牛吃嫩草。"时笙拍拍自己的脸蛋。她这身体看着也是非常小的。

惊弦蓦地脸红了。不管说什么,她都能说得这么不正经。

惊弦回头看着镜子里的人,明眸皓齿,真的年纪好小啊!惊弦把镜子盖住,他不想看到这样的自己。

时笙看着他幼稚的行为,哭笑不得,最后还是把房间里所有的镜子都撤了。

"出去买衣服。"时笙拉着惊弦往外走,"顺便吃饭。"

惊弦无奈地摇摇头。顺便吃饭才是重点吧?

逛街的时候,惊弦手里被塞了一堆衣服,从外衣到里面的衬衣,甚至是内裤,她都给他买了。

"小弟弟,你姐姐对你可真好。"帮他拿衣服的营业员捂着嘴打趣道。

惊弦往另一边看去,时笙正不断地往旁边的机器人手里扔衣服。

"他不是我姐姐。"惊弦打出一句话,没等营业员继续问,便进了试衣间。

惊弦换上一套衣服出来。

"哇!"营业员惊呼一声,满脸都是母性的光辉,"好可爱啊!"说着,她就要去捏惊弦的脸。

惊弦眉头一皱。他不喜欢别人碰他,只是不讨厌时笙碰他。

营业员没有注意到惊弦脸上的不喜,依旧一脸迷醉。惊弦身后就是试衣间,他只能往里面退。眼看营业员就要摸到他,却猛地对上一张笑吟吟的脸,时笙道:"姐姐,他不喜欢你摸他。"

营业员眨巴一下眼睛,脸上还有些红晕,弯着腰道歉:"不好意思不好意思,他实在太可爱了,我没忍住。"

"嗯,确实很可爱。"

"是嘛是嘛!我要是有这么一个可爱的弟弟,好幸福啊!"

惊弦扶着试衣间的门,盯着时笙。刚才她又说他可爱,不能说男人可爱!

时笙让营业员去结账,营业员这才停止喋喋不休。时笙上前,将惊弦从试衣间拉出来,替他把衣服上的吊牌剪掉。惊弦低着头打字:"能不能不要说我可爱?"

时笙拿过手机,直接塞进他的口袋里:"好,不说可爱。"

惊弦想摸手机,却被时笙拽着手,最终只能放弃。

买完衣服出来,两人去吃饭,从餐厅出来时,天色尚早。

"我帮你拎。"惊弦将手机举到时笙面前,顿了两秒,就要去接她手中的袋子。

时笙也没拒绝,分了一半给他,都是衣服,完全不重。

"还有什么要买的吗?"时笙问他。

惊弦想了想,摇头。他需要的东西,她都帮他想到了。

"那就回家。"时笙腾出一只手,牵住他的手。

惊弦看了时笙一眼,正好对上时笙隐约含笑的眸子。他红着脸移开视线,任由她牵着自己走。

停车的地方离这里有些距离,他们只能走过去。

刚走进停车场,几道人影风风火火地从他们面前跑过,有一个人差点撞到惊弦。时笙手疾眼快地将他扯进怀中。等她确定惊弦没事,那几个人已经跑远了。

"没事。"惊弦举着手机给她看。

时笙扯了一下嘴角,带着他往停车场那边走。

将东西放进后厢,时笙拉开副驾驶座的门,让惊弦上去。就在惊弦一只脚已经踏上去的时候,时笙猛地将他拉出来。惊弦失去平衡,扑在时笙身上。时笙将他拉到身后,砰的一声关上门,随后拉开后面的车门,声音平静地道:"出来。"

里面半响没动静,时笙捺着性子等着。几分钟后,一个瘦弱的女孩子从里面下来,身上穿着时笙非常熟悉的条纹病号服。她手中拿着一根铁棍,上面还沾着血。

"对不起,我只是想躲躲。"女孩子大概是被吓坏了,整个人都在发抖,"有人想抓我……对不起。"

时笙眯着眼打量女孩子几眼。乐瑾?自己走的时候明明锁了车门,她是怎么上去的?

乐瑾脸色苍白,身上的衣服沾着血迹。她赤着脚,有点脏兮兮的脚指头紧紧靠在一起,手中的铁棍像是她的护身符,被牢牢地抓在手中。她的指尖因为用力,青白青白的。整个人如同惊弓之鸟。

男主角大人这是对她干什么了?把女主角大人整成这个样子也是够了!

"我……"乐瑾的身子晃了晃,突然朝着地面倒下去。

时笙眼睁睁地看着乐瑾倒地。大概乐瑾的脑袋撞到地面,发出很大的响声。铁棍滚到旁边,声音传出老远。

惊弦扯了扯时笙的袖子。

"上车。"时笙拍拍他的手,让他上车。

惊弦看了乐瑾几眼。乐瑾此时的装扮和游戏中不符,惊弦没认出她来,只觉得有些眼熟。惊弦潜意识里对时笙的话不想反驳,所以乖乖地上车。

乐瑾以为自己会被那些人找到,但她醒过来的时候,发现自己躺在医院里。医生在她身边忙来忙去。乐瑾的头很疼,她扶着脑袋,艰难地问:"我怎么会在这里?"

"哦,是花小姐送你过来的。"医生头也没抬地回答,"你现在感觉怎么样?"

花小姐?她认识吗?

"头疼。"

"被撞到脑袋,不过没什么大碍。你的身体很虚弱,被送来的时候身上还穿着病号服。你是哪个医院的?你的家人呢?"

医生一连串的问题问得乐瑾脸色发白。她在医院,梁秉的人迟早会找到她。梁秉疯了,她要逃!

乐瑾快速在脑中搜索一圈,最后让医生帮她打一个电话。已经过去那么多年,她都不知道这个电话还能不能打通。

很幸运,电话打通了。

林寒羽赶到医院,正好看到时笙护着惊弦从医院出来。此时医院里进出的人有些多,她视若珍宝一般护着那个男孩子,不让任何人接触到他。男孩子很漂亮,像橱窗中精心雕刻而成的艺术品。

林寒羽看着她护着男孩上车,她的脸上带着几分笑意,不是和他客套或者敷衍时的那种笑,是一种发自内心的笑。林寒羽深吸一口气,快速走进医院。进入拥挤的电梯,在狭小的空间中,他觉得自己快喘不过气了。

出电梯的时候,林寒羽已经收敛好情绪,快速找到病房。

"寒羽哥。"乐瑾在看到林寒羽的时候,提着的心才放下来。

刚接到电话的时候,林寒羽还有些不可置信:"小瑾,你什么时候回国的?怎么进医院了?"

乐瑾突然愣住。她从未出过国,为什么寒羽哥会说她出国?乐瑾脑中千回百转,猛地想到一个可能。梁秉……是梁秉那个疯子!

乐瑾抓着林寒羽的手:"寒羽哥,快带我离开这里。"

"小瑾?"林寒羽错愕地看着乐瑾。这是怎么了?

林家兄弟虽然和梁秉闹掰,但对乐瑾这个小妹妹,他们是没有反感的。在乐瑾焦急的要求下,林寒羽帮她办理了出院手续,然后带她回林家别墅。

回到别墅,乐瑾才哭着告诉他自己的遭遇。

有段时间，梁秉就跟疯了似的，不知给她吃了什么东西，她就再也没醒过来。后来进入游戏，她失去了记忆，和惊弦一样，只记得自己的名字。等她再次醒过来，发现自己在一间实验室里。她失去的记忆，在她醒过来的时候恢复了。她知道自己变成这个样子，都是因为梁秉。梁秉对她有一种占有欲，这件事她很早以前就知道，所以，她刻意跟他拉开距离，但是没想到这刺激到了他。她醒过来后，装作失忆，对梁秉言听计从，最后央求梁秉带自己出来，才乘机跑掉。

"梁秉这个疯子！"林寒羽听完勃然大怒，"竟然对你做这种事，他怎么下得去手？"

林寒羽忍着怒气，安慰乐瑾："小瑾，你放心，我哥已经准备起诉梁秉，过几天应该就会有消息。"

林寒舒是在废弃的实验楼里发现了游戏的服务器，那是一种他从来没见过的服务器，而根据他查到的资料，这种服务器不但连接着游戏，还连着一家医用疗养舱公司。疗养舱的功能有很多，正常人也是可以使用的。有的人因为时间不足，会利用疗养舱来休息。可是疗养舱为什么会连着游戏的服务器？越往下查，林寒舒越觉得心惊，所以才会强行关闭服务器。

剧情中，乐瑾最后醒过来也不会恢复所有记忆，只能记得她在游戏中和梁秉的事，所以最后她和梁秉在一起了。可是这一次，因为时笙插入，乐瑾误打误撞地恢复了记忆，知道自己之所以会这样，完全是因为梁秉。乐瑾根本没办法接受自己名义上的哥哥对自己抱有这种类似变态的占有欲与疯狂。

梁秉也根本不是为了造福人类，才提出将植物人的意识传输进游戏、通过游戏唤醒植物人的计划。他是为了消除乐瑾的记忆才这么做的，没想到出了意外。

梁秉的团队确实只是在研究怎么让乐瑾醒过来，但疯狂的人不止梁秉一个。有人将这项技术用到疗养舱上，让一些人不死，却也没办法醒过来，从而谋取暴利。

林寒舒的证据充足，起诉很顺利。

梁秉忙着找乐瑾，被抓的时候，实验室的资料都没来得及销毁。

林寒舒站在实验室大楼外，看着梁秉被人带出来。梁秉一脸颓废，看到林寒舒，眸子里有些恨意："林寒舒，为什么？"他们曾经是那么亲密的兄弟，最后为什么走到这个地步？他将自己亲手送进了监狱。

林寒舒的眼底闪过一缕沉痛："梁秉，倩倩何其无辜，你为何要对她下手？"他是找到倩倩了，可找到的只是一具尸体……她也曾是他的朋友、同学，他们一起走过青葱岁月，最终她化为一具白骨，被掩埋在尘土中。

梁秉有瞬间的疑惑，转而想起他口中的倩倩是谁。

"那个女人发现了我做的事，我让她不要乱说，可她扬言要告诉你，我只能杀了她。这都是她自找的,她活该!"梁秉已经有些疯癫,"林寒舒,你活该!当初如果你帮我,就不会失去她。哈哈哈,都是你们自找的,你们活该,活该!"

林寒舒的最后一点期望消失,他失望地转身,在梁秉疯狂的笑声中离开。

林寒舒坐在车里,看着梁秉被人押上车。当初他答应收留那个女人一次,她就帮他破了这么多年的心结,送他这么一份不知该高兴还是该难过的大礼,更将梁家彻底拉下马。仔细想想,她似乎什么都没做……从头到尾,她送给他的,只有一句话而已。

警方在十日后抓到和医用疗养舱公司狼狈为奸的人,这人竟是梁秉最器重的孟桀。孟桀也是梁秉的同学,只是林寒舒一直不怎么喜欢他。他觉得孟桀有些自负。

林寒舒在的时候,孟桀虽然跟着他们干,但是并不得重用。后来林寒舒和梁秉闹掰,孟桀才乘机上位,最后更是做出这种事。

这两人做的事,已经足够被终身监禁,这就是所谓的死神计划。

在这件事闹得轰轰烈烈的时候,谁也没注意到新闻里提过的谢家二少横死街头的消息。

林寒舒将游戏收购过来,重新聘人做检测,改用新的服务器。发布一系列的安全报告后,游戏继续运营。

新闻里并没有详细说游戏的事,所以玩家只知道是游戏公司出了事,没将这件事往游戏本身上想。在游戏开服那天,除了老玩家,又有一批新玩家加入。

时笙上线的时候,依然顶着神诀宫宫主花朦朦的ID。曾经被系统改得面目全非的游戏,又被纠正回来,等级更新依然在80级。

一些人好不容易升了级,此时又被打回原来的等级,只好抱头大哭,他们升级容易吗?

这是一个有钱都玩不过去的神奇游戏。

【世界】你的爸爸已上线:我对80级已经无爱!

【世界】你好萌:感觉全服都要跪在80级,这是80级封顶的一个服。

【世界】我就静静地看你闹:新人,80级是什么意思?

【世界】嘿嘿嘿:同求?看论坛说这个游戏有毒?

【世界】中央空调:咦……我们这是老服了,怎么还有这么多新人?新人应该去新服才对,跑到老服来干什么?

【世界】嘿嘿嘿:看论坛说这个服有毒,我是来试毒的。

【世界】我就静静看你闹:试毒。

【世界】祖宗你别闹:不是这个服有毒,是副本有毒……话说,灭绝师太回来了吗?现在升级还是要过副本吗?

这么长时间过去，时笙在这些老玩家心中的地位还是很高的。毕竟她能把一个游戏改得面目全非，这绝对是史上第一人。

【世界】七月大大：我看了一下，升级依然要过副本……

这个游戏更新后，他们都快不认识它了。

【世界】男人本色：奇怪……排行榜上一世安瑾大神怎么不见了？

男人本色这话一出，立即引起大家的注意。大家纷纷去看排行榜。果然，以前高挂榜首的一世安瑾已经不见了，就连搜索都没办法搜索到。

【世界】你的爸爸已上线：删号了？

【世界】中央空调：把大神都逼得删号不玩，这个游戏绝对有毒。

【世界】祖宗你别闹：灭绝师太有毒。

【世界】月亮月亮：求科普。

【世界】萌萌哒的蓝精灵：求科普。

【世界】七月大大：啊啊啊啊，我在新手村看到花朦朦了！

七月大大突然蹦出一句话，打断了【世界】上求科普的一群新人。

【世界】花朦朦：看到我有什么好激动的？来看我对象！

【世界】你的爸爸已上线：……

【世界】中央空调：……

【世界】七月大大：……

【世界】……

很好，这个boss已经不虐玩家，改虐"狗"了！

一群玩家赶到新手村，刚被传送进新手村的新人玩家，被这阵仗吓得不敢乱动。

时笙就站在新手村的门口，一群玩家围着她，叽叽喳喳地说个不停。

"灭绝师太，游戏停运这么久，是不是你干的？"

"灭绝师太，游戏公司现在都换老板了，这是不是你干的？"

时笙无语。怎么什么都是她干的……好吧，就是她干的。

七月大大挤开那些人，冲到时笙面前："花朦朦，过几天我有一场签售会，你来给我捧场好不好？"

"七月又开签售会，哪个城市？我去我去！说不定七月就看上我这个钻石王老五了呢！"说话的是中央空调。

"哈哈……王老五是，钻石就省省吧。"

"哈哈哈哈……"

"先把你那身装备砸起来，再说自己是钻石王老五。"

中央空调拍着胸脯保证："我真是钻石王老五。"

"走开，我邀请我家朦朦，又没邀请你。"七月大大瞪了中央空调一眼，转头又笑眯眯地看着时笙："朦朦来吗？"

"哪里？"

"S市。"七月大大立即激动地道，"我私下告诉你联系方式，你要来，一定要给我打电话。"

时笙微微点头。S市，就是她在的这个城市。

时笙和这群人胡吹半天，也没见惊弦出来。时笙拉开玩家搜索栏，结果搜出来的不是玩家，而是NPC。

时笙："……"

玩家和玩家没有好友，只能在一定距离才可以私聊，但是NPC和NPC不用，所有的NPC都可以随时随地骚扰另外的NPC。

【私聊】花朦朦：你怎么成NPC了？

【私聊】惊弦：我不知道，上来就在这里……怎么出去啊？

【私聊】花朦朦：……

时笙查了一下惊弦所在的位置，竟然是情花圣祠。时笙默了默。这绝对是系统搞的鬼！

【……】我是无辜的，不要什么锅都往我身上扔，我不背的！

因为时笙说让他们来看对象，所以时笙离开的时候，这群玩家也跟在她后面。

【附近】七月大大：朦朦，我们为什么要来情花圣祠？

【附近】花朦朦：看我对象啊！

【附近】花朦朦：要进的组团。

【附近】祖宗你别闹：为什么看你对象要到情花圣祠副本来？

【附近】中央空调：灭绝师太可以有对象吗？

【附近】七月大大：怎么不可以有，我朦说有就有！

时笙接到一个邀请，团队很庞大，【世界】上的打酱油玩家几乎都在这里。

【团队】七月大大：我开本了。

【团队】你的爸爸已上线：开开开，我倒要看看灭绝师太的对象什么样！

情花圣祠的场景很美，遍地都是火红的情花。地图不算大，时笙很快就找到惊弦。可是，谁来告诉他，惊弦头顶上的"月老"字样是什么意思？以前情花圣祠可是打怪升级的副本，现在改成月老庙是什么意思？

"月老？咦……游戏要出结婚系统了吗？"

之前的情侣，亲密度够了，只要双方愿意，就可以结成夫妻。

有人立即去翻游戏的内置论坛。

"结婚系统……我的个亲娘啊！要求好变态啊！"说话的那个玩家将截图分享到公

屏上。

"亲密度9999，情花9999朵，鹊仙石9999枚……敢情这地图里的情花都是来给我们采的？可就是采这花，都得采好久吧？"

"考验真爱的时候到了。"

"考验真爱的时候到了。"

"考验真爱的时候到了。"

有人试了试，一朵情花的采集时间是三十秒，9999朵，需要八十多个小时……整整三天多。更不用说那个亲密度9999，以及后面那一串好多没听过的东西。所有东西加起来，正好九样。果然是考验真爱的时候！

"但是，没说不能让别人帮忙采集……不过这亲密度也够变态的，后面那些东西更是没听过，想刷肯定很难。"

"换了个老板，游戏还是这么变态！"

"坐等情侣分手……"

"哎，这个月老挺帅的。"

"月老可以结婚吗？好帅啊！想嫁！"

小姑娘们的注意力则在惊弦身上，她们全都围了过去。

时笙："……"那是我的！小姑娘们不要乱动！

时笙几步走过去，挤开那些小姑娘，将惊弦护到身后："干什么？别乱摸！"

众小姑娘："……"

打酱油玩家："……"

灭绝师太，你的对象就是这个NPC？这下众人更激动了，那就说明这个NPC也是真人？

时笙掏剑放倒这群人，带着惊弦麻溜儿地滚出地图。

【世界】中央空调：现在是什么世道，连NPC都有对象，还让不让我们这些"单身狗"活？

【世界】七月大大：我朦你快回来。

时笙屏蔽掉【世界】，带着惊弦回了神诀宫。

"你怎么变成NPC了？"时笙绕着惊弦走了两圈。她是给他重新订了游戏舱，应该是重新绑定身份才对，而且惊弦之前应该算黑户……

惊弦摇头，习惯性地打字。

【私聊】惊弦：我一上来就到了那块地图。

时笙思索片刻，看来只能找机会查查后台数据。她绕回到惊弦前面："说句话试试。"

惊弦沉默片刻，试着张了张嘴："我……朦朦。"他脸上露出一丝笑意，在这里是可以说话的。

　　时笙眉眼弯弯，伸出双手捏了捏他的脸，手感非常的真实。惊弦不受控制地红了脸，往后面躲了躲。

　　因为结婚条件太过苛刻，一些想结婚的情侣，在做过部分任务后，果断放弃。而一些人咬牙做完任务后，再去找月老，发现月老不见了！

　　【世界】灯花微凉：月老哪儿去了？

　　【世界】中央空调：还用说，肯定被灭绝师太拐跑了。小姑娘，你的任务做完了？

　　【世界】灯花微凉：嗯，就差月老了。

　　【世界】笔尖微凉：灭绝师太把月老拐去哪儿了？

　　【世界】男人本色：找月老？神诀宫打副本去。

　　【世界】你的爸爸已上线：集体被灭N+1次。

　　【世界】花朦朦：怪我喽？

　　【世界】灯花微凉：啊啊啊啊！灭绝师太，你快把月老还回来。

　　【世界】花朦朦：他睡觉了。

　　【世界】七月大大：我好像看透了什么。

　　【公告】大侠[一缕阳光]上线。

　　【世界】你个受：老大上线了，老大老大！

　　一缕阳光上线，正好看到时笙发的那句话。直到下面的消息将那句话顶得不见，他才慢慢地在公屏上打字。

　　【世界】一缕阳光：这么想我？知道我这个帮主的重要性了？

　　【世界】你个受：不是，老大，帮派资金不够了，快来救急。

　　【世界】一缕阳光：……

　　【世界】中央空调：说起来，一缕阳光你的月影权杖还在吗？

　　这把神器曾经风靡一时，后来不知怎么大家的关注点都到灭绝师太身上去了，神器受到前所未有的冷落。

　　一缕阳光看看装备。

　　【世界】一缕阳光：不见了。

　　他们的等级都下降了，神诀宫还是未通关模式，月影权杖被收回也正常。

　　虽然结婚条件苛刻，但依然有越来越多的玩家完成任务，奈何他们每次找月老都非常费劲，比做任务还费劲，有时候还得预约！

　　比起这群想在游戏里结婚的玩家，打副本升级的玩家也很累。还让不让人升级了？真的要八十级封顶吗？投诉都没用，人家游戏公司根本不管！

自从游戏重新开服，每个服更新的内容都是根据玩家触发的任务来的，所以他们没办法通关神诀宫，通不了关，就没办法升级，没办法升级，就没办法触发后面的更新条件。

没办法更新……

一群玩家只能自暴自弃地看着情侣们满世界找月老。幸好被虐的不是他们，大家就应该同甘共苦。这么一想，他们心底又平衡许多，满血复活，继续刷副本。

【世界】七月大大：哈哈哈哈，今天我签售时看到花朦朦了！！

【世界】花朦朦：……

【世界】中央空调：我也在现场，我怎么没看到?

【世界】七月大大：就你那智商，当然看不到。我还看到惊弦了，不过……惊弦看上去……嗯……

【世界】惊弦：我怎么?

【世界】天花乱坠：捕捉月老！月老，我要预约结婚啊！！

【世界】惊弦：找朦朦。

【世界】天花乱坠：灭绝师太好难找！

【世界】七月大大：没有没有，挺好的！哈哈哈，好想被我朦宠爱！你们没看到……天哪，我想想就激动！

七月是在中场休息去后台的时候，看到时笙和惊弦的。她一开始没认出时笙，毕竟时笙在现实中和在游戏里外形有很大差别。可是后来她看到了惊弦，这个人分明就是少年版的月老。她脑子里灵光一闪，看到旁边工作人员手里拿着的花里的卡片，立即就确认了他们的身份。

【世界】七月大大：你们这群没见过我朦的人，不会明白我朦。啊啊啊，朦朦缺女朋友吗?

【世界】中央空调：七月，你说这话也不怕被怼?

【世界】七月的内裤：大大是个可爱的妹子。

【世界】七月的内衣：大大是个可爱的妹子。

【世界】七月的细细：大大是个可爱的妹子。

【世界】七月大大：朦朦考虑一下?

【世界】花朦朦：有一个就够了。

【世界】七月大大：嫉妒惊弦！

今天时笙去签售会，纯粹是路过。她本想送完花就离开，谁知道正好被七月大大给逮个正着。

【世界】你的爸爸已上线：所以，灭绝师太真的和惊弦有一腿?

【世界】花朦朦：我和他有好多腿。

【世界】中央空调：啊！睡了吗？

【世界】花朦朦：不提这个问题，下次我让你被灭的时间延长一秒。

【世界】你的爸爸已上线：那就是没有。哈哈哈，灭绝师太，你不行啊！

【世界】惊弦：……

他这个当事人还在，他们竟然当着他的面，就这么聊上了！

【世界】花朦朦：迟早会行的。

【世界】七月大大：我赌一毛钱，惊弦绝对是被压的那个，我朦那么帅气！

惊弦私下找时笙，把她从【世界】上拽下来。

【私聊】惊弦：晚上想吃什么？

【私聊】花朦朦：你啊！

【私聊】惊弦：我问你想吃什么东西。

【私聊】花朦朦：小鸡炖蘑菇。

【私聊】惊弦：那我先下了。

惊弦说完这句话，时笙立即没办法发消息过去了。

【世界】寻寻觅觅：花朦朦，自古丑人多作怪，你凭什么让月老不工作？这破游戏什么意思，让她在游戏里这么乱来？

时笙刚准备下线，就看到这么一条消息。

【世界】灯花微凉：寻寻觅觅，你骂灭绝师太干什么？她人挺好的，我和我老公结婚的时候，她还送我们结婚礼物。

【世界】寻寻觅觅：呸！一点东西就把你收买了，结个婚还要到处找人，求着才给结，凭什么啊？

【世界】子期：寻寻觅觅，你有病吧？我刚还看到你在刷鹊仙石，这么快就做完所有任务了？只要任务完成，不做典礼的玩家，直接搜索"月老"，同时点击申请，就可以完成结婚仪式。要做典礼的玩家本来就要预约，你故意找事呢？

做过结婚任务的玩家纷纷跑出来解释。他们满世界找月老，也就是觉得好玩儿，最重要的是月老还那么帅。真要结婚，人家月老的效率是很高的，基本没有什么耽搁。

【世界】寻寻觅觅：那神诀宫副本怎么说？别的服已经更新好几次了，你们还在打神诀宫，是不是脑子进水了？

【世界】花朦朦：不服啊？

就不让你们过，不服转服呗。成大事者，谁不是搞垄断？

【世界】寻寻觅觅：这又不是你一个人的游戏，你霸占着还让不让我们玩儿？

【世界】花朦朦：你自己打不过我，怪我喽？难道我还得放水让你过去？你又不像七月长得那么可爱，也不像惊弦能给我暖床，我凭什么给你放水！

【世界】七月大大：我朦夸我！

【世界】中央空调：掐架都要虐"单身狗"，灭绝师太你够了，拒绝"狗粮"。

【世界】寻寻觅觅：你要不要脸？

【世界】花朦朦：不要！

寻寻觅觅气结，骂了几声无关痛痒的话，消失在【世界】上。

时笙关掉页面，下线。

离开游戏舱，时笙就闻到一股香味。她从房间出去，惊弦正在厨房，拿着平板，按照视频里面说的做饭。

他看着视频，立刻就学会如何做菜，而且做得还挺好吃的。

一个会做饭的人，竟然挑食！时笙不能理解。难道就是因为挑食，所以才这么会做饭？

惊弦转身，被悄无声息站在后面的时笙吓了一跳。他下意识地往后退，热度从后面传来，他想往前已经来不及了。时笙快速上前一步，环过他的腰，将他往旁边推开。他堪堪避开后面冒着泡的汤锅。

"我有那么可怕吗？"时笙完全没有想到自己会吓到他，"有烫着吗？"

惊弦摇摇头，好一会儿才摸出手机打字："你突然站在我后面……"

"对不起。"时笙将他扶正，"刚才在想事情，没注意。"

两人离得很近，惊弦脸色微红。他在手机上打了几个字，走开。

"我没事，不用道歉。"

"怕你生气啊。"时笙跟上去，"我不是故意吓你的。"

惊弦抬头看了时笙一眼。时笙立即露出一个笑容。惊弦低下头，慢慢地在屏幕上敲出一行字："我没生气。"她对他那么好，他怎么舍得生气。

惊弦把手机收起来，将时笙推出厨房，示意自己要做饭了。

时笙站在门口玩手机。惊弦偶尔看她一眼，心底有种满足的感觉，好像就这么和她在一起，也挺不错。可是，他们都没彼此告白过啊！书上说，男生和女生在一起，必须要告白，而且得男生告白……

惊弦想了想，他该怎么和她告白呢？

他一直在纠结这个问题，吃饭的时候有些心不在焉。

"不是说不生气吗？"

惊弦迷茫地看向时笙，眨了好几次眼，才反应过来，摇了摇头。

"那你怎么不认真吃饭？"时笙拿下巴指了指他的碗。

惊弦垂下头，快速将饭吃完。

自从那天在【世界】上和时笙吵过，寻寻觅觅就经常跟人说时笙和惊弦的坏话，什么游戏老板的亲戚，之前就是来当间谍的，把上一个老板都给整进了监狱等等。

寻寻觅觅一说，不少玩家转服去隔壁转了转，发现这些服虽然更新速度比他们的服快，但明显没有他们的服好玩儿。他们现在玩的不是游戏，是生活，寻寻觅觅这种人肯定是不懂的。所以，一群玩家把寻寻觅觅给骂了。游戏公司不管这个服，不是正好吗？看看隔壁，玩家说句话都会被禁言。

现在依旧有新玩家进这个服，好多人都是冲着时笙和惊弦这对情侣来的。全息网游他们其实也是第一次接触，自然不会在意那么多的条条框框，好玩就行。

七月正和自己的粉丝吹自己见时笙的场面，突然接到惊弦递来的好友申请。她感到不解，随后麻溜儿地通过了申请。

【私聊】惊弦：该怎么跟人告白？

惊弦在网上查了一些资料，但他觉得那些说法不靠谱。

【私聊】七月大大：你要对我朦告白？！

【私聊】七月大大：我朦竟然没对你告白？！

【私聊】七月大大：这不合理！

七月大大立即截了时笙的对话框。

【私聊】七月大大：朦朦，出来聊聊。

【私聊】花朦朦：没空。

【私聊】七月大大：看截图。

【私聊】花朦朦：……

惊弦完全不知道，自己还没问出答案，就被出卖了。

【私聊】七月大大：朦朦，你竟然不告白！啊！你是不是傻了？拿出你的霸气好吗？

【私聊】花朦朦：……

她可能真的傻了。他们之前相处的模式过于自然，她都忘了，惊弦是没有记忆的。时笙突然有点兴奋。她可以向凤辞告白，每次来点不一样的，告白九十九次，说不定就可以召唤神龙。

【私聊】花朦朦：谢了。

【私聊】七月大大：朦朦，你可以以身相许的，我不介意你有男朋友。

【私聊】花朦朦：中央空调挺好的，真的。

时笙是见过中央空调的，毕竟他就差在脑门上也写"老子就是中央空调"。他长相上乘，虽然穿得有些古怪，但是气质不错，应该不是普通人。

【私聊】七月大大：他都"中央空调"了，还怎么做我一个人的"暖宝宝"？我不要，我就要你，我不介意做你女朋友。哈哈。

【私聊】花朦朦：可是，我只想做惊弦一个人的"暖宝宝"，下线了。

【私聊】七月大大：别走啊！和我讨论一下，你想怎么跟他表白，是直接扑呢还是

直接扑呢？（发送失败）

【私聊】七月大大：……（发送失败）

【私聊】惊弦：……

七月大大看着惊弦打出的省略号，沉默半响，抬手回给他一个省略号。

时笙不打算在游戏里告白，这种事可以偷偷来。于是，时笙趁惊弦没下线，迅速出门去买东西。

"朦朦姐……"时笙刚走出别墅，一道略带迟疑的声音响起。

乐瑾站在稍远的地方，见时笙出来，立即小跑着过来，大幅度鞠躬："朦朦姐，上次的事谢谢你。"

"顺便。"时笙关上门。

"我想请朦朦姐吃饭，可以吗？"乐瑾有些拘谨地道，"我没有别的意思，只是想谢谢你。"

"我没时间，改天吧。"时笙的语气还算好。

"哦。"乐瑾有些失望地道。

时笙绕开她离开，去外面买了东西回来，发现惊弦已经下了游戏，正准备出门。

"你去哪儿了？"惊弦打字问她。

时笙拉着他进门，从兜里摸出一枚戒指，举到惊弦面前："谢先生，你愿意娶我吗？"

惊弦毫无防备，愣愣地看着那枚戒指。

【……】宿主你说的花样表白就是这样的？差评！

时笙暗暗地翻白眼，什么花式不花式，简单粗暴就行。

惊弦半天没反应。时笙拉着他的手将戒指往上套："我只是通知你，不是问你的意见，你不愿意那也没办法，除非你打赢我。"

惊弦看着无名指上的戒指，他也没说不愿意啊！等他再看时笙时，她已经自己给自己把戒指戴好了。这么省心的媳妇，真的没处找了。

"饿了。"时笙咂巴下嘴，问道，"吃什么？"

惊弦有些蒙，按照网上说的，他们此时应该接吻才对，为什么她一下子就跳到吃的话题上去了？

"还没做，你等等。"惊弦耳朵红红地转身。刚才他下了游戏，看到时笙没在家，准备出门去找她，所以没有做饭。

时笙忍着笑。他要是一直这么可爱就好了。

惊弦进了厨房，摸着无名指上已经染上他温度的戒指，有些奇怪。明明他准备向她告白来着，怎么现在她直接就把戒指给他戴上了？

时笙和惊弦住一间房,一开始不同床。惊弦睡床。时笙有时候睡沙发,有时候直接在椅子上窝一晚。惊弦让她去隔壁房间睡,时笙死活不去。惊弦怕她感冒,就分了一半的床给她,不过是盖两床被子。今天他进房间,发现床上只剩一床被子……

"还有一床被子呢?"惊弦将手机举到时笙面前。

时笙指了指窗户。惊弦挪到窗户往下面看,下面的水池里正漂着黑乎乎的东西。她是把所有的被子都给扔了吗?

"为什么扔被子?"惊弦无语地敲字。

"当然是为了和你盖一床被子啊!"时笙回答得理所当然。

惊弦:"……"

惊弦大概是想把时笙撵出去,可是看看外面的天色,他最终还是舍不得。嗯,他自然舍不得她受委屈。

同床共枕后,时笙心情颇好,连乐瑾约她吃饭都没有拒绝。

乐瑾是和林寒羽一起来的。林寒羽这段时间很少玩游戏,听说林寒舒将游戏公司交给他管理。此时和时笙见面,林寒羽内心有些苦闷,却又不知道该怎么说,只能沉默。

吃饭的时候,时笙自然地将惊弦不吃的东西挑出来,林寒羽沉默地看着她。

"朦朦姐,你对惊弦哥这么好,不怕他欺负你吗?"乐瑾拽着时笙的袖子,小声地问。

时笙拍了她一下,道:"我的人当然得宠着。"

乐瑾噘着嘴,道:"可是朦朦姐才是该被宠的那个。"她是女生嘛!女生就该被宠成小公主一样啊!

"我乐意宠着他。"时笙将剥好的虾仁放进惊弦的碟子中。

吃完饭,时笙将一个U盘交给林寒羽:"谢谢你给我开后门。"她在的那个服,被举报也没人管,多半是林寒羽授意的。

"朦……"

"林寒羽,"时笙打断林寒羽,"我的世界只能容下一个人,多一个都不行。"她也不是他喜欢得起的人。所以,她要掐灭他所有的希望,或许有些残忍,可是不给他希望,才是最好的。

林寒羽接过U盘,苦笑一下,道:"我明白了。"

乐瑾不解地看着两人交流。这是什么意思?她完全听不懂他们在说什么。

和林寒羽两人分开,惊弦突然举着手机问时笙:"他喜欢你吗?"

时笙瞪他一眼,道:"你不应该吃醋吗?"

惊弦慢慢地打字："可是你拒绝了他了啊。"拒绝得那么绝情，没留半分余地。

"回去收拾你。"时笙拽着他往回走。

惊弦轻笑一声，突然拉住时笙，摁着她的肩，将她转回来，低头吻下去。

大街上人来人往，时间仿佛被拉短，变成光影，从他们身边溜走。

谢谢你，这么喜欢我。

乐瑾也重新回到游戏里，不过换了个名字，毕竟她之前那个名字，如果再出现，肯定会和梁秉牵扯到一起。于是，七月大大就发现，有个叫"花朦朦的阿瑾"的小姑娘，突然开始跟她抢时笙。

在【世界】上刷屏的玩家里有她！下本的玩家里有她！围观的玩家里有她！

这日子没法过了。

七月大大又把名字改成"花朦朦的七月"。

【世界】花朦朦的七月：朦朦，看到我对你的爱了吗？

【世界】惊弦：她不在。

【世界】花朦朦的七月：什么？

【世界】中央空调：哈哈哈，七月，来来来，投入哥的怀抱，哥带你飞。

【世界】花朦朦的七月：胡说八道，花朦朦明明在线！

七月愤怒地指控惊弦。

【世界】惊弦：她让我告诉你，她不在。

【世界】花朦朦：……

【世界】你的爸爸已上线：哈哈哈，灭绝师太也有被坑的时候。你这暖床的小伙不行啊！要不要考虑换一个？

【世界】花朦朦的阿瑾：朦朦姐在带我打骷髅王。

【世界】花朦朦的七月：啊！朦朦你为什么不带我打？！

七月立即在【世界】上和乐瑾展开一场扯皮大战。这几乎已经是这个服的日常，两个小姑娘在【世界】上争夺另一个小姑娘，果然，三个女人一台戏。

【公告】恭喜情花圣祠月老[惊弦]与神诀宫宫主[花朦朦]喜结连理，从此携手共进，白头偕老。

七月和乐瑾同时停下争吵，敢情最会算计的人是惊弦？她们在这里扯皮，他竟然暗暗地把婚给结了？

【世界】花朦朦的七月：我失恋了。

【世界】中央空调：七月不哭，你还有我，我是你坚实的后盾。

【世界】花朦朦的七月：谁要一个"中央空调"啊！

【世界】祖宗你别闹：NPC和NPC还真可以结婚？

【世界】花朦朦的八哥：我专门转服过来看神奇的NPC，结果一过来，他们就送我这么一份大礼。

【世界】你的爸爸已上线：楼上是有钱人啊！

转服是需要花很多钱的。普通人除非遇上官方搞活动，获得转服卡，否则基本没能力转服。

【世界】男人本色：我们服缺有钱人吗？

【世界】中央空调：请叫我们有钱服。

【世界】上的话题瞬间跑歪了，等回归正题，时笙和惊弦已经完成了结婚仪式。惊弦是月老，他结婚不需要那么多条件，但他还是将那些任务都做了。

现在游戏里流传着两个说法——

能达成结婚条件的情侣绝对是真爱，而能刷过神诀宫的玩家绝对是神人。

神诀宫没人刷得过去，他们这个服最后成了有钱人的聚集地，大家整天看时笙在【世界】上和惊弦恩恩爱爱。

后来游戏更新，这群卡在80级的玩家才能继续升级。玩家发现，更新后的游戏完全不是之前能比的，不管是流畅度还是真实感，都比以前更好。

林寒羽将这个游戏做大，后来又陆陆续续开发了几款新的全息游戏，但《乱世江湖》一直是他们公司主打的全息游戏，从没停止更新，每次更新的内容也会让人眼前一亮。

《乱世江湖》一开始就很好，在这里，玩家除了升级，还可以像普通人一样生活，像是到了另外一个世界。到了后期，《乱世江湖》依然火爆，时笙所在的服更是人员爆满。

这个服不但有钱人多，还有永远刷不过去的副本与一言不合就打架的NPC。许多高手冲着那个永远刷不过去的副本，转服过来，当然，直到最后，神诀宫这个副本都没人刷过去。

它成为一个永久的传说。